Vulnérable

Sarah A. Denzil

Traduction par
Isabelle Wurth

VULNÉRABLE

Copyright © 2020 Sarah A. Denzil
Traduction par Isabelle Wurth

Tous les droits sont réservés. Aucune partie de ce livre ne peut être utilisée ou reproduite de quelque manière que ce soit sans autorisation écrite, sauf dans le cas de citations brèves incorporées dans des articles et des critiques.

Ce livre est une œuvre de fiction. Les noms, personnages, lieux et incidents sont fictifs ou ont été utilisés fictivement, et ne doivent en aucun cas être interprétés comme réels. Toute ressemblance avec des personnes, des vivants ou des morts, des événements réels, des lieux ou des organisations est une pure coïncidence.

Image © Mark Owen / Trevillion Image
Couverture : Damonza

Du même auteur :

Dans la série *Passé sous silence* :

Passé sous silence, **tome 1**
L'Innocence perdue, **tome 2**
Le récit d'Aiden (nouvelle)

Chapitre Un

— Prends ma main, ma puce, tu es en sécurité maintenant.

L'enfant cligna des yeux, mais ne bougea pas. Fran s'accroupit pour entrer dans le champ visuel de la fillette. La position fit souffrir ses muscles endoloris, mais elle ignora la douleur. Elle était davantage préoccupée par l'enfant qui était seule sur l'espace vert du village à cinq heures du matin.

Fran retira sa main. Ça n'était peut-être pas ce qu'il fallait faire.

— Comment tu t'appelles, mon cœur ?

Dans cette jolie robe jaune, avec des nœuds et un col Peter Pan, la fillette ressemblait à une poupée vivante. Elle avait environ six ou sept ans, avec des cheveux couleur blé lui arrivant aux épaules. Au-dessus de ses chaussures noires vernies, elle portait une paire de chaussettes blanches à froufrous. Le genre de vêtements que sa mère portait quand elle était enfant dans les années soixante. Fran trouva tout de suite cela démodé, mais mignon.

— Père va arriver. Il me trouvera ici.

Sa voix portait une telle conviction. Une sincérité absolue.

— On peut aller trouver ton père ensemble si tu veux. Comment tu t'appelles ?

Fran commençait à être tiraillée. S'était-elle attardée ici seule avec une enfant pendant trop longtemps ? Cela semblerait-il étrange ? Elle se redressa et jeta un coup d'œil au parc vide, espérant voir une mère ou un père près du tape-cul ou des balançoires.

Elle ne voulait pas appeler la police tout de suite, car elle ne voulait pas effrayer la fillette. Mais comme le temps passait, ça semblait être l'option la plus sûre.

— Esther.

Elle parlait clairement et ne semblait pas du tout timide, juste réticente. Fran n'y avait pas pensé la première fois qu'elle avait parlé mais, désormais, elle l'entendait. L'accent américain ; une rareté à Leacroft.

— Où vit ton papa ? On peut aller le chercher maintenant.

Elle regarda désespérément l'enfant stoïque dans les yeux.

Qu'est-ce qu'on est censé faire dans une situation comme celle-ci ? Ramener la fillette à la maison avant d'appeler la police, ou attendre ici dans le froid matinal ? Se promener ensemble à la recherche des parents ? Quand Fran était partie pour son jogging du matin, ça ne faisait pas partie de ses plans.

— Arizona, dit l'enfant.

Fran sortit son téléphone de la poche de son caleçon de course. Son reflet apparut faiblement sur l'écran sombre. Elle se tourna vers les rangées de maisons parallèles à la pelouse du village, en se demandant d'où la fillette s'était égarée. Alors qu'elle était sur le point d'abandonner et d'appeler la police, elle entendit des pas furtifs venant de derrière. Fran vit une femme traverser le parc en sprintant et glisser sur l'herbe humide.

Fran tendit la main vers elle, prête à la stabiliser alors qu'elle s'approchait.

— Hou là, dit Fran, comme à un animal effrayé, faites attention, le sol est mouillé ici.

— Esther ? Esther, c'est toi ?

La femme tomba à genoux et attira l'enfant à elle pour la serrer dans ses bras. Elle avait le même accent américain que la fillette. Même dans l'obscurité, Fran remarqua que la mère était très jeune. À peine vingt-cinq ans, peut-être même moins. Ses cheveux étaient bruns, épais et ondulés. Elle portait un cardigan sur une longue robe, des bottes confortables et aucun bijou apparent. Les vêtements semblaient de bonne qualité, en coton naturel, ce qui laissait penser qu'ils avaient pu être faits à la main. Ils ne provenaient certainement pas d'une chaîne de magasins.

— Êtes-vous la mère d'Esther ? Je suis Fran. Je l'ai trouvée il y a environ cinq minutes. Je passais juste par là en faisant mon jogging et je l'ai vue ici toute seule.

Fran n'était pas sûre que la femme l'écoutait, mais elle continua à s'expliquer.

— J'étais sur le point d'appeler la police, en fait. Elle a dit qu'elle attendait son père, mais qu'il vivait en Arizona.

La jeune femme se releva et s'essuya le nez avec le dos de sa main. Pour la première fois, Fran vit ses yeux rougis et sa peau marbrée. Il y avait des taches d'herbe sur sa robe là où ses genoux avaient touché le sol.

— Merci, dit-elle avant de regarder sa fille, en prenant la main de l'enfant dans la sienne. Son père n'est pas en Arizona, mais nous venons d'emménager ici, et elle est un peu perdue. Je me suis levée tôt, j'ai mis les ordures dans le container... euh, dans la poubelle à roulettes ?

— C'est ça, dit Fran, encourageant sa tentative d'apprendre le jargon britannique.

— Elle est passée devant moi en un clin d'œil. Je l'ai perdue dans la rue. Nous vivons à l'est du village, près du ruisseau. Dieu merci, vous étiez là.

— ça va, mon chou ? demanda Fran. Comment vous appelez-vous ?

— Mary, dit-elle. Mary Whitaker. On a emménagé ici la semaine dernière. On vient de s'installer, vous savez. Je suis tellement désolée pour ça. Elle est si sage d'habitude, je ne...

Fran posa une main hésitante sur l'épaule de Mary.

— Les enfants font ce genre de choses tout le temps. C'est ce qu'on m'a dit, en tout cas.

Ses yeux s'écarquillèrent.

— Vous n'avez pas d'enfants ? Je suis tellement...

Mary détourna le regard de façon coupable. Fran était sûre qu'elle était sur le point de dire « Je suis tellement désolée ».

Même si Fran savait qu'elle disait ça pour être gentille, elle retira quand même sa main de l'épaule de Mary et grimaça intérieurement. Ce n'était pas nouveau et, arrivée à la quarantaine bien tassée, Fran aurait cru qu'elle serait devenue insensible à cela. Mais ce n'était pas le cas, et ça ne le serait jamais. Ça faisait toujours aussi mal.

— Vous feriez mieux de ramener Esther à la maison, dit Fran en souriant et en posant les mains sur ses hanches.

— Mon Dieu, oui, dit Mary avant de tourner les yeux vers le soleil levant, Elijah va bientôt se réveiller.

— C'est votre mari ? demanda Fran.

La jeune femme hocha la tête.

— Il vaut mieux ne pas l'inquiéter avec ça.

Elle fit un sourire timide à Fran.

Fran les regarda traverser toute la longueur de la pelouse. Les épaules de Mary étaient légèrement voûtées. Esther marchait tout droit, ses cheveux blonds se balançant d'un côté à l'autre. Une brise glaciale de mars rafraîchit la nuque de Fran. Elle n'arrivait pas à mettre le doigt sur ce qui la troublait. Était-ce l'âge de la mère ? L'étrange assurance de cette enfant ? Ou bien le fait que Mary semblait avoir peur de dire à son mari ce qui était arrivé à leur fille ?

Chapitre Deux

L'eau de la douche rinça la sueur. Après le départ de Mary qui ramenait sa fille à la maison, Fran avait couru à fond pendant encore quarante minutes, faisant trois fois le tour du village avant de s'arrêter. Sans l'interruption au milieu de sa course, elle aurait battu son record personnel.

N'étant pas du genre à s'attarder, Fran coupa l'eau et enroula une serviette autour de son corps. Elle passa les doigts dans ses cheveux courts et retourna dans la chambre pour se sécher. Adrian ronflait paisiblement, le visage plaqué contre les draps du lit. Après presque dix ans de mariage, elle trouvait encore adorable sa façon de dormir étalé sur le ventre, et ses cheveux gris sexy. « Vieux renard argenté » était le surnom amusant qu'elle lui donnait, ce qui était approprié compte tenu de leur différence d'âge. Elle s'approcha du lit et lui ébouriffa les cheveux.

La langue d'Adrian se heurta à son palais lorsqu'il se réveilla et il pressa les lèvres pour les humidifier. Il se retourna, se frotta les yeux et cligna des paupières en la regardant. Elle sourit d'abord, puis elle se souvint des événements de la matinée et un frisson lui parcourut l'échine. Elle pensa à Esther, et à ses cils doux et blonds qui battaient contre la peau délicate sous ses yeux.

— Tu ne devineras jamais ce qui s'est passé pendant mon jogging.

— Ce blaireau a encore fouiné dans nos poubelles ? Il se redressa pour s'appuyer contre la tête de lit, un ventre rond et rougeaud émergea de sous la couette.

— J'ai trouvé une petite fille.

Il se frotta les yeux.

— Quoi ?

— Une gamine. Sur l'espace vert du village. Juste là, à côté des balançoires, sans parents en vue. J'ai failli avoir une crise cardiaque.

Adrian fit signe à Fran de s'asseoir à côté de lui sur le matelas. Il posa une main sur la sienne.

— Est-ce qu'elle va bien ?

— Oui. Elle... elle va très bien. Sa mère est arrivée quelques minutes plus tard, mais… Fran poussa un gros soupir. Ady, mon cœur s'est emballé pendant ces quelques minutes. Je ne savais pas ce que je devais faire ! Quarante-six ans et je perds la boule à cause d'une fillette dans un parc.

Il lui frotta le dos, essuyant au passage des gouttes d'eau avec la paume de sa main.

— Il était cinq heures du matin, Franny. Tu as le droit d'être secouée par la découverte d'une enfant perdue.

— Je sais, dit-elle. Et il n'y a pas eu de mal, Dieu merci. La petite fille a retrouvé sa mère en moins de dix minutes, personne n'a été blessé, mais...

— Quoi ? Il se pencha plus près.

— C'est difficile à expliquer maintenant que je suis loin d'elles. J'ai juste eu cette *sensation*. Elle se détourna de son mari pour ne pas le voir lever les yeux au ciel. En tant qu'homme doté de logique et de raison, elle savait qu'il tolérait à peine son instinct. « D'abord, elles étaient toutes les deux Américaines. »

— Très bien.

— Tu ne trouves pas ça bizarre ?

— Je suppose que ça l'est un peu. Mais peut-être qu'elles ont déménagé ici pour un travail.

— Pourquoi quelqu'un déménagerait-il de l'Arizona à Leacroft pour un travail ? Qu'est-ce qui vaudrait la peine de déménager ici ? Tous les types d'emplois sont à Londres et nous sommes à la mauvaise extrémité du pays pour ça.

— Oui, dit Adrian. Je vois ce que tu veux dire. Qu'y avait-il d'autre d'étrange ?

— La façon dont elles étaient habillées toutes les deux. Tu sais, ces photos de ma mère quand elle était petite ? Avec ces jolies robes démodées ? Eh bien, l'enfant portait quelque chose de similaire. Et la mère qui, soit dit en passant, était extrêmement jeune pour avoir un enfant de cet âge, portait cette longue robe qu'elle avait sûrement faite elle-même. C'était un peu comme dans « La Petite Maison dans la Prairie. »

Adrian éclata de rire.

— Peut-être que ce sont des gens de la campagne ? Tout le monde ne porte pas du polyester de chez Primark.

Fran leva les mains.

— Je sais, je sais. Mais il y avait quelque chose de bizarre chez elles.

— La fille avait-elle l'air effrayée ?

— Non, elle a dit qu'elle attendait son père.

— Sur la pelouse du village ? Adrian fronça les sourcils. Il travaille de nuit ou quoi ?

Fran se mordit la lèvre inférieure. Cela lui donna l'idée de faire une petite recherche sur les Whitaker. Une nouvelle famille dans le village allait certainement alimenter les machines à ragots. Adrian avait raison : si le père travaillait de nuit, Esther aurait pu s'éclipser pour essayer de le trouver. Mais elle se souvint de quelque chose et redressa le dos.

— Qu'est-ce qu'il y a ? demanda Adrian.

— La femme, Mary. Elle a dit, « Elijah va bientôt se réveiller ». Si Elijah est le père de l'enfant, alors il devait être à la maison.

— Mary et Elijah, dit Adrian, pensif. Très biblique. Ça pourrait expliquer les vêtements faits maison. Ils sont peut-être religieux. Est-ce qu'ils avaient l'air amish ?

— C'est possible. Fran se leva. Mary avait l'air de ne pas vouloir qu'Elijah sache que l'enfant s'était enfuie. Est-ce qu'on n'a pas envie de raconter quelque chose comme ça à son mari ?

— Je te le dirais, moi, dit Adrian en lui serrant un peu la main. Mais tout le monde n'a pas le genre de relation que nous avons.

— Non, c'est vrai. Peut-être que Mary a peur de lui et que c'est pour ça qu'elle ne voulait pas qu'il le sache. Mais pourquoi l'enfant aurait pu penser retrouver son père dans le parc ?

— Tu pars dans une spirale là, Fran.

— Je m'en fiche.

Son pouce glissa doucement sur sa peau, comme un doigt caressant la joue d'un bébé.

— Attention, Franny.

Son regard rencontra le sien, elle vit l'avertissement et le rejeta.

Chapitre Trois

La salle des fêtes de Leacroft avait été construite au sommet de la colline la plus haute du village, ce qui signifiait que le mercredi après-midi à quatorze heures, le stationnement était impossible. Fran monta en soufflant, s'arrêtant à mi-chemin pour boire une gorgée de sa bouteille d'eau. Elle considérait cette montée comme faisant partie de son programme quotidien de remise en forme, mais c'était un défi, surtout après les cinq kilomètres du matin.

— Si tu recules, Noreen, je pourrai avancer.

Plus Fran s'approchait du hall, plus leurs voix étaient fortes.

— Youhou ! Bonjour, Fran. J'ai apporté des cookies !

Fran leva la main et fit un signe en se frayant timidement un chemin à travers le parking, évitant les nombreuses voitures bon marché qui essayaient de tenir dans des espaces compacts. Les claquements de portières et les rires faisaient office de bande sonore. Fran tint la porte ouverte pour un petit groupe de membres de la chorale, presque tous aux cheveux gris.

Leur chorale était principalement composée de retraités et, pour cette raison, Fran était la plus jeune. Elle n'avait pas travaillé depuis quelques années, ayant choisi de prendre une retraite anticipée du journalisme lorsque le monde avait changé et qu'elle ne s'était plus sentie utile. De temps en temps, elle écrivait encore des articles pour le journal local, mais elle n'y faisait pas preuve de beaucoup d'enthousiasme. Elle avait rarement l'occasion de faire des recherches, tout devait être immédiat. Les titres devaient être dramatiques, attirer l'attention, chercher désespérément à obtenir des clics. Elle détestait les articles en ligne. Des publicités pour l'élimination de la graisse du ventre apparaissaient au milieu de ses phrases, interrompant le flux de la lecture.

Elle dit bonjour, posa son sac sur une chaise en plastique et but un peu plus d'eau. Des rires et des bruits de talons sur le plancher résonnaient dans la pièce. Mais une fois que les bavardages eurent cessé, les affaires sérieuses commencèrent et ils attaquèrent directement les échauffements. La chorale de Leacroft était surtout composée des épouses des militaires, mais ils s'amusaient beaucoup et s'étaient même produites une ou deux fois pour les habitants. En ce moment, ils travaillaient sur la bande originale de « The Greatest Showman », laquelle, il faut bien l'admettre, n'était pas la préférée de Fran. Elle se concentra sur son chant et regarda les autres s'y plonger, comme Alisha, qui pliait les genoux et se penchait en arrière pour atteindre les notes les plus hautes. Ou Ivy qui se balançait sur la musique. Fran se laissa aller et, au moment où ils eurent terminé, elle transpirait.

À la fin, Fran suivit Emily, la commère locale, jusqu'au bout de la salle, espérant la trouver d'humeur bavarde. Ce n'était pas difficile. Emily était connue dans le village, et son mari, Clive, tenait le Lion Rouge. Si Fran voulait obtenir des informations sur les Whitaker, Emily était la bonne personne à qui parler.

— Tu connais la nouvelle famille de Leacroft ? demanda-t-elle en s'appuyant nonchalamment sur le dossier d'une chaise.

— Oh, oui, répondit-elle. Ils sont américains. Les yeux bleus d'Emily brillaient. Elle avait plus de soixante-dix ans, petite, avec des épaules étroites.

— J'ai entendu dire qu'ils étaient de l'Arizona, dit Fran, en la faisant entrer doucement dans la confidence.

— C'est bien ça. Les Whitaker. Lui vient de trouver un emploi avec Gary, tu sais, le gars qui fait les murs en pierre sèche.

— Ah, oui. Le mari de Sall.

— C'est ça. Elle se gratta le côté du nez et se pencha en avant, ce qui était un signe clair qu'elle était sur le point de parler de quelque chose dont elle ne devrait pas parler. Ils sont très religieux. Gary a dit à Sall, qui l'a dit à Clive, qu'il était mormon ou quelque chose comme ça. Tu sais... ceux qui construisent leurs propres maisons et tout ça.

— Amish ?

— Oui. Eh bien, il a supposé que l'homme était amish. Sinon, pourquoi travaillerait-il si dur ? Et pourquoi porterait-il ces chemises et cette barbe ?

— Peut-être que c'est un hipster ? suggéra Fran.

— Oh, tu veux dire ces hommes avec des chignons ? Elle fit une grimace comme si elle avait mangé quelque chose avec un mauvais goût. Oh, non. Il n'est pas comme ceux-là.

— Mais il est amish ? De l'Arizona ? On dirait qu'on n'est pas dans le bon coin du pays, pourtant. Ils ne vivent pas en Pennsylvanie ?

— Peut-être que Gary s'est trompé. Pourquoi tu demandes ça ?

— Oh, pour rien. Je voulais juste avoir des informations sur les nouveaux arrivants.

— Tu as déjà rencontré la femme ? Les yeux d'Emily brillaient à nouveau. Une petite chose maigre. Elle a à peine 20 ans, *et* elle a un enfant. Il y a un truc qui cloche. Tu penses que c'est une de ces enfants mariées ?

— Non, sûrement pas, dit Fran. Pas aux États-Unis.

Emily expulsa l'air avec un *pfft*.

— On ne sait jamais. Ils se marient beaucoup plus jeunes là-bas. Clive a de la famille dans l'Idaho. Non, l'Iowa. Non... Oh, ça n'a pas d'importance. Quoi qu'il en soit, leur neveu s'est marié à *dix-huit ans*, tu peux le croire ? À notre époque ? Même Clive et moi avons attendu d'avoir vingt-cinq ans et c'était il y a plus de quarante ans.

— Mmhmm.

— Alors, tu les as rencontrés ? Les Whitaker.

— J'ai, euh, vu la mère et la fille dans le parc ce matin.

— Ah, l'enfant est adorable, comme une petite poupée. Elle ne ressemble en rien à ses parents, avec ses magnifiques cheveux blonds. N'est-ce pas étrange ? Une enfant aux cheveux blonds et aux yeux bleus avec deux parents bruns.

— Ça arrive pourtant, lui rappela Fran.

— Oui, je suppose que ça arrive. Emily fit une pause, posant une main sur le bras de Fran. Bref, comment vas-tu ? Je ne te l'ai pas demandé depuis longtemps.

Fran constata qu'elle s'était arrêtée de respirer pendant quelques battements de cœur. Elle ne s'attendait pas à ce qu'on en parle à nouveau.

— Je vais très bien, Emily, franchement. Je vais très bien.

— Si jamais tu veux des conseils, tu sais où me trouver.

Fran retira doucement son bras de la main de la femme et partit.

Chapitre Quatre

Comme toujours, Fran faisait son jogging en traversant l'espace vert du village à cinq heures du matin. Leacroft émergeait encore des premières lueurs de l'aube, et sa rangée de réverbères éclairait les rues, les façades des maisons et les voitures garées. Le chant des oiseaux brisait le silence. Seuls les renards agitaient l'herbe des haies et les bois alentour. Elle se dirigea vers le centre de la pelouse, s'arrêta encore légèrement essoufflée et se tourna vers les balançoires. Pendant un moment, elle resta là, à regarder les chaînes, le siège en plastique usé, le cadre métallique avec sa peinture rouge écaillée, sa poitrine se soulevant et s'abaissant. Encore et encore. Puis elle laissa échapper un rire, se reprochant intérieurement d'être ridicule. La fillette n'était pas là, elle était à la maison, en sécurité avec ses parents.

Ses cuisses lui firent mal pendant le reste du jogging. En fait, elle l'écourta et retourna à la maison. La maison de son mari. C'était toujours comme ça qu'elle la voyait. Elle lui appartenait, et elle y vivait. Pas une seule brique ne lui appartenait. Elle n'avait jamais contribué au paiement de la maison, mais lui non plus. La taille modeste de leur propriété cachait le fait qu'Adrian était né riche. Il avait hérité de la maison de ses parents dix ans auparavant, lorsque sa mère et son père étaient morts d'une maladie cardiaque et d'un cancer à cinq ans d'intervalle.

Il n'avait jamais intentionnellement caché sa richesse mais, en même temps, il en parlait rarement, et Adrian ne se souciait guère des voitures, des manoirs ou des diamants clinquants, et à vrai dire, Fran non plus. Pourtant, cela signifiait qu'ils avaient une somme considérable à la banque pour vivre. Il était plus âgé qu'elle de dix ans et avait pris sa retraite de son poste de professeur à l'université de Derby cinq ans plus tôt. Après quoi, il l'avait gentiment encouragée à faire de même. C'était son idée, en fait. Depuis lors, Adrian s'était installé facilement dans le nid douillet de la retraite, mais Fran essayait encore de s'y adapter.

Une fois à l'intérieur, elle enleva ses vêtements humides de sueur, les jeta dans la machine à laver, prit une douche rapide, fit frire du bacon, fit du café, puis s'installa dans le jardin. C'était son moment de détente, pour permettre à son corps et à son esprit de relâcher les tensions. Du moins, c'était l'idée. Au lieu de cela, elle pensa à ce qu'Emily, cette vieille chouette perpétuellement occupée et envahissante, lui avait dit à la répétition de la chorale. *Si jamais tu veux des conseils...* Pour qui se prenait-elle ? Fran sirota son café, en appréciant son amertume. Cependant, cela ne réussit pas à la distraire, alors elle sortit son téléphone et décida s'accorder quinze minutes pour faire défiler son fil d'actualité sur Facebook. À sa grande surprise, elle avait reçu une nouvelle demande d'ami.

Fran rencontrait rarement quelqu'un de nouveau ces temps-ci. Elle avait ses amis de la chorale, ses anciens amis journalistes, quelques amis proches du temps de l'université qui vivaient à droite et à gauche et les gens qu'elle voyait régulièrement au village. Elle ne s'attendait pas à une nouvelle demande d'ajout et, quand elle passa en revue les notifications, elle fut encore plus surprise. Mary Whitaker.

Fran appuya sur l'icône de Mary et fit défiler sa page de profil. Maintenant qu'elles étaient amies sur Facebook, elle pouvait tout voir. Emily avait raison de dire qu'ils étaient croyants. Mary partageait des prières sur son profil. Il y avait une photo fortement filtrée des mains de quelqu'un avec le texte d'une prière au-dessus. Sur une autre, le visage d'un enfant remplissait le fond de l'image, et sur une troisième, c'était une bougie allumée. Fran allait encore à l'église pour les fêtes ou quand elle se sentait déprimée, mais elle avait toujours trouvé ce genre d'images un peu larmoyantes. Pourtant, les prières étaient douces, généralement axées sur l'amour, la lumière et le pouvoir de guérison de Dieu.

Il y avait peu de photos, mais tout ce que Fran trouva semblait être récent. Il n'y avait pas de photos d'Esther bébé. Pas de bébé riant en grenouillère. Pas de photos de vacances en famille sur la plage. Il y avait quelques photos d'Esther tenant une poupée de chiffon, portant la même robe jaune avec des nœuds. La photo de profil de Mary était faiblement éclairée, son joli visage était grave et sérieux. Elle était certainement différente de Fran lorsqu'elle était jeune. Celle-ci avait vécu de haricots sur des toasts, de vodka et de cigarettes dans un appartement d'étudiants. Chaque soir une fête à la maison, chaque matin une tentative désespérée de finir ses rédactions pour les cours de l'après-midi. Libre, oui, un peu fofolle parfois, mais jamais sérieuse. Même pas pendant la période des examens.

— Il y a du lait par ici ? Adrian descendit les marches de pierre en traînant ses pieds nus jusqu'à la table de dehors. Il était torse nu et ses cheveux gris étaient ébouriffés.

— Il devrait y avoir une bouteille dans le frigo.

— Elle est vide.

Fran inclina son menton par-dessus son épaule.

— Qui a remis une bouteille de lait vide dans le frigo ?

Adrian haussa les épaules.

— Je suppose que je vais devoir aller faire les courses, non ?

— Je suppose que oui.

Avant qu'il ne retourne à la maison, Fran lui fit un signe de la main.

— Viens ici une minute. Tu ne trouves pas ça bizarre ?

— Quoi ?

— Mary Whitaker m'a envoyé une demande d'ami.

— Qu'est-ce qu'il y a de bizarre ?

— Eh bien, son profil pour commencer. Presque aucune photo, rien sur les vacances, juste des prières.

Adrian se pencha en arrière et bâilla.

— Rien d'étonnant avec les gens discrets. Elle a probablement commencé à publier après leur déménagement. Regarde : ça te montre quand elle s'est inscrite. Oh, il y a deux jours.

— Eh bien ça c'est bizarre, pour le coup, dit Fran.

— Elle s'est probablement inscrite pour demander à être ton amie. Elle veut se rapprocher de toi. Après tout, tu as trouvé sa fille dans le parc. Peut-être qu'elle veut te remercier. Tu veux autre chose au magasin ?

— Du vin. Fran réfléchit une minute. Pas ce vilain chardonnay que tu as acheté la dernière fois. Et du chocolat. Du bon !

— Oui, ma chère.

— Oh, et on a besoin de papier toilette.

Sa voix commença à diminuer alors qu'il disparaissait dans la maison.

— Faut-il que je fasse une liste ?

Fran éleva la voix.

— Pastilles pour lave-vaisselle !

Son esprit était partagé entre les besoins domestiques et le profil de la jeune femme sur l'écran. Elle était tellement prise dans ses pensées que la notification suivante la fit sursauter par sa soudaineté. Une bulle ronde représentant le visage de Mary apparut à l'écran. Elle avait envoyé un message privé à Fran. Fran tapa sur la petite icône pour faire apparaître sa boîte de réception.

On peut se voir ? Je veux vous remercier pour ce que vous avez fait.

Chapitre Cinq

Il y avait un seul café à Leacroft et Fran connaissait le propriétaire. Elle leva la main en guise de salut en entrant, déclenchant la sonnette au-dessus de la porte. De petits pots de romarin étaient disposés sur chaque table, ce qui donnait à l'endroit un agréable parfum d'aromates, mêlé aux senteurs habituelles de café et de pâtisseries. Après un rapide coup d'œil, Fran vit Mary et Esther assises près de la fenêtre. Mary sourit, et Fran nota que ce n'était pas un sourire détendu, mais plutôt un sourire fugace et anxieux. La jeune femme tripotait ses cheveux, les faisant passer sans cesse devant puis derrière son oreille. En revanche, Esther était parfaitement immobile, les mains posées sur ses genoux, comme si elle posait pour une photo d'école.

Les cheveux d'Esther étaient tressés en nattes. Ce jour-là, elle portait une robe d'été bleu pâle, encore une fois faite à la main. Mary avait des manches longues, mais le tissu était léger, peut-être du lin. Ses cheveux étaient tirés en arrière en un chignon sur la nuque, deux longues boucles encadrant son visage.

— Désolée, je suis un peu en retard. Fran posa son sac sur la table alors qu'elle cherchait son porte-monnaie à l'intérieur. Qu'est-ce que vous avez commandé ?

— Oh, dit Mary, les yeux écarquillés. Je vous ai attendue. Je n'étais pas sûre de ce que je devais prendre.

— Eh bien, tout est bon ici. Vous savez quoi ? Prenez ce que vous voulez. C'est moi qui régale.

— Non, je ne peux pas, dit-elle. Pas après ce que vous avez fait pour moi et Esther. Tenez. Elle glissa un billet de cinq livres sur la table. Pourriez-vous me commander la même chose que vous ? Merci beaucoup.

Fran empocha le billet de cinq et commanda deux cappuccinos et deux tranches de cake pour elle et Mary, et un chocolat chaud avec des marshmallows pour Esther. Elle décida de ne pas dire à Mary que son billet de cinq livres ne couvrait même pas la moitié de la note, posa simplement le plateau et distribua les marchandises.

— Comment se passe votre installation à Leacroft ? demanda Fran.
— Bien. Les gens ici sont tellement amicaux. De nouveau, ce sourire anxieux se glissa sur son visage. Un nuage d'orage passa dans le ciel.
— Et toi, Esther ? Tu aimes ta nouvelle école ? Fran se rendit compte qu'on était dans les heures scolaires et qu'Esther était là.

Bien sûr, Mary répondit :
— On fait l'école à la maison à Esther.
— Waouh, c'est génial ! Fran entendit son ton faussement enthousiaste et le détesta.
— C'est plus inhabituel ici, je pense, dit Mary. C'était une sorte de tradition dans ma famille.
— Je vois. J'imagine que ça vous occupe bien.

Mary sirota son café en hochant la tête.
— C'est sûr. Mary se tourna vers Esther, qui regardait attentivement son chocolat chaud. « C'est bon, chérie, tu peux le boire. »
— Mais, maman...
— C'est bon.
— Père...
— Bois le chocolat chaud, Essie.
— Je peux lui offrir une autre boisson si vous voulez. Je suis vraiment désolée, j'aurais dû demander, dit Fran, ses yeux se baladant entre la mère et la fille. Une sensation désagréable se répandit sur sa peau. « Elle est intolérante au lactose ? »

Mary fronça les sourcils.
— Au lactose ?
— C'est un problème digestif.
— Oh. Non. Rien de tel. Elle n'a pas l'habitude des choses aussi sophistiquées, expliqua Mary. Nous restons simples dans notre maison et économisons pour les friandises. Mais aujourd'hui, c'est un jour spécial, Esther. Nous faisons connaissance avec Mme Cole pour la remercier pour l'autre jour.
— Merci, Mme Cole.

Des yeux bleus profonds, de la couleur d'un ciel d'été, se fixèrent sur ceux de Fran. La fillette ne souriait pas, ne s'agitait pas ni ne faisait de minauderies comme l'auraient fait beaucoup d'autres petites filles de son âge. Elle porta la tasse à ses lèvres et sirota son chocolat chaud comme pour prouver qu'elle était reconnaissante.

— ça n'est pas la peine de dire merci, dit Fran. Bien que je sois curieuse de savoir comment vous m'avez trouvée sur Facebook.

Mary redressa la natte droite d'Esther et laissa échapper un petit rire.
— J'ai emmené Esther se promener dans le parc ce matin et nous sommes tombées sur une dame appelée Emily. Elle était très gentille. Nous avons discuté pendant un long moment. Esther, cette petite pipelette, a raconté qu'elle s'était égarée l'autre matin, alors nous en avons parlé. Je lui ai demandé si elle connaissait quelqu'un qui s'appelait Fran et elle m'a donné votre nom complet et votre adresse. J'ai pensé que me présenter chez vous serait intrusif, alors je vous ai cherchée sur Facebook. J'ai dû créer un compte et tout, mais je suppose que ça m'aidera à connaître des gens ici.

Fran constata qu'une partie de la tension quittait son corps. Cela semblait sensé. Et maintenant qu'elle voyait Mary et sa fille interagir, elle devait admettre qu'elles formaient un beau duo mère-fille. Elle devait dire à Adrian qu'il avait raison depuis le début. Elle était obsédée par l'enfant sans raison.

— Je suppose que ça n'est plus un secret désormais. Qu'a dit votre mari quand vous lui avez raconté qu'Esther s'était égarée ? Je parie qu'il était encore dans les vapes ce matin-là, non ?

— Dans les vapes ?

— Désolée, endormi.

Les tics faciaux anxieux de Mary revinrent, le sourire fugace, suivi d'une légère grimace.

— Il était réveillé quand nous sommes rentrées. Il était inquiet, évidemment, mais heureux que rien de grave ne soit arrivé.

Fran mordit dans sa tranche de cake en essayant de ne pas remarquer le changement de langage corporel de Mary. Elle ne parvenait pas à empêcher ses pensées de devenir incontrôlables. Il y avait cette jeune mère devant elle, montrant des signes de ce que Fran pensait être une relation de contrôle. Adrian lui dirait que ce n'était pas ses affaires, et il aurait raison.

— Alors, quels sont vos projets pour le reste de la journée ? demanda Fran, en essayant de diriger la conversation vers un sujet plus léger.

— Nous allons faire des mathématiques tout à l'heure. Puis un peu de lecture et d'étude de la Bible. Les yeux de Mary se tournèrent anxieusement vers Fran.

— Super tout ça. Vous savez que mon mari était maître de conférences avant de prendre sa retraite ? Il enseignait l'anglais et un peu de philosophie. Il est toujours à la recherche de choses à faire et vous donnerait certainement un coup de main si vous en aviez besoin. Adrian n'aurait pas apprécié que Fran propose ses services à cette jeune femme, mais elle n'avait pas pu s'en empêcher.

— C'est gentil de votre part, Mme Cole. Il faudrait d'abord que je demande à mon mari. Mais je suis très reconnaissante. Elle sourit.

— Eh bien, faites-le-moi savoir, dit Fran.

— Comment vous êtes-vous rencontrés ? demanda Mary.

— J'ai pris un cours à l'université, dit Fran. C'était un cours de littérature anglaise pour adultes. J'avais un diplôme de journalisme et je travaillais comme rédactrice pour un magazine féminin, mais je voulais faire un master.

Les yeux de Mary étaient brillants et concentrés sur elle, mais Fran ne pouvait s'empêcher de se demander si elle ne feignait pas l'intérêt. Son histoire d'amour avec Adrian n'était pas particulièrement intéressante.

« C'était l'un des maîtres de conférences là-bas et il m'a demandé de sortir avec lui, dit-elle. En fait, nous nous étions rencontrés pendant mon premier cycle universitaire, mais je ne l'avais pas réalisé. Je me souvenais juste de ce professeur séduisant aux yeux noisette. » Elle n'avait pas l'intention de parler autant, mais maintenant qu'elle avait un public, elle continua. « Quand je suis retournée à l'université, Adrian enseignait un module sur Tchekhov, que je détestais. Mais lui je l'aimais beaucoup. Il m'a demandé si je voulais dîner avec lui et voir un film un soir. Il m'a préparé un tajine d'agneau et on a regardé un film d'Ingmar Bergman sur sa télé. Je n'ai jamais fini cette maîtrise, mais au moins j'ai trouvé un mari ! » Fran se surprit à sourire au souvenir de ce premier rendez-vous. Elle avait supposé qu'un repas et un film signifiaient un restaurant et le cinéma. En réalité, il l'avait ramenée chez lui et ils s'étaient pelotonnés sur le canapé, des bols de nourriture chaude et fumante sur les genoux. Elle se souvenait encore de l'odeur de cannelle et de dattes qui s'échappait de son tajine.

— C'est tellement beau. Depuis combien de temps êtes-vous mariés ?

Elle était sûre que la jeune femme ne pouvait pas être aussi intéressée. C'était gentil de sa part de faire semblant. Fran décida sur-le-champ qu'elles seraient amies.

— Neuf ans et demi.

— Vous vous êtes mariée tellement tard ! Mary se mordit la lèvre inférieure. Désolée, c'était impoli.

Fran sirota son café.

— C'est pas grave. C'est vrai. Adrian avait été marié avant, mais il était séparé de sa femme au moment où je l'ai rencontré. Et j'ai eu quelques relations assez longues quand je vivais à Londres, mais rien n'avait tenu jusqu'à ce que je le rencontre.

— Il n'a pas d'enfants non plus ? Mary semblait vraiment perplexe à l'idée que Fran n'ait pas d'enfant à élever.

— Non. Fran jeta un coup d'œil par la fenêtre du café. Puis elle afficha un sourire et changea de sujet.

Chapitre Six

La vie continuait, supposa Fran. Ce n'était pas comme si elle pouvait se mêler des affaires d'une autre femme. Elle ne pouvait pas non plus espionner les Whitaker dans une tentative louche de découvrir ce qui se passait derrière les portes closes. Et, en effet, elle n'avait pas le droit de porter un jugement sur la façon dont ces gens vivaient leur vie. Mais si elle creusait profondément en elle, pouvait-elle être sûre qu'elle ne faisait pas exactement cela ? C'étaient des personnes profondément croyantes qui avaient choisi une voie plus traditionnelle, et il n'y avait rien de mal à cela. La fille et la mère semblaient en bonne santé. Peut-être était-il temps de laisser ses inquiétudes de côté.

Dans les jours qui suivirent leur rencontre, Fran fit son jogging tous les matins, chanta « The Greatest Show » dans le jardin, mit des plantes en pot et géra son groupe de deuil en ligne. Elle discuta également avec Clive au Red Lion, mentionnant peut-être Elijah Whitaker une ou deux fois pour voir sa réaction. Elle rafraîchissait de temps en temps la page Facebook de Mary Whitaker et faisait de longues promenades dans le village en espérant la croiser. L'esprit de Fran ne s'était jamais vraiment détourné du d'Esther, debout seule dans le parc, mais elle s'était efforcée de cacher ces pensées à son mari, sachant exactement ce qu'il en dirait.

Fran découvrit qu'Elijah travaillait à temps partiel comme chauffeur-livreur pour le supermarché local, en plus de son travail de manœuvre pour le mari de Sall. Il semblait être un travailleur acharné qui essayait de joindre les deux bouts pour sa famille. Il devait être absent de la maison pendant de longues heures, pensa Fran. Au moins, il ne pouvait pas contrôler Mary toute la journée. Chaque matin, en prenant son café dans le jardin pour profiter du soleil matinal, Fran pensait envoyer un message à la jeune femme. Quelque chose d'enthousiaste et d'enjoué pour lui proposer de visiter la région, l'emmener faire du shopping en ville, aller se promener dans les Peaks. Mais elle ne le fit pas.

— Ils font l'école à la maison à leur fille. C'était mercredi après-midi et Emily s'était approchée de Fran après la répétition de la chorale. Tu le savais ?

— En fait, oui, dit Fran, se régalant de la surprise qui se lisait sur le visage de la femme.

Puis Emily se pencha et saisit l'avant-bras de Fran.

— Tu ne m'as jamais parlé de ce qui s'était passé dans le parc. Que tu avais trouvé l'enfant ce matin-là.

— Je sais. Je n'étais pas sûre qu'ils voulaient que ce soit de notoriété publique.

Emily retira son bras et s'appuya sur ses talons.

— Petite cachottière ! Je ne savais pas que tu avais ça en toi. Elle tendit la main vers une chaise pour récupérer son sac à main. Quand même, ça doit être dur pour une jeune maman comme elle. Tu sais quel âge elle a ?

— Je ne sais pas, non.

— Elle est jeune pour avoir une fille de cet âge. Quel âge a l'enfant, environ six ans ?

— Sept ans, dit Fran.

— De qui parle-t-on ? Noreen, une femme mince comme un fil, avec un grand nez aquilin, s'immisça dans la conversation.

— Les Whitaker. Tu sais, la jeune famille américaine.

— Ah oui, dit Noreen. Je l'ai vue sortir se promener. Il est plus âgé qu'elle, j'ai entendu dire. Dans la quarantaine.

— Ah, dit Emily. Elle a une vingtaine d'années, à moins qu'elle ait une formule secrète pour la jeunesse éternelle !

— Je lui dirais bien de me la donner, mais je crois que c'est trop tard pour moi !

— Et pour moi !

Noreen et Emily hululèrent comme deux chouettes chatouillées. Fran les laissa faire, leur faisant un signe de la main en se détournant. En sortant, elle entendit Emily raconter à Noreen l'incident sur la pelouse. Comment l'enfant s'était enfuie avant le lever du soleil, mais qu'elle n'était pas surprise, vu l'âge de la mère. Qu'elle ne pouvait probablement pas faire face à une fille aussi indisciplinée. Emily tint à évoquer l'aspect religieux : *ils font leurs propres vêtements et ressemblent à des amish. Tu sais, comme dans Witness.* Cela fit grimacer Fran de les entendre cancaner comme ça. Certes la plupart des ragots étaient inoffensifs, mais certaines personnes fragiles n'auraient pas dû être au centre d'une attention sans scrupules. Mary et Esther semblaient particulièrement innocentes et plus vulnérables que la moyenne des gens. Elles étaient le genre de personnes qui avaient besoin de protection et de gentillesse, pas de suspicion et de spéculation. De retour dans sa voiture, Fran prit un instant pour se ressaisir. Cela faisait un moment que ce genre d'émotion n'était pas monté en flèche, menaçant de déborder. Peut-être avait-elle besoin de passer à nouveau du temps sur le forum de deuil, et pas seulement en tant qu'administratrice, mais en tant que personne ayant besoin d'aide.

— Oh là ! là ! dit-elle à voix haute en essuyant quelques larmes. Elle pensait de nouveau à Chloé.

Vulnérable

Une fois qu'elle eut réussi à se ressaisir, Fran prit son téléphone dans son sac, ouvrit Facebook, trouva le profil de Mary et lui envoya un message. Adrian n'approuverait pas cela, mais Fran était sûre que ces deux filles avaient besoin de quelqu'un. Qu'elles avaient besoin d'elle.

Chapitre Sept

Alors que Fran roulait en direction de l'est de Leacroft, le long du ruisseau, elle essayait d'oublier l'expression inquiète et les paroles précautionneuses d'Adrian. « Elles ne sont pas de la famille, Franny. » Ça voulait dire : ne t'attache pas. Ne présume pas que tu peux les aider. Ne te permets pas d'être blessée par elles, car elles pourraient te rejeter, toi et ton aide. Néanmoins, Fran roula jusqu'à la petite maison en terrasse des Whitaker et se gara le long du trottoir. L'endroit était assez agréable. Le jardin de devant avait été récemment taillé et désherbé ; elle s'en rendit compte en voyant les feuilles éparpillées sur le gravier. Il y avait des rideaux. Le porche était bien rangé. Il n'y avait pas de voiture à l'extérieur, elle supposa donc qu'Elijah était au travail.

Elle se dirigea vers l'allée et frappa.

— Bonjour, dit Mary, ouvrant la porte presque immédiatement comme si elle avait attendu de l'autre côté. Nous sommes prêtes. Viens, Esther. Mary franchit le porche et fit signe à sa fille de la suivre.

— Père dit que je ne devrais pas y aller.

Une petite chaussure noire frottait le carrelage du porche. Esther se tenait à moitié dans la maison, à moitié dehors, la lèvre inférieure saillante et les sourcils froncés. « Il me dit de ne pas y aller. »

— Elle va bien ? demanda doucement Fran.

— Oui, très bien. Elle est de mauvaise humeur ce matin. Mary lui adressa un sourire anxieux.

Quand Fran avait contacté Mary, elle avait suggéré qu'une visite à *Chatsworth House*[1] pourrait les aider pour l'école à la maison. Après tout, c'était plein d'art et d'histoire. Elle avait proposé de les conduire à l'aller et au retour, et elle ne l'avait pas dit, mais elle avait l'intention de payer l'entrée, aussi.

— Y a-t-il des démons dans cette maison ?

— Notre maison ? Non, ma chérie. Notre maison est notre abri. Elle nous garde en sécurité.

— Non, Catswort Houses. La petite fille fronça les sourcils, le menton baissé vers la poitrine.

— Chatsworth. Mary plia les genoux pour être à la hauteur de ses yeux. Les maisons ne sont que des briques et du mortier. Elles n'ont pas d'âme. Elles n'ont pas de démons.

Cela sembla calmer la petite fille, ce qui signifia que Mary et Fran purent la faire sortir et monter dans la voiture. Elle fit encore la tête sur la banquette arrière pendant un moment, mais elle finit par se distraire en regardant les autres voitures qui passaient. De temps en temps, Fran l'observait dans le rétroviseur.

— Je suis désolée pour Esther, dit Mary. Elle prend sa scolarité très au sérieux. Parfois, il est difficile d'expliquer le sens des choses et elle s'embrouille.

— Vous n'avez pas besoin de vous excuser, dit Fran.

Mary laissa échapper un long soupir, lèvres pincées.

— Vous devez penser que je suis une mère affreuse. D'abord, je l'ai laissée s'enfuir. Maintenant, elle parle de maisons maléfiques. Je fais tout de travers la plupart du temps, je le sais.

— Je ne pense rien de tel, dit Fran, quittant la route des yeux pour sourire à Mary, qui était assise les épaules voûtées, l'air vaincu. Être une mère est l'un des métiers les plus difficiles au monde. Non, c'est LE métier le plus dur du monde, et probablement le plus solitaire. Soyez indulgente envers vous-même. Vous faites du mieux que vous pouvez. Fran détourna le regard avec tact alors que Mary essuyait une larme. Est-ce qu'Elijah vous donne un coup de main ? C'est un père qui met la main à la pâte ? J'ai entendu dire qu'il avait deux emplois. Cela doit être difficile pour vous et Esther.

— Il travaille dur, dit-elle. C'est un bon père.

Fran voulait insister, mais décida de ne pas aller trop loin.

— Esther parle effectivement beaucoup de lui. C'était drôle qu'elle ait dit qu'il lui disait de ne pas partir, comme s'il était là avec nous.

— Oh, elle ne parle pas d'Elijah quand elle dit Père, dit Mary. Elle parle de Dieu.

Fran leva les sourcils et ouvrit la bouche en même temps. Il lui fallut une seconde ou deux pour se retenir afin de ne pas être impolie.

— Comme c'est... inhabituel.

— Dingue, vous voulez dire ? Mary se retourna pour regarder sa fille, tapotant le genou d'Esther avec sa paume. Puis elle se retourna vers l'avant, s'appuyant contre l'appui-tête. Esther n'est pas folle, pourtant. Je vous jure que j'ai lu partout que ça arrive parfois aux enfants. C'est inoffensif. Dieu est son ami imaginaire pour l'instant, mais elle sortira vite de cette phase.

Les paroles rationnelles de Mary apportèrent un énorme sentiment de soulagement à Fran.

— Ah, je comprends. Elle relâcha sa prise sur le volant.

— Moi aussi, j'avais un ami imaginaire quand j'étais petite, dit Mary.

— C'était Dieu ? Fran se retint de rire, sentant que ce serait aller trop loin pour Mary.

— Non. Mary regarda par la vitre. Elle y appuya un doigt. Fran

Vulnérable

remarqua que sa voix semblait lointaine. C'était un officier de police. Je l'appelais Sheriff. Il me suivait partout pour s'assurer que j'étais en sécurité. Quand j'avais peur, Sheriff était là pour arranger les choses.

Quelque chose dans les mots de Mary refroidit l'atmosphère de la voiture.

— Comment était votre enfance en Arizona ?

Mary inspira profondément par le nez et regarda droit devant. Sa voix perdit ce ton du souvenir.

— J'ai grandi avec des gens sains, qui craignaient Dieu.

Fran se gara sur le parking avec une sensation désagréable dans l'estomac. Elle ne pouvait pas mettre le doigt sur la raison pour laquelle les paroles de Mary la mettaient mal à l'aise. Était-ce parce qu'elle pensait qu'elle mentait ?

Chapitre Huit

Fran s'était déjà rendue à Chatsworth House avec les enfants de ses amis et avait toujours apprécié de les voir courir avec insouciance dans les jardins. Entendre les rires des enfants était le son qu'elle préférait, mais Esther ne riait pas. C'était une journée radieuse, avec des fleurs roses printanières qui illuminaient l'horizon. De nombreux plaisirs pour les yeux. Une grande fontaine jaillissait au bout d'une longue pelouse parfaitement entretenue. De larges chemins de gravier encadrés par des statues de marbre. Des coins accueillants remplis de roses, leur arôme floral flottant dans l'air. Fran avait hâte de voir Esther courir dans les allées du jardin, de voir rebondir ses nattes et d'entendre le cuir verni de ses chaussures claquer sur les pavés. En réalité, Esther marchait toujours aux côtés de sa mère, réagissant à peine à la beauté qui les entourait.

À l'intérieur de la demeure seigneuriale, c'est Mary qui tendit le cou vers les lustres étincelants et les fresques rayonnantes. Esther regarda les peintures et les sculptures comme si elle en était personnellement offensée. Pendant ce temps, Mary était émerveillée, lisant chaque plaque à haute voix pour elle-même. À un moment donné, elle demanda à Fran si un roi avait vécu là. Elle dit à Fran que c'était comme être transportée dans un autre monde. Dans la chapelle, elle resta pensive, ses lèvres bougèrent une ou deux fois comme si elle murmurait une prière.

Fran les emmena au café pour le déjeuner et commanda des sandwiches au thon pour tout le monde. Esther était très sage, comme toujours, ce qui permit à Fran et Mary de parler librement. On avait presque l'impression qu'Esther n'écoutait pas du tout, tellement elle était silencieuse. D'une certaine manière, elle les berçait d'un faux sentiment de sécurité, leur permettant de discuter devant elle de ce qu'elles voulaient.

— Comment vous êtes-vous rencontrés avec Elijah ? demanda Fran.

— Nous suivions le culte dans la même église. Il est un peu plus âgé que moi, mais tout le monde disait combien il était gentil. Quand il m'a demandé de former un couple, j'ai accepté.

Fran nota la tournure étrange de la phrase. « *Former un couple* ». Cela sonnait presque comme un arrangement.

— Quel âge aviez-vous quand vous vous êtes rencontrés ?

— Vingt ans.

— Donc, vous avez une vingtaine d'années ? demanda Fran. Je dois dire que vous avez l'air beaucoup plus jeune. Ça a rendu perplexes quelques personnes à Leacroft.

— Les gens parlent de moi ? Mary posa son sandwich et fronça les sourcils.

— Des ragots inoffensifs. N'y prêtez pas attention, dit Fran. Nous n'avons pas beaucoup de nouvelles familles qui s'installent dans le village et certains des habitants n'ont rien de mieux à faire, c'est tout.

— OK, je ne le prendrai pas à cœur alors, dit Mary. Mais son visage resta fermé.

— Qu'est-ce qui vous a fait déménager à Leacroft ?

Elle prit une autre bouchée de son sandwich et mâcha lentement.

— Je ne sais pas si je peux répondre à cette question. C'est arrivé comme ça.

Fran attendit, sentant qu'il y aurait une suite.

Le sandwich revint sur l'assiette avant qu'elle ne poursuive.

— Nous voulions partir, pour diverses raisons. Elle se crispa, ses mains parcoururent le haut de ses bras, pressant la chair ferme à travers le tissu de sa robe.

Fran regarda les ongles de Mary s'enfoncer profondément.

— Elijah a un cousin qui vit à Derby et nous avons vécu avec lui pendant un certain temps. Nous sommes venus à Leacroft pour une sortie en journée il y a environ quatre semaines et nous avons vu la maison à louer. Elle haussa les épaules, mais le haut de son corps resta rigide, les bras serrés contre elle. J'ai adoré. Nous avons utilisé presque toutes nos économies pour venir ici, mais je suis contente de l'avoir fait. Finalement, elle se détendit, et sa poitrine s'abaissa.

Quand le bras de Mary retomba sur la table, la manche de sa robe s'accrocha au bord de son assiette et fut tirée en arrière. C'est à ce moment-là que Fran remarqua le bleu violacé d'une ecchymose. Mary glissa son bras sous la table et prit une gorgée de sa limonade. Les deux femmes échangèrent un regard et c'est à ce moment que Fran envisagea de lui poser la question. Mais Esther était avec elles et elle ne voulait pas effrayer l'enfant.

« Déménager dans un nouvel endroit a été plus difficile que je ne le pensais, poursuivit Mary, continuant la conversation avant que Fran n'ait l'occasion de poser une question sur le bleu. J'adore Leacroft, mais je ne sais pas comment rencontrer des gens. »

— Pourquoi ne viendriez-vous pas à la chorale du village ? suggéra Fran.

Mary sourit timidement.

— Je ne chante pas très bien.

— Moi non plus. Fran laissa échapper un petit rire aigu. Pour être honnête, la plupart des autres non plus. Nous nous retrouvons pour bavarder et partager des gâteaux que nous avons préparés dans la semaine.

Vulnérable

Je pense que tout le monde apprécierait un peu de sang neuf. À vrai dire, je suis la plus jeune. La plupart des gens de mon âge travaillent encore à plein temps ou ont de jeunes enfants. Le regard de Fran dériva vers Esther. Je ne pense pas que les autres verraient d'inconvénient à ce qu'Esther vienne avec nous. Elle est si bien élevée.

Mary caressa les cheveux de sa fille jusqu'au bout de sa queue de cheval.

— Oui, c'est vrai.

Fran ressentit une soudaine montée de chagrin, si puissante qu'elle fit s'échapper l'air de ses poumons. Pour éviter de se faire remarquer, elle se leva de table, se précipita aux toilettes et pleura dans la manche de son cardigan.

Chapitre Neuf

Esther fit une chute sur le chemin du retour vers la voiture. Ce n'était pas de sa faute ; quelqu'un avait laissé son chien sans laisse et le golden retriever excité avait bondi sur elle. Mary avait proposé de porter les boissons et les pâtisseries à emporter que Fran avait achetées pour la route du retour, et c'est donc cette dernière qui s'interposa, chassant le chien et relevant Esther.

— Tu t'es fait mal, ma chérie ?

Esther ne répondit pas, mais du sang était visible à travers ses collants blancs, une tache rouge qui continuait à s'étendre sur son genou. Elle était assise sur l'herbe, sa pauvre petite jambe repliée. Fran s'accroupit à côté d'elle pour mieux voir.

— Elle s'est fait mal ? demanda Mary, le corps à moitié dans la voiture, en train de ranger les gobelets à emporter dans les porte-gobelets.

— Il y a une écorchure sur son genou. Dois-je enlever son collant et regarder ?

— Oui, j'arrive tout de suite.

C'est Esther qui enleva elle-même le collant, d'une manière professionnelle et silencieuse qui rappela à Fran sa dernière visite chez le médecin. Elle ne grimaça même pas lorsque l'étoffe tira sur sa peau déchirée, bien que Fran ait elle-même grimacé. Elle se pencha vers la blessure, plus petite qu'elle ne le pensait. Un genou écorché, rien d'inquiétant.

— Mary, il y a du sparadrap dans la boîte à gants. Vous pouvez en prendre ?

— Du sparadrap ?

— Des pansements, je veux dire.

Fran prit les collants sales de la main de la fillette et utilisa un peu d'eau de sa bouteille pour laver toute la saleté de l'écorchure.

— Oh, mon Dieu, je suis vraiment désolé. Le propriétaire du chien était resté en retrait, le chiot excité étant à nouveau en laisse, son museau reniflant dans l'herbe. Est-ce qu'elle va bien ?

Fran répondit, les dents serrées.

— Elle s'est ouvert le genou à cause de votre chien. Tenez-le en laisse !

— Il ne pose pas de problème d'habitude, je ne sais pas ce qui s'est passé.

Le promeneur du chien recula, mais resta assez proche.

Fran roula les yeux et reporta son attention sur Esther.

— Ils disent tous ça. Irresponsables, voilà ce qu'ils sont. Est-ce que ça pique, maintenant ?

Esther secoua la tête.

— Tu es une petite fille extrêmement courageuse.

Elle sortit un mouchoir en papier de son sac – pris dans les toilettes du café – et tapota la zone autour de la blessure jusqu'à ce qu'elle sèche. C'était le mieux qu'elle pouvait faire. L'écorchure n'était pas trop grave maintenant que les collants étaient enlevés. Elle aurait besoin d'une crème antiseptique, mais cela devrait attendre plus tard. « Tu es tombée sur quelque chose ? » Le regard de Fran s'était arrêté sur l'ecchymose violacée sur le haut de la cuisse d'Esther. Elle avait vu Esther tomber et ne se souvenait pas que la petite fille ait atterri sur une pierre. Elle regarda l'herbe autour pour voir si elle pouvait voir quelque chose.

— Non, dit doucement Esther.

— Comment tu t'es fait ce bleu ?

— J'sais plus.

La couleur était trop foncée pour que l'ecchymose soit récente, elle s'en rendait compte maintenant. Elle était de la taille d'une pièce de deux livres, mais de forme ovale. Les enfants se font toutes sortes d'éraflures et ce bleu pouvait provenir de n'importe quoi. Esther avait peut-être oublié comment elle se l'était fait et Fran pouvait le croire. Du moins, elle l'aurait cru avec n'importe quel autre enfant, sauf Esther. Son amie Justine avait un enfant de cinq ans qui se jetait sur toutes les surfaces en jouant à la fusée ou à Captain America. Fran ne se souciait pas des bleus sur son corps, alors pourquoi ce bleu sur la jambe d'Esther la dérangeait-il ?

— Oh, Esther. Mary déposa un gros baiser sur le sommet de la tête de la petite fille. Laisse-moi te mettre ça dessus.

Fran se leva et recula, se rappelant qu'Esther n'était pas son enfant. Ce n'était pas à elle de donner les baisers ou de mettre un pansement sur le bobo. Elle serra les collants déchirés dans sa main et se dirigea vers la poubelle. Le promeneur de chien était parti, ce qui l'arrangeait. Quand elle était de cette humeur, Fran se défoulait volontiers sur la personne qui serait la plus proche et sans méfiance. Les collants tombèrent dans la poubelle à côté d'une canette de Coca Light.

Elle regarda Mary remettre Esther debout et s'occuper de la petite robe chasuble qu'elle portait.

— On devra mettre ça directement dans la machine quand nous rentrerons à la maison. Mary gratta une tache d'herbe.

Fran retourna vers la voiture.

— Je voulais vous demander si vous aviez fait ces vêtements vous-même. Ils sont adorables.

— Vous trouvez ? J'ai commencé par réparer des accrocs et des déchirures et je suppose que j'ai pris l'habitude de coudre.

— Et les vôtres aussi ?

Vulnérable

— Oui.
Fran laissa sa main effleurer le tissu de la manche de Mary.
— Vous êtes douée, vous savez. Vous pourriez fabriquer et vendre vos propres vêtements.
Mary gloussa.
— Je ne pense pas.
— Pourquoi pas ?
Son rire s'éteignit.
— Non. Ce ne serait pas bien.
— À cause de votre mari.
Pour la première fois, l'expression de Mary sembla tranchante quand elle regarda Fran. Elle vit un avertissement dans les yeux de la jeune mère. *Ne va pas par là*.
— Viens Essie, il est temps de partir. Mary aida sa fille à monter dans la voiture. La journée était terminée.

Chapitre Dix

Les pouces d'Adrian s'enfonçaient dans les muscles de sa colonne vertébrale, à quelques centimètres sous ses épaules, s'activant sur sa tension. Elle essaya de se détendre, de permettre à ses mains de lui apporter le plaisir habituel, mais elle n'y parvint pas, et il le remarqua. Il se pencha vers elle et l'embrassa sur le sommet de la tête, comme Mary avait embrassé sa fille.

— C'est fini, dit-il.

Ils étaient sur le canapé avec des verres de vin. Il leur avait préparé des moules marinières et maintenant ils buvaient du sauvignon blanc en regardant le film d'Hitchcock préféré d'Adrian : *La corde*.

— Elles avaient toutes les deux des bleus, dit-elle. Elle avait gardé ses pensées pour elle toute la soirée et maintenant, alors qu'elle parlait, ses mains s'agitaient frénétiquement. Il y a quelque chose qui ne va pas chez cette enfant. Elle ne rit pas, ne court pas, ne joue pas. *Dieu* est son ami imaginaire. J'ai vu un bleu sur sa cuisse, Adrian.

— Comment tu sais ça ? demanda Adrian.

— Elle s'est écorché le genou et elle a dû enlever ses collants. J'ai vu le bleu pendant qu'elle le faisait.

— Les enfants ont...

— Tout le temps des bleus. Je sais. Mais ça s'ajoute à quelque chose de... mauvais. Je le sais. Je le *ressens*. Il finit son verre et mit le film sur pause.

— Et pour la mère. Comment as-tu vu son bleu ?

— C'était sur son poignet. Elle l'avait caché en portant des manches longues.

— Ou alors, elle s'habille modestement parce qu'ils sont assez religieux.

Fran fit un bruit guttural avec sa gorge.

— Je suis consciente qu'il y a une explication rationnelle à tout. Je sais qu'il y en a une. Ce n'est pas ce que... Elle marqua une pause, pour rassembler ses idées. Elle était là, ménopausée, irrationnelle. La femme que personne n'écoute dans les films. La sorcière hystérique qui finit par être

Vulnérable

giflée par le héros moustachu. « Je vais tout te raconter depuis le début. » Et elle le fit, en commençant par la découverte d'Esther dans le parc, jusqu'au regard d'avertissement que Mary lui avait lancé lorsqu'elle avait suggéré qu'Elijah l'empêchait de faire des choses. « Je pense que c'est un mari abusif, qui contrôle tout. »

Adrian posa son verre sur la table basse et attira Fran dans ses bras.

— Tu as peut-être raison.

— J'ai souvent raison.

— Oui, c'est vrai. Tu as une bonne intuition, et je suis désolé si j'ai semblé dédaigneux. Tu as peut-être raison, mais où cela te mène-t-il si c'est le cas ? Que peux-tu y faire ? C'est elle qui a besoin de quitter son mari.

— Si Esther subit un préjudice, je pourrais appeler la police, ou prévenir les services sociaux.

Il resta silencieux pendant un moment.

— Je ne sais pas, Franny. C'est un problème sérieux. Tu dois être sûre. Tu es sûre ?

Elle soupira.

— Non, je ne suis pas sûre. Ce ne sont que deux petits bleus et je n'ai aucune idée de la façon dont elles se les sont faits.

Elle sentit son menton se plaquer contre sa tête.

— Alors pour l'instant, c'est le choix de Mary. Il n'y a rien que tu puisses faire. Donc, c'est quoi ta place ?

— Celle d'une amie.

Il réajusta sa position, ce qui conduisit Fran à se réajuster aussi. Puis elle sentit ses doigts passer doucement dans ses cheveux et une agréable sensation de picotement parcourut son cuir chevelu.

— J'aimerais que tu aies tort cette fois, pour être honnête. Je ne veux pas penser à cette jeune femme coincée dans une relation abusive. Mais tu dois savoir que tu es ma priorité. Je veux que tu réfléchisses vraiment à l'opportunité d'assumer ce... ce fardeau émotionnel, parce que c'est ce que tu fais. Tu t'engages dans une amitié avec quelqu'un qui pourrait avoir besoin de toi, et je veux dire *vraiment* besoin de toi, à un moment donné, et je ne suis pas sûr que tu sois prête pour ça.

Fran s'écarta de ses bras. Elle souleva ses pieds sur le coussin du canapé et posa son menton sur ses genoux. Elle n'avait pas envie d'entendre ça, pas maintenant. Elle se concentra sur les fraises enlacées de vignes sur leur papier peint. La pièce avait besoin d'être redécorée, mais elle n'avait pas envie de supporter des travaux et le désordre qui irait avec.

— Franny... dit-il.

— Ne fais pas ça.

— Je ne peux pas ne rien dire.

— Je ne suis pas une enfant. Elle resserra les mains autour de ses genoux. Les jointures étaient blanches.

— Tu sais pourquoi tu es attirée par elles, n'est-ce pas ?

— Bien sûr que je le sais, Adrian, dit-elle sèchement. Bien sûr que je le sais ! Elle laissa ses pieds retomber sur le tapis, prit son verre de vin et l'emporta dans la cuisine. Adrian ne la suivit pas. Peut-être avait-il compris, à juste titre, qu'elle avait besoin d'être tranquille. Là, sur la table, il y avait l'ordinateur portable. Elle s'assit et l'ouvrit, se rendant directement sur son site de deuil.

Fran était administratrice du site depuis quelques années maintenant. Même si elle n'était pas une conseillère formée, elle avait aidé de nombreuses personnes à surmonter leur deuil. Elle gérait en particulier un sous-forum consacré à la ménopause précoce chez les femmes. Elle se connecta pour vérifier les nouveaux fils de discussion, voir si elle pouvait aider quelqu'un. Elle avait créé cette section du forum pour aider les femmes qui avaient perdu un enfant avant de perdre leur capacité à concevoir, parce qu'elle avait dû faire deux fois son deuil lorsque cela lui était arrivé. Une fois pour Chloé, et une fois pour son corps.

Chapitre Onze

Quelques jours glacials suivirent leur dispute. Fran passait la plupart de son temps sur son forum de deuil, se lançant dans des discussions de groupe, sans toujours être aussi positive et attentionnée qu'elle l'aurait souhaité. Elle trouvait que ses messages commençaient avec les meilleures intentions du monde, mais se dégradaient rapidement. *Je sais ce que tu traverses, et je sais que cela prend du temps, mais tu peux t'en sortir. Tu auras peut-être peur, tu auras peut-être peur et tu seras parfois complètement seule. Ça va être dur. Insupportable par moments.* Ce mot revenait à chaque fois. Seule. Était-ce vrai ? Adrian avait souffert, mais il n'avait pas été celle qui avait porté Chloé dans son corps, et il n'avait pas été la seule à perdre une partie d'elle-même dans le processus.

Mais rien de tout cela n'était de sa faute. Pas plus que les mots d'avertissement qu'elle avait pris si personnellement. Il veillait sur elle, elle en était sûre au moins, et au fil des jours, elle commença à se rallier à sa façon de penser. Elle cessa de regarder aussi souvent le profil Facebook de Mary. Elle évita le Lion Rouge, où elle avait l'habitude de passer pour prendre un pinot grigio l'après-midi et écouter les ragots sur les Whitaker. Elle essaya d'arrêter d'imaginer le visage de la petite Esther après que le chien l'ait renversée, la première émotion qu'elle avait remarquée chez la fillette. Ses traits s'étaient chiffonnés à cause de la douleur. C'était la partie qu'elle ne pouvait pas laisser passer : Esther.

Trois jours après leur dispute, Adrian avait passé l'après-midi à la bibliothèque de Leacroft. Le soir, il rentra avec un curry à emporter et une bouteille de prosecco.

— Un balti va-t-il te permettre de me pardonner ? Il répartit la nourriture dans les assiettes, ses yeux de chien battu rencontrant les siens.

— Si tu n'as pas oublié les pommes de terre, je vais y réfléchir.

Il dansa à travers la cuisine jusqu'au sac, et lentement, comme un magicien sortant un lapin d'un chapeau, il en sortit un carton supplémentaire.

— *Voilà, madame.*[1]

Fran rit en sirotant son prosecco. Les bras d'Adrian se glissèrent autour de son cou et il déposa un baiser sur le dessus de sa tête. Elle ne lui dit pas qu'elle pensait qu'il avait peut-être raison, mais elle apprécia la nourriture, les rires et le vin pétillant. Pour l'instant, elle ne pensait ni à Esther ni à Chloé, et cette nuit-là, elle dormit sans faire de rêves.

Mais le lendemain, tout changea. Fran se réveilla, alla courir, prit son café dans le jardin et lut pendant un moment. Adrian et elle prirent le petit-déjeuner ensemble avant qu'il n'aille dans leur bureau pour lire. Fran était sur le point d'aller dans le jardin pour s'occuper des plantes quand quelqu'un frappa.

Mary et Esther se tenaient sur le pas de la porte, main dans la main. Mary sourit d'un air penaud.

— Je ne vous dérange pas, j'espère ?

Fran, décontenancée, ouvrit la porte et insista pour qu'elles entrent prendre une tasse de thé.

— Nous ne resterons pas longtemps, dit Mary. Je suis passée pour vous donner quelque chose. Mary se mordit la lèvre et fit un geste vers le sac qu'elle portait sur le bras. Les yeux de Fran suivirent sa main, la curiosité creusant comme un puits en elle.

La mère et la fille entrèrent dans leur cuisine où Fran mit la bouilloire en marche, tout en gardant un sourire trop large figé sur son visage. La bouilloire émit un faible sifflement lorsqu'elle commença à chauffer.

— Ce n'est pas grand-chose, dit Mary. Mais je me sentais mal que vous ayez tout payé à Chatsworth, alors je voulais faire quelque chose de gentil pour vous. Esther, peux-tu donner son cadeau à Mme Cole ?

La petite fille avait les cheveux en queue de cheval ce jour-là. Ses yeux d'un bleu intense étaient fixés sur Fran. Comme toujours, elle ne souriait pas. Ses chaussures noires claquèrent légèrement sur le carrelage lorsqu'elle s'avança pour lui remettre le sac.

— Eh bien, merci beaucoup, toutes les deux, dit Fran, la voix étouffée par l'émotion.

— Qu'est-ce que tu dis, Esther ? demanda Mary.

— Merci de m'avoir aidée quand je me suis blessée au genou. À aucun instant ses yeux ne se baissèrent vers le sol, ce qui était surprenant pour une enfant aussi timide. Fran était habituée à ce que les enfants exagèrent leurs manières, qu'il s'agisse de gazouillis exagérés, d'orteils se tortillant sur le sol ou de rires malicieux.

— Et comment va ton genou, Esther ?

— Bien.

— ça va beaucoup mieux maintenant. Mary lissa la queue de cheval de sa fille, laissant les mèches dorées glisser dans sa main. C'est presque guéri. Allez, ouvrez votre cadeau maintenant.

C'est à ce moment-là qu'Adrian entra dans la cuisine. Fran remarqua que Mary baissait les yeux pendant un moment et que son visage pâlissait. Esther détourna également le regard.

— J'avais cru entendre des voix, dit Adrian joyeusement. Laissez-moi deviner, Mary et Esther ? J'ai tellement entendu parler de vous deux.

Mary fit un signe de tête.

Vulnérable

— Enchantée de vous rencontrer.
— Mary m'a apporté un cadeau, dit Fran, prenant une voix aiguë pour détendre l'atmosphère. Elle posa le sac sur la table et sortit le paquet du plastique ; il était emballé dans du papier brun et attaché avec une ficelle.
— Comme c'est gentil. Adrian s'appuya contre la porte, les yeux fixés sur Mary.

L'eau bouillait, le bouton lumineux de la bouilloire sauta.

Fran détacha la ficelle et laissa le papier se déplier tout seul. À l'intérieur, elle trouva une robe de cocktail noire à pois. Quand elle la plaqua contre son corps, elle réalisa qu'elle lui irait parfaitement.

— Oh, Mary. C'est magnifique.

Le visage de la jeune femme s'éclaira.

— Vous trouvez ?
— Oui, elle est très belle.

Adrian s'avança pour toucher le tissu.

— Magnifique.
— Vous avez pris le temps de me faire ça ? dit Fran, déstabilisée et submergée par le geste, la gorge nouée.
— Ce n'était rien à faire.
— Laissez-moi vous servir une tasse de thé pendant que Fran l'essaie, dit Adrian.
— Oh, Mary, c'est trop ! Fran ne pouvait s'empêcher de toucher le tissu. Sa douceur au bout de ses doigts. Elle se sentait transportée dans un autre temps, quand les femmes cuisinaient et cousaient les unes pour les autres, s'apportaient mutuellement du pain dans les moments difficiles. Elle s'éclaircit la voix et ajouta, sur un coup de tête : nous devons faire quelque chose pour rendre la pareille à un si merveilleux cadeau. Pourquoi ne viendriez-vous pas dîner un soir tous les trois ?

Les yeux de Mary s'écarquillèrent.

— Je ne sais pas... Elijah travaille tard parfois.

Adrian jeta un regard d'une femme à l'autre, son expression étant indéchiffrable. Pendant une fraction de seconde, Fran pensa qu'il était contrarié.

— Eh bien, dit Fran, réfléchissez-y. Parlez-en à Elijah et faites-nous savoir quand vous serez disponibles.

Mary acquiesça, puis ses yeux se levèrent timidement vers Adrian, qui se tourna et sortit silencieusement de la pièce.

Chapitre Douze

— Pourquoi diable as-tu fait ça ? Adrian se tenait à côté de l'évier, les mains dans l'eau savonneuse jusqu'aux poignets.

— Désolée, dit Fran. C'est sorti tout seul. Elle portait toujours la robe à pois faite à la main, qui lui allait parfaitement et la faisait se sentir plus jeune. Elle avait une jupe ample qu'elle pouvait imaginer tournoyer sur une piste de danse.

— Je pensais que tu allais laisser tomber ! Il remua les tasses dans l'eau. La surface s'agita tandis que la vaisselle s'entrechoquait contre l'évier en acier inoxydable.

— Je sais. Mais je n'ai pas pu m'en empêcher. Elle m'a fait cette belle robe ! Fran posa une main sur l'épaule d'Adrian. Je suis désolée. Je sais que c'est une corvée pour toi, mais ce serait gentil de les inviter. Tu ne crois pas ? Ils ne connaissent personne ici et tous les vieux bavardent dans leur dos. Tu devrais entendre Emily à la chorale.

— Eh bien, maintenant je vais devoir cuisiner. Il soupira.

— Tu adores cuisiner.

— C'est... ce n'est pas le problème.

— Pourquoi ?

Il soupira encore.

— Tu es éblouissante dans cette robe.

Fran éclata de rire.

— Oh, mon renard argenté chéri, je crois que tu es aussi sensible que moi.

Ses traits se détendirent et il sourit. Il s'avança vers sa femme et entoura sa taille de ses bras.

Elle se pencha d'abord, mais lorsque ses mains savonneuses menacèrent de dégouliner sur sa nouvelle robe, elle se dégagea doucement de son étreinte.

« Qu'est-ce que tu as fait quand j'essayais la robe ? Je veux savoir. As-tu remarqué comme elles étaient timides quand tu es entré dans la pièce ? »

Il s'essuya les mains et s'installa confortablement sur une chaise.

— Oui, j'ai remarqué. Comme deux souris effrayées. Je comprends pourquoi tu les trouves intéressantes, mais je pense toujours que c'est juste une question de jeunesse et d'éducation protégée.

Fran rejoignit son mari à la table.

— S'ils viennent vraiment, nous pourrons rencontrer Elijah.

Elle l'imaginait barbu et rondelet. Un homme plus âgé qu'elle et puissant avec une lueur dure dans le regard.

— Elle fait plus jeune que vingt-sept ans, dit-il.

Fran fut soulagée de l'entendre parler, bien que prudemment, de la mère et de la fille qui avaient pris une grande place dans sa vie.

— Penses-tu qu'on aurait fait porter à Chloé de jolies robes et des tresses ? demanda-t-elle, pensive.

Adrian resta silencieux pendant un moment.

— Je pense que Chloé aurait grandi en devenant le genre de fille à nous dire ce qu'elle veut porter.

Fran aimait cette idée. Pendant le reste de la matinée, ils parlèrent de Chloé pour la première fois depuis un moment. Pas le mauvais côté, mais le bon. L'anticipation. L'achat de ses grenouillères, la construction du berceau. Plus tard, Fran avança jusqu'à la chambre d'enfant et prit une profonde inspiration. Il n'y avait pas de berceau, pas de petites chaussettes, pas de joli papier peint à fleurs ni les mobiles d'animaux de la ferme qu'elle avait achetés dans une boutique. À un moment donné, ils avaient emballé toutes ces choses et les avaient mises au grenier, se demandant si peut-être, juste peut-être, ils pourraient envisager une autre solution, une mère porteuse ou l'adoption. Ils ne l'avaient jamais fait. Sa main effleura son estomac tandis qu'elle examinait les équipements de gym et les piles de livres.

Aucun d'eux n'avait su quoi faire de la chambre après la mort de Chloé. Une partie de Fran voulait la fermer, comme son ventre avait été fermé. Aucun fruit ne serait né de ces entrailles-là. Elle entra dans la pièce et prit un livre de poche. Il était vieux, écrit par un Russe, le genre de littérature solennelle qu'Adrian aimait le plus. Elle le glissa sous son bras et sortit de la pièce, prétendant que ce livre était la raison pour laquelle elle s'y était rendue. Adrian ne dit rien quand il vit sa femme lire le livre, allongée sur le canapé. Fran savait qu'il savait. Peut-être avait-elle pris le livre pour lui montrer qu'elle était allée là-bas. Peut-être qu'elle voulait qu'il se rende compte de ce qu'elle faisait. Elle ne savait pas. Elle resta là et fit semblant de lire tout en pensant à Esther, à Mary, à Chloé et à elle-même.

Chapitre Treize

On était samedi soir, avec un temps chaud et un ciel dégagé. À dix-neuf heures, le crépuscule approchait, versant une encre sombre sur le paysage. Fran avait passé la journée à se ronger l'ongle du pouce tandis qu'Adrian et elle se chamaillaient sur la façon de cuire les pommes de terre. Maintenant, elle ouvrait et fermait sans cesse la porte du four, vérifiant le gigot d'agneau rôti avec du romarin et de l'ail. Adrian agitait les pommes de terre dans la poêle et elles faisaient un bruit délicieux quand elles rebondissaient sur les bords. La cuisine sentait comme le dimanche après-midi chez sa mère – de la graisse d'oie bouillante et de l'ail légèrement roussi. La mère de Fran préparait un rôti en un rien de temps, pour plusieurs personnes, faisant tout le travail elle-même sans jamais transpirer. Fran n'était pas comme ça, elle avait besoin des conseils avisés d'Adrian, surtout aujourd'hui. C'était sa recette, avec des gousses d'ail dans l'agneau et du vin rouge dans la sauce. Son aide à elle ressemblait à une intrusion.

Elle portait la robe de cocktail, sans collants, sans chaussures et des boucles d'oreilles dorées. Elle avait repéré la ligne des racines grises en se changeant, et s'était empressée de donner un peu de volume à ses cheveux dans l'espoir que personne ne la remarquerait. Alors qu'elle transvasait la sauce à la menthe dans un plat de service, Adrian lui massa les épaules.

— Ils vont apprécier le repas, tu sais. Détends-toi. Tout va bien se passer.

Mais il y avait trop de pensées qui se bousculaient dans l'esprit de Fran pour qu'elle puisse se détendre. Elle faillit repousser Adrian, mais dut admettre que ses mains qui pétrissaient sa chair étaient en fait très agréables. On frappa à la porte. Elle redressa sa colonne vertébrale, retira le tablier précipitamment – repoussant par la même occasion les mains d'Adrian – et lissa sa robe.

Adrian mit une petite pomme de terre dans sa bouche.

— Mets ton masque !

Elle lui lança un regard furieux avant de traverser la maison et d'entrer dans le couloir. Au moment où elle ouvrit la porte, elle avait effectivement mis son masque. Elle souriait largement.

— Bonjour ! Entrez, faites comme chez vous.

Il y eut des poignées de main et beaucoup de chocs entre les membres dans l'étroit couloir. Pas de manteaux en raison du temps chaud. Esther resta collée au côté de sa mère pendant que Fran les conduisait au salon. Elle n'avait pas eu l'occasion de bien voir le père, mais elle remarqua qu'il était grand et large.

— Nous avons apporté quelque chose. Je ne sais pas si c'est bien. Mary glissa un petit paquet dans la main de Fran.

Elle décolla le papier brun pour libérer l'arôme du pain fraîchement cuit. Il était encore chaud, rebondi, avec une belle croûte ferme.

— Ça a l'air absolument délicieux. Nous le mangerons avec notre dîner. Ce ne sera pas long. Nous venons de sortir les pommes de terre rôties du four. Laissez-moi mettre ça dans la cuisine et on fera les présentations correctement. Nous ne nous sommes pas encore rencontrés, Elijah. Merci d'être venu.

— Merci de m'avoir invité.

Sa voix était chaude. Il avait des yeux marron sombre, presque exactement de la même couleur que ses pupilles. Ils étaient installés lourdement dans son visage rond, assez grands pour attirer l'attention de quiconque. Il avait un teint assez pâle, avec des joues roses comme un nain de jardin. Une barbe poivre et sel bien fournie. Des cheveux grisonnants. Sa carrure était large, mais corpulente, avec un ventre qui dépassait du pantalon kaki. Il portait une chemise blanche ouverte au cou, les manches retroussées jusqu'aux coudes. Ses cheveux avaient été soigneusement séparés, avec du gel sur les côtés. Fran prit un instant pour déterminer son âge. À peu près le même qu'elle, pensa-t-elle, pratiquement le double de l'âge de Mary. « Vous avez une belle maison. »

— Merci, c'est très gentil.

— Je dois dire que j'ai attendu ça toute la semaine. Un vrai dîner cuisiné par une Anglaise. Il sourit d'un air malicieux. C'est un vrai régal. Esther a été excitée toute la semaine, n'est-ce pas ?

— Non, dit Esther.

Elijah laissa échapper un rire joyeux, proche du gloussement.

— Ma petite anticonformiste !

— Désolée, marmonna Mary.

— Ce n'est pas grave ! Je détestais les dîners d'adultes quand j'avais ton âge. Mais j'ai fait des frites au cas où tu n'aimerais pas l'agneau. Fran regarda Mary. Je sais que l'agneau peut être un peu fort pour les petits.

— Oh, ça ne la dérange pas, dit Mary.

— Laissez-moi vous apporter des boissons. Fran se fraya un chemin jusqu'à la cuisine. J'ai une bouteille de rouge ouverte si l'un d'entre vous en a envie.

— Merci, Mme Cole, mais nous ne buvons pas d'alcool, dit Elijah, la suivant d'un pas lourd. Mais allez-y et faites ce que vous avez l'habitude de faire. Ne faites pas attention à nous.

— De la limonade ? Du Coca ?

Vulnérable

— De l'eau, ça ira, répondit Elijah.

Une fois dans la cuisine, Adrian se présenta pendant que Fran trouvait des verres à remplir au robinet. Elle les emmena dans la salle à manger et disposa le pain à côté d'un couteau et d'un peu de beurre.

— Comment est l'agneau, chéri ? demande-t-elle en prenant des assiettes dans les placards, créant une cacophonie avec la porcelaine.

— Parfait, répondit-il.

— Aide la dame, Mary. Elijah poussa légèrement sa femme vers l'avant, puis il pouffa. Vous devez excuser nos manières : nous restons là, à ne rien faire.

— Oui, désolée Mme Cole, dit Mary.

Fran se força à sourire et dit :

— Vous êtes nos invités. Maintenant, allez dans la salle à manger et asseyez-vous. Tout ce que nous avons à faire est de préparer les assiettes et de servir. Pas d'histoires. Allez-y.

Elle n'avait pas aimé ce geste. Un flottement nerveux commença dans son estomac alors qu'elle sortait l'agneau du four. Derrière elle, elle sentait les yeux d'Esther qui l'observaient, son calme emplissant toute la pièce.

Chapitre Quatorze

— Voulez-vous nous excuser un moment pendant que nous disons les grâces ? Elijah fit un sourire poli à Fran en regardant le pain dodu au centre de la table. Il n'y a pas besoin de vous joindre à nous si vous n'êtes pas à l'aise.

— Pas du tout, je serais heureuse de me joindre à vous. Fran lui rendit son sourire. À côté d'elle, elle sentit Adrian remuer sur son siège. Elle savait qu'il était le seul agnostique dans la pièce.

— Alors nous devrions joindre nos mains. Elijah tendit la main à Fran, en bout de table, son autre allant à Mary, qui glissa sa main dans celle d'Esther, de l'autre côté. Elle tenait la main d'Adrian, qui prit celle de Fran avec un regard las. « Et peut-être qu'Esther pourrait dire quelque chose ? »

Fran ferma les yeux et inclina la tête, l'odeur de l'agneau cuit et de l'ail lui mettant l'eau à la bouche. Elle espérait que cela se termine rapidement pour pouvoir manger, mais elle voulait aussi avoir un aperçu de cette famille et de sa dynamique, elle était intriguée de savoir ce qu'Esther allait dire.

— Merci, Père, pour cette nourriture et pour avoir pardonné les péchés de cette maison.

Fran ouvrit les yeux et remarqua deux choses. Les yeux d'Esther étaient fermés, les paupières serrées et sa tête était inclinée vers la table, tandis que les yeux d'Elijah étaient grands ouverts et la fixaient. Elle lâcha sa main sous le choc.

— Esther ! dit Mary. C'était impoli !

L'enfant se tourna vers sa mère.

— Ils boivent de l'alcool quand ils le veulent et ils n'ont pas d'enfants. Le Père James dit...

— Esther, ce sont des gens bien et tu devrais être reconnaissante de leur compagnie et du repas qu'ils ont préparé aujourd'hui, dit Elijah.

Fran prit une gorgée de son vin, surprise de se retrouver contrariée contre une enfant.

— Le Père James ?

— Notre pasteur en Arizona. Elijah rigola. Il était un peu pointilleux et Esther l'aimait beaucoup.

Les yeux de Fran dérivèrent vers les pommes de terre et le visage pâle de Mary.

« Mais notre Esther est à cheval sur les principes, elle aussi. Sept ans, allant sur soixante-dix ! » Il rit à nouveau, un son qui commençait à agacer Fran. Elle reprit son verre tout en essayant de ne pas se concentrer sur la deuxième partie de la prière d'Esther. « Si elle vous a offensé de quelque manière que ce soit, nous nous excusons. »

Adrian fit un signe de la main.

— Ça ne nous dérange pas, nous avons entendu pire. N'est-ce pas, Franny ?

— S'il vous plaît, servez-vous avant que ça refroidisse. Fran fit un geste vers les tranches d'agneau. Tenez, Elijah, laissez-moi vous passer la viande.

— Merci, Mme Cole.

— Oh, s'il vous plaît, c'est Fran.

— Fran alors.

Elle leva les yeux vers Mary, qui vida la moitié de son eau et sembla avoir un peu plus de couleur dans ses joues.

— Combien de tranches, Mary ?

— Une ou deux. Je n'ai pas si faim que ça. Elle se reprit : mais ça a l'air délicieux.

Fran s'affaira à servir les assiettes, essayant de ne pas en vouloir à une enfant pour les mots blessants qu'elle avait prononcés. Mais en passant l'agneau à Esther, elle ne put s'en empêcher.

— Tu sais, Esther, c'est intéressant ce que tu as dit sur le péché. Sur le fait que ne pas avoir d'enfant est un péché. Quand elle posa l'assiette devant la petite fille, elle tremblait quelque peu. En fait, nous avons eu des enfants. Une enfant.

Adrian se tourna brusquement vers elle, mais elle se concentrait sur la cuillère de brocoli dans l'assiette d'Esther.

« Elle s'appelait Chloé et elle avait les yeux d'Adrian. Elle était parfaite, mais on nous l'a enlevée. Fran passa aux pommes de terre. Elle renifla lourdement et jeta la cuillère de service dans le plat. Chloé, notre bébé, est morte. Tu ne crois pas que tuer un bébé est un péché ? Esther ? » Fran refusa de regarder les personnes autour de la table. Elle refusa de noter leur présence. Son visage, son cou, toute sa peau était brûlante, de la tête aux pieds. Elle se servit des brocolis, empilant les bouquets si haut qu'Adrian dut lui prendre la cuillère des mains et la remettre dans le plat.

— Je ne parlais pas de Dieu, répondit Esther.

— Ça suffit, dit Elijah, à voix basse. Esther, excuse-toi auprès de Fran et exprime ta compassion.

— Désolée que votre bébé soit mort.

Fran permit à ses yeux humides de quitter son assiette. Mary la fixait, à nouveau pâle, une larme coulant sur sa joue. Le visage sévère et chérubin d'Esther était incliné vers le bas, vers sa nourriture. Elijah prit la main de Fran et la serra. Elle aurait voulu la retirer brusquement, mais cela aurait été

Vulnérable

impoli. Et elle avait honte, une honte insupportable, de s'en être prise à une enfant de cette manière.

— Nous sommes vraiment désolés pour votre deuil, dit Elijah. Chloé sera dans nos prières ce soir.

— ça va Franny ? Adrian sécha une larme sur sa joue et caressa sa nuque pendant un moment. De l'autre côté de Fran, Elijah tenait toujours sa main. Elle était vaguement consciente que Mary observait la dynamique entre elle et Adrian.

Fran se força à mettre un peu de joie dans sa voix.

— Je suis vraiment désolée. Je ne sais pas ce qui m'a pris. Elle se dégagea doucement de l'emprise d'Elijah. Esther, je suis vraiment désolée d'avoir été cassante avec toi. Maintenant, passons une bonne soirée, d'accord ? Elle prit un autre grand verre de vin, espérant obtenir une certaine torpeur.

Chapitre Quinze

Au fil de la soirée, Fran vit Adrian succomber au charme léger d'Elijah. Il écoutait avec ravissement les histoires de ranchs de l'Arizona et une histoire de cactus et de chute de cheval qui le fit particulièrement grimacer. Elijah parla presque constamment, de la différence de climat, des gigantesques haboobs de l'Arizona – des murs de poussière de plusieurs centaines de mètres de haut – pendant la saison des moussons, à la grisaille banale d'une journée anglaise bruineuse.

— Les orages qui viennent avec la mousson ne ressemblent à rien de ce que vous avez déjà vu ici. Elijah transperça un bouquet de brocoli et continua à parler tout en mangeant. Ça se refroidit. On ne le croirait pas, mais c'est le cas. Le tonnerre gronde à des kilomètres à la ronde, comme... comme Dieu frappant sur un tambour. Mais ce n'est pas le pire. Le pire, c'est le vent. Des rafales que vous ne pourriez pas imaginer. Ça arrache le toit d'une grange comme ça. Il fit claquer ses doigts.

— Waouh, dit Adrian. Nous avons eu une tempête ici qui a soufflé sur notre hangar une fois.

Elijah rit de bon cœur avant de tourner son attention vers sa fille.

— Allez, Esther, tu peux manger plus que ça. Arrête de jouer avec ta nourriture maintenant.

Fran établit un contact visuel avec Mary, essayant de la ramener dans la conversation qui était largement dominée par les hommes.

— Votre pays vous manque, Mary ?

Elle marqua une pause, et la tablée devint silencieuse. Fran remarqua qu'Elijah s'était tourné vers elle, comme pour jauger sa réaction.

— Non, dit-elle. Je me plais bien ici. La saison des moussons ne me manque pas, ça c'est sûr. Ni la chaleur de l'été.

Ils approchaient de la fin du plat principal, et il ne restait plus qu'Elijah – qui s'était servi une portion supplémentaire – et Esther à avoir de la nourriture dans leurs assiettes. Fran commença à débarrasser les assiettes pendant qu'Elijah régalait Adrian avec une autre histoire de mauvais temps. À sa surprise, Mary se leva pour l'aider. Elle était sur le point de lui dire de s'asseoir, mais elle se dit que Mary avait peut-être besoin de faire une pause avec la présence dominante d'Elijah.

— Il en raconte de bonnes histoires, votre mari, dit Fran en mettant des restes d'agneau dans un Tupperware.

— Il aime parler aux gens. Je pense que le pays lui manque.

— Mais pas à vous ?

Mary ouvrit le robinet et rinça les assiettes pendant que Fran emballait les aliments pour le réfrigérateur.

— Parfois, si.

— Bien sûr, j'imagine que vous avez dû laisser votre famille et vos amis derrière vous.

Fran remarqua un léger changement dans son langage corporel. Mary se racla la gorge et évita le regard pénétrant de Fran.

— Certains.

Même si Fran aurait aimé poser plus de questions, elle sentit qu'elle devait se taire. Mary était comme une biche apeurée, susceptible de s'enfuir dans la mauvaise direction au moindre mouvement brusque.

— Je suis désolée de ce qu'Esther vous a dit ce soir, dit Mary. C'était irrespectueux de sa part et je veux que vous sachiez qu'elle sera punie.

Horrifiée, Fran posa une main sur le bras de Mary.

— Non, s'il vous plaît, non. Ça n'est pas la peine de la punir. Elle a laissé échapper quelque chose qu'elle avait appris. Ce n'est pas de sa faute.

— Elle doit apprendre qu'il y a un temps et un lieu pour faire la morale, et quand quelqu'un vous invite chez lui, ce n'est pas le lieu. Mary empila les assiettes rincées, ignorant la main de Fran.

— Quel genre de punition ? Fran fit un pas en arrière et se rongea l'ongle du pouce.

— Eh bien, nous avons l'habitude de la laisser lire un livre le soir pour passer le temps. Elle ne pourra pas lire pendant une semaine à cause de sa désobéissance. Le visage de Mary n'était pas souriant, et pour une fois Fran y vit une ressemblance passagère avec sa fille.

Fran réfléchit un moment avant de parler. Pendant ce temps, elle ouvrit le lave-vaisselle et commença à le remplir.

— Je ne veux pas vous dire comment élever votre enfant. C'est une chose pour laquelle je n'ai pas beaucoup d'expérience, comme vous le savez. Mais je pense personnellement, et mon mari me soutiendra, car il est accro à la lecture, que les livres peuvent ouvrir un esprit à l'empathie. La priver de ces livres serait plutôt un frein.

— Vous pensez ?

— Peut-être, oui.

Mary prit sa tête entre ses mains.

— Je ne sais pas ce que je fais. Je m'y prends mal, tout simplement.

Un sentiment d'amour maternel s'empara du cœur de Fran. Elle posa un bras autour de l'épaule de Mary.

— Non, ce n'est pas vrai. Vous pourriez peut-être dire à Esther qu'elle ne peut pas regarder la télé pendant quelques jours ?

— Nous n'avons pas de télévision.

Vulnérable

— Pas de musique alors ?

Mary releva la tête.

— Oui, je pourrais faire ça.

— Ou alors, vous lui parlez simplement et vous lui expliquez ce qui n'allait pas, dit Fran. Vous seriez surprise de l'efficacité d'une discussion. Fran lui serra les épaules. Mes parents ont émigré en Australie il y a plusieurs années maintenant. Ce ne sont pas de grands causeurs. Ils étaient adeptes de la discipline et m'enlevaient toujours un privilège quand je faisais un faux pas. La télévision en général. Ou voir mes amis. Cela ne m'a jamais empêchée de mal me conduire. Je faisais toujours le mur la nuit pour aller à des fêtes. Je buvais quand j'étais trop jeune pour ça. Leurs punitions n'ont jamais été dissuasives. Tout ce que ça a fait, c'est m'empêcher de devenir amie avec eux parce qu'ils ne me parlaient pas. Maintenant, nous échangeons des e-mails. Je leur rends visite une fois par an. C'est toute l'étendue de notre relation.

Lorsque Chloé était morte, sa mère lui avait rendu visite pendant un certain temps et la relation avait été particulièrement tendue avec elle. Même si ses parents l'aimaient et lui manquaient, ils n'avaient jamais été proches.

Mary renifla.

— Tout ce que ma famille faisait, c'était parler, mais c'était à propos de qui je devais être, de ce que je devais croire. Ils parlaient et parlaient tellement que je n'ai jamais compris qui j'étais, seulement ce qu'ils attendaient de moi. Elle passa une main dans ses cheveux. Y a-t-il une bonne façon d'être une mère ?

— Non, dit Fran en haussant les épaules. Tout le monde merde avec ses enfants. Les yeux de Mary s'écarquillèrent et Fran regretta d'avoir juré devant elle. Mais l'expression de la jeune femme se transforma en un large sourire. Elles riaient toutes les deux quand Adrian entra.

— C'est l'heure du dessert ? demanda-t-il. Je vois que vous vous amusez bien, les filles !

— Tu as encore faim, vieux bonhomme ?

Fran attrapa un torchon et lui fouetta la hanche en pouffant. Elle jeta un coup d'œil à Mary et vit qu'elle avait cessé de rire et même de sourire.

Chapitre Seize

Le lendemain matin, Fran prit un chemin différent pour son jogging, évitant complètement la zone du parc. Au lieu de cela, elle se retrouva à courir dans la rue où vivaient les Whitaker, ralentit son rythme pour mieux voir leur maison en terrasse, et remarqua la lumière dans la chambre du haut. Il était cinq heures trente du matin, et elle supposa qu'Elijah se levait tôt pour aller travailler. Comme Adrian l'avait remarqué après le dîner, il semblait être un homme qui travaillait dur pour subvenir aux besoins de sa famille. Il était aussi d'une présence aimable et un bon conteur d'histoires. Il était patient avec sa fille et d'humeur joyeuse. Mais il y avait eu la petite poussée dans la cuisine. Ce moment où il avait mis sa main sur sa femme et l'avait poussée en avant. Une chose si étrange à faire avec de la compagnie. Et ces bleus sur Mary et Esther... Elle mit un terme à ses pensées en se rappelant de ne pas tirer de conclusions hâtives.

Fran souffla alors qu'elle entamait une montée, se rappelant pourquoi elle courait habituellement dans le parc, qui était plat. Elle vit des lève-tôt qui arrosaient leurs plantes suspendues, une femme en pyjama qui sortait la poubelle, des étalages pittoresques de fleurs printanières dans des tonneaux en bois récupérés, les jonquilles qui se dressaient fièrement. Un matin typique à Leacroft. L'air était parfumé par la rosée du matin. Une scène parfaite pour la relaxation.

Comme beaucoup d'habitants de Leacroft, le village avait une jolie façade qui recouvrait les fissures des agitations intérieures. L'escalade des prix de l'immobilier, le manque de jeunes dans la région, les petites entreprises en difficulté qui perdaient de l'argent. Chaque maison était bien entretenue, mais en dessous, il y avait des problèmes : mauvais mariages, infidélités, traumatismes de l'enfance, dettes, rêves non réalisés. Fran savait que sa maison cachait aussi des secrets.

Ses cauchemars étaient revenus récemment après une longue absence. Des terreurs nocturnes trempées de sueur dont elle n'avait parlé à personne, pas même à Adrian ou au conseiller en matière de deuil qu'elle avait vu pendant un an. Fran accéléra sa course, déterminée à chasser ces images, celles de Chloé dont elle ne pourrait jamais parler. Au lieu de cela, elle se tordit douloureusement une cheville, et chuta en frappant le trottoir avec la paume de sa main, l'élan la propulsant dans une roulade qui se termina sur le dos. Elle resta allongée, essoufflée, jusqu'à ce que quelqu'un sorte en courant de sa maison.

— Vous allez bien ?

Embarrassée, Fran se releva avant d'être tout à fait prête, sa cheville gauche la faisant souffrir.

— Oui, ça va.

— Je peux appeler quelqu'un pour vous ?

— Non, non. J'habite au coin de la rue. Je peux très bien y aller en boitant.

La femme était plus âgée qu'elle, une cinquantaine d'années, habillée d'une nuisette rose pâle sous une robe de chambre légère. Elle avait des pantoufles duveteuses aux pieds.

— Laissez-moi marcher avec vous.

— Non, je vous en prie, retournez vous coucher. Fran voulut prouver sa capacité à marcher en réprimant une grimace alors qu'elle faisait quelques pas.

— OK, bon, si vous insistez, dit la femme restée derrière elle.

Fran lutta jusqu'au bout de la rue avant de se reposer. Elle était sûre de s'être fait au moins un bleu dans le bas du dos lorsqu'elle avait heurté le sol. Elle s'appuya contre un mur et examina ses mains et ses genoux.

Tout râpés. Elle était à moins de dix minutes de la maison, mais ça lui semblait un marathon. Elle envisagea brièvement d'appeler Adrian, mais elle savait qu'il serait encore endormi et qu'il n'entendrait pas le téléphone.

« C'est de ta faute », se dit-elle en boitillant, déterminée à rentrer chez elle. Sans cette obsession pour les Whitaker, elle serait en train de courir joyeusement dans le parc. Au lieu de cela, elle avait déclenché un nouveau chagrin à propos de Chloé, développé un attachement malsain à la fois pour Mary et pour sa fille, et s'était blessée pendant qu'elle était distraite. Il fallait que ça s'arrête.

Alors qu'elle boitait le long de la route principale, une Volvo s'arrêta devant elle et ralentit.

— Je peux te déposer ?

À sa grande surprise, Fran vit le visage rond d'Elijah qui dépassait de la vitre. Elle pensa à la façon dont il monopolisait les conversations et à la petite poussée qu'il avait donnée à Mary. Il n'y avait rien qu'elle voulait moins que de monter dans sa voiture. Mais bien sûr, il n'y avait rien non plus qu'elle veuille davantage, parce que sa cheville lui faisait un mal de chien et parce qu'elle était obsédée par sa famille.

« Tu as fait une chute ? » demanda-t-il alors qu'elle grimpait dans sa voiture de manière gauche.

— Cul par-dessus tête, comme on dit.

Il rit de bon cœur et redémarra.

— J'aime ça. Vous les Britanniques, vous avez vraiment le sens des mots.

— Est-ce que les jurons sont autorisés dans votre religion ?

Vulnérable

— C'est mal vu.
— Quelque chose que le Père James n'apprécierait pas ?
Il gloussa.
— Non, je suppose que non.
— Vous êtes catholiques, alors ? Comme vous dites « Père », j'ai pensé que vous l'étiez.
Elijah prit à droite après le parc, vers la maison de Fran.
— Non, pas du tout. Mais nous utilisons le mot Père pour décrire notre relation avec notre pasteur. Nous sommes tous frères et sœurs, tu vois.
— D'accord. Mais chrétiens ?
— Oui, dit-il.
— Désolée, je suis indiscrète ?
— Pas du tout. Nous sommes officiellement presbytériens, mais dans un sens, nous suivons notre propre voie, répondit-il.
Ils étaient maintenant arrivés à une rue de la maison de Fran. Elle était à la fois soulagée et déçue de le constater.
— Vous avez réussi à trouver une église presbytérienne dans le coin ?
Il sourit.
— Non. Mais ça ne fait rien. Comme je l'ai dit, on préfère pratiquer notre culte à notre façon. Il se pencha en avant et alluma la radio, augmentant le volume comme une allusion pas très subtile. Tu es dehors bien tôt le matin.
— C'est mon rituel de la matinée, dit Fran en élevant la voix au-dessus de la musique. Une course, une douche, puis le petit-déjeuner.
— Depuis que votre bébé est mort.
Il dit ça comme un fait, pas comme une question. Fran tourna brusquement la tête dans sa direction, ce qui fit remonter une douleur fulgurante dans sa colonne vertébrale. Il baissa le volume. « Désolé. Ce n'était pas très délicat. C'est juste que je connais cette douleur et ce qu'elle fait à quelqu'un. Quand j'avais dix ans, mon petit frère est tombé dans une rivière et s'est noyé. Il avait cinq ans. Maman ne l'a pas bien vécu. On l'a perdue au début. Pas physiquement, je veux dire. » Il secoua la tête. « Si tu as déjà connu quelqu'un atteint de démence, tu vois ce que je veux dire. Le vide. Des yeux qui ne voient plus ce qui est devant eux. Quand cela fut fini, elle a eu des obsessions. La nourriture d'abord, puis la boisson, ensuite les régimes, et le jardinage. Ça durait des mois, parfois des années. » Il arrêta la voiture le long du trottoir, juste devant la maison de Fran. Il n'avait pas eu besoin qu'on le guide une seule fois. « Eh bien, j'espère que ça ira ta cheville. On dirait que tu l'as foulée. »
Fran garda la main au-dessus de la poignée de la portière. Elle était stupéfaite.
— Merci de m'avoir raccompagnée.
Elijah dit une dernière chose avant qu'elle ne quitte le véhicule.
— Elle n'a plus jamais été elle-même, tu sais, ma mère. Une part d'elle est morte quand Johnny est décédé.

Chapitre Dix-Sept

Elijah avait raison au sujet de la cheville de Fran, elle s'était fait une entorse et avait également des contusions au dos. Pendant une semaine, Adrian la soutint avec des coussins sur le canapé, empila des livres sur la table basse et apporta des sandwiches et des tasses de thé. Ils prirent leur repas sur les genoux, la jambe de Fran reposant sur un pouf. La plupart du temps, elle était seule pendant qu'Adrian lisait dans son bureau ou vaquait à ses occupations dans le jardin. Ce n'était pas inhabituel pour eux, ils aimaient tous les deux être seuls. Mais Fran n'arrivait pas à se concentrer sur les livres qu'il avait laissés, ni à se plonger dans la dernière série policière à la télé. Elle ruminait, tout simplement. Perdue dans ses pensées, dans sa douleur, dans son sentiment de culpabilité. Cela faisait cinq ans que Chloé était morte, et elle ne s'en était toujours pas remise. Cinq ans de cauchemars, de jogging, de jardinage, d'obsessions tout comme la mère d'Elijah. Et il y avait eu le coup de grâce : de toutes les personnes qui pouvaient comprendre sa douleur, il fallait que ce soit Elijah.

Ce que Fran fit surtout pendant que sa cheville guérissait, c'était de regarder Facebook. Le deuxième jour, elle avait envoyé un message à Mary disant qu'elle espérait qu'elle avait passé un bon moment au dîner. Elle avait également mentionné la cheville et lui avait demandé de remercier Elijah pour le transport. Fran avait été surprise de découvrir que Mary ne savait rien de tout ça. Mary était une si charmante voisine qu'elle avait proposé d'apporter des pâtés en croûte et des plats à la maison afin d'aider avec la cuisine. Fran avait remarqué l'implication cachée. Dans le monde de Mary, les femmes cuisinaient, et quand la femme était malade, l'homme se débrouillait tant bien que mal tout seul. C'était loin d'être ce à quoi Fran était habituée avec Adrian, qui pouvait faire un cake Victoria sans consulter le livre de recettes.

Le jour de sa répétition de chorale, Fran fit quelque chose qu'elle ne faisait jamais d'habitude. Elle décrocha le téléphone et appela Emily pour lui dire qu'elle n'irait pas.

— Je serai de retour la semaine prochaine, comme la pluie.

— Très bien, chérie. Je vais le faire savoir aux filles. Tu sais que nous avons une nouvelle inscrite ?

— Non, dit Fran. Qui est-ce ?

— Mary Whitaker.

— Oh, c'est super. Je lui avais effectivement suggéré de s'inscrire. Elle n'a pas d'amis ici, la pauvre. À part Adrian et moi, je suppose.

— Vous êtes amis maintenant, alors ?

— On les a invités à dîner un soir.

La voix d'Emily devint rauque, avide d'en savoir plus.

— Comment est-il alors ? Le mari ?

Fran ne voulait pas faire de commérages. Elle n'avait jamais été du genre à en faire, pas même à l'école où les bons cancans étaient un chemin sûr vers la popularité. Dans l'ensemble, elle gardait son nez en dehors des affaires des autres. Mais assise là, sur le canapé, un gant de toilette mouillé rafraîchissant l'enflure autour de sa cheville, elle se lança dans un récit minute par minute du dîner, libérant enfin une partie des pensées qu'elle portait en elle depuis un certain temps. Elles se quittèrent en promettant à Emily de reprendre contact une autre fois.

Ce soir-là, Fran et Adrian mangèrent des spaghettis et regardèrent un documentaire sur Charles Dickens, le choix d'Adrian, évidemment. Pendant tout ce temps, Fran avait un œil sur l'horloge de la cheminée, attendant la fin de la répétition de la chorale pour qu'Emily puisse l'appeler pour parler de Mary. C'était pendant qu'Adrian faisait la vaisselle que son téléphone sonna enfin.

— Elle a amené la petite avec elle. Une petite chose austère, n'est-ce pas ? Elle est habillée gentiment, en revanche. J'aime voir une enfant habillée comme une enfant. Avec ces chaussettes blanches à froufrous. Emily gloussa. Bien, laisse-moi te parler de la jeune femme, alors. On dirait qu'elle ne ferait pas de mal à une mouche. Elle ne m'a rien dit sur elle, elle n'a cessé de s'excuser en disant qu'elle devait retourner faire le dîner d'Elijah. Elle était toute rouge quand je lui posais une question. Quelle drôle de femme.

Fran écouta pendant un long moment Emily, le cœur se serré à chaque mot. Il semblait que Mary n'avait pas reçu le genre d'accueil chaleureux qu'elle aurait essayé d'initier si elle avait été là elle-même. Au lieu de cela, elle avait été bombardée de questions indiscrètes de la part des commères locales. C'était de sa faute si elle s'était confiée à Emily ce soir-là, lui donnant envie d'en savoir plus. Fran avait envoyé Mary à la chorale comme un agneau à l'abattoir. Elle se sentait très mal.

« Et à la fin, dit Emily, elle est partie sans même un au revoir ! »

— OK, dit Fran.

— J'ai vu Adrian lui parler cette semaine aussi, dit-elle. C'était hier, en fait. Ils étaient devant la bibliothèque.

Fran se redressa.

« Tu n'étais pas au courant ? ajouta Emily.

— Non. Fran en serra les dents d'agacement. Elle détestait l'admettre.

— Eh bien, ils ont parlé de quelque chose pendant un long moment. Je suis surprise que ton Adrian ne te l'ait pas dit, parce qu'il était tout rouge

Vulnérable

pendant tout ce temps. Je te le dis, il avait l'air très énervé. À la fin, il l'a plantée là.

— Ah. Fran ne savait pas quoi dire, surprise. Son estomac se crispa en écoutant Emily.

— Je suis sûre que ce n'est rien, dit celle-ci. Mais, quoi qu'il en soit, c'est ce que j'ai vu.

— Ouais. Fran était d'accord. « Je suis sûre que ce n'est rien. »

Durant le reste de la semaine, elle resta loin de son téléphone. Elle ne contacta plus Emily.

Chapitre Dix-Huit

Le jour de l'appel d'Emily, Fran avait demandé à Adrian pourquoi il avait parlé à Mary devant la bibliothèque. Il avait simplement haussé les épaules.
— Je l'ai rencontrée par hasard. On s'est dit bonjour.
— Emily a dit que tu semblais contrarié.

À ce moment-là, Adrian avait baissé son livre et levé les yeux vers la gauche, comme s'il essayait de se rappeler ce qui s'était passé.

— C'est parce que je l'étais, contrarié. Elle m'a demandé de donner des cours particuliers à sa fille, ce que j'ai trouvé culotté vu qu'on se connaît à peine. Oh, et elle a mentionné de faire une prière pour ta cheville. Tu sais ce que je pense des prières.

C'était vrai. Adrian était généralement le premier à rouler des yeux quand « pensées et prières » étaient formulées par un journaliste, un politicien ou une célébrité.

— L'histoire des cours, c'était ma faute, dit Fran. J'ai dit à Mary que tu serais disponible si Esther avait besoin d'aide.

Il soupira.
— Et maintenant j'ai l'air d'un connard. Tu aurais pu me prévenir.
— Et tu aurais pu être plus gentil avec elle.

Il referma son livre.
— J'ai été gentil avec elle. Mais... ça n'a pas d'importance. Il posa le livre et s'agita dans son fauteuil, tapant des doigts sur les accoudoirs.
— Quoi ?
— J'ai peut-être suggéré que tu étais encore assez fragile après la mort de Chloé et que je ne voulais pas que tu sois amie avec quelqu'un qui pourrait essayer d'en profiter.
— Tu as fait quoi ?
— Oui, je vois bien à quoi ça ressemble maintenant. Je ne voulais pas la contrarier ou quoi que ce soit, mais comme je l'ai dit, ma priorité c'est toi.
— Ce n'est pas à toi de décider de ça pour moi, dit Fran. C'est clair ?

Adrian se leva.

— Parfaitement.

Après qu'il ait quitté la pièce, elle ne revint plus sur le sujet. Un lourd silence imprégné de non-dits se prolongea pendant quelques jours jusqu'à ce que Fran commence enfin à laisser tomber. Sa cheville allait beaucoup mieux, et elle décida de reprendre prudemment son rituel de course matinale. Elle voulait que les choses reviennent à la normale.

Lorsque les paupières de Fran s'ouvrirent à 4h45 ce jour-là, ce fut un soulagement de s'habiller, de lacer ses baskets et de déposer un baiser sur le front d'Adrian. Elle avait beaucoup dormi cette nuit-là et s'était réveillée légèrement étourdie. Peut-être n'aurait-elle pas besoin de la dernière dose d'analgésiques. Elle testa doucement sa cheville en descendant les escaliers. Elle se dit qu'elle avait encore mal et qu'il valait mieux marcher sur son trajet habituel plutôt que de courir.

Il bruinait ce matin-là, avec un ciel gris acier sinistre. Elle releva la capuche de sa veste de sport respirante et se dirigea vers le centre du village, personne d'autre n'étant réveillé à part un renard qui reniflait autour des poubelles.

Après deux tours de parc, Fran décida de continuer vers le ruisseau, sachant qu'elle se dirigeait vers la rue des Whitaker. Le mot « addiction » surgit dans son esprit. Juste un petit aperçu de la maison. Elle ne faisait de mal à personne en passant devant. Le lendemain, elle se tiendrait à l'écart et n'enverrait aucun message à Mary. C'était son dernier tour de piste. Une dernière petite indulgence.

Il n'y avait aucune lumière allumée dans la maison, et la Volvo familiale était garée dans l'allée. Tous les rideaux étaient tirés. Fran décida de faire demi-tour vers l'autre côté de la rue et de marcher le long du ruisseau. Là, à l'orée des bois, l'air était frais. Le crachin avait cessé et les oiseaux commençaient à chanter. Le soleil se leva et les arbres brillèrent. Il lui fallut environ une heure pour revenir vers le village et le traverser jusqu'à sa maison. Le temps qu'elle arrive chez elle, ses baskets étaient couvertes de boue. Elle se sentait encore légèrement groggy. Après sa douche, elle se glissa dans son lit pour une heure de plus, plutôt que de prendre son café tout de suite, se retrouvant enveloppée par les bras d'Adrian.

Elle se réveilla environ une heure plus tard au son d'un oiseau particulièrement agaçant et aigu juste à côté de la fenêtre. Après avoir laissé échapper un gémissement, elle réalisa que le son provenait en fait de son téléphone.

— Réponds, Franny, grommela Adrian.

Ses doigts cherchèrent le téléphone. À travers des paupières plissées, elle fit glisser son doigt sur l'écran.

— Allô ? En attendant une réponse, elle regarda le réveil sur la table de chevet. Il était déjà dix heures.

— Nous ne la trouvons pas. Nous avons cherché partout.

— Vous ne trouvez pas... Mary, c'est toi ?

— Oui, dit-elle. Elle renifla et laissa échapper une respiration tremblante. Esther s'est encore enfuie. Mais cette fois, on ne la trouve pas. Nous avons fouillé le jardin, fait le tour du village. On cherche depuis huit heures. On n'a rien trouvé.

Vulnérable

— Vous avez appelé la police ? Fran rejeta la couette au bout du lit et se précipita vers l'armoire, tirant sur la porte si fort qu'elle cogna contre le mur.

— Elijah est en train de le faire, là. J'ai juste... J'ai pensé que peut-être Adrian et toi pourriez nous aider à chercher ? Je ne sais pas à qui d'autre demander.

Fran arracha un chemisier d'un cintre et le jeta sur le lit.

— Bien sûr qu'on va faire ça. On vient chez vous tout de suite.

— Merci. Merci beaucoup.

Fran raccrocha et jeta une chemise à la tête de son mari.

— Esther a disparu.

Il sortit du lit d'un bond.

— Depuis combien de temps ?

— Depuis huit heures ce matin, peut-être plus tôt. J'ai dit qu'on allait aller chez eux.

Il enfila un caleçon.

— Je vais prendre la voiture au cas où on en aurait besoin.

Des doigts froids se refermèrent sur le cœur de Fran. Elle sentait un profond sentiment d'effroi grandir au fond de son ventre, lui disant que quelque chose d'horrible était arrivé. Elle en était sûre. Alors qu'ils enfilaient leurs vêtements, attrapaient les clés et se débattaient avec leurs chaussures, l'esprit de Fran évoquait les souvenirs du petit corps sans vie de Chloé dans son berceau. Le légiste lui avait dit plus tard que c'était une mort subite du nourrisson. Elle n'aurait rien pu faire pour l'empêcher. La faute à personne, de la même façon que les cookies s'émiettent dans les doigts de certains. La main du destin, et tous ces autres clichés que Fran avait entendus un nombre incalculable de fois dans sa vie.

Ils montèrent dans la voiture, Adrian à la place du conducteur. Après la mort de Chloé, ils n'avaient pas beaucoup parlé de l'avenir. Adrian était retourné au travail avant elle. Après tout, elle était toujours en congé maternité. Mais l'idée avait fait son chemin chez Fran jour après jour. Cette idée était d'avoir un autre bébé. Pas pour la remplacer, non, mais pour dire à la vie qu'elle n'allait pas abandonner. Elle avait quarante et un ans à l'époque, mais elle se sentait physiquement comme si elle en avait encore trente. Elle avait même suivi une formation de professeur de pilates à la fin de la trentaine. Mais le destin avait encore un tour cruel à lui réserver. Fran avait déjà commencé sa ménopause. Celle-ci commença si rapidement à tourmenter son corps que, soudain, elle avait une bouffée de chaleur un jour d'hiver et, la minute suivante, elle était assoiffée et criait sur tout le monde de l'aube au crépuscule. Le lendemain de leur visite chez le gynécologue à propos de la ménopause précoce, Adrian avait repeint la chambre d'enfant.

Alors qu'ils roulaient vers la maison des Whitaker, elle repensa à cette visite chez le médecin. Elle repensa à la douleur qu'était la perte d'un enfant. Son estomac se tordit et se noua.

Chapitre Dix-Neuf

La maison était plus calme qu'elle l'avait imaginé. Pas de Mary en train de courir vers elle comme le matin où elle avait trouvé Esther dans le parc. Fran et Adrian avancèrent solennellement dans l'allée jusqu'au porche d'entrée et appuyèrent sur la sonnette. Le joyeux *ding dong* ne semblait pas à sa place. Fran laissa échapper une longue et lente inspiration.

Elijah ouvrit la porte, habillé de façon presque identique au soir du dîner, en chemise et pantalon, les cheveux peignés avec une raie de côté soignée. Il serra la main d'Adrian et fit un signe de tête à Fran.

— Merci à vous deux d'être venus. C'est si gentil de votre part.

Fran se sentit étouffée par la chaleur sous le porche. Elle se dit que la façade de la maison était un piège à soleil, la véranda sans fenêtre amplifiant la température. Elle se précipita dans la maison et enleva ses chaussures.

— Y a-t-il des nouvelles ? Qu'a dit la police ? demanda-t-elle. Ses yeux parcoururent le couloir à la recherche de Mary.

— Tout le monde cherche, dit Elijah. J'y suis allé moi-même ce matin. Je viens de rentrer. J'ai pensé que je devais venir voir si Mary allait bien. Personne n'a vu notre fille jusqu'à présent.

— On va y aller et vous aider, dit Adrian.

— Oui, oui. Tout ce dont vous avez besoin, ajouta Fran.

Ils entrèrent dans un petit salon, où Mary était recroquevillée dans un fauteuil à haut dossier, les orteils crispés sur le bord du coussin. Elle portait une robe longue semblable à celle que Fran avait admirée lors de leur déjeuner à Chatsworth House. Sans hésiter, Fran s'approcha de la jeune femme et l'entoura de ses bras. Quoi qu'on puisse dire de cette famille, l'amour de Mary pour Esther était toujours évident.

« On va la retrouver, dit Fran. On va la retrouver. »

— On n'aurait pas dû venir ici, dit Mary. C'était une erreur. Son regard quitta Fran pour se poser sur les deux hommes qui se tenaient dans l'embrasure de la porte. Fran ne savait pas si elle s'adressait directement à Elijah ou si elle réfléchissait à voix haute.

Fran s'éloigna, fronçant les sourcils, examinant le visage de la femme pour y trouver des indices.

— Qu'est-ce que tu veux dire ?

Mary s'essuya le nez du dos de la main.

— Rien. Je suis désolée. Je dis n'importe quoi, n'est-ce pas ?

— Tu es en état de choc. Laisse-moi te faire une tasse de thé.

— Il y a du café tout frais, dit Elijah. Vous en voulez une tasse ? Bon sang, j'en ai bien besoin moi-même. Les dernières heures se sont étirées comme des jours. Il laissa échapper un petit rire étrange.

Mary indiqua qu'elle préférait un thé et Elijah disparut dans la cuisine.

— Que veux-tu qu'on fasse, Mary ? demanda Fran, en se concentrant sur ce qui était important, tout en essayant de ne pas s'attarder sur le rire étrange d'Elijah. Tu veux qu'on parcoure le village ? Ou on pourrait appeler les hôpitaux ? On est ici pour être utiles.

— Cherchez-la, dit Mary. Elle vous connaît. Elle ne fera pas confiance aux gens, pas mon Esther. Mary déglutit difficilement, renversa la tête en arrière contre le velours rouge rubis du fauteuil. Elle n'irait pas avec un étranger et elle n'ira certainement pas avec la police.

— Pourquoi ça ? demanda Fran. La façon dont Mary parlait lui faisait penser que peut-être Esther avait eu une sorte de mauvaise expérience avec la police.

— Elle ne voudra pas, c'est tout. Tu sais à quel point elle est timide. Ils lui poseront des questions et elle ne répondra pas. Elle aura tellement peur. Elle se pencha en avant, faisant tomber des mèches de cheveux en bataille contre ses genoux. J'ai besoin de prier. Je dois prier pour elle.

Fran frotta le dos de la jeune femme. Elle remarqua qu'Adrian regardait la scène avec horreur. Pensait-il aussi à Chloé ?

Elle regarda Mary marmonner contre ses genoux, se balançant d'avant en arrière. Un contraste étrange avec Elijah, qui entra en tenant une tasse de thé, toujours avec son sourire aimable. Il ne fit rien pour réconforter sa femme, il posa la tasse sur la table en face d'elle, puis demanda à Fran et Adrian s'ils avaient besoin de quelque chose.

— Esther s'est-elle enfuie quand vous viviez en Arizona ? demanda Fran. Toujours perturbée par l'apparente nonchalance d'Elijah, elle se demanda s'il n'y avait pas une explication sensée. Si c'était un événement courant, peut-être s'était-il blasé.

— Je ne pense pas, dit Elijah. Ce qui était encore une chose étrange à dire. « C'est une bonne petite fille. Je suppose que venir ici l'a déstabilisée. »

— Tu n'es pas inquiet ? demanda Fran.

— Si, bien sûr. Il posa ses mains sur ses hanches, comme quelqu'un sur le point de passer à l'action, ou quelqu'un sur le point de réprimander une autre personne. Mais s'inquiéter ne va pas la faire revenir, n'est-ce pas ? Non, j'ai confiance en Dieu et en sa volonté. Quoi qu'il ait en réserve pour nous, nous y ferons face.

Fran retira sa main du dos de Mary et se dirigea vers Adrian. Elle se tourna vers Elijah.

Vulnérable

— Mary nous a demandé de chercher Esther. Où penses-tu que nous devrions commencer ?

— Peut-être dans les bois, dit Elijah. La plus grande partie du village a déjà été fouillée.

Chapitre Vingt

Fran et Adrian avaient envisagé de prendre la voiture, mais décidèrent finalement de marcher. La distance était courte et ils pouvaient appeler Esther en chemin au cas où elle aurait décidé de se cacher des autres volontaires.

Pendant qu'ils marchaient, Fran se permit d'exprimer les inquiétudes qu'elle avait eues à la maison des Whitaker.

— Je suis désolée, mais je ne l'aime pas. Le gars *sourit*. Il sourit ! Sa fille a disparu et il nous offre du café !

Adrian resta silencieux un moment avant de répondre.

— Écoute, je ne suis pas contre ce que tu dis, mais je pense que tu dois le laisser un peu tranquille. Les gens gèrent le stress de manière complètement différente. J'ai vu des gens rire à des enterrements.

À contrecœur, elle acquiesça, parce qu'il avait raison et qu'elle était consciente qu'elle n'avait pas géré la mort de Chloé d'une manière qui correspondait au cliché de la mère en deuil. Au début, elle avait pris ses distances par rapport à l'aspect émotionnel de la tragédie, préférant se concentrer sur les aspects pratiques. Plus tard, l'émotion lui était venue en rafales, comme une série de vagues agressives se brisant sur la plage.

Ils marchèrent d'un bon pas, en appelant Esther. Fran se servit d'une photo sur son téléphone – prise à Chatsworth House – pour demander aux gens dans la rue s'ils l'avaient vue. Elle leur demanda de vérifier leurs abris de jardin au cas où elle se serait blottie quelque part comme un chat perdu. C'était à la fois ridicule et très sérieux.

Dix minutes plus tard, ils arrivèrent à l'entrée du bois. Au loin, Fran entendait l'écho des voix de l'équipe de recherche, appelant tous Esther en un chœur à glacer le sang. Les poils de ses bras se hérissèrent. Ils avançaient sur le chemin, en marchant prudemment à travers les arbres qui bruissaient. Les feuilles volaient au-dessus de leurs têtes. Des odeurs terreuses s'élevaient de la terre retournée par les pas récents.

— Pourquoi s'enfuit-elle sans cesse ? dit Fran. Il doit y avoir une raison.

Les enfants ne s'enfuient pas sans raison, n'est-ce pas ? Il doit bien se passer quelque chose dans cette maison.

Adrian leva les sourcils.

— Tu as peut-être raison sur ce point. Mais pour le moment nous devons nous concentrer sur sa recherche.

Fran enroula ses bras autour de son corps.

— Je ne me sens pas bien.

— Tu veux t'arrêter ?

Ses yeux parcouraient les bois. Des arbres aux chemins pierreux et aux souches couvertes de mousse. Elle voyait de nombreux endroits où jeter un corps et un frisson la pénétra jusqu'à l'os.

— Non. Je veux la trouver, et je veux qu'elle aille bien. Elle se serra plus fort, écrasant ses côtes sous ses avant-bras. « *La volonté de Dieu.* » Elle laissa échapper un reniflement moqueur. Une volonté qui inclut des bébés morts, des enfants morts ! Il a juste secoué la tête et il a dit : « *C'est la volonté de Dieu !* »

— Tu vas toujours à l'église, fit remarquer Adrian.

Elle chassa les larmes sur ses joues. Il n'y avait plus rien à dire, elle avait expulsé ça de son esprit. L'injustice, la tragédie, la façon dont Elijah avait si facilement rejeté la perte possible de sa fille comme étant le destin ou la malchance. Oui, elle allait encore à l'église parce qu'elle ne pouvait pas se résoudre à perdre la foi qu'elle avait autrefois considérée comme une belle chose, mais en même temps, elle ne pouvait plus croire au destin, aux desseins ou à la volonté.

Fran continua à appeler Esther. Une douzaine de voix différentes lui firent écho. Ils s'écartèrent du chemin et enjambèrent des branches cassées, pataugèrent dans les fougères et délogèrent de petits cailloux de la semelle de leurs chaussures. Le sol était mou, mais pas humide. Fran reconnaissait l'odeur de moisissure de la terre humide de ses courses matinales. Elle l'avait toujours considérée comme une joie, mais aujourd'hui elle lui obstruait la gorge.

Elle connaissait les Whitaker depuis environ un mois. Avait-elle le droit d'être aussi bouleversée ? N'importe qui serait sûrement dévasté d'apprendre qu'un enfant du coin avait disparu. C'est du moins ce qu'elle se disait en se rongeant l'ongle du pouce et en suivant un chemin encombré de broussailles à travers les pins. *Esther !* La voix d'Adrian commençait à être rauque.

Après environ deux heures de marche, ils retournèrent sur le chemin et s'assirent sur un banc. Fran étira les muscles de ses mollets puis se frotta la cheville.

— Comment ça va, Franny ? Adrian lui pinça la joue avant d'y planter un baiser.

— J'ai eu des jours meilleurs. Et toi, vieux machin ?

Adrian se tapa la hanche.

— Prêt pour mon opération.

C'était la légèreté dont ils avaient besoin dans la noirceur ambiante.

— Allez, viens. Elle l'aida à se lever. Il est temps de continuer. On doit retrouver cette gamine.

Vulnérable

Des moucherons flottaient en nuée autour d'eux tandis qu'ils continuaient. Plus le temps passait, plus Fran ressentait un étrange sentiment de sécurité. Pas de nouvelle, bonne nouvelle, comme on dit, et ne pas la trouver la maintenait en vie. Ce n'était pas la même chose que de la trouver indemne, mais c'était quand même quelque chose. Elle se demanda si Elijah était sorti de la maison pour rejoindre l'équipe de recherche, ou s'il était toujours avec Mary.

Ils firent une boucle dans les bois et arrivèrent dans une prairie où un groupe de bénévoles s'agitait avec la police. Elle remarqua une sorte de brouhaha alors qu'un homme excité courait vers la foule. Fran accéléra le pas afin de comprendre ce qui se passait.

— Il y a une fille par ici, dit l'homme. Il s'arrêta à une trentaine de mètres et agita les bras. Les policiers se mirent à trottiner pour le suivre à travers les arbres. Fran se tourna vers Adrian avant de les rejoindre.

C'était un de ces moments où le monde semblait s'arrêter. Son cœur battait aussi vite que ses jambes avançaient. Elle dépassa Adrian, qui n'avait jamais été un coureur, pour rattraper les autres. L'homme affolé avait du chiendent sur son jean. Fran ne le reconnaissait pas, mais elle connaissait certains des visages de ceux qui le suivaient. Quelques personnes de sa chorale. Emily était là. Elle ne leur dit même pas bonjour, et ils ne la remarquèrent pas non plus. Ils étaient trop concentrés sur la tâche commune à accomplir. Le but qui les liait tous ensemble.

Elle tourna la tête de gauche à droite, cherchant Elijah ou Mary des yeux. Elle ne vit ni l'un ni l'autre. Ils se dépêchèrent de traverser les arbres, de descendre la pente, l'herbe spongieuse sous les pieds. Fran se retrouva à patauger dans le chiendent mouillé, les herbes collantes s'accrochant à ses mollets. Elle jeta un coup d'œil à Adrian qui la suivait, les lèvres serrées en une ligne mince et sinistrement sérieuse.

C'était le moment. L'homme couvert de chiendent montra le ruisseau du doigt. Il parlait, mais Fran n'entendait rien. Elle vit Elijah partir en courant, ses bottes frappant le sol avec force, les bras écartés pour dégager la végétation. Les yeux de Fran le suivirent alors qu'il se frayait un chemin vers l'avant de la foule. Ils le suivirent jusqu'au bord du ruisseau où gisait un petit corps.

Chapitre Vingt-Et-Un

Des cris frénétiques suivirent. Elijah hurla le nom d'Esther dans un cri guttural. Un policier le retint pendant qu'un secouriste se précipitait sur les lieux. Fran et Adrian s'écartèrent pour leur laisser de la place, les mains entrelacées. Elle se sentait rigide de partout, son autre main était bloquée sur sa bouche. Elle ne savait pas ce qu'elle regardait.

— Est-ce qu'elle va bien ? demanda Elijah d'une voix essoufflée.

— Elle respire, mais elle est inconsciente, répondit le secouriste.

Fran s'affaissa en avant et expira bruyamment. Le soulagement envahit son système sanguin, du cuir chevelu jusqu'aux orteils.

— Nous allons l'emmener à l'hôpital, mais vous devez tous reculer, poursuivit le secouriste.

Les policiers commencèrent à repousser la foule, Elijah restant près d'Esther. Fran essaya d'attirer son regard pour lui demander si elle devait appeler Mary pour lui annoncer la nouvelle, mais il était trop concentré sur sa fille étendue dans la boue. Quand Fran fut repoussée avec les autres, elle jeta un dernier coup d'œil sur Esther.

La fillette était couchée sur le côté, dos à la foule. Il y avait des éclaboussures de terre le long de ses jambes jusqu'à ses genoux. Elle était entièrement vêtue, portait une robe en velours côtelé vert émeraude, des chaussures en toile et des chaussettes blanches. Quelle petite poupée elle faisait. Fran ferma les yeux un instant. Puis elle se tourna vers son mari.

— On devrait rejoindre Mary et la conduire à l'hôpital. Je pense qu'Elijah ira avec Esther.

Ils retournèrent chez les Whitaker aussi vite qu'ils le pouvaient, et Fran remarqua une ampoule nouvellement formée sous son talon.

Lorsqu'ils arrivèrent à la maison de Mary, Fran était trempée de sueur. Il leur avait fallu environ trente minutes pour y arriver. Elle frappa, mais ouvrit la porte et entra dans la foulée, en appelant Mary pour ne pas perdre de temps. Mary sortit du salon, le corps tendu, des larmes fraîches sur les joues.

— Est-ce qu'Elijah t'a appelée ? demanda Fran.
Elle secoua la tête.
— Ils ont trouvé Esther. Elle était dans les bois près du ruisseau. Elle est vivante, Mary, mais inconsciente. Viens, on va te conduire à l'hôpital. Il n'y en a qu'un par ici, donc je sais où ils l'emmènent. Prends ton manteau et ton sac tout de suite. C'est tout.
— Ils l'ont trouvée ? Elle va bien ? Elle semblait hébétée tandis qu'elle récupérait son manteau et son sac à l'intérieur d'un placard. Fran dut lui rappeler de mettre ses chaussures.
— Elle va s'en sortir, dit Adrian pendant que Fran aidait Mary à s'habiller. Elle est entre de bonnes mains, maintenant. Quand j'ai eu un cancer de la peau, ils m'ont soigné comme ça. Adrian fit claquer ses doigts.
— Tu as eu un cancer ? La voix de Mary semblait lointaine, mais Fran vit qu'Adrian réussissait à distraire la pauvre femme.
— Oui, mais je vais bien maintenant.
— Je suis désolée, dit Mary. Elle laissa échapper un léger sanglot, et Fran mit son bras autour de sa taille.
— Allons à la voiture maintenant, dit Fran, en conduisant doucement Mary hors de la maison. Observer la jeune mère gérer ce stress lui mettait les nerfs en boule. Ensemble, elles s'assurèrent qu'elle verrouillait bien la maison avant de partir.

Adrian conduisait, tandis que Fran et Mary étaient assises côte à côte à l'arrière. Le regard de Fran dérivait vers Mary presque toutes les deux secondes. Les deux femmes se tenaient la main.

Personne ne connaissait l'étendue des blessures d'Esther et, pendant tout le trajet, Fran essaya de ne pas y penser. Elle détestait les hôpitaux et elle essayait de ne pas y penser non plus. Elle avait manqué le déjeuner et n'avait rien bu depuis sa promenade du matin. Un élancement sourd commençait à germer au niveau de ses tempes. Mais rien de tout cela n'avait d'importance, étant donné les circonstances.

Après quarante minutes de route, Adrian gara la voiture et récupéra un ticket à la machine du parking. Fran demanda à Mary si elle avait apporté son téléphone et vérifié s'il y avait des messages d'Elijah. Il n'y avait rien. L'appréhension lestait son estomac comme une pierre au fond d'un lac. Le bâtiment de l'hôpital se dressait devant eux, comme le repaire du méchant dans un film. Elle avait déjà eu du mal à changer son point de vue sur les hôpitaux après la mort de Chloé. Même le traitement du cancer de la peau d'Adrian ne l'avait pas aidée.

Ils se dirigèrent vers la réception et demandèrent des informations sur Esther Whitaker. Fran fit la conversation, tenant toujours la main de Mary.
— Seulement la famille, en soins intensifs.
Les mots « soins intensifs » firent se retourner la pierre.
— C'est la maman d'Esther.
— Je suis Mary Whitaker, marmonna-t-elle.
La réceptionniste leur indiqua où aller et à qui s'adresser. Lorsque le regard de petite fille perdue de Mary se posa sur Fran, elle lui serra la main et tenta de la rassurer. « On va t'emmener là-haut. Tout va bien se passer. »

Vulnérable

Elle se détestait d'avoir prononcé ces mots. Mais elle les répéta jusqu'à ce que Mary hoche la tête.

Chapitre Vingt-Deux

Fran faisait les cent pas le long de la cafétéria. Elle enfonçait ses mains dans les poches de son jean, puis les ressortait. Elle se rongeait l'ongle du pouce. Elle se retrouvait au milieu d'autres personnes portant des plateaux en plastique avec des gâteaux et du thé. Finalement, alors qu'elle repassait devant Adrian, il lui attrapa la manche et la ramena sur la chaise. Là, elle posa ses avant-bras sur le formica tacheté et essaya de calmer sa respiration.

Cela faisait presque une heure qu'ils attendaient. Il était seize heures, et il y avait quelques familles assises autour de tables couvertes de sandwichs emballés à moitié mangés. Trois jeunes garçons jouaient à cache-cache parmi les chaises.

Fran tapotait la tasse avec ses ongles, provoquant des ondulations à la surface de son thé léger, froid et à moitié bu.

— On devrait aller là-haut. Il faut qu'on l'aide. Qu'on fasse quelque chose. Je ne peux pas rester assise ici, Ady. Je ne peux pas !

Elle essaya de manger et de boire, mais rien n'y faisait. Elle savait que ce n'était pas son combat, qu'Esther n'était pas son enfant. Comprendre cela n'aidait pas à apaiser le maelström d'émotions qui remontait à la surface. Fran se posta devant Adrian, sachant qu'il n'approuvait pas qu'ils retournent en soins intensifs pour se mêler de leurs affaires ou s'interposer. Mais il soupira et céda, ce qui signifiait que Fran lui avait donné de la détermination.

En traversant les couloirs sinueux qui sentaient le désinfectant, Fran devait sans cesse se rappeler de ralentir. Ce n'était pas la première fois qu'elle pensait à la différence d'âge entre eux et au fait qu'elle ait beaucoup plus d'énergie dans ces moments-là. Pour une fois, ça lui tapait sur les nerfs. Elle s'impatientait de devoir s'arrêter et attendre qu'il la rattrape.

À l'extérieur de la salle, Fran recommença à faire les cent pas. Elle colla son visage à la baie vitrée, se demandant si elle devait entrer ou non. C'était un environnement très stressant et elle ne voulait pas déranger les infirmières, mais en même temps elle avait besoin de savoir. Finalement, Adrian passa un bras autour de son épaule et la conduisit vers les petits bancs près des ascenseurs. Là, elle s'affala et attendit.

— Bon sang, je n'avais pas réalisé à quel point j'étais fatiguée, dit-elle.

Adrian prit sa main dans la sienne et lui massa doucement le pouce.

— Je sais.

Environ vingt minutes plus tard, Elijah sortit seul dans le couloir. Fran fut debout en une seconde.

— Elijah ! Comment va-t-elle ?

L'homme leva les yeux sur elle, hébété, en clignant des yeux. Ses cheveux poivre et sel étaient ébouriffés, pas aussi bien séparés que d'habitude. Il y avait de la boue sur ses chaussures et sur l'ourlet de son pantalon.

— Mon Dieu, Fran. On pensait que vous étiez tous les deux partis. Il sourit. Elle est réveillée ! Elle a fait une sacrée chute jusqu'au ruisseau. Elle s'est fait mal à la tête en tombant. Mais elle va bien. Ils la gardent cette nuit à cause de la commotion, mais si tout va bien elle pourra rentrer demain.

— C'est une excellente nouvelle, Elijah. Nous sommes ravis pour vous, dit Adrian.

— On pourrait peut-être lui rendre visite ? Si ce n'est pas aujourd'hui, alors demain ? demanda Fran. Ou peut-être voir Mary ? Elle était un peu dans tous ses états tout à l'heure et j'aimerais bien voir comment elle va.

— Mary va très bien. Les joues d'Elijah s'étirèrent sur cette espèce de sourire du chat dans « Alice au pays des merveilles » qu'il avait. Écoutez, on est crevés et on a une longue nuit devant nous. Pourquoi ne pas revenir dans quelques jours ? Mais merci pour tout ce que vous avez fait aujourd'hui. Il tapota l'épaule de Fran. Les voisins sont formidables, n'est-ce pas ? Nous sommes frères et sœurs dans cette histoire.

Fran resta légèrement stupéfaite lorsqu'il s'éloigna, mais à quoi s'attendait-elle ? Adrian appuya sur le bouton pour appeler l'ascenseur, en haussant légèrement les épaules.

— C'est pas grave, hein ? dit-il. Le principal, c'est qu'elle va s'en sortir.

— Oui, bien sûr. La voix de Fran sortit comme engourdie. Ils entrèrent dans un ascenseur rempli de patients, de médecins et de visiteurs. Il s'arrêta à l'étage inférieur, laissant sortir un soignant qui poussait le fauteuil roulant d'un jeune homme chauve sous perfusion. Une famille monta en portant un ballon marqué « Bon rétablissement ». Des infirmières fatiguées ajustaient leurs uniformes. Pendant tout ce temps, Fran lutta contre un sentiment croissant d'échec qui menaçait de provoquer des larmes de frustration. Esther n'était pas Chloé. Esther n'était pas son enfant. Elle n'avait pas le droit de rester ici et d'exiger de voir la petite fille. Ils n'étaient pas de la famille. Ils n'avaient aucun droit sur cette enfant.

L'air s'était rafraîchi lorsqu'ils atteignirent le parking. Sur le chemin de la voiture, elle prit Adrian par le coude.

— Je ne sais plus qui je suis, avoua-t-elle.

Chapitre Vingt-Trois

Et c'est ainsi que les spéculations commencèrent à se propager autour de Leacroft comme un virus. Des rumeurs prétendaient qu'Esther avait subi plus qu'une commotion cérébrale, qu'elle avait des bleus sur tout le visage et le corps. Quelqu'un s'approcha de Fran au bureau de poste et mentionna « cette pauvre petite fille qui a été violée », mais il n'y avait pas eu de viol, et à peine une enquête de police après la mésaventure d'Esther. Fran était restée bouche bée avant de remettre les choses au clair.

Elle ne contacta pas Elijah comme il l'avait suggéré. Elle avait été trop honteuse lorsqu'elle avait réalisé l'étendue de son obsession. Debout dans cet hôpital, au bord des larmes, se tordant les mains, l'estomac retourné, c'était presque comme si Esther avait été sa propre fille. Elle avait réalisé qu'elle avait projeté son propre traumatisme sur eux. Maintenant, elle devait se ressaisir. Cela signifiait pas de visites. Ne plus s'immiscer dans la vie de quelqu'un d'autre. Elle envoya à Esther une carte et un puzzle à faire pendant sa convalescence, et ce fut tout.

Mary ne se présenta pas à la répétition suivante de la chorale, mais personne ne s'attendait à l'y voir. Ce fut une heure infernale pour Fran, qui serra les dents en écoutant les ragots sur des personnes qui méritaient mieux. Emily la pressait pour obtenir des informations avec ses questions en rafale, auxquelles Fran répondait d'une voix monotone. « Et « Lui » ? Il était contrarié ? Oui. Combien de temps est-elle restée inconsciente ? Je ne sais pas trop. C'est vrai que la blessure à la tête était survenue avant qu'elle ne tombe dans le ruisseau ? J'en sais rien. »

Elle attrapa son sac à main et partit en trombe une fois la répétition terminée, descendant la colline en petite foulée, sans se soucier de son entorse incomplètement guérie. Plus tard, elle se servit un grand verre de vin et raconta à Adrian ce qu'elle avait subi. Son mari, attentionné, acquiesça en dodelinant de la tête, tout en remuant la soupe à la coriandre qu'il avait préparée avec les restes de légumes.

— Eh ben, dit-il. En fait, j'ai des nouvelles à leur sujet.

Fran but son vin à petites gorgées et regarda ailleurs, faisant semblant d'être moins intéressée qu'elle ne l'était.

— Ah oui ?

— Elijah est de retour au travail, et Mary a emmené Esther se promener dans le parc.

Elle ouvrit un placard, à la recherche du sel. Sa voix filtra de l'intérieur des étagères à épices.

— Super.

— Franny.

Elle posa la boîte de sel marin sur le comptoir à côté de la plaque de cuisson, puis haussa les épaules.

— Quoi ?

— Je sais que tu fais pour le mieux. C'est bien de passer à autre chose. Mais est-ce que tu vas bien ?

— Oui, je pense que oui, dit-elle rapidement, sans se permettre de trop réfléchir. Tu avais raison depuis le début. Je suis obsédée. Je suis une femme obsessionnelle. Une de ces folles, tu sais, les agitées dans *Coronation Street*. Celles qui volent un bébé, vont au bord de la mer et...

Il lui attrapa la main. Sans rien dire. Les mots étaient inutiles.

« J'ai juste besoin de, tu sais... de me sortir ça de la tête. Rester à l'écart pendant un moment. Faire du jardinage ou du tricot ou autre chose, dit-elle.

— Et si tu reprenais une thérapie ?

Elle y avait songé presque tous les jours, mais quelque chose la retenait. Parler, c'était comme rouvrir de vieilles blessures. Tout en réfléchissant, elle prit le sel et imagina en enduire chacune de ces plaies jusqu'à ce que la douleur remplace tout le reste. Elle le reposa et laissa échapper un soupir.

— Je vais y réfléchir.

Adrian prit une louche et servit la soupe dans deux bols.

— C'est bon pour l'âme, ça. Beethoven disait que seuls les cœurs purs peuvent faire de la bonne soupe.

Fran mit du sel dans la sienne et Adrian fit la moue.

— Je n'ai pas le cœur pur ? Il feignit une blessure à la poitrine et ajouta : sans même la goûter ? Je suis affreusement vexé. Il avait pris un ton de plaisanterie, mais elle savait qu'il le pensait au moins un peu.

— Désolée, mais j'aime ma soupe comme j'aime mes hommes.

Il secoua la tête, mais rigola.

Alors qu'ils emportaient les bols dans le salon, Fran évoqua à nouveau les ragots avec désinvolture.

— Tu penses qu'il y a quelque chose de vrai dans ces rumeurs ? Celles qui disent qu'Elijah fait du mal à Esther ?

Adrian s'installa sur le canapé et posa le bol sur ses genoux.

— Qu'est-ce que tu en penses, toi ?

— Ça donnerait à Esther une raison de s'enfuir, dit Fran. Mais il avait l'air brisé quand on l'a retrouvée. Il ne simulait pas. Ce n'est pas possible. Fran prit une cuillerée de sa soupe salée et continua de penser aux Whitaker.

Chapitre Vingt-Quatre

— Il a perdu son emploi.

C'était un mercredi après-midi et Fran avait à peine posé un pied dans la salle des fêtes qu'Emily s'avançait, un sac de courses rempli de friandises dans son poing serré. Elle remarqua immédiatement une étincelle qu'elle n'aimait pas, qu'elle détestait peut-être, dans les yeux d'Emily.

— Qui ? demanda Fran en balayant rapidement la pièce du regard. Il y avait une odeur d'école et de gymnase dans cet endroit. Cette odeur, combinée à celle des femmes en train de bavarder, lui fit penser à son ancienne école secondaire.

— Elijah Whitaker. Il a perdu son emploi chez le tailleur de pierre. Maintenant, il n'est plus que chauffeur-livreur.

Emily suivit Fran tandis qu'elle trouvait une chaise libre pour y déposer ses affaires.

— Pourquoi a-t-il perdu son emploi ? demanda-t-elle.

Emily haussa les épaules.

— J'espérais que tu le saurais. Tu n'as rien entendu dire ?

— C'est la première fois que j'en entends parler, dit Fran. Un sentiment de culpabilité l'envahit. L'obsession mise à part, aurait-elle dû aller voir Mary pour s'assurer qu'elle allait bien ? Elle ne l'avait pas vue depuis qu'Esther s'était enfuie.

Fran s'entendit chanter faux pendant toute la durée de la répétition. Ils étaient censés être le fer de lance d'un concert de charité deux mois plus tard et pourtant ils chantaient mal. Elle en particulier était la pire de tous. Pour une fois, le groupe se dispersa sans trop discuter. Fran s'empressa de partir avant qu'Emily ne puisse s'approcher d'elle une seconde fois.

Le lendemain, elle passa la majeure partie de sa journée sur le forum de deuil à répondre aux questions, à supprimer les trolls, à traquer les spams évidents. C'était un travail réconfortant. Elle essayait de ne pas penser aux Whitaker. Elijah ayant un emploi en moins, leurs revenus étaient sans doute affectés. Elle essayait de ne pas penser à l'impact que cela pouvait avoir sur une famille déjà en proie au stress. Mais l'après-midi, alors qu'Adrian jardinait, elle ferma son ordinateur portable, enfila un tablier et commença à cuisiner.

Elle avait à peine assez d'œufs et dut remplacer une partie de la farine par autre chose mais, tant bien que mal, elle se retrouva avec des cookies aux pépites de chocolat légèrement brûlés mais raisonnablement comestibles. Une fois qu'ils eurent refroidi, elle les mit dans une boîte, prit son sac et dit à Adrian qu'elle sortait un moment. Il cria « ciao » depuis le jardin.

Cela faisait plus de deux semaines qu'Esther avait été trouvée dans les bois, et c'était la première fois depuis ce jour qu'elle s'approchait de la maison des Whitaker. Ils ne l'avaient pas contactée non plus, mais c'était peut-être parce qu'ils étaient occupés à soigner Esther après ce qui s'était passé. Le bout des doigts de Fran transpirait contre la boîte de gâteaux. Maintenant elle avait très envie de les voir, car en écoutant Emily elle avait compris à quel point la pauvre Mary devait être stressée. La fugue d'Esther était déjà suffisante, mais les rumeurs du village et la perte du travail d'Elijah devaient avoir eu des conséquences.

Elle calma sa respiration alors qu'elle atteignait leur rue, repoussant les souvenirs de ce matin-là. La peur qu'elle avait ressentie, le terrible sentiment de malaise qui l'avait rongée de l'intérieur. Fran pouvait l'admettre maintenant. Elle avait cru de tout son corps qu'Esther allait être retrouvée morte.

Elle frappa à la vitre de la véranda et attendit. C'était une autre chaude journée de printemps, et elle ne pouvait qu'imaginer la chaleur à l'intérieur de ce piège à soleil. Il n'y eut aucune réponse. Elle essaya de sonner à la porte. Toujours rien. Fran envisagea de regarder par la baie vitrée à l'avant de la maison.

Quand Mary arriva enfin à la porte, le sourire crispé de Fran disparut immédiatement. Elle sentit le sang quitter son visage.

Mary se déplaçait lentement. Ses yeux étaient vitreux, ses cheveux n'avaient pas été lavés depuis plusieurs jours. Fran déglutit, mal à l'aise lorsque la jeune femme vint ouvrir la porte de la véranda. Elle était plus mince que la dernière fois qu'elle l'avait vue, et ses vêtements faits main étaient plus amples. Elle marchait en tenant le haut de son corps avec ses bras. Cependant, elle sourit quand elle vit Fran et accéléra légèrement le pas, comme si elle était heureuse de la voir.

— Je vous ai apporté des biscuits, dit Fran en entrant dans la maison. Je les ai faits moi-même, donc ils ne sont pas très bons. Comment va Esther...

Fran s'arrêta de parler quand elle entra dans leur salon. Contrairement à la dernière fois qu'elle était venue, l'endroit était en désordre. Les rideaux étaient tirés, il y avait quelques poupées d'Esther qui traînaient. Des emballages de nourriture avaient été jetés sur le tapis poussiéreux. Elle vit même une tache fraîche sur un coussin du canapé. Si cela avait été quelqu'un d'autre, elle ne l'aurait peut-être pas remarqué, mais Mary était une fière maîtresse de maison qui avait toujours son intérieur bien rangé. Là, ça n'était même pas propre.

— Oh, Mary. Que s'est-il passé ?

Derrière elle, Fran entendit Mary se mettre à pleurer.

Chapitre Vingt-Cinq

Après avoir réconforté Mary pendant un moment, elle apporta les biscuits dans la cuisine, les posa sur le comptoir, retroussa ses manches et se mit au travail. Elle travailla seule pendant les vingt premières minutes, mit les déchets dans les sacs poubelles, ouvrit les rideaux pour laisser entrer la lumière, pulvérisa du nettoyant sur les surfaces qui en avaient le plus besoin. Il lui semblait que Mary avait cessé de faire le ménage depuis l'accident d'Esther. Une boule se forma dans sa gorge. Elle aurait dû venir plus tôt.

Mary se joignit enfin à elle et les deux femmes firent le ménage dans un silence relatif. Fran remarqua que plus la maison était propre, plus les joues pâles de la jeune femme reprenaient des couleurs. Enfin, une fois le nettoyage terminé, Fran mit la bouilloire en route et leur prépara une bonne tasse de thé.

— Où est Esther, elle est à l'étage ?

Mary hocha la tête.

— C'est là qu'elle aime être désormais.

— Je lui apporte des biscuits ou elle va descendre ?

Mary haussa juste les épaules.

Fran sortit une assiette de service d'un placard et y plaça deux cookies. Mary lui indiqua la direction de la chambre d'Esther et Fran y monta seule. Elle frappa fort et attendit.

— C'est toi Maman ?

— Non, ma chérie. C'est Fran. Je suis venue rendre visite à ta maman et je t'ai apporté des cookies. Sa main hésita sur la poignée de la porte. Je peux entrer ?

Le moment s'étira. Puis Esther répondit :

— Oui.

Fran poussa la porte, s'attendant à une autre pièce en désordre, mais à sa grande surprise la chambre de la petite fille était impeccable. Il n'y avait pas de jouets sur le sol, pas de vaisselle sale ou de vêtements éparpillés. Il semblait que Mary ait au moins veillé à ce qu'Esther ait un espace bien rangé, à moins qu'Esther ne l'ait fait elle-même.

Elle était assise sur son lit, vêtue d'une robe en lin et de chaussettes roses à froufrous. Ses cheveux étaient détachés, ce qui laissa penser à Fran que Mary ne les avait pas tressés comme elle le faisait habituellement. Ils avaient été joliment brossés, cependant. C'était un soulagement de voir que l'on s'occupait encore de la petite fille malgré le stress évident que subissait Mary. Elle prit les biscuits et les posa sur le lit, avant de remarquer le livre de coloriage sur ses genoux.

— Très jolies couleurs. Qu'est-ce que c'est que ça ? Une sirène ?
— Oui, dit Esther.
— C'est Ariel ?
— Je ne sais pas.
— C'est un film sur une sirène. Si ta mère est d'accord, je peux te le prêter. Ça te plairait ?
— D'accord, je crois, dit-elle. Puis elle ajouta : les sirènes n'existent pas.
— Non, je suppose que non. Mais c'est amusant parfois d'imaginer qu'elles existent.

Esther baissa les yeux sur les cookies, mais n'en prit aucun. Ses cils légers d'un blond pâle touchaient la peau délicate sous ses yeux. Quand elle baissait le menton comme ça, Fran voyait une certaine mélancolie dans son expression, bien trop triste pour une enfant de son âge. Cela l'effrayait.

— Tu te sens mieux maintenant ?
Elle hocha lentement la tête.
« Est-ce que ta maman s'est bien occupée de toi ? »
— Je crois.
— Et ton papa ?
— Non.
— Oh. Fran se pencha vers elle. Qu'est-ce que tu veux dire par là ?
— Père est en Arizona.

Fran ouvrit la bouche pour parler, mais hésita. Elle se souvint que Mary lui avait dit que Dieu était l'ami imaginaire d'Esther, et elle crut d'abord que c'était de lui qu'elle parlait, mais pourquoi penserait-elle que Dieu habitait en Arizona ? Parce que c'est là qu'ils habitaient avant ?

— Comment tu trouves les cookies, Esther ?

Fran n'avait pas remarqué que Mary se tenait dans l'embrasure de la porte. Une soudaine rougeur s'étala sur son cou. Est-ce qu'elle avait tout entendu ? Il aurait été certain pour une oreille adulte que Fran était venue pour vérifier qu'Esther n'était pas maltraitée.

— Je n'aime pas les cookies, dit Esther, mais ses yeux s'attardèrent un petit peu trop longtemps sur l'assiette pour que cela semble vrai.

— Dieu ne t'en voudra pas si tu manges des cookies, dit Fran doucement. Il veut que tu sois heureuse.

Les yeux de la petite fille croisèrent à nouveau les siens. On pouvait y voir une certaine confusion.

— Elle a raison ma puce. Mary entra dans la chambre et s'assit sur le lit à côté de sa fille. Elle posa un bras sur ses épaules et toucha sa tête avec la sienne. Les enfants ont droit à des friandises. Tu as été bien sage.

Vulnérable

À la surprise de Fran, Esther se mit à pleurer.
— Je ne suis pas sage.
Fran se détourna un instant. Elle ne supportait plus la peine sur le visage de la petite fille. Mary la consola d'une voix douce, en lui caressant la joue. Fran se sentit mal. Qu'est-ce qu'il se passait dans cette maison ? Pourquoi cette enfant était dans une détresse émotionnelle telle qu'elle ait l'impression de ne pas mériter un cookie ?
— Chuut, mon poussin, dit Mary. Ma gentille petite fille.

Chapitre Vingt-Six

Fran ramena Mary en bas, d'où elle appela Adrian. Elle était partie depuis quelques heures et elle ne voulait pas qu'il s'inquiète. Tout en lui disant où elle était, elle tapotait le téléphone d'un doigt nerveux. Elle lui avait caché exprès, en omettant la vérité parce qu'elle savait qu'il n'approuverait pas. Mais il ne réagit pas, il fit juste un petit « ah ».

Fran prépara deux autres tasses de thé et elles s'assirent autour de la petite table de la cuisine des Whitaker, leurs genoux se touchant presque. Elle sourit en regardant le dessin d'Esther sur le frigo. Un arc-en-ciel remplissait une feuille de papier A4. Il semblait plein d'espoir et d'innocence. L'œuvre d'une enfant heureuse. Puis à côté, Fran remarqua le dessin de la famille d'Esther. Sur ce dessin, Elijah était plus grand que les autres et n'était dessiné qu'au crayon rouge. Le rouge lui fit froncer les sourcils. Tout le reste était multicolore, mais Elijah était en rouge.

Pendant que Fran observait l'œuvre d'art, Mary mangea un biscuit en deux bouchées avant de s'adosser à sa chaise et de pousser un long soupir, dont elle avait bien besoin. Enfin, elle semblait se détendre. Fran envisagea de ne plus rien dire et de la laisser tranquille, mais il fallait quand même qu'elle lui parle.

— Tu dois me dire ce qui se passe, dit Fran, pas méchamment. Et ne me dis pas que ce n'est rien, parce que j'ai des yeux et que je ne suis pas stupide. Tu n'es pas une personne paresseuse. Je te connais, et je sais que tu fais le maximum pour avoir une maison bien rangée. Je sais que tu te soucies assez de l'éducation d'Esther pour la scolariser correctement, et pourtant je la trouve là-haut, assise sur son lit à ne rien faire. Mary, s'il te plaît, dis-moi ce qu'il se passe. Tu es déprimée ? C'est Elijah ? Il t'a fait du mal ? A-t-il fait du mal à Esther ? Elle s'approcha et prit les mains de Mary dans les siennes. Parle-moi.

Mary secoua la tête deux ou trois fois. Sa respiration était instable.

— Je t'en prie, ne fais pas ça. Ce n'est pas ce que tu penses.

— Qu'est-ce que ça veut dire ?

Elle retira ses mains de celles de Fran, pour enserrer sa tasse de thé chaud.

— Je ne veux pas paraître impolie, Fran, mais je ne pense pas que tu aies la moindre idée de ce qu'est devenue notre vie depuis qu'Elijah a perdu son travail. J'ai été... Je me suis sentie déprimée. Mais je vais aller mieux maintenant.

— Vous avez des difficultés financières ?

Mary soupira et détourna la tête.

« Je suis désolée d'être aussi indiscrète », dit Fran, pas du tout désolée d'être indiscrète. Elle préférait pousser un peu le bouchon plutôt que pas assez. Pas quand le bien-être d'une enfant était en jeu. « Mais si tu te confies à moi, je pourrai t'aider. »

— Qu'est-ce qui te fait croire que c'est à toi de m'aider ?

Fran se rétracta légèrement.

— Je croyais qu'on était amies.

— Alors où étais-tu, ces temps-ci ? demanda Mary. Je pensais... je pensais que tu étais comme eux. Ces gens qui parlent toujours de nous, qui disent des choses horribles sur Elijah. Tu crois à ces mensonges, n'est-ce pas ? Tu penses qu'il nous a fait du mal. Son visage se crispa de dégoût. Les choses qu'ils disent sur lui. Sur Esther. Ça me rend malade. Mais c'est ce que vous pensez tous, n'est-ce pas ? Juste parce que nous croyons en des choses auxquelles vous ne croyez pas. Parce qu'on a des traditions et des valeurs que vous n'avez pas. Vous pensez que nous sommes des monstres qu'il faut regarder bouche bée. Elle s'essuya le visage avec ses poignets, effaçant les larmes qui avaient commencé à mouiller ses joues.

— Non. Non, tu as tout faux. Je suis ici...

— Parce que ton bébé est mort, et que tu lui cherches une remplaçante.

Deux yeux vitreux et durs soutinrent le regard de Fran.

C'était la fin. Elles le savaient toutes les deux. On ne peut pas revenir en arrière après de telles paroles. Fran resta figée sur place pendant quelques instants, si choquée qu'elle avait oublié comment se tenir debout. Quand elle se leva, les pieds de la chaise en bois raclèrent le carrelage. Elle prit sa boîte à biscuits et se dirigea en silence vers la porte d'entrée. Pendant tout ce temps, Mary était restée la tête penchée, ses cheveux noirs cachant toute expression de son visage. Fran s'empressa de sortir de la maison.

Dehors, il faisait un temps magnifique et clair. Le bout de ses doigts devint blanc sur le bord de la boîte et elle oublia accidentellement de dire bonjour à une des femmes de la chorale lorsqu'elle la croisa dans la rue. Elle marchait d'un pas rapide, comme un robot, vers la maison. En fait, elle ne se souvint même pas du trajet lorsque sa main atteignit la porte d'entrée de sa maison. Adrian leva les yeux du comptoir de la cuisine, posant sur la planche à découper le couteau qu'il tenait à la main. La pièce sentait le citron et le persil. Il leur faisait une tourte au poisson.

— Qu'est-ce qui ne va pas ? demanda-t-il.

Il lui versa un verre de vin tandis qu'elle s'étouffait à moitié en racontant les détails de ce qu'elle avait vu : la maison sale, l'enfant seule sur son lit, les choses qu'Esther avait dites, les choses que Mary avait dites. Elle but le vin à

Vulnérable

petites gorgées, mais cela ne fit rien pour enlever le goût amer dans sa bouche.

— Je suis désolé, dit Adrian, attirant Fran contre sa poitrine. Elle se blottit contre lui, reconnaissante de la douceur de sa chemise, de la sensation de fraîcheur du coton sur sa joue, de sa chaleur sous le tissu et du parfum familier de l'après-rasage qu'il portait depuis le jour de leur mariage. « Que veux-tu faire ? »

— Je ne sais pas. Je ne sais pas quoi faire. Mary avait-elle raison ?

— Non, dit Adrian. Non, tu ne te fais pas d'illusions, Franny. Tu n'as jamais pensé qu'Esther allait être ton enfant, n'est-ce pas ? Il y a des chances que tu t'y sois un peu plus attachée que d'habitude à cause de ce que nous avons traversé, mais c'est normal. Je jure que n'importe qui ressentirait la même chose. Allez, viens. Asseyons-nous, dînons, et nous y réfléchirons demain. D'accord ?

Elle accepta, mais dans son esprit, quelque chose était en train de se former. Une pensée indésirable qu'elle avait repoussée depuis longtemps : il était temps d'alerter les autorités sur les parents d'Esther et leur incapacité à s'en sortir.

Chapitre Vingt-Sept

Les pensées de Fran oscillaient comme un pendule. Chaque fois qu'elle pensait faire ce qu'il fallait, son esprit prenait une autre voie et elle était convaincue d'avoir fait une énorme erreur. Le lendemain matin de sa visite chez les Whitaker, Fran avait appelé la police pour faire un signalement et leur avait dit tout ce qu'elle savait sur Esther Whitaker. De sa découverte dans le parc à l'ecchymose sur sa jambe, en passant par la seconde disparition et l'état récent de la maison. Elle leur avait parlé de l'inexpérience de Mary en tant que mère, de la façon dont elle avait l'impression qu'Elijah la contrôlait. Elle se retint de leur parler des rumeurs qui circulaient dans le village, se concentrant sur les faits. Au début de l'appel, elle tremblait. À la fin, elle était tellement épuisée qu'elle se recoucha dans son lit et s'accrocha à son mari pour se réchauffer.

Il ne se passa rien au début. Fran resta à la maison pendant quelques jours, sans même prendre la peine d'aller courir le matin. Le temps de guérison de sa cheville l'avait déséquilibrée dans sa routine et maintenant elle faisait la grasse matinée, se réveillant avec un mal de tête dû à un sommeil agité mais profond, où l'écho d'un cauchemar rayonnait encore à l'arrière de son crâne. La première chose qu'elle faisait chaque matin était de vérifier sur son téléphone s'il y avait des messages, soit de Mary, soit de quelqu'un de la chorale, probablement Emily, qui répandrait des rumeurs sur la présence de la police chez les Whitaker.

Chaque jour, elle buvait trop de café et finissait par avoir les nerfs à vif. Elle renversait du compost sur la pelouse lorsqu'elle mettait de nouvelles plantes en pot. Adrian cuisinait pour elle pendant qu'elle faisait les cent pas dans la maison, prétendant écouter des podcasts sur la pleine conscience. En réalité, ses pensées étaient agitées. Elle se rongeait les ongles jusqu'à la moelle. Elle avait fait ce qu'il fallait. Non, elle n'aurait pas dû.

Finalement, à la répétition de la chorale, elle apprit la nouvelle.

— Je ne l'ai pas vu de mes propres yeux, mais Maureen oui. C'était bien la police. Elijah a ouvert la porte, elle a dit. Il les a laissés entrer. Je ne sais pas ce qui s'est dit. Noreen chuchota des bribes à Fran entre leurs chansons. « Deux gars en uniforme apparemment. »

Ils chantaient des chansons de la comédie musicale *Mamma Mia*. Bien trop optimiste pour les nerfs à vif de Fran.

— Est-ce que la police a arrêté Elijah ? demanda-t-elle.

— Non, rien de tout ça. Ils sont entrés et sont ressortis en ayant l'air détendus.

Après la répétition, un petit groupe se rassembla pendant qu'Emily et Noreen faisaient des commérages sur les Whitaker. Fran entendit d'autres bribes venant des autres membres.

— Notre Derek ne le supporte pas. Il dit que c'est un tordu. Il est à fond dans la Bible.

— Sally ne leur livre plus de lait. Elle pense que c'est un tripoteur d'enfants.

— J'ai entendu dire qu'ils étaient en retard sur leur loyer.

— Il n'a pas les moyens de leur acheter des vêtements. Elle doit les faire elle-même.

— Ouais, il doit la frapper tous les soirs du dimanche au samedi.

— Est-ce que les voisins les entendent se disputer ?

— Non. Ils sont calmes apparemment.

— Ça ne veut pas dire qu'il ne le fait pas.

— Ils ne sortent plus. Ils restent dedans toute la journée, avec les rideaux tirés. Il a cessé de travailler et c'est tout. La pauvre petite ne voit jamais la lumière du jour.

— On n'en veut pas des comme ça à Leacroft.

Un murmure approbateur se fit entendre. Fran prit son sac et s'éloigna d'eux. Elle se sentait mal. Elle voulait prendre leur défense et leur dire qu'ils avaient tort, qu'il y avait des nuances à faire, des complications qu'aucun d'entre eux ne voyait. Mais c'est elle qui avait appelé la police. Elle serait hypocrite si elle défendait une famille qu'elle soupçonnait de faire du mal à sa fille.

Fran n'avait jamais été du genre à ressentir de la haine. Malgré leurs défauts, ses parents lui avaient tout appris sur l'acceptation, la tolérance et le pardon. Ils lui avaient dit de tendre l'autre joue quand on se moquait d'elle en EPS à cause de ses grosses cuisses. Ils lui avaient dit que chacun s'accrochait à sa propre douleur. Certains serraient leur douleur si fort qu'elle se répandait, comme le dentifrice du tube, jusqu'à ce qu'elle se colle à tous ceux qui les entouraient. Ces personnes méritaient le pardon tout autant que les autres. Mais Fran détestait tout dans cette situation. Elle détestait Elijah et son sourire suffisant, son aisance avec les gens, la façon dont il parlait de lui-même et avait poussé sa femme pour qu'elle aille l'aider. Elle détestait la façon dont la société la faisait s'interroger sur elle-même et sur ses choix. Elle détestait se sentir invisible, en tant que femme d'âge moyen. Qu'on la voie simplement comme une femme déséquilibrée et incapable de faire des raisonnements objectifs. Elle détestait surtout le fait qu'elle ait jugé nécessaire d'appeler la police, car elle était maintenant empê-

Vulnérable

trée dans une toile d'araignée qui la marquerait pour longtemps. Mais surtout, elle détestait ces commères toxiques qui se tenaient en cercle pour dénigrer un autre être humain, se divertissant de la souffrance d'autrui et laissant leurs préjugés sortir de leurs bouches haineuses.

Chapitre Vingt-Huit

Ce matin-là, Fran avait décidé qu'elle irait courir— après s'être réveillée d'un cauchemar qui l'avait secouée jusqu'à l'os, un cauchemar où Esther se tenait au-dessus de Chloé, un coussin dans les mains et un sourire diabolique sur le visage – peu importe l'entorse. Elle longea le parc du village sans souffrir, avant de se diriger vers la rue des Whitaker. Elle ne pouvait pas s'en empêcher. Cela faisait une semaine qu'elle avait appelé la police. Sortir dans le village pour faire des courses ou boire un verre était devenu presque aussi infernal que ses cauchemars. Elle n'entendait que des ragots sur les Whitaker. Sur le fait qu'ils quittaient rarement la maison, que beaucoup de villageois les évitaient au cas où le père ferait du mal à sa fille, et que Mary Whitaker avait été vue une ou deux fois, mince comme un fil, pâle comme du lait. Condamnée à hanter Leacroft plutôt qu'à y vivre.

La culpabilité la rongeait, rendait amer tout ce qu'elle mangeait. Elle ne remarquait plus la beauté du lever du soleil. Le monde aurait pu être entièrement fait de différentes nuances de gris, elle s'en serait moquée.

Depuis qu'elle avait appelé la police, elle avait repris contact avec leurs services pour constater que l'enquête était close. Elle ne savait pas si elle avait été transmise aux services sociaux. Mais la police avait visiblement décidé qu'elle ne pensait pas qu'Elijah était à l'origine de maltraitances. Peut-être que cela signifiait que Fran ne devait pas le penser non plus, ni le village, mais ce n'était pas comme ça que le monde fonctionnait. Comme dirait Emily, la boue reste collée. Les Whitaker étaient confrontés à une forme de châtiment démodée : le procès par l'opinion publique. Leacroft les détestait.

Il n'y avait pas de meilleure preuve que ce que Fran avait vu ce matin-là. À mi-chemin dans la rue, elle vit des lettres rouges et accéléra pour les voir de plus près. PARTEZ ! C'est ce qui était écrit sur leur maison. Elle resta bouche bée devant le graffiti pendant au moins trente secondes. Puis elle eut l'impression d'être observée et laissa son regard remonter le long de la façade de la maison jusqu'aux fenêtres de l'étage supérieur. Là, elle vit

Esther debout entre ses rideaux, les cheveux détachés et emmêlés autour de son visage pâle. Esther ne sourit pas ni ne lui fit signe. Elle resta là à la regarder.

Cela lui fit mal au cœur. Avec ses cheveux en désordre, sa bouche triste et ses sourcils froncés, elle semblait plus petite que jamais. Rien à voir avec l'Esther de son cauchemar. Lorsque l'enfant s'écarta de la fenêtre pour que Fran ne puisse plus la voir, elle avança jusqu'au porche et envisagea de sonner à la porte. Ce serait faire preuve de civisme que de leur parler des graffitis, n'est-ce pas ? Mais elle regarda ensuite l'heure sur son téléphone, il était à peine plus de cinq heures trente. Même si Esther était réveillée, ses parents étaient probablement en train de dormir. Fran s'éloigna de la porte, regarda une dernière fois la fenêtre de la chambre d'Esther et constata que la petite fille avait disparu.

Elle se mit à courir pour rentrer chez elle. Ses jambes étaient flageolantes et, après quelques foulées, elle préféra marcher. Quand elle jeta un dernier regard par-dessus son épaule, toute la maison était éteinte.

Chapitre Vingt-Neuf

Adrian soupira quand elle le lui raconta. Il lui frotta l'épaule, encore humide après la course, et lui parla d'une voix douce.

— Rien de tout cela n'est de ta faute. Tu as toujours essayé d'aider cette famille. Ce qui s'est passé après ton appel est de la faute de ces gens désagréables et mesquins du village.

Elle se leva du lit et commença à enlever ses vêtements de jogging, toujours énervée, tout en parlant.

— Mais je le savais, non ? Au moins, j'aurais dû savoir ce qui allait se passer. N'importe quelle personne à moitié intelligente aurait pu le voir venir à un kilomètre. Emily n'arrêtait pas de faire des commérages sur eux, des rumeurs circulaient dans tout le village, de méchantes rumeurs. Et qu'est-ce que j'ai fait ? Je les ai alimentées. Quand j'ai voulu en savoir plus sur Elijah et Mary, j'ai commencé à fouiner, à fourrer mon nez là où je ne devais pas. J'ai même appelé Emily parce que je ne pouvais pas attendre la chorale pour avoir des informations juteuses. Elle jeta ses chaussettes dans le panier à linge et resta là, nue, la peau rouge, ses vergetures opalescentes dans la lumière du matin. C'est autant de ma faute que de celle d'Emily. Ensuite, j'ai cloué le cercueil. J'ai appelé la police.

Adrian leva les mains en signe d'exaspération.

— Comme tout bon citoyen l'aurait fait, vu ce que tu as vu. Vu ce que tu sais de cette famille.

Fran se mordilla la lèvre inférieure.

— Non. Je ne sais pas. Elle posa une main sur son front. Peut-être que j'ai vu plus que ce qui se trouvait devant moi. Peut-être que je cherchais quelque chose parce que... Elle ne finit pas sa phrase, ne voulant pas l'admettre.

— Quoi ?

— Parce que je suis comme Emily. J'ai des préjugés. J'ai vu cette jeune femme très croyante et son mari plus âgé et j'ai supposé le pire. Elle soupira. Je vais prendre une douche. J'ai besoin de me débarrasser de tout ça.

— Franny.
— Oui ?
— Je t'aime.
— Je t'aime aussi, Long John Silver.[1]
Il rigola. Puis son sourire s'effaça.
— Tu n'es pas comme eux.

Elle haussa simplement les épaules en entrant dans la salle de bain. Elle régla la douche sur l'eau bouillante, en espérant que cela pourrait faire disparaître une première couche de peau. Elle imagina des écailles se détachant, emportées par l'écoulement. Que lui était-il arrivé ces dernières semaines ?

Elle émergea de la douche dans une teinte vermillon. Adrian lui servit des œufs brouillés et lui tendit une bonne tasse de thé bien forte, digne d'un ouvrier de chantier.

— Tu te sens mieux ?
— Non. Non, je me sens toujours comme une merde.
— Ne te parle pas de toi-même comme ça, dit-il. Il écarta quelques mèches humides de la joue de Fran. Allez, viens. Prenons le petit-déjeuner et sortons pour la journée.
— Où ?
— Pourquoi pas Chatsworth ?

L'estomac de Fran se retourna.

— Non, pas là.
— Pourquoi pas Castleton alors ? On pourra acheter des bijoux chez Blue John, marcher sur les sentiers à travers les vallées. Tu devras marcher plus lentement que d'habitude. Tu sais que je suis un vieux schnock.
— C'est vrai, dit-elle avec un sourire. Lorsqu'elle voulut consulter son téléphone en mangeant ses œufs, Adrian agita le doigt comme un instituteur.
— Il va y avoir une règle aujourd'hui.
— Laisse-moi deviner. Pas de téléphone.
— En effet. Maintenant, range-le, jeune fille, avant que je doive te donner une punition. Il dit ça avec un sourire et en faisant un clin d'œil.

Elle rangea le téléphone. Et elle ne le regarda pas une seule fois ce jour-là. Ils allèrent à la Blue John Cavern à Castleton et au marché sous un ciel d'un bleu pâle et pastel. Fran acheta des boucles d'oreilles à la boutique de souvenirs et ils se promenèrent dans la campagne. Ils croisèrent même un camion de glaces et s'arrêtèrent pour acheter des cônes. Cela prit un certain temps, mais finalement son esprit se calma de sorte que les pensées à propos d'Esther, de Mary, et même de Chloé ne furent plus qu'un bourdonnement anxieux relégué au fond de son cerveau. Elle avait été transportée loin de Leacroft et de cet affreux graffiti rouge sur la maison de la famille rejetée. Elle était loin des petits esprits et des langues déliées. Elle pouvait se détendre et être avec son mari. Elle pouvait arrêter de vérifier tout le temps son téléphone.

Et elle manqua le message. Celui qui comptait.

Chapitre Trente

Passe me voir. Je t'en prie. Il y a quelque chose que je veux te dire. Les choses ne sont pas ce qu'elles semblent être.

Fran tapa furieusement sur les touches. *Je peux venir chez toi demain ? Est-ce qu'on doit attendre qu'Elijah soit au travail ?*

Elle attendit. Ils étaient rentrés depuis une heure environ et Fran avait finalement succombé à sa curiosité lorsqu'elle avait pris son téléphone et vérifié ses comptes sur les réseaux sociaux. C'est alors qu'elle avait vu le message de Mary. Il avait été envoyé à neuf heures, à peu près à l'heure où ils quittaient la maison pour leur excursion d'une journée. Il était dix-neuf heures passées et elle se demanda si elle ne devrait pas aller chez les Whitaker pour voir comment ils allaient, juste au cas où.

Mais s'inquiétait-elle pour Mary, ou voulait-elle assouvir sa propre curiosité ? Le message ne disait pas que c'était urgent, mais elle avait perçu un ton quelque peu désespéré. Fran savait qu'elle faisait des spéculations, mais elle ne pouvait pas en être totalement sûre. Elle gratta un peu de peau sèche sur sa lèvre en attendant une réponse.

— Shiraz ?
— Bien sûr.

Elle prit le verre à pied qu'Adrian lui tendait. Ils avaient commandé un plat chinois à emporter et ils attendaient qu'il arrive.

— Tout va bien ? dit Adrian.

Fran pensa garder le message pour elle, peut-être par honte de ne pas avoir été capable de ne pas regarder son téléphone pendant une journée entière. Puis elle se ravisa et le lui montra.

— C'est étrange, convint-il.
— Tu penses qu'elle est en danger ?
— Je pense qu'elle aurait appelé la police si elle l'avait été, dit Adrian. Ou bien qu'elle t'aurait appelée. C'est un message qui date de plusieurs heures.

Quelque chose s'immisça dans l'esprit de Fran. C'était un commentaire que Mary avait fait dans la conversation sur le fait qu'Esther ne faisait pas confiance à la police. Mary ne faisait-elle pas non plus confiance à la police ? Si sa vie était en danger, pouvait-elle compter sur leur aide ? Ils avaient appelé la police quand Esther avait disparu, alors peut-être qu'Adrian avait raison. Pourtant, elle ne pouvait se départir de son envie d'agir.

— Tu crois que je devrais y aller ? Elle se sentait stupide de demander, mais elle devait le faire. Elle avait besoin d'un second avis car, une fois de plus, la peur montait en elle, s'infiltrant dans chaque membre, chaque doigt.

— Non, dit Adrian. Il prit le verre de vin de ses mains et les prit dans les siennes, les caressant de ses pouces.

— Franny, j'ai été un peu méprisant au début, et je suis désolé pour ça. Tes préoccupations étaient valables à l'époque, et elles le sont encore aujourd'hui. Mais cela devient un fardeau pour ta santé mentale. Ils sont adultes et ils doivent prendre leurs décisions eux-mêmes. Si quelque chose est arrivé, ils peuvent appeler la police comme tout le monde le ferait.

— Et s'ils ne le font pas ?

— Ils le feront. Il relâcha ses mains. Si c'était une question de vie ou de mort, ce que je ne pense pas, ils appelleraient les services d'urgence. Aucun d'entre eux n'est stupide, pas même la petite. C'est l'une des enfants les plus brillantes que j'aie jamais rencontrées. Et je sais que tu as des inquiétudes à propos d'Elijah, mais il ne boit pas et ne se drogue pas. C'est un homme qui se contrôle.

— Trop, même.

— Peut-être. Il se pinça l'arête du nez. Mais...

— Quoi ? Elle devrait le quitter ?

— Eh bien, oui, dit-il en retirant ses doigts. Oui, elle devrait.

— Ce n'est pas comme ça que la maltraitance marche, dit Fran. Ça épuise les femmes. Physiquement. Émotionnellement. On leur fait croire qu'elles ne sont rien. Qu'elles ne peuvent pas être sauvées, et qu'elles ne peuvent certainement pas se sauver elles-mêmes. Cela leur fait intérioriser toutes les mauvaises pensées qu'elles ont pu avoir sur elles-mêmes, les isole et les oblige à être dépendantes de leur agresseur. Non, elle ne peut pas simplement partir. Elle se leva, un afflux de sang dans les veines. Ses mots l'avaient décidée. Elle allait aller chez eux, et elle se fichait de savoir si c'était socialement impoli, ou si c'était quelque chose qu'une personne dérangée ferait. Elle était convaincue que Mary avait besoin de son aide, et elle allait lui apporter cette aide, qu'elle le veuille ou non.

— Fran, cria Adrian, Fran !

Elle pensait l'ignorer alors qu'elle sortait en trombe de la maison. Mais quelque chose dans son ton la fit s'arrêter.

Il soupira.

— Je suis désolé. Il n'avait pas l'air du tout désolé, mais elle le laissa continuer. Si tu vas là-bas, laisse-moi au moins t'y conduire.

Chapitre Trente-Et-Un

Quand Adrian s'arrêta sur le trottoir, la première chose que Fran remarqua fut que la voiture d'Elijah n'était pas là, ce qui signifiait qu'il était peut-être parti à son travail de livraison à temps partiel. Mais ensuite, elle remarqua qu'il n'y avait aucune lumière allumée dans la maison, malgré le soleil qui déclinait à l'approche de la nuit. Elle détacha sa ceinture et suivit Adrian jusqu'au porche. Il regarda le graffiti et secoua la tête. En le revoyant, le sang de Fran se mit à battre dans ses veines. Qui avait fait ça ? Elle échangea un regard avec Adrian avant d'appuyer sur la sonnette. Le joyeux *ding dong* retentit, mais personne ne répondit. Elle essaya de nouveau. Rien.

Trouvant cela étrange, elle se fraya un chemin dans le jardin de devant recouvert de gravier et jeta un coup d'œil à travers la baie vitrée. Les rideaux étaient encore ouverts malgré le coucher du soleil, et à l'intérieur elle vit que leur salon était vide. Qui plus est, il était bien rangé. En fait, il était impeccable, sans poupées sur le sol ni bouts de tissus sur les chaises. C'était sûrement un bon signe. Mary avait rangé la maison après que Fran et elle l'aient nettoyée. Et pourtant, elle ne se sentait pas bien, elle se sentait mal, mais elle ne savait pas pourquoi.

Fran s'éloigna de la vitre et revint vers Adrian.

— Je ne vois personne à l'intérieur.

— Ils sont peut-être sortis dîner, suggéra-t-elle. Ou ils ont emmené Esther au cinéma.

Ça n'avait pas l'air normal. Pourquoi une famille connue pour quitter rarement la maison serait-elle soudainement sortie un soir ? Cette absence, ainsi que l'étrange message de Mary, mirent Fran sur les nerfs. Où pouvaient-ils être ? À moins qu'ils ne soient partis chez le cousin d'Elijah à Derby, ce qui serait logique vu les vilains graffitis. Mais s'ils avaient l'intention d'aller à Derby, pourquoi Mary lui aurait-elle envoyé ce message ?

— Je vais regarder dans le jardin, dit Fran.

— Je viens avec toi.

Elle tira le loquet de la porte du jardin et avança. Maintenant, ils avaient l'impression d'être en infraction, mais elle s'en fichait. D'ici, ils pouvaient regarder dans la cuisine, qui était vide et sombre. Il y avait quelques assiettes empilées sur l'égouttoir, une bouilloire et un grille-pain au même endroit qu'avant. C'était assez bien rangé. Il n'y avait pas de vaisselle ou de plaquette de beurre sur le comptoir de la cuisine. La petite table était vide. Même si tout était bien rangé, quelque chose semblait étrange à Fran.

— Oh, dit-elle.

— Qu'est-ce qu'il y a ?

— Le dessin sur le frigo. Il a disparu. Elle appuya un doigt sur la fenêtre, pointant dans la direction du frigo.

— Quoi ? Le dessin d'Esther ?

— Ouais. Un arc-en-ciel. Je m'en souviens clairement. Dessiné au crayon. Je pense que nous devrions parler aux voisins. Fran retourna à l'avant de la maison. Elle était absolument sûre maintenant que la famille était partie. Du coin de l'œil, elle vit les lettres sur la façade de la maison. PARTEZ !

Elle connaissait vaguement la femme qui vivait du côté gauche des Whitaker. Une dermatologue qu'elle avait vue une fois pour de l'acné de l'adulte. Malheureusement, Fran ne se souvenait pas de son nom. Joan. Jean. Peut-être Jenny ? Elle frappa avec enthousiasme à la porte et attendit, les doigts crispés sur les hanches. Adrian vint se poster à ses côtés.

— Bonjour, dit la dermatologue. Mme Cole, n'est-ce pas ?

— Fran.

La femme hocha la tête.

— C'est ça.

— Désolée de vous déranger à cette heure, dit Fran. Elle remarqua que la femme regardait Adrian et elle ajouta : c'est mon mari, Adrian. Encore une fois, je suis désolée. C'est juste que j'ai reçu un message de Mary en début de journée et j'étais un peu inquiète pour elle. Nous sommes venus nous assurer que tout allait bien et nous n'avons pas pu nous empêcher de remarquer que la maison semblait vide. Nous nous demandions si vous aviez vu quelque chose.

— Vous voulez dire les Whitaker ? En fait, oui, dit-elle. Ils sont très discrets, vous savez. Je n'entends presque rien venant de chez eux. Mais aujourd'hui, ils ont crié. Elle inclina le menton vers le graffiti. Je pense que c'était à cause de ça. Une histoire désagréable et pas vraiment nécessaire, si vous voulez mon avis. En tout cas, j'ai entendu Elijah crier, mais ça n'a pas duré longtemps. Environ deux heures plus tard, je les ai vus mettre les sacs de voyage dans la voiture. Ça leur a pris un moment. Il y avait des valises, aussi. Puis ils sont partis. Elle haussa les épaules. Soit ils sont partis en vacances, soit ils ont déménagé pour de bon. Je sais qu'ils louaient, mais ils n'ont pas pris d'appareils ménagers avec eux.

— Bien, dit Fran. Comment étaient-ils quand ils sont montés dans la voiture ?

— Euh... Elle soupira en penchant la tête en arrière comme si elle réfléchissait à sa question. Stressés, pour être honnête. Je pense que Mary avait pleuré. Mais la petite fille semblait contente.

— Ah bon ?

— Oui. Elle souriait.

Chapitre Trente-Deux

Une fois de retour dans la voiture, Fran continua à imaginer le sourire d'Esther. Elle ne lui avait jamais vu qu'un sourire en coin. Elle ne souriait pas quand on lui commandait une glace ou un chocolat chaud. Pas de sourire quand Fran proposait de lui acheter quelque chose à la boutique de souvenirs. Pas de sourire non plus quand elles passaient devant un chiot. Fran n'avait jamais connu une enfant aussi sérieuse, mais elle n'avait connu Esther qu'à Leacroft, loin de sa maison et peut-être aussi de sa famille, bien que Mary ait tendance à éviter de parler de l'Arizona.

Et si Esther avait été une enfant plus heureuse dans sa ville natale ? Elle pensa à l'arc-en-ciel, une image qui lui avait semblé évoquer une époque plus heureuse. Il était possible qu'Esther ait eu des facettes que Fran n'avait jamais vues. Et il était possible qu'Esther ait souri parce qu'elle pouvait enfin rentrer chez elle.

— Ils sont rentrés en Amérique, dit Fran. C'est sans doute ça.

Adrian s'engagea dans leur allée, coupa le contact et se frotta la barbe sous le menton.

— On dirait qu'ils ont déménagé, en tout cas. Soudainement, remarque.

Le message de Mary était-il un adieu ? Avait-elle voulu que Fran vienne la voir pour lui dire qu'ils partaient ? Son corps était tout engourdi quand elle avança vers la maison. Tout ce souci pour rien. Ils étaient partis et elle ne pouvait rien faire. Elle ne les reverrait jamais. *Les choses ne sont pas ce qu'elles semblent être.* Que signifiait cette partie du message ? Est-ce qu'elle défendait sa famille contre les ragots ? Peut-être.

Le livreur avait laissé leur commande sur le pas de la porte. Adrian prit le sac en papier et ouvrit.

— Est-ce qu'il y a quelque chose qui m'échappe ? dit Fran alors qu'ils entraient dans la maison. Y a-t-il une autre explication à tout cela ? Ils sont partis soudainement aujourd'hui. En gros, ils se sont levés, ont décidé de rentrer chez eux et ont acheté trois billets d'avion coûteux. Et ils ne sont pas très riches.

— Comment sais-tu qu'ils l'ont décidé aujourd'hui ? Adrian posa le plat à emporter sur le comptoir de la cuisine.

Fran regarda le sac. Elle avait perdu l'appétit.

— Eh bien, je les ai vus la semaine dernière et je suis sûre que Mary aurait parlé de leur départ. En plus, elle... Elle n'était pas en état de planifier un voyage. Elle tenait à peine debout.

— Eh bien, cherche si c'est possible, proposa Adrian. Vérifie s'il y a des vols qui partent maintenant ou plus tard. Ils pourraient être partis à Londres ou Manchester pour y passer la nuit et prendre l'avion demain. Ou ils pourraient avoir trouvé un vol de nuit bon marché. Il haussa les épaules. À moins qu'ils n'aient pas pris l'avion pour l'Amérique du tout et qu'ils aient décidé de louer une maison ailleurs. Leacroft n'a pas vraiment été tendre avec eux.

— C'est un peu court comme délai pour louer une autre maison.

— Peut-être qu'ils cherchent depuis un moment, dit Adrian. La lassitude dans sa voix fit penser à Fran qu'il s'en fichait.

Ils avancèrent ensemble, pas à pas, dans la maison jusqu'à ce qu'ils s'installent sur le canapé. Adrian tira les jambes de Fran sur ses genoux et frotta ses pieds endoloris par la longue journée de marche. Ses membres s'enfoncèrent dans les coussins. Elle était épuisée, réalisa-t-elle. Pas par l'activité physique, mais par le poids émotionnel qu'avait représenté le fait de s'occuper de ces deux filles. Oui, elle pensait à Mary comme à une fille. Une part d'elle-même pensait à Mary comme si elle était sa fille, plus qu'Esther. Si Fran avait vécu une autre vie, une vie où elle se serait mariée jeune et avait eu des enfants à l'âge de vingt ans, elle aurait pu avoir une fille de l'âge de Mary. Mais ça n'était pas arrivé.

Elle s'était attardée dans un espace-temps qui avait fini par l'évincer, menant une vie qu'elle avait considérée comme glamour lorsqu'elle travaillait pour les magazines féminins. Maintenant, ça lui semblait être un gaspillage frivole, mais c'était peut-être son anxiété qui parlait.

— Ils auraient pris leur grille-pain, dit-elle. Leur bouilloire. Sûrement. On dirait qu'ils ont voulu voyager léger. Passe-moi l'ordinateur portable.

Adrian se pencha sur le bras du canapé pour prendre l'ordinateur posé sur leur table d'appoint. Il le posa sur ses cuisses et lui caressa le genou.

— ça va, Franny ?

— Oui, ça va. Je veux juste en être sûre. Je devrais lui envoyer un autre message. Elle fouilla dans la poche de son jean pour prendre son téléphone. Et envoya un message. *Salut, Mary. Adrian et moi sommes passés pour voir si tu allais bien, mais il semble que vous ayez déménagé ou que vous soyez partis en vacances. Je suis désolée d'avoir raté ton message ce matin, surtout si tu voulais me dire au revoir. S'il te plaît, réponds à ce message et fais-moi savoir que tout va bien. Je pense à vous trois. Nous sommes tous les deux désolés de la façon dont les choses se sont passées à Leacroft. Si vous avez déménagé, vous allez nous manquer. XX*

À sa grande surprise, ces mots la firent pleurer. Elle risquait de ne plus jamais les revoir, ni l'une ni l'autre. Elle ne pouvait pas les imaginer revenir lui rendre visite après les ragots et les graffitis. Elle posa son téléphone, avala la boule dans sa gorge et ouvrit l'ordinateur portable.

Il lui fallut un moment pour trouver ce qu'elle cherchait. Adrian n'était

Vulnérable

pas un grand voyageur et Fran n'aimait pas prendre l'avion seule, ce qui signifiait qu'ils réservaient rarement des vols tout seuls. Elle consulta plusieurs sites internet et nota les horaires des vols. Elle finit par trouver qu'ils pouvaient prendre l'avion ce soir-là, mais que le voyage ne serait pas facile. Pour la plupart des vols, ils devaient se rendre en voiture à Londres ou prendre un vol via Dublin. Les temps de vol étaient longs, bien plus de dix heures. Certains comportaient une correspondance à Boston avant de se rendre à Phoenix. Rien que d'y penser, elle avait la tête qui tournait.

— Que vont-ils faire de leur voiture ? dit Fran à voix haute. La laisser sur le parking de l'aéroport ? Ils ne peuvent sûrement pas l'avoir vendue en route.

— Bonne question, dit Adrian. Peut-être qu'ils l'ont effectivement vendue en chemin. C'est beaucoup plus facile de vendre des choses, je suppose, avec ces sites internet.

Fran vérifia son téléphone. Pas de réponse. Cela dit, certains des horaires de vol qu'elle avait recherchés feraient que Mary serait déjà en vol.

— Oh, Ady. Elle se pencha en arrière et soupira profondément. Je n'aime pas ça du tout. D'abord, ces filles entrent dans ma vie et elles ont *besoin* de quelqu'un. Moi. Je ne sais pas… mais chaque fois que j'ai essayé de les aider, j'ai juste fait empirer les choses. Maintenant elles sont parties et je ne peux rien faire. Je ne saurai jamais si elles sont de nouveau en sécurité, n'est-ce pas ? Je ne le saurai jamais.

Chapitre Trente-Trois

Aussi soudainement que les Whitaker étaient apparus, ils avaient disparu. Leur absence était aussi remarquable que l'avait été leur présence. Même si Fran essayait de ne pas écouter, partout où elle allait, elle entendait parler d'eux. À la poste, à l'église, chez le marchand de journaux, au pub. *Tu as su pour les Whitaker ? Ils sont partis. Ils ont filé. Ils sont partis. Aussitôt arrivés, aussitôt repartis.* La plupart des gens se trompaient en parlant de l'endroit d'où ils venaient. Presque toutes les rumeurs que Fran entendait les renvoyaient au Texas où Elijah était soi-disant pasteur. D'autres disaient qu'ils ne pouvaient pas rentrer en Amérique parce que c'étaient des fugitifs. *Je pense qu'ils ont volé cette enfant et sont venus ici pour échapper à la police. C'est pour ça que la fille s'enfuyait sans cesse, parce qu'elle voulait rentrer chez elle.*

Dans les jours qui suivirent leur disparition, Fran regarda son téléphone quarante ou cinquante fois par jour, dans l'espoir de recevoir une réponse de Mary. Elle appela et laissa des messages vocaux. Elle envoya de nombreux SMS, des messages Facebook et des messages WhatsApp. Finalement, le numéro fut déconnecté. Le profil Facebook de Mary, supprimé. Fran n'avait plus aucun moyen de contacter les Whitaker.

Elle sécha la chorale la première semaine mais, la deuxième, elle décida de se ressaisir et d'y aller. Le printemps se transforma en un été chaud, et sa marche habituelle sur la colline la laissa essoufflée et en sueur. En entrant dans la salle des fêtes, Emily lui fit signe.

— Tu as eu des nouvelles d'eux ? demanda-t-elle sans préambule.

— Non, dit Fran. Elle était sur le point de se détourner, mais elle décida de ne pas le faire. Nous les avons forcés à partir, tu sais. C'est de notre faute.

L'expression d'Emily se durcit, son sourire se figea en une fine ligne.

— Nous savons tous que tu as appelé la police, alors ne prends pas ce ton avec moi.

Fran était stupéfaite.

— Comment ?

— C'est un petit village, Fran. Mon neveu est officier de police. Il était de garde ce jour-là. Il les a même vus et il est entré dans la maison. C'est un idiot. Je lui ai dit qu'il y avait quelque chose de louche, mais il a dit que tout allait bien. Ils ont fermé l'enquête et maintenant, regarde : ils se sont enfuis ! Si ce n'est pas un signe qu'ils étaient coupables, je ne sais pas ce que c'est.

— Ou peut-être qu'ils sont partis à cause de nous. Ce n'est pas comme si on les avait accueillis. Quelqu'un a tagué leur maison !

Elle roula des yeux.

— Descends de tes grands chevaux ! Ça n'est pas pour rien que cette petite gamine n'arrêtait pas de s'enfuir, tu sais. Ils n'avaient rien à faire ici.

— Nous ne leur avons laissé aucune chance.

— C'est toi qui as appelé la police, lui rappela Emily. Tu sais mieux que quiconque que quelque chose n'allait pas. Je l'ai dit aux flics moi-même quand la fille a disparu. Je leur ai dit. Il est bizarre, je leur ai dit. C'est lui que vous devez surveiller. Ils n'ont rien fait. Si les flics ne font rien, l'alternative est de les faire partir, pour empêcher que quelque chose arrive à l'un des nôtres.

Fran posa les mains sur ses hanches.

— Tu ne peux pas accuser quelqu'un d'abuser d'un enfant sans en avoir les preuves.

— Écoute, je suis plus vieille que toi et j'ai appris quelques trucs. Je sais ce que tu penses de moi. La vieille Emily, qui passe sa journée à faire la commère. Je comprends les gens parce que je parle d'eux. Tu sais quoi ? On a tous des intuitions et parfois elles sont justes. Mon instinct m'a dit qu'il y avait des problèmes dès que j'ai posé les yeux sur Elijah Whitaker. Des ennuis avec un E majuscule. Je me fiche d'où ils viennent ou de ce en quoi ils croient. Je l'ai senti et toi aussi. N'est-ce pas ?

Fran ne voulait pas croiser le regard de la femme. Elle ne voulait pas qu'elle voie la vérité sur son visage. Oui, bien sûr, Fran avait eu cette même intuition. Elle l'avait ressenti ce matin-là quand Esther Whitaker avait levé le regard et lui avait dit qu'elle attendait son père. Un frisson lui avait parcouru l'échine. Les enfants normaux de sept ans ne parlent pas comme ça.

— Pour ce que ça vaut, je ne pense pas que cette enfant soit de lui, dit Emily. Tu l'as vue, n'est-ce pas ? Yeux bleus, cheveux blonds pâles. Et ils ont tous les deux des cheveux noirs et des yeux foncés.

— Ça arrive, répondit Fran. Beaucoup de parents ont des enfants qui ne leur ressemblent pas du tout. Ou bien ils ont pu adopter Esther.

Emily secoua la tête et releva les coins de sa bouche.

— Une adoption ? La mère ne doit pas avoir beaucoup plus de vingt-deux ans, elle en paraît à peine dix-neuf. Combien de femmes de cet âge connais-tu qui ne peuvent pas concevoir ?

— Mais il est plus âgé, dit Fran.

Emily haussa les épaules.

— Tu as raison, il est plus âgé. Mais j'ai toujours du mal à croire qu'une agence d'adoption ait pu donner un enfant à ces deux-là. Mon fils a fait une demande et a dû traverser des dizaines d'obstacles avant d'avoir une chance que ça aboutisse.

— C'était en Amérique, là.

Vulnérable

— C'est vrai. Emily marqua une pause. Ses yeux étaient grands ouverts et sa tête oscillait de haut en bas, rappelant à Fran un vieux sage dispensant sa sagesse. Qu'est-ce que tu en penses ?

Fran regarda les autres membres de la chorale entrer dans le hall. Elle leva la main pour dire bonjour. La salle était presque pleine quand elle se tourna vers Emily.

— Je me dis que quelque chose n'allait pas du tout dans cette famille. Mais qu'est-ce que je peux y faire maintenant ? Ils sont partis.

Emily jeta son grand sac en bandoulière sur une chaise.

— C'est vrai. Ça n'est plus notre problème.

Chapitre Trente-Quatre

Fran se lança à fond dans la course à pied. Ses courses matinales devinrent plus longues, plus difficiles. Elle ajoutait des collines sur le parcours, quittait la route pour des sentiers. Elle courait sous la pluie. Elle courut le jour le plus chaud de l'année. Mais surtout, ce qu'elle faisait tous les matins, c'était de traverser le parc du village et de s'arrêter près des balançoires. Elle imaginait Esther Whitaker se tenant là, dans sa robe jaune, trop réticente pour prendre la main de Fran. Chaque fois qu'elle était dans le parc, elle imaginait le corps d'Esther près du ruisseau. Sans vie. C'était bien l'issue que Fran avait imaginée. La tension insupportable de voir ce qu'elle ne voulait pas voir – l'enfant triste qui s'enfuyait, la maison stricte et traditionnelle, les bleus, la femme docile, le mari autoritaire. Pendant tout ce temps, elle avait été terrifiée par sa propre paranoïa et par la tournure qu'elle voyait les choses prendre. Tout ça pour mener au corps sans vie d'Esther près du ruisseau.

Peut-être que ça continuait ailleurs, la différence étant qu'elle ne pouvait pas le voir et qu'elle ne pouvait rien faire pour arrêter les choses. Pendant une semaine, elle rentra chez elle en haletant, avec de la sueur qui lui coulait sur le nez. Elle mettait l'eau de la douche à une température qu'elle ne supportait pas et en sortait avec la peau fumante. Adrian se grattait les bras et fronçait les sourcils quand il la voyait comme ça. Elle avait déjà remarqué une poussée d'eczéma dans le creux de son coude. Son stress se répandait et contaminait son mari. Si seulement elle avait pu le contrôler.

Un matin, elle prit conscience de la situation. Elle ne pouvait plus avancer dans sa vie, quels que soient ses efforts. Ce n'était pas un robinet qu'on pouvait fermer. Elle ne pouvait pas arrêter de s'inquiéter même si les Whitaker ne vivaient plus à Leacroft. Cela rendrait sa vie plus difficile, elle le savait, mais une fois qu'elle se décida, un sentiment de paix l'envahit. Elle avait du pain sur la planche. Rien de plus, rien de moins. Elle devait aborder ce sujet de la même manière qu'un article : par la recherche. Et pour cela, elle commença par internet.

Elle prit son café sur le patio avec son ordinateur portable et un carnet de notes. Les cheveux humides sous le soleil du matin. La chaleur de l'été lui picotant la peau. Elle prit une grande inspiration et tapa le nom de Mary dans la barre de recherche. C'était le début d'une nouvelle journée, et pour la première fois depuis des semaines, son esprit n'avait qu'un seul objectif.

Ni Elijah ni Mary Whitaker n'apparurent dans les résultats. Du moins, pas les Elijah et Mary qu'elle connaissait. Elle trouva un Elijah Whitaker qui aimait faire des commentaires sur un forum de fans des Boston Red Sox, et une Mary Whitaker sur IMDb[1] qui avait travaillé comme ingénieure du son pour quelques films. Il y avait aussi beaucoup de résultats sur ces sites qui recherchaient vos ancêtres, mais elle ne trouva personne vivant en Arizona. Ni l'un ni l'autre n'avait de profil sur les réseaux sociaux, du moins plus maintenant, et même les sites habituels qui vendaient des adresses personnelles se révélèrent infructueux. Ce qui signifiait qu'elle devait essayer ailleurs. Elle devait sortir de chez elle.

À Chatsworth House, Mary avait mentionné le cousin d'Elijah à Derby. Mais elle n'avait donné aucun détail. Pas de nom. Pas de quartier spécifique dans Derby. Mais si quelqu'un avait servi de garant lorsque les Whitaker avaient loué la maison à Leacroft ? Fran connaissait quelques agents immobiliers de la région. Pourrait-elle obtenir des informations de leur part ?

Elle tapa l'adresse de la maison des Whitaker dans le moteur de recherche et la trouva listée comme étant à nouveau disponible à la location. L'agence qui avait mis l'annonce était celle de Forest Taylor, et il se trouvait qu'elle était allée à l'école avec Nick Taylor, le fils du propriétaire. Ils n'étaient pas vraiment les meilleurs amis du monde, mais elle pouvait passer quelques coups de fil, ou même l'inviter à dîner. Son esprit se mit en action. Mais d'abord, elle décida de prendre rendez-vous pour une visite de la maison le lendemain.

Chapitre Trente-Cinq

Un jeune homme en costume l'attendait alors qu'elle se dirigeait vers la véranda. Son costume était élégant, il provenait clairement d'un magasin de luxe, et le tissu était plutôt brillant, mais de bon goût. Il tendit la main, le visage illuminé par un sourire joyeux, et se présenta.

— Bonjour, je suis Malcolm, ou Malc si vous voulez. Vous êtes Mme Cole ?

Fran hocha la tête.

— Super. Entrez. J'ai les clés quelque part. Il fouilla dans la poche de son pantalon et en sortit un trousseau de clés de la maison.

— Avez-vous eu beaucoup de demandes de visites ? demanda Fran.

— Pas mal. Il donna une petite poussée à la porte et ils franchirent la véranda. Je pense que vous êtes la cinquième cette semaine. C'est une belle maison. Je suis surpris que le propriétaire ne la vende pas, pour être honnête. Elles se vendent à un bon prix par ici. Pour autant, on peut se faire un peu d'argent en louant de nos jours.

C'était bien rangé à l'intérieur. Le propriétaire, ou une femme de ménage avaient passé l'aspirateur dans le couloir. Quand ils entrèrent dans le salon, il avait été bien dépoussiéré, et la disposition des meubles avait changé. Les rideaux étaient rentrés dans leurs embrasses, permettant au soleil d'été de remplir la pièce de sa lumière. Fran fixa tristement le fauteuil de velours rouge. Tout ce qu'elle voyait, c'était la fine silhouette de Mary, penchée sur ses genoux, priant pour que sa fille revienne saine et sauve. Les mots d'Emily résonnaient dans son esprit : Esther avait été enlevée par les Whitaker. Non, pensa-t-elle, pas Mary. Pas après l'amour qu'elle avait vu entre elle et Esther. Elle détourna les yeux du fauteuil et se concentra sur ce pour quoi elle était venue.

— Oh, je pensais que c'était loué vide. Fran désigna un vieil ordinateur installé sur un bureau dans le coin de la pièce. C'est là que Mary faisait l'école à Esther. C'est inclus dans les meubles ? Elle feignit la surprise, vu qu'elle savait déjà que Mary et Elijah avaient laissé les ustensiles électriques de leur cuisine derrière eux, mais elle se demandait si elle pourrait obtenir un peu plus d'informations de cette façon.

— C'est possible, dit-il. Les anciens locataires l'ont laissé. Mais si vous voulez apporter le vôtre, le propriétaire peut s'en débarrasser pour vous. Quand même, il haussa les épaules, un ordinateur gratuit, c'est pas mal.

— Les locataires laissent souvent des objets derrière eux ? dit-elle, en essayant de rester désinvolte.

— Eh bien, je suis assez nouveau dans ce métier. Mais je ne vois pas pourquoi quelqu'un laisserait un ordinateur. La plupart des gens en feraient au moins don ou quelque chose comme ça.

— Je suppose qu'ils ont dû partir vite. En fuite, vous pensez ?

Il rigola.

— Non, rien de tout ça. Le mari a dû rentrer en Amérique pour s'occuper d'un membre de sa famille qui était malade. Ils ne pouvaient pas prendre de gros objets avec eux dans l'avion. Il y a toujours une explication ennuyeuse comme ça, n'est-ce pas ? C'est vrai. Vous voulez voir la cuisine ?

Une fois dans la cuisine, Fran fit semblant d'examiner les placards, feignant de s'intéresser aux plans de travail et aux appareils électroménagers tout en cherchant tout ce que les Whitaker auraient pu abandonner. Il y avait quelques vieilles boîtes de conserve. Un pot de café en granulés. Un tamis. Rien d'utile.

— Belle cuisine, dit Fran. Cela vous dérange si je vais voir l'étage toute seule ?

— Non, bien sûr, allez-y, répondit Malcolm.

Il ne semblait pas offensé ou surpris et ce fut un soulagement, car elle voulait avoir le temps de vraiment fouiller les chambres. S'il devait y avoir un indice laissé derrière, il serait sûrement là, dans les pièces où les secrets peuvent être si facilement cachés. Elle remercia l'agent immobilier et se dépêcha de monter les escaliers raides. Elle se souvenait de la chambre d'Esther et décida d'y aller en premier.

La chambre avait été vidée de sa literie, mais le sommier, les armoires et la table de nuit étaient toujours là. C'était sans aucun doute une chambre d'enfant avec son joli papier peint et ses meubles de petite taille. Elle regarda dans tous les tiroirs de l'armoire d'Esther, en essayant de ne pas faire trop de bruit. Le son voyage dans les maisons où il n'y a personne. Puis elle vérifia le contenu de la table de chevet, où elle trouva une bible pour enfants. Elle la mit dans son sac à dos.

Il n'y avait rien sous le lit. Dans l'armoire, Fran trouva la robe jaune accrochée seule sur l'étagère, avec rien d'autre que du vide autour d'elle. Son cœur fit un bond. Elle n'arrivait pas à comprendre ce qu'elle voyait. C'était comme si Esther était dans la pièce avec elle. Elle regarda par-dessus son épaule pour s'assurer que Malc ne l'avait pas suivie. Puis elle arracha la robe du cintre, la roula comme une serviette de plage et la fourra dans son sac. Pendant tout ce temps, son cœur battait la chamade, comme si elle était en train de voler des diamants dans un coffre-fort. Ressaisis-toi, c'est juste une robe, se dit-elle.

Fran passa à la chambre d'Elijah et de Mary, se demandant ce qu'ils avaient laissé derrière eux. La literie avait encore été retirée. Elle vérifia les tiroirs. Ils étaient vides. Elle vérifia l'armoire. Rien. Elle vérifia sous le lit. Rien. La table de chevet était vide aussi. Elle souleva même le matelas. Pourquoi Mary aurait-elle vidé la chambre à part deux choses, la bible et la robe d'Esther ?

— Qu'est-ce que vous en pensez ? demanda Malcolm quand elle redescendit les escaliers.

— C'est charmant, répondit Fran. Je ne suis pas étonnée que vous ayez eu autant de visites. Mais j'ai besoin de réfléchir, donc je vous contacterai bientôt. Elle sortit de la maison en serrant fort son sac, toujours convaincue que le jeune homme au visage pâle et au costume luisant allait s'arrêter et la fouiller en sortant.

Chapitre Trente-Six

— Tortilla ?

— Seulement si on a de la sangria et une plage pour aller avec. Fran posa son sac à dos sur la table de la cuisine, certaine qu'Adrian pouvait voir les objets volés à l'intérieur. Elle ne lui avait pas dit qu'elle allait visiter la maison. Elle lui avait dit qu'elle emportait un livre dans un café pour passer du temps toute seule.

— On a du jus d'orange et un jardin. Il sourit. Comment était le café ?

— Charmant.

— Comment était le livre ?

— Très bon.

— Tu as mangé ?

— Non, juste un café. Je vais prendre cette tortilla si l'offre tient toujours.

Il fit glisser la tortilla dans une assiette, saupoudrée de poivre noir et garnie de feuilles de roquette.

— Tu sais, tu aurais pu être chef, fit remarquer Fran.

— Peut-être qu'il est encore temps ? Il jeta un torchon de cuisine sur une épaule et lui sourit.

Fran engloutit la nourriture, consciente de ses mouvements rapides, encore agitée par le stress et l'exaltation de la visite de la maison. Elle se força à ralentir, pour qu'Adrian ne remarque pas sa nervosité. Le décevoir lui laissait toujours un mauvais goût dans la bouche.

— On pourrait aller se promener après le déjeuner, dit-il, ou bien aller boire une pinte ?

— Ça me va.

— Tu vas bien ? Tu as l'air un peu distraite.

Elle déplaça un morceau de son omelette dans son assiette, réfléchissant à ce qu'elle allait dire.

— J'ai une confession à te faire, Adrian.

Il inclina la tête, presque avec amusement.

— Qu'est-ce que tu veux dire ?

— J'ai appelé l'agent immobilier hier et j'ai pris rendez-vous pour visiter la maison des Whitaker. C'est là que j'étais ce matin.

— Ah, dit-il. Il se détourna pour qu'elle ne voie pas l'expression de son visage. Bon, c'est logique. Je pensais que tu tremblais parce que tu avais bu trop de café.

— J'aurais pu m'en tirer comme ça, alors.

— Oui, tu aurais pu. Il se retourna pour lui faire face, en haussant un sourcil. Elle examina son visage, cherchant la désapprobation, le soutien ou quoi que ce soit. Mais il resta impassible. Elle n'était pas sûre, mais elle soupçonnait qu'il se fermait. À chaque petite déception, à chaque fois qu'elle insistait pour parler des Whitaker, il s'efforçait de mieux cacher ses véritables sentiments. Elle savait, pourtant. Elle savait qu'il en avait marre.

— Je n'ai jamais été très douée pour te mentir. Fran tendit la main pour serrer la sienne.

— Balance tout, alors. Adrian prit sa fourchette, le bout des doigts serrant trop fort le manche. Allez. On va où comme ça ? Tu veux les retrouver, n'est-ce pas ?

— Oui, désolée.

— Qu'est-ce que tu as trouvé à la maison ?

— Eh bien, j'ai jeté un coup d'œil. Ils avaient laissé leur ordinateur. Tous les vêtements et les petits objets avaient disparu, à l'exception de deux choses. La robe d'Esther, celle qu'elle portait quand je l'ai trouvée sur l'espace vert du village. Et sa bible.

— Hmm. Bizarre.

— C'est ce que j'ai pensé.

— Tu les as volés, n'est-ce pas ?

Fran haussa légèrement les épaules.

— C'est du vol si les propriétaires les ont abandonnés ?

— Probablement.

— Alors tu es marié à une criminelle, j'en ai peur.

Il embrocha une feuille de roquette avec sa fourchette et laissa échapper un lourd soupir.

— J'ai été marié à pire.

— Est-ce que tu sais à qui appartient cette maison ? Est-ce que c'est quelqu'un du village ?

— J'ai toujours pensé que c'était ce type qui vit sur la colline. Tu sais, avec le visage rouge comme une betterave, il porte toujours une veste en tweed.

— Rory Ellingham ?

— Oui, lui. En fait... Il tapota l'assiette avec le bord de sa fourchette. Oui, c'est ça, je m'en souviens maintenant. Sa femme et lui ont quelques propriétés dans Leacroft et autour, mais c'est sa femme, Anita, qui s'en occupe. Elle perçoit les loyers, ce genre de choses. Il bosse dans les marchés boursiers. Je l'ai rencontré une fois, il y a des années, quand maman et papa étaient encore en vie.

— Je connais Anita, dit Fran. Elle venait à la chorale avant.

— Ça tombe bien, dit Adrian. Fran…

Vulnérable

— Aussi, on devrait inviter Nick Taylor à dîner un soir pour que je puisse lui soutirer des informations, dit-elle, le coupant dans son élan.
— Fran...
— Je pensais que tu pourrais faire ton agneau marocain et ton couscous épicé.
— Fran. Je ne veux pas faire ça.
Sa lèvre trembla.
« Il est temps d'arrêter.»
Ses yeux se remplirent de larmes.
— Je ne peux pas. Je ne peux pas arrêter. J'ai besoin de savoir ce qui leur est arrivé.
Adrian baissa la tête jusqu'à ce que son menton repose contre sa poitrine. Son dos était arqué et il semblait fatigué.
— OK.
Elle balaya ses larmes du revers de la main, se racla la gorge et tourna la tête sur le côté pour ne pas avoir à croiser son regard.
— Pour le meilleur et pour le pire, hein ?
Et puis, d'une voix d'une froideur inhabituelle, il dit :
— Quand le meilleur reviendra-t-il ?
Avant de prendre son assiette et de quitter la cuisine.

Chapitre Trente-Sept

Fran n'avait pas le numéro de téléphone d'Anita Ellingham, ce qui signifiait qu'elle était obligée de la contacter via Facebook. Elle avait passé des heures à se demander quel genre d'excuse inventer pour lui envoyer un message à l'improviste. Un simple café n'aurait pas marché. Elles n'avaient jamais été de bonnes copines. Anita avait fait partie de la chorale pendant moins de six mois avant de la quitter, ce qui signifiait qu'elles n'avaient jamais établi de liens solides. Fran avait toujours eu l'impression qu'Anita entretenait des commérages sur sa relation avec Adrian. Elle était de ceux qui pensaient qu'Adrian et Fran avaient commencé leur relation quand elle était une jeune étudiante, ce qui n'était pas vrai du tout.

Elle ne pouvait pas inventer une rencontre avec les anciens ou la persuader de revenir à la chorale. Il n'y avait qu'un seul moyen, et c'était d'inviter Anita personnellement à la fête de fin d'année de la chorale, même si c'était deux semaines plus tard. Cela semblait être la façon la plus naturelle d'entamer une conversation entre elles.

Et si Anita venait à la fête, elles pourraient prendre un verre de vin ensemble et elle pourrait lui poser des questions sur Elijah et Mary. Ce n'était pas quelque chose qu'elle pouvait sortir comme ça de but en blanc. En tant que journaliste, Fran avait appris que les gens ne vous donnaient pas d'informations s'ils pensaient qu'on leur forçait la main, mais qu'ils le faisaient volontiers dans une conversation naturelle. Les gens aiment parler, mais ils n'aiment pas être forcés à le faire.

Elle avait envoyé le message à Anita quelques minutes après le désastreux déjeuner autour d'une tortilla avec Adrian. Puis elle monta son sac à l'étage et étala la robe sur leur lit. Elle posa la bible à côté et laissa échapper un petit soupir. *Prends ma main, ma puce.* Elle ferma les yeux et se souvint d'Esther seule dans le noir. Elle n'avait pas semblé avoir peur, simplement être réticente à l'idée d'aller quelque part avec une étrangère. Fran souleva la robe et fouilla dans les petites poches. Elle trouva une bobine de fil et un morceau de papier plié. Elle le déplia avec précaution, comme si une grenouille ou un insecte allait lui sauter dessus.

Esther Whitaker. Sept ans. Son père est Elijah.

Fran fixa les mots pendant un long moment, en fronçant les sourcils. Pourquoi Esther aurait-elle eu ça dans la poche ? Qu'est-ce que ça voulait dire ? Elle pensa que Mary avait pu mettre ça dans la poche d'Esther au cas où l'enfant s'égarerait à nouveau. Mais il faudrait que la personne qui la trouve fouille dans ses poches, ce qui était étrange, et il n'y avait pas de numéro de téléphone sur le papier. Mary aurait sûrement voulu inclure des coordonnées sur quelque chose comme ça. Fran retourna le papier dans ses mains. Il était fragile, fin, froissé. Il était possible que l'idée ait été à moitié réfléchie par Mary. Si elle avait eu les idées claires, elle aurait pu acheter à Esther une sorte de bracelet à porter, ou au moins plastifier le mot. Fran laissa tomber le papier sur la robe et elle ouvrit la bible.

Sur la couverture intérieure, d'une écriture enfantine, mais très soignée, il était écrit : *Je m'appelle Esther Whitaker.*

Pas *Ceci appartient à Esther*, mais : *Je m'appelle Esther Whitaker.*

Des frissons parcoururent les bras de Fran. Elle tourna les pages du livre. Il s'agissait plutôt d'un recueil d'histoires bibliques populaires, dont les versets étaient illustrés par des dessins colorés. Elle le feuilleta et vit la représentation d'Adam et Eve dans l'Éden. L'arche de Noé. La tour de Babel. C'est plus loin, alors que le livre se concentrait sur les enseignements de Jésus, que Fran remarqua des gribouillages dans les marges. Elle s'assit sur le lit et posa le livre sur ses genoux. Esther avait utilisé un crayon noir pour barrer certains mots. Elle avait barré des paragraphes entiers. Il y avait des mots avec son écriture. *Faux. Non.* Fran tourna les pages et trouva d'autres gribouillages. *Père dit que c'est mal. Ce n'est pas la leçon de Père. Père ne veut pas de ça.* Fran ferma le livre et aussi les yeux. C'était une chose si étrange de la part d'une enfant.

Mary lui avait dit que l'ami imaginaire d'Esther était Dieu et, en regardant le livre, il semblait qu'elle avait raison. Mais le plus étrange dans ces mots, c'est qu'ils semblaient contredire ce qui était dans la Bible. Pourquoi Esther ne croyait-elle pas au livre saint de sa propre religion ? D'abord, la dévotion de cette enfant de sept ans alarma Fran, et ensuite cela lui sembla contradictoire.

À moins que Mary n'ait menti. Et si Esther avait parlé d'Elijah pendant tout ce temps ? Et si Elijah avait dit à Esther que les mots qu'elle lisait dans sa bible pour enfants, apparemment inoffensive, étaient faux ? Elle se souvint des rumeurs qui circulaient dans le village. Il y avait des rumeurs selon lesquelles Esther avait été kidnappée, et des rumeurs selon lesquelles Elijah était une sorte de pasteur. Eh bien, Esther portait un mot qui lui rappelait qui elle était. Elle avait aussi une figure paternelle autoritaire dans sa vie, qu'il soit biologiquement son père ou non.

Fran se coucha sur la couette. Elle devait les retrouver.

Chapitre Trente-Huit

Quand Anita répondit positivement à son message, Fran décida de poursuivre la conversation en lui demandant comment elle allait, ce qu'elle faisait pour s'occuper maintenant qu'elle n'allait plus à la chorale. Elle adopta un ton léger. Anita n'était pas toujours sympathique. Elle avait une personnalité piquante et des tendances snobinardes, ce qui signifiait que leur échange sur Facebook était un événement inhabituel pour elles. Elle espérait que cela n'éveillerait pas ses soupçons.

Les messages arrivaient lentement dans sa boîte de réception. Un ou deux par jour. Probablement parce qu'Anita était tout le temps occupée. Elle avait pris un cours d'espagnol à la bibliothèque de Leacroft, vu qu'elle et Rory avaient une maison de vacances sur la Costa del Sol. Ils y allaient tous les deux mois, alors elle n'avait pas beaucoup de temps pour autre chose. Elle demanda à Fran comment elle allait et si elle était toujours avec Adrian. Ça n'avait pas pris longtemps, pensa Fran. Même si Adrian et elle étaient mariés depuis bientôt dix ans, certains villageois pensaient encore que ça ne marcherait pas et qu'Adrian était le genre d'homme à la quitter pour un modèle plus jeune dès qu'il en aurait assez. Elle ravala sa fierté et répondit poliment, lui disant qu'ils étaient toujours ensemble et toujours aussi heureux.

Mais cela allait être un processus lent pour obtenir des informations de la part d'Anita. Elle avait besoin de faire autre chose en attendant, ou bien elle allait devenir folle. Essayant de ne pas penser à la désapprobation d'Adrian pendant le fameux déjeuner avec tortillas, Fran mit en place un dîner prétexte avec Nick Taylor. Il s'avérait qu'il avait récemment divorcé, ce qui donna une idée à Fran. Elle envoya un message à Suki, l'éternelle célibataire, extravertie et ancienne collègue d'Adrian. Un faux rendez-vous à l'aveugle pourrait fonctionner. Elle se mordait la lèvre en tapant l'e-mail. Peut-être même qu'une histoire d'amour sortirait de ce bazar.

Convaincre Adrian allait être une autre paire de manches, mais au moins ce serait l'occasion pour lui de montrer ses talents culinaires. En fait, il s'illumina immédiatement lorsqu'elle mentionna Suki et annonça qu'ils mangeraient des sushis en l'honneur de l'héritage japonais de celle-ci. Fran décida de ne pas poser de questions sur ce brusque changement d'avis. Elle le prit dans ses bras, le remercia et lui promit que tout irait bien. Une promesse qu'elle ne pouvait pas garantir de pouvoir tenir.

Le jour du dîner en question, Fran se réveilla avec le début d'une céphalée due à la tension. Elle n'avait pas bien dormi et se demandait s'ils faisaient bien de faire ça, mais Adrian semblait content. Il l'aida à ranger la maison et, plus tard dans la soirée, il sifflotait en découpant du saumon en sashimis. Il était dans son élément avec ses feuilles de nori, à faire des makis maison. Fran s'assit sur un tabouret dans la cuisine, s'appuyant sur le comptoir pour le regarder travailler. Cela soulagea son mal de tête et calma ses nerfs. Elle pouvait le regarder pendant des heures.

— Tu crois qu'ils vont bien s'entendre ? demanda-t-elle.

Adrian éclata de rire.

— Suki s'entend avec tout le monde si elle a bu assez de vodka tonic. On en a, n'est-ce pas ?

Fran alla vérifier. Ce n'était pas un secret qu'Adrian et Suki avaient été intimes à une époque, mais c'était il y a plus de vingt ans maintenant, et tout le monde était passé à autre chose. Pourtant, l'idée que l'ex-amante d'Adrian vienne chez elle égratigna son équilibre émotionnel. Surtout si l'on constatait à quel point il avait l'air ravi. Elle prit une bouteille de vodka et du tonic dans le garde-manger. Puis elle vérifia son téléphone. Aucun message, ni de Mary ni d'Anita. Elle remarqua qu'il était dix-huit heures trente, ce qui signifiait que leurs invités seraient là dans une heure. Elle apporta les boissons dans la cuisine pour trouver Adrian en train de disposer des fleurs comestibles sur les tranches de poisson.

— Seigneur, tu te donnes vraiment à fond !

— C'est mon moment de gloire, ma chérie ! Il lui sourit de toutes ses dents. Fran rit.

Elle s'occupa de préparer des fruits pour le dessert avant de monter à l'étage pour se changer rapidement. Avant qu'elle ne s'en rende compte, Suki était arrivée et buvait de la vodka dans la cuisine avec son mari. Elle lissa sa robe et se força à afficher un sourire éclatant. Elle avait déjà rencontré Suki plusieurs fois auparavant mais, à chaque fois, elle avait été surprise par sa grande taille, sa minceur et ses longs cheveux, maintenant complètement argentés, qui lui tombaient sur les épaules. Suki l'embrassa sur les deux joues, toujours aussi cool. Elle portait une robe noire qui lui frôlait les chevilles. Ses pieds étaient nus. Elle avait l'apparence d'une femme sur le point de se marier sur la plage.

— J'ai hâte de rencontrer cet *homme* que vous voulez me présenter, dit-elle, en caressant de son pouce la condensation sur le verre. Comme c'est excitant !

— Il est sympa, dit Fran, essayant de maintenir la ruse selon laquelle toute la soirée était consacrée à la rencontre de ces deux personnes. C'est un agent immobilier, mais pas du tout guindé. Divorcé, mais il ne l'a pas trompée. C'est elle qui l'a trompé en fait.

— Oh non !

Vulnérable

— Mais ça ne l'a pas rendu amer.
— Bien. Des enfants ?
— Un fils. À l'université.
— Laquelle ?
— Warwick.
— Pas mal. Intelligent alors.

Fran hocha la tête. On sonna à la porte. Adrian lui fit un clin d'œil en partant ouvrir la porte, la laissant seule avec Suki.

Suki, qui était perchée sur le même tabouret que Fran un peu plus tôt, fit passer ses cheveux sur une épaule et se pencha en avant, faisant cliqueter ses bracelets.

— Qu'est-ce que je fais là, en fait ? Tu ne m'invites jamais à dîner. Il y a quelque chose qui se passe. Non ?

— Fais-moi juste une faveur, OK ? Fais comme si... Fran agita les bras. Tout ça. Cette soirée te plaisait. On doit soutirer des informations à ce type.

Le cœur de Fran se mit à battre la chamade parce qu'elle s'attendait à ce que Suki prenne directement la porte. Au lieu de cela, la femme aux cheveux argentés étira ses lèvres rouge vif en un large sourire.

— Ça a l'air amusant. Je suis partante.

Chapitre Trente-Neuf

Fran avait oublié à quel point Nick Taylor était fade. Il avait la personnalité d'une pomme de terre et passa la totalité de leur entrée – une délicieuse soupe de palourdes préparée par Adrian – à parler du marché de l'immobilier, et en particulier des millionnaires qui n'arrivaient pas à vendre leurs manoirs. Ou des nouveaux riches qui payaient plus que la valeur de leur maison juste pour vivre au bon endroit. Et pendant toute la durée de cette longue et ennuyeuse explication, Suki se pencha vers lui, le menton reposant coquettement sur sa paume retournée, et remplissant constamment son verre.

— C'est comment de vendre des maisons dans un si petit village ? demanda-t-elle. Vous devez connaître tout le monde. C'est difficile de garder des secrets ?

— Eh bien, dit Nick, le visage rose à cause du vin et de l'attention de Suki, ce n'est pas si mal. Les gens n'ont pas tendance à avoir des secrets par ici. On se connaît tous tellement bien, de toute façon.

— Oh, je parie qu'il y a beaucoup de secrets, dit Suki. Ces petits villages en sont pleins. Et puis vous avez de nouvelles familles qui arrivent et qui modifient le statu quo, non ?

— C'est vrai, dit Nick.

Adrian fit un geste comme s'il allait débarrasser les assiettes d'entrée, mais Fran posa une main sur son poignet. Suki faisait un excellent boulot pour obtenir des informations de Nick. Maintenant elle était heureuse que l'ex-copine d'Adrian ait accepté de venir ce soir-là. C'était un coup de génie.

— C'est arrivé récemment, en fait, dit Fran. Cette charmante famille, les Whitaker, ils sont venus d'Arizona. Ils semblaient un peu perturbés, n'est-ce pas Nick ? Mais ils étaient assez gentils. Et puis le village s'est retourné contre eux et ça s'est mal terminé.

— C'est horrible. Je déteste quand les gens bien sont traités injustement. Que leur est-il arrivé ? Suki sirotait innocemment sa vodka tonic.

Les yeux de Nick s'illuminèrent. Il semblait apprécier le fait de connaître le scoop de l'intérieur.

— Eh bien, nous avons mis la maison en location, comme vous le savez. Ils étaient si impatients d'emménager qu'ils ont déposé la caution le jour de la visite. J'étais dans le bureau quand c'est arrivé.

— Très étrange, dit Suki.

— J'ai eu l'occasion de les connaître un peu, ajouta Fran. D'après ce que Mary, la femme, m'a dit, ils ne connaissaient pas grand monde en Angleterre. Ils étaient probablement prêts à tout pour s'adapter.

— Oui, nous en avons discuté au bureau aussi, dit Nick. Ils avaient besoin d'une personne qui soit caution pour le bail, et ils ont eu un peu de mal avec ça. Il leur a fallu plus de temps pour trouver quelqu'un que pour trouver l'argent, mais ils étaient si motivés que nous avons gardé la maison pour eux. Finalement, c'est un ami de Derby qui l'a fait.

Un ami, nota Fran. Pas de la famille. Mary avait utilisé le mot « cousin ». Peut-être avait-elle menti, ou Elijah lui avait-il menti. À moins que Nick ne se soit trompé.

— Comment était cet ami ? demanda Suki.

Nick haussa les épaules.

— J'en sais rien en fait. C'est tout ce que je sais.

— Dois-je... Adrian se leva comme s'il était prêt à prendre les assiettes, mais Fran lui fit signe de s'asseoir.

— Prenons le temps d'apprécier notre vin un peu plus longtemps avant le plat principal, chéri. Le sourire de Fran se crispa. C'était la partie qu'elle avait besoin de connaître. Les noms. Comment allait-elle obtenir ça de Nick ? Vous savez, je suis un peu inquiète pour les Whitaker depuis qu'ils sont partis. Leur petite fille s'est enfuie de la maison deux fois.

— Oh, c'est affreux, dit Suki.

— Oui, c'est terrible, ajouta Nick avant de prendre une autre gorgée de vin.

— J'ai bien pensé à essayer de les retrouver, juste pour vérifier qu'elle allait bien.

— Tu vas en baver, dit Nick. Il est plus que probable qu'ils soient retournés en Arizona maintenant. Quel endroit horrible pour vivre. Chaud et poussiéreux.

Fran jeta un coup d'œil à Adrian, lui donnant le signal de prendre les assiettes. Elle devait en rester là et revenir à la conversation plus tard. La soirée devait respirer un peu. Elle aida Adrian à rincer les assiettes d'entrée pendant que Suki et Nick continuaient à flirter dans la salle à manger. Puis ils revinrent avec des sashimis, des makis et du curry katsu avec du riz. Suki tapa dans ses mains en signe d'excitation, s'extasiant devant l'assortiment de nourriture.

— Où as-tu trouvé ce délicieux poisson ? Elle mangeait comme Nigella cuisinait sur BBC 2, en penchant la tête en arrière pour dévorer les makis, se léchant les doigts en faisant des bruits d'extase gustative. Nick bavait pratiquement dans son verre en la regardant.

À la fin du plat principal, Nick était complètement bourré. Il commença à toucher le bras de Suki, son pouce effleurant sa peau pâle. Fran et Adrian

Vulnérable

grimacèrent tous les deux et quittèrent la pièce avec les assiettes, en gloussant à propos de leurs invités et en vidant les restes de riz dans la poubelle de la cuisine.

Lorsqu'ils revinrent avec des plateaux de fruits frais et un pot de crème glacée, Suki aborda à nouveau le sujet des Whitaker.

— Je pense que Fran a raison à propos de cette famille. C'est triste de penser à cette petite fille perturbée.

La tête de Nick oscilla de haut en bas.

Fran décida d'ajouter :

— Surtout la façon dont la petite s'est enfuie de la maison. On a toujours eu l'impression qu'ils avaient besoin d'un soutien supplémentaire, vous savez.

Du coin de l'œil, elle remarqua qu'Adrian levait les yeux au ciel.

— Pauvre enfant, dit Suki. Fran, tu es tellement adorable de t'être occupée d'eux. Tu sais ce que je trouverais incroyablement compatissant et attentionné ? Ce qui, soit dit en passant, m'excite complètement !

Fran jeta un coup d'œil à son mari, les yeux écarquillés.

— Quoi ? demanda Nick, en marmonnant légèrement.

— Si tu aidais Fran à retrouver son amie. Je veux dire, tu dois avoir son nom dans un dossier quelque part, non ?

— Oui, on a ça, dit-il.

Elle rapprocha sa chaise de la sienne et posa sa main sur son bras.

— Ce sont des circonstances extraordinaires, tu ne trouves pas ? Quiconque aiderait cette enfant serait un héros.

Il fit glisser un doigt sur sa joue, Fran essaya de ne pas vomir son poisson.

— Tu aimes les héros, Suki ?

— Oh, oui, dit-elle d'un ton langoureux.

Nick sortit son téléphone de sa poche.

— Je vais envoyer un texto à mon assistante tout de suite. Elle me donnera les noms demain matin.

Suki couina, tout excitée.

— Tu es incroyable !

Nick rayonnait sous le lampadaire de Fran et Adrian.

Chapitre Quarante

Salut, ma grande. Devine qui m'a envoyé le nom ! Il nous a bien aidées. Pas un mauvais amant non plus ! J'ai hâte d'assister à ton prochain dîner de détective. Reste prudente, n'est-ce pas ? On dirait que cet Elijah Whitaker est un mauvais bougre. Suki xx

Fran nota le nom écrit dans le message suivant de Suki avant de se servir son café du matin. Il était environ dix heures et Adrian était dans le jardin en train de tailler les haies. Elle frotta ses yeux fatigués. Un peu après minuit la nuit précédente, Suki et elle étaient allées dans le jardin pendant qu'Adrian aidait Nick à dessoûler dans la cuisine. Étendues sur les chaises longues, chaussures enlevées et châles sur les épaules, elles avaient discuté tandis que les renards lançaient leurs cris d'accouplement au loin.

— Tu es sûre de tout ça, Fran ? Trouver cette famille, je veux dire, avait dit Suki. Tu pourrais t'aventurer en territoire dangereux, tu sais. Ce genre d'hommes qui veulent tout contrôler détestent qu'on les mette devant leur fait accompli. Ils se déchaînent.

Suki lui avait passé un joint, en soufflant la fumée dans le ciel nocturne. Fran avait souri, imaginant les ragots à la chorale s'ils apprenaient qu'elle fumait de la marijuana.

— Je dois le faire, avait-elle répondu. C'était la réponse simple qu'elle avait toujours en tête. Certes, elle avait des moments de doute, mais il n'y avait pas moyen d'y échapper, c'était une impulsion qu'elle ne pouvait pas ignorer. « Je ne pense pas qu'ils aient quelqu'un d'autre. »

— Et Adrian est d'accord avec ça ?

Fran aspira la fumée dans ses poumons, étouffant une toux. Elle expira.

— Il ne l'était pas au début, mais je pense qu'il commence à se raviser. Il a tout cuisiné ce soir et a suivi le plan comme prévu. Il est adorable, comme toujours.

Suki reprit le joint et serra son châle autour de son épaule.

— Oui, il est adorable. Elle marqua une pause. La plupart du temps, en tout cas.

— La plupart du temps ?

Suki fit un geste désinvolte de la main.

— Oh, rien.

— Raconte !

— Il m'a trompée, tu sais. Et sa première femme aussi.

— Quoi ? Tu es sûre ?

— Oui, j'en suis sûre. Suki leva les mains en élevant la voix. Sophie l'avait pris sur le fait, je crois bien. Et moi, j'ai trouvé des preuves. Mais restons-en là. Avec toi, c'est un autre homme.

Fran s'appuya davantage contre la chaise en bois.

— Je ne peux pas imaginer Adrian tromper quelqu'un.

— Comme je l'ai dit, c'est un homme différent maintenant. À l'époque, les jolies jeunes filles du campus lui faisaient assez facilement tourner la tête. Elle roula des yeux. Chaque année, il y avait une étudiante… tu vois le genre, jupes courtes et problèmes avec le père.

L'estomac de Fran se retourna.

— Il couchait avec ses étudiantes ?

— C'était le cliché du prof en rut, j'en ai bien peur. Un beau mec, aussi. En plus, il avait ce léger accent américain dû à ses études à Harvard pendant trois ans.

Fran soupira.

— J'aurais aimé le connaître à l'époque. Je n'arrive pas à l'imaginer.

— Eh bien, il n'est plus comme ça maintenant. Il cherche une vie facile. Il veut que tu sois heureuse, mais en fin de compte, il veut une vie facile, sans soucis. Jardiner la journée, lire le soir, boire un verre de rouge et se coucher tôt. Suki haussa les épaules.

Fran leva un sourcil et rit presque.

— C'est l'Adrian que je connais.

— Bon sang, regarde ta tête. Je suis désolée, je n'aurais rien dû dire. C'était il y a des années.

— Je sais. Fran essaya de sourire. Il est toujours le gentil Adrian que je connais, non ?

Elle laissa échapper un petit rire.

Bien sûr ! Vous êtes super ensemble. Écoute, fais attention, d'accord ? Je ne veux pas aller trop loin, mais j'espère que tu sais ce que tu fais, autant pour toi que pour l'enfant.

Fran agita ses doigts vers le joint jusqu'à ce que Suki le lui donne. Sa deuxième bouffée fut plus facile que la première. Une sensation de détente se répandit dans ses muscles, chassant le malaise engendré par les récits d'infidélité d'Adrian.

— Oui, je sais. Tout le monde n'arrête pas de me le faire remarquer. Adrian. Les fouineuses du village. Et maintenant toi. Elle roula les yeux, mais à moitié pour plaisanter.

— Au cas où je ne l'aurais jamais dit, car je ne pense pas l'avoir fait, je suis vraiment désolée pour Chloé. Ce qui vous est arrivé à toutes les deux était juste horrible.

Fran sentit son corps se crisper de l'intérieur. Les muscles de son visage se contractèrent alors qu'elle essayait de garder le contrôle de ses émotions.

Vulnérable

— Merci. Je sais.

Les hommes étaient sortis de la maison à ce moment-là – Nick avait été ranimé par le café – et la soirée s'était vite terminée.

Maintenant, Fran fixait le nom qu'elle avait écrit au stylo. À côté, il y avait une adresse. Noah Martinez. Il vivait à Derby, comme Mary le lui avait dit, mais il ne semblait pas être lié à Elijah, pas à en juger par les noms de famille en tout cas. De plus, Nick avait parlé de lui comme d'un ami plutôt que comme de la famille. Elle plia le papier et le mit dans sa poche arrière. Sa tête palpitait. Elle s'était réveillée à cinq heures du matin, non pas avec l'envie d'aller courir, mais avec l'envie de vomir. Elle avait réussi à se faufiler jusqu'aux toilettes du rez-de-chaussée et à rendre tripes et boyaux avant qu'Adrian ne s'en rende compte. Puis elle s'était glissée dans le lit et avait succombé à une paranoïa frissonnante qui avait envahi ses pensées jusqu'à ce qu'il soit temps de se lever. Et qu'avait-elle appris de ces pensées paranoïaques ? Qu'elle avait peur de ce qu'elle découvrirait une fois qu'elle aurait retrouvé les Whitaker. Qu'elle avait maintenant l'impression de ne pas connaître son mari.

Pire que tout. Et si elle avait passé tout ce temps à chercher les Whitaker pour les retrouver heureux et en sécurité ? Ce n'est pas qu'elle espérait qu'ils souffrent, mais plutôt qu'elle ne voulait pas passer pour une malade obsessionnelle. Mais surtout, ça prouverait qu'ils n'avaient pas besoin d'elle.

Fran sortit dans le jardin pour dire à Adrian qu'elle partait pour l'après-midi. Elle mit ses lunettes de soleil pour protéger ses yeux et grimpa dans sa voiture.

Chapitre Quarante-Et-Un

Fran utilisa son GPS pour s'y rendre. Le trajet n'était pas long, mais la transition entre le village et la ville fut brutale. Elle se retrouva énervée par les conducteurs, désorientée par les systèmes de sens unique et coincée dans sa voiture à attendre que les feux de circulation changent. Elle ressentait toujours une douleur sourde à l'arrière de son crâne, le paracétamol n'ayant pas réussi à faire disparaître sa gueule de bois.

Enfin, elle s'approcha de l'appartement en centre-ville, mais l'immeuble se trouvait sur une rue principale sans parking. Après dix minutes supplémentaires de voiture, elle trouva un parking à étages et se glissa dans un espace étroit entre un pilier en béton et une Corsa. Rentrant son estomac, elle réussit difficilement à sortir de la voiture et à descendre les nombreux escaliers pour sortir. La ville sentait les poubelles chaudes et les gaz d'échappement.

C'était une journée étouffante, et le haut de ses cuisses – la partie que même ses courses matinales n'échauffaient pas – la brûlait alors qu'elle se dépêchait de se rendre à la bonne adresse. Elle aurait bien aimé porter un short et regrettait d'avoir décidé de mettre une robe longue ce matin-là.

Elle n'avait pas téléphoné avant. Peut-être que Noah travaillait le week-end ou était parti au bord de la mer pour profiter du soleil. Ou peut-être aurait-elle de la chance et trouverait-elle le soi-disant ami d'Elijah prêt à lui dire tout ce qu'elle avait besoin de savoir.

Fran se tenait devant l'immeuble au-dessus d'un magasin de jeux vidéo et cherchait sur le panneau le numéro de l'appartement. Elle appuya sur la sonnette et attendit une réponse. Rien. Elle appuya à nouveau.

— Bonjour, vous cherchez quelqu'un ? demanda une voix derrière elle.

Fran se retourna et vit une jeune fille de dix-huit ou dix-neuf ans qui lui souriait. Même si elle était vêtue d'un haut à bretelles et d'un short, la transpiration perlait sur ses épaules et ses avant-bras.

— Oui, tout à fait. Noah Martinez ? Appartement C ?

— Oh oui, je connais Noah. Je vous laisse entrer si vous voulez, mais je crois qu'il est parti en vacances. Je ne l'ai pas vu depuis quelques jours.

— Merci beaucoup, ce serait génial, dit Fran.

La jeune fille utilisa une carte magnétique pour ouvrir la porte.

— C'est juste à l'étage, si vous n'avez pas envie de prendre l'ascenseur. Je ne le ferais pas si j'étais vous. Il tombe en panne tous les mois. Ses sandales claquèrent contre les marches alors qu'elle montait l'escalier.

— Merci pour le conseil.

Fran la suivit dans les escaliers, se disant que l'endroit lui rappelait les cages d'escalier d'un grand magasin ou d'un parking en étages, pas celui d'une habitation. Elle ne pouvait pas s'imaginer vivre au cœur d'une ville, même une ville relativement petite comme Derby. L'atmosphère était étouffante. Elle était heureuse d'avoir les cheveux courts dans ce bâtiment où régnait une chaleur insupportable. Pourtant, elle dut essuyer la sueur de son front lorsqu'elle s'approcha de la porte de l'appartement. Elle n'avait pas beaucoup d'espoir à ce stade après avoir entendu la voisine de Noah, mais elle frappa bruyamment à la porte malgré tout.

La voisine de Noah vivait dans l'appartement B, de l'autre côté du couloir, et elle se retourna pour sourire lorsqu'elle entra dans son appartement. Fran attendit, mais il n'y eut aucune réponse. Elle décida d'essayer encore une fois, en frappant si fort qu'elle en avait mal aux articulations. Toujours rien.

Fran était sur le point de se retourner et de partir quand elle entendit un grattement de l'autre côté de la porte. Elle se pencha pour écouter. Un autre grattement. Cette fois, ça semblait plus urgent. Un instant plus tard, elle entendit un miaulement.

— Salut, minou, dit Fran.

Le chat répondit par un petit cri, suivi d'autres grattements. Un grattement frénétique, pensa-t-elle.

Fran se retourna et regarda fixement l'appartement B. La voisine de Noah avait mentionné ne pas l'avoir vu depuis quelques jours, et pourtant le chat était à l'intérieur, et semblait être dans une certaine détresse. Elle écouta ses miaulements et ses grattements pendant un moment, essayant de décider quoi faire. Elle se dirigea vers l'appartement B et frappa à la porte.

Quand la porte s'ouvrit, la jeune fille sembla surprise de revoir Fran.

— Désolée de vous déranger, dit Fran. Vous avez dit que vous n'aviez pas vu Noah depuis quelques jours. Le fait est que j'entends un chat de l'autre côté de la porte et maintenant je suis un peu inquiète.

— Ah bon ? Elle ouvrit la porte plus grand et fit un pas dans le couloir. Euh, je ne pense pas que Noah serait parti en laissant son chat tout seul. La jeune femme fronça les sourcils en écoutant le bruit des forts miaulements.

— Vous avez un double des clés ? demanda Fran. Le chat a l'air en détresse.

— Non. Mais il y a un bureau en bas. Il y a sûrement quelqu'un qui pourra nous aider.

Chapitre Quarante-Deux

— Au fait, je m'appelle Fran. Désolée de vous causer tant d'ennuis.
 — Naomi. C'est pas grave. Pour être franche, je suis contente que vous soyez venue. Ce n'est pas possible que Noah parte et laisse son chat comme ça. Elle balaya de ses yeux les fines mèches de sa frange alors qu'elles atteignaient le rez-de-chaussée. En fait, rien de tout cela ne lui ressemble. Il est plutôt calme, mais il se trouve qu'on part toujours au travail à la même heure chaque matin. Sinon, je ne connaîtrais même pas son nom. Mais ce que je sais, c'est que c'est la première fois qu'il s'absente. Je me souviens d'une semaine où il a été malade, mais à part ça, tous les matins à huit heures, il descend les escaliers et moi aussi. Elle sourit timidement. Désolée, je parle trop.

Fran lui rendit son sourire.

— Pas du tout, ne vous inquiétez pas. Est-ce que vous vous souviendriez d'une famille qui a vécu avec lui pendant un certain temps ? Une jeune femme appelée Mary, son mari Elijah et leur fille de sept ans, Esther ?

— Oui, dit-elle, alors qu'elles arrivaient au sous-sol. C'était un peu bizarre d'ailleurs. Je ne sais pas qui ils étaient, mais ils étaient étranges. La fille en particulier.

— Esther ?

— Ouais. Une gamine bizarre. Une fois, elle a eu un regard désapprobateur à propos de mon short. Je n'avais jamais eu envie de gifler un gamin avant, mais là…

— Ils sont très croyants, dit Fran. Je pense qu'Esther ne faisait qu'imiter les choses qu'on lui avait enseignées.

— Ouais, j'ai eu cette impression. Je plaisantais juste à propos de la gifle. Elle laissa échapper un rire nerveux.

— Ce n'est pas grave, j'ai eu la même réaction, avoua Fran. Et Noah, il est croyant lui aussi ?

Alors qu'elles avançaient dans un couloir lumineux, Naomi enroula ses bras autour de son torse comme pour se réchauffer. Franchement ? Je ne sais

pas. Elle jeta un regard de côté à Fran, comme si elle se demandait seulement maintenant pourquoi elle était là. Vous n'êtes pas une amie de Noah ?
Elles arrivèrent à une porte marquée « gestion des bâtiments » et elle frappa.
— En fait, je ne l'ai jamais rencontré. Je connais la famille qui vivait avec lui.
— OK. Elle eut l'air perplexe.
— Ils ont disparu il y a quelques semaines. J'espérais qu'il saurait où ils étaient partis.
— Ah, merde !
La porte s'ouvrit et un homme corpulent portant un polo répondit. Il avait des cheveux roux bouclés et un nez rouge vif.
— Je peux vous aider ?
Naomi prit les devants.
— J'habite dans l'appartement B. Cette dame est venue voir Noah dans l'appartement C, mais il ne répond pas, et quelque chose ne va pas. Je ne l'ai pas vu depuis des jours, mais son chat est dans l'appartement tout seul et... Elle se tut et Fran remarqua que sa conviction faiblissait.
— Nous avons peur qu'il lui soit arrivé quelque chose, ajouta Fran.
— Est-ce que l'une d'entre vous a contacté un membre de sa famille ? demanda le gardien.
— Nous n'en connaissons aucun. Pouvez-vous juste ouvrir la porte ?
Il fronça les sourcils et enfonça ses mains dans les poches de son pantalon kaki.
— Je ne suis pas censé le faire. Sauf si c'est une urgence.
Fran se mordit la lèvre inférieure. Sa tête se remit à marteler.
— Eh bien, nous pensons que c'est une urgence. Il y a un animal en détresse dans l'appartement.
— Ouais, voilà, ajouta Naomi. La pauvre bête gratte à la porte.
— Laissez-moi trouver les clés, dit-il en disparaissant dans son bureau. Un moment plus tard, il réapparut avec deux clés sur un anneau avec un porte-clés en plastique. Il se tourna et verrouilla son bureau avant de remonter le couloir à grands pas. Fran pensa qu'il allait remonter jusqu'au premier étage et le redouta. Ses muscles endoloris par la gueule de bois lui faisaient mal alors qu'elle essayait de suivre le gardien. Ce fut un soulagement de le voir se diriger directement vers les ascenseurs.
— Les filles, vous n'avez pas intérêt à me causer des ennuis, dit-il lorsqu'ils entrèrent dans la cabine. Ils remplissaient tous les trois le minuscule espace, serrant tous leurs bras près de leur corps pour éviter tout contact inutile avec la peau des autres.
Fran se mordit la langue pour avoir été traitée de « fille ». Naomi, elle, laissa transparaître son agacement.
— Vous aurez plus d'ennuis si quelque chose de grave s'est passé dans cet appartement, dit-elle.
L'homme lui lança un regard perçant et poussa un soupir exaspéré. Lorsque l'ascenseur arriva au premier étage et que les portes s'ouvrirent avec un cliquetis franchement terrifiant, il écarta le bras d'un geste exagéré, laissant sortir Naomi en premier. Fran les suivit, se sentant maladroitement responsable de la tournure des événements.

Vulnérable

Dès qu'ils eurent atteint l'appartement de Noah Martinez, ses poils se dressèrent à l'arrière de ses bras. Le chat était toujours à la porte, grattant et miaulant, son miaulement étant plus frénétique qu'auparavant.
— Seigneur, dit-il. Ce truc a l'air enragé !
— Je suis sûr qu'il est juste affamé et effrayé, dit Naomi. J'ai du poulet cuit dans le frigo. Je vais aller le chercher.

Elle alla dans son appartement pendant un moment, tandis que le gardien déverrouillait la porte. Ils attendirent tous les deux que Naomi revienne avec une assiette de morceaux de poulet découpés. Quand elle fut prête, elle fit un signe de tête vers la porte pour que le gardien l'ouvre.

Une fourrure noire jaillit entre leurs jambes. Naomi posa l'assiette et parla de manière apaisante au chat agité. Il commença à manger tout de suite, entre des miaulements tonitruants et anxieux.

Mais quelque chose de bien plus malsain s'échappa de l'appartement lorsque la porte s'ouvrit. Ils réagirent en même temps, se couvrant la bouche et le nez avec leurs mains ou leurs avant-bras. Fran eut un haut-le-cœur dès que l'odeur atteignit le fond de sa gorge. La puanteur affreuse qui émanait de la porte ouverte lui rappela le rat mort qu'Adrian avait trouvé dans le conduit de leur cheminée. C'était pire. C'était une odeur écœurante, de pourriture et de décomposition. Fran sut tout de suite ce que c'était, et elle fut convaincue que les autres le savaient aussi. Un corps.

Chapitre Quarante-Trois

Fran n'avança pas, elle resta dans l'encadrement de la porte, figée par sa propre peur. Le gardien recula dans le couloir, sortit un téléphone de sa poche et appela la police. Elle l'entendit parler à travers le bruit sourd du sang dans ses oreilles. À côté d'elle, elle était vaguement consciente que Naomi parlait. Elle disait quelque chose à propos de ne pas aller à l'intérieur au cas où ce serait une scène de crime. Elle termina par « Pauvre Noah ».

Fran regarda l'appartement ouvert. Elle vit un imperméable accroché au mur, des murs blancs jaunis par le soleil et une moquette usée. Elle vit le coin d'une cuisine, un placard vert pâle dont la peinture blanche s'écaillait sur la poignée. Elle vit le bord d'un vieux canapé, l'accoudoir usé par des années d'utilisation. On voyait un peu les rideaux. Ils ne bougeaient pas. Il n'y avait pas d'air.

Quand elle entra finalement dans l'appartement, personne ne l'en empêcha. Le gardien était préoccupé, arpentant le couloir à l'extérieur de l'appartement, peut-être inquiet pour son travail ou pour les autres résidents. Naomi s'était baissée pour s'occuper à nouveau du chat. Personne ne regarda Fran alors qu'elle passait devant le Mackintosh, le placard de la cuisine et dans le salon.

Noah était pendu à une porte. Il était à l'autre bout de la pièce, face à Fran. Sa tête était baissée, et ses bras et ses jambes pendaient mollement. Il était mort, manifestement. Ses chaussettes étaient en lambeaux, là où le chat les avait griffées. Fran sursauta d'horreur et se détourna, fermant les yeux pour essayer d'effacer la vue du corps. Elle n'y parvint pas. Elle serait gravée là, au fond de ses paupières, comme le négatif d'une lumière vive. Son estomac se contracta, mais elle lutta pour garder le contrôle. Non, elle ne voulait pas vomir. Non. Elle ouvrit les yeux et balaya la pièce du regard, en essayant de ne pas regarder le cadavre de Noah.

C'est alors qu'elle vit le mot manuscrit sur une étagère au-dessus de la gazinière. Elle s'approcha et le prit. Le mot avait été écrit sur une feuille de papier A4 standard, pliée. Sur le dessus, Noah avait écrit « James ». Les mains tremblantes, Fran déplia le mot.

Je suis désolé d'être parti. C'est pour toi et peut-être que cela me ramènera à toi.

Je m'excuse auprès de la personne qui aura la charge de me retrouver. Si cela peut vous réconforter, je suis en paix.

Je vous bénis.

Noah

— Qu'est-ce que vous faites ? Le gardien fixait Fran qui tenait le mot, une expression d'horreur sur le visage. Puis son regard se porta sur le corps et il quitta la pièce en courant. Depuis la cuisine ou le couloir, il cria. Remettez ça en place et attendez la police ici. Vous êtes folle ? Vous n'avez pas le droit de toucher à ça !

Fran replia le mot tel qu'il était et le reposa sur l'étagère. Elle savait qu'elle n'aurait pas dû toucher à quoi que ce soit, mais elle n'avait pas pu s'en empêcher. En sortant, elle essaya de ne pas regarder une dernière fois Noah, mais elle se retourna et vit ses chaussettes déchirées. De retour dans le couloir, où Naomi berçait dans ses bras le chat de Noah, Fran se mit à pleurer.

— Toutes mes condoléances, dit Naomi, oubliant sans doute que Fran n'avait jamais rencontré Noah auparavant.

La police arriva peu après. Dans le bureau du gardien, ils prirent leurs déclarations et examinèrent la scène. Fran leur laissa ses coordonnées pour qu'ils puissent la contacter s'ils avaient besoin de quelque chose. Naomi et elle échangèrent aussi leurs numéros de téléphone. Elles étaient liées maintenant, par cette expérience. Malgré l'odeur affreuse et l'état du corps, les policiers semblaient détendus. Il semblait s'agir d'un suicide évident. Il y avait le corps d'un homme solitaire accroché à une porte, et un mot qui leur disait qu'il s'était fait ça tout seul.

Fran partit dès que les entretiens eurent pris fin. Elle jeta un regard rapide à Naomi, qui avait laissé le chat dans son appartement, avec un sourire triste. Rien de tout cela ne s'était passé comme elle l'avait espéré. Maintenant, tout ce qu'elle voulait, c'était rentrer chez elle et essayer de faire disparaître de sa mémoire l'odeur du corps en décomposition de Noah.

Chapitre Quarante-Quatre

C'était le jour de la fête de fin d'année de la chorale, et le groupe de Fran se réunit à la salle des fêtes pour un déjeuner à la fortune du pot. Elle montait la colline pour la première fois depuis son désaccord avec Emily, un gâteau à la banane fait par Adrian dans son sac et une bouteille de vin à la main. Son cœur battait plus fort que pendant sa course du matin. Elle sentait que c'était sa dernière chance d'obtenir des informations sur les Whitaker. C'était maintenant ou jamais.

Elle était fatiguée. La nuit, elle voyait Noah Martinez pendu à l'arrière d'une porte, une ceinture de cuir entaillant la chair de son cou. Elle le voyait vivant, regrettant son choix dans ses derniers instants, luttant contre la ceinture autour de son cou, donnant des coups de pied et gargouillant, de l'écume blanche se formant au coin de sa bouche. Puis elle se réveillait, allait courir, et essayait de ne plus y penser. Elle se disait que ça ne faisait qu'une semaine et que bientôt, tout commencerait à revenir à la normale. Noah n'avait été personne pour elle. Il était seulement lié aux Whitaker. Pourquoi la vue de son corps l'avait-elle tant affectée ?

Parce que ce n'était pas le premier corps qu'elle avait trouvé. Bien sûr, tout revenait toujours à Chloé, comme toujours.

Anita Ellingham lui fit signe sur le parking et son estomac se contracta. Comme toujours, elle était bien habillée, sa robe bleu ciel assortie à ses chaussures et un sac bleu foncé. La couleur s'harmonisait avec son teint hâlé. Ses lèvres étaient d'un rouge prune de bon goût, et ses cheveux ondulés. Elle prit Fran dans ses bras.

— Je suis si contente que tu m'aies contactée, dit-elle avec enthousiasme. La chorale m'a manqué.

— C'est sympa de te revoir, dit Fran, alors qu'elles avançaient dans le hall.

— Qu'est-ce que tu as apporté ? Anita se pencha vers Fran pour regarder la bouteille de vin dans sa main. Pinot ? Sympa.

— Et le gâteau aux bananes d'Adrian. Pas le mien. Elle rit. Le mien a toujours un fond détrempé. Elles se dirigèrent vers les tables sur tréteaux et Fran posa sa bouteille avec les autres. Elle prit deux gobelets en plastique. Tu veux un verre ?

— Allez ! Anita posa une bouteille de champagne à côté du pinot grigio de Fran. Puis elle fouilla dans son sac Coach surdimensionné pour y récupérer un carton de pâtissier. Je ne savais pas quoi apporter. Finalement, j'ai décidé de ne pas dévoiler mes terribles talents de pâtissière au groupe, alors j'ai acheté des donuts.

Fran leva les sourcils en voyant l'étiquette de la boîte.

— Pâtisserie Butterfly. Super ! Elle savait qu'il ne s'agirait pas de donuts ordinaires, mais de beignets artisanaux luxueux, avec un cœur crémeux. Elle eut l'eau à la bouche rien qu'à l'idée d'en prendre une bouchée, mais elle devait admettre que le délicieux gâteau à la banane d'Adrian faisait un peu triste figure à côté de cet assortiment de délices colorés.

Alors que Fran lui tendait un grand verre de vin, le reste du chœur se rassembla pour poser des questions à Anita. Qu'est-ce qu'elle devenait ? Où était-elle allée ? Comment s'étaient déroulées ses vacances ? Et ainsi de suite. Fran prit de grandes gorgées de son vin, regrettant cette idée. Convaincue que ça ne marcherait pas. Elle avait l'impression d'être une merde, et pas seulement parce qu'elle n'avait pas apporté de champagne coûteux à la fête.

Tout au long de l'après-midi, Fran et Emily s'évitèrent. Elle entendait fréquemment sa voix, mais elle ne ressentit jamais le besoin d'aller vers elle. Quelques-unes des autres personnes présentes lui demandèrent où elle était ces dernières semaines, mais Fran inventa l'excuse d'un gros rhume. Au fur et à mesure que l'heure avançait, et qu'elle avait presque fini la bouteille de pinot, cette excuse semblait bidon, même à ses propres oreilles. Mais elle était trop occupée à observer Anita pour s'en soucier.

C'est vers quinze heures que Fran réussit à se glisser au milieu de la compagnie de celle-ci, en prenant une chaise à côté de la sienne. Anita avait enlevé ses talons et se frottait la plante du pied gauche.

— Tu en as assez ? demanda Fran en faisant un signe de tête vers les pieds nus d'Anita.

— Je suis encore en train de casser mes chaussures. Ou alors c'est elles qui me cassent.

Fran rit.

— Si ce n'était pas pour faire plaisir à Adrian, je porterais des Crocs toute la journée, tous les jours. Mais je suppose que j'aime quand même qu'il me trouve attirante.

— Oh, il te trouverait attirante même si tu portais un sac poubelle, répondit Anita en souriant. Elle prit une gorgée de son vin et son sourire s'effaça. De quoi as-tu besoin, Fran ? Elle fit tomber ses cheveux sur un côté de son épaule et étira ses jambes athlétiques, faisant contracter et détendre les muscles de ses mollets.

— Qu'est-ce que tu veux dire ?

— Allez. Tu m'as invitée personnellement. Ce n'est pas comme si nous étions de grandes amies ou autre. Et j'avais reçu l'e-mail envoyé à tous les membres de la liste de diffusion de toute façon. Mais tu voulais être sûre

Vulnérable

que je vienne, et il y a une raison à cela. Je suis la seule salope de riche de ma famille, je sais quand quelqu'un espère quelque chose de moi ! Vas-y, alors. Qu'est-ce que tu veux ?

— Je veux savoir d'où viennent les Whitaker. Je veux leur ancienne adresse en Arizona, et je pense que tu l'as. Tu étais leur propriétaire. S'ils l'ont donnée à quelqu'un, c'est à toi.

— Pourquoi veux-tu savoir ça ? Elle semblait vraiment surprise. Fran se demanda à quoi elle s'était attendue. Un prêt, peut-être.

— Parce que je pense que cette petite fille est en danger et que je veux l'aider. Mais je ne sais pas où ils sont allés.

— Que vas-tu faire si je te donne l'adresse ? Tu vas aller en Arizona et exiger qu'ils n'abusent pas de leur enfant ? Quel est le but recherché ?

La gorge de Fran devint étroite et sèche. Le vin fit des vagues au fond de son estomac.

— Oui, j'irai là-bas si c'est ce que je dois faire.

Anita croisa un pied sur l'autre.

— Bien. Très bien, alors. Je vais te dire tout ce que je sais. Ce n'est pas grand-chose, mais ça peut t'aider.

Chapitre Quarante-Cinq

Une fois de plus, Fran se réveilla pour trouver un message qui l'attendait sur son téléphone. Celui-ci contenait une adresse en Arizona, qu'elle nota dans son carnet. Puis elle resta assise un moment, toujours en pyjama, à réfléchir à tout ce qu'elle savait.

Quelques minutes plus tard, elle reçut un deuxième message de Naomi. Il était court et précis : *La mort de Noah a été officiellement déclarée comme un suicide, et sa famille a été prévenue.* Fran la remercia de l'avoir mise au courant, ce à quoi Naomi répondit avec une photo du chat de Noah : *Il n'avait pas beaucoup de famille. Je vais peut-être devoir organiser les funérailles moi-même et garder ce petit gars.*

Fran écrivit le nom de Noah Martinez dans son carnet. Décédé. Puis elle écrivit ce dont elle se souvenait de sa lettre de suicide. Il avait mentionné un certain James ainsi que de vagues regrets et la conviction que sa mort était en quelque sorte une expiation pour son départ. Il avait également écrit qu'il souhaitait d'être réuni avec James dans l'au-delà. Mais qu'avait-il quitté ? Une communauté ? Un lieu ? Une relation ?

Je m'excuse auprès de la personne qui aura la charge de me retrouver. Si cela peut vous réconforter, je suis en paix.

Noah avait écrit ces dernières lignes pour elle. Il ne la connaîtrait jamais. Il ne saurait jamais à quoi elle ressemblait, ni l'expression d'horreur sur son visage lorsqu'elle était entrée dans le salon. Pourtant, il avait écrit ces lignes pour elle.

Elle ramena ses pensées à ce qu'elle savait. Noah devait être croyant, sinon il n'aurait pas été si sûr de trouver la paix et de retrouver James. Peut-être était-ce le lien qui le reliait à Mary, Elijah et Esther. Elle écrivit les mots *Père James*. Oui. C'était bien cela. Esther avait mentionné une fois le Père James, qui était le pasteur de leur église locale. Donc peut-être qu'ils allaient à la même église. Mais comment, et pourquoi, avaient-ils tous quitté le pays pour repartir à zéro en Angleterre ?

Elle ferma son carnet avec un soupir et ouvrit son ordinateur portable.

Adrian dormait encore dans la chambre tandis qu'elle était vautrée sur le canapé à faire ses recherches. D'une certaine manière, c'était ce qu'elle avait imaginé faire avec son diplôme de journalisme, sauf qu'il aurait fait nuit et qu'elle aurait eu des boîtes de plats chinois étalées sur un bureau, comme dans les films. Mais ça ne s'était pas passé comme ça. Ça n'avait jamais vraiment décollé, et elle s'était retrouvée à écrire des quiz de personnalité et des articles sur les brunchs.

Elle se rendit alors compte qu'au milieu de la quarantaine, elle aurait dû avoir accompli davantage de choses. Des enfants au moins. N'était-ce pas ce que la société exigeait des femmes ? Procréer pour prouver sa valeur. Sinon, qu'êtes-vous ? À quoi servez-vous ? Eh bien, peut-être que c'était ça. Elle avait servi à sauver Esther et Mary Whitaker. Après tout, c'était elle qui avait appelé la police. Elle qui avait causé le désordre.

Fran entra l'adresse en Arizona dans la barre de recherche Google Maps. D'après Anita, Mary et Elijah venaient d'une petite ville près de Tucson. La vue de la rue montrait une longue route droite bordée de cactus et de plantes du désert. Aussi éloigné de Leacroft qu'on puisse imaginer. Ces maisons en bois étaient très espacées les unes des autres, leur terrain étant souvent rempli de vieux camions et de clôtures en fil de fer. Fran zooma sur le bâtiment qui semblait être l'ancienne maison de Mary. Elle était assez grande pour accueillir trois chambres. L'extérieur était d'une couleur rouille pâle. Le toit était fait d'une sorte de matériau ondulé plutôt que de tuiles traditionnelles. Le portail, qui pendait de travers sur ses gonds, avait perdu une barre. Elle essaya de zoomer à nouveau, sans succès.

Elle avança le curseur plus loin sur la même route et trouva une école. Elle imaginait de petits pieds soulevant la poussière tandis que les enfants couraient en riant d'un bout à l'autre de la cour. Un toboggan les faisait tomber directement sur le sol sablonneux. Il y avait un cactus de plus de deux mètres de haut qui surplombait la clôture. C'était peut-être ici que Mary avait été à l'école. Fran l'imaginait comme une enfant semblable à Esther. Calme et timide, mais farouchement sûre d'elle. Puis elle écarta cette idée. Mary ne savait pas qui elle était, pas même adulte. Mary était trop peu sûre d'elle.

Fran ferma le site et en ouvrit un nouveau. Elle chercha des vols pour Tucson. Puis des vols pour Phoenix et diverses correspondances pour Tucson. Elle compara les prix sur plusieurs sites différents et se décida. Quelques instants plus tard, Adrian entrait dans la pièce en bâillant et en étirant les bras, ses articulations craquèrent.

— Tu veux des œufs brouillés ce matin ? Tu n'es pas allée courir ? Trop la gueule de bois, hein ? Il se pencha pour l'embrasser sur la tête, mais s'arrêta avant que ses lèvres n'atteignent ses cheveux en désordre, voyant l'écran de l'ordinateur. Qu'est-ce que tu fais ?

Fran leva la tête et vit son mari par en dessous.

— Je vais à Tucson. Anita m'a donné l'ancienne adresse de Mary.

Adrian fit le tour du canapé pour qu'ils soient face à face.

— Tu plaisantes ?

— Pas du tout.

Il secoua la tête et s'approcha de la table basse.

Vulnérable

— ça devient n'importe quoi. C'est... c'est trop. Ses yeux s'écarquillèrent et son menton trembla alors que sa voix devenait plus forte, remplissant la pièce. Je suis désolé, j'ai essayé de te soutenir dans cette affaire, mais tu ne peux pas aller en Arizona. C'est de la folie totale. Absolument dingue, tu le vois, n'est-ce pas, Franny ? N'est-ce pas ? À quoi tu penses ?

— Je pense que j'ai beaucoup de temps libre et qu'il y a une enfant en Arizona qui pourrait avoir besoin de mon aide.

— Oh, allez, tu n'as même pas la preuve qu'elle est en danger.

— Je m'en fiche. Je vais y aller.

— C'est de la folie.

— Ouais, tu n'arrêtes pas de dire ça. Ce que tu veux dire, c'est que je suis folle.

— Non. Ne me fais pas dire ce que je n'ai pas dit. Ce n'est pas ce que je veux dire.

— Si, ça l'est.

Il soupira et mit sa tête entre ses mains.

— Je suis inquiet pour toi. Je n'ai plus le droit d'être inquiet pour toi ? Est-ce que c'est politiquement incorrect maintenant ? En tant que ton mari ? Hein ?

— Si tu es si inquiet, tu peux venir avec moi. Fran releva le menton. Un défi.

Il sortit en trombe de la pièce. Le claquement de la porte fit vibrer toute la maison.

Chapitre Quarante-Six

Dans le taxi qui l'emmenait à l'aéroport, Fran continua à utiliser *Google Street View* sur son téléphone et imagina ce que cela aurait été d'avoir grandi sur cette route en terre battue ; des kilomètres de terrain plat, un paysage beige et vert tilleul. De vastes espaces entre les maisons. Elle aurait pu courir autour d'une seule propriété, en faire le tour plusieurs fois, sans jamais avoir besoin de s'aventurer dans le monde.

Il y avait beaucoup de drapeaux, mais peu de magasins. Après avoir navigué pendant plusieurs minutes, elle trouva un magasin général et, en face, une église. C'était une église géométrique et moderne, le bâtiment le plus propre et le plus ordonné de la rue. Mary et Elijah s'étaient-ils rencontrés dans cette église ? Le Père James y prêchait-il ? Elle essaya d'imaginer une Mary de vingt ans tombant amoureuse de cet homme plus âgé. Ce n'était pas comme si Fran n'avait jamais vu d'histoires d'amour entre personnes d'âge différent, mais elles naissaient généralement entre des hommes âgés incroyablement séduisants – souvent en position de pouvoir, comme un professeur – et une jeune femme tout aussi séduisante, bien que peu sûre d'elle. Elijah n'était pas particulièrement attirant, mais il avait un certain charme, le genre que la plupart des sociopathes possédaient, imaginait-elle.

Le chauffeur de taxi la déposa à l'aéroport de Manchester, où elle traîna sa valise pour passer les contrôles et prendre un avion pour Dublin. La journée allait être longue. Elle avait réservé un hôtel au centre de Tucson, en prévenant la direction qu'elle arriverait aux premières heures du jour. Il faisait chaud en Angleterre, elle s'attendait à ce qu'il fasse encore plus chaud là-bas. Adrian ne s'en sortirait pas bien pendant la canicule britannique, mais elle n'allait pas s'en sortir beaucoup mieux.

Il ne venait pas avec elle.

Lorsque le premier avion décolla enfin, elle posa sa tête contre le minuscule hublot et pensa aux mots blessants de son mari. Folie, folle et cinglée avaient été répétés de nombreuses fois. Finalement, elle avait jeté ses affaires dans une valise, réservé un taxi et était partie en pleine dispute. La pire qu'ils n'aient jamais eue. Jamais auparavant elle n'avait vu cette expression de trahison totale sur son visage. Adrian. Un homme doux et généreux qui voulait simplement cuisiner pour sa femme et lire des livres dans son bureau. Il s'était agité, avait crié et presque pleuré quand elle avait passé la porte.

Elle ferma les yeux.

La deuxième étape du voyage, de l'Irlande à Phoenix, se déroula dans une sorte d'hébétude, alors que Fran se retrouvait assise à côté d'une femme qui avait décidé de lui raconter son divorce. Fran sourit et acquiesça, envisagea de commander un whisky, continua à sourire et à acquiescer. Le chaud soleil de l'Arizona fut un soulagement comparé à la salve d'insultes incendiaires que la femme continuait de proférer contre son ex et son avocat. *S'il veut se battre, c'est ce que je vais faire !* tel était son cri de guerre, et elle lui promettait de ne plus jamais revoir les enfants. Le vol avait été épuisant.

De là, Fran attendit une correspondance routière de Phoenix à Tucson. Il était tard, elle était épuisée et ses vêtements étaient trempés de sueur. L'air conditionné fut une bénédiction lorsqu'elle grimpa dans le SUV étonnament petit. Elle se retrouva avec trois autres passagers, qui sortirent tous immédiatement leur téléphone et l'ignorèrent. Elle poussa un soupir de soulagement en faisant de même. Le silence n'avait jamais eu un goût aussi doux. Elle en eut pour deux heures. Personne ne parla pendant tout le temps qu'ils passèrent ensemble, tous trop intéressés par leurs propres vies. Fran étudia leurs visages. Deux hommes d'âge moyen, en costume tous les deux, et une jeune femme avec les cheveux relevés en un chignon ordonné. Elle imagina qu'ils étaient là pour des raisons professionnelles. Elle fut surprise quand ils quittèrent tous les trois le SUV devant le même hôtel et qu'ils s'aidèrent mutuellement à sortir leurs valises. Pendant tout ce temps, ils avaient été du même voyage ? Avant que le taxi ne reprenne sa route, elle les regarda marcher vers l'hôtel, toujours sans rien se dire.

Elle jeta un œil à son téléphone. Il n'y avait aucun message d'Adrian. Son cœur battait contre ses côtes. Il restait encore quinze minutes avant d'arriver à son hôtel et elle commençait à être épuisée et à perdre son sang-froid. La voiture s'arrêta et elle faillit dire au chauffeur de faire demi-tour et de retourner à Phoenix. Une part d'elle voulait reprendre l'avion, écouter une autre femme se plaindre d'être amoureuse et courir rejoindre son mari dans leur belle maison au jardin parfaitement entretenu.

Mais elle ne le fit pas, parce qu'elle avait appelé la police. Elle avait participé aux ragots. Elle avait contribué à ce qu'avaient subi Mary Whitaker et son enfant. Elle remercia le chauffeur. Elle traîna sa valise jusqu'à l'hôtel. Elle trébucha dans le hall et laissa quelqu'un la conduire à sa chambre. Elle s'assit sur le lit et ses yeux parcoururent les murs beiges fleuris. Bon, elle y était. Et maintenant ?

Chapitre Quarante-Sept

Elle se réveilla à quinze heures le lendemain, ayant ignoré les conseils sur le décalage horaire et la façon d'y faire face. Il n'y avait pas de nouveaux messages sur son téléphone. La déception lui serra le cœur, et les mots durs prononcés entre elle et Adrian résonnèrent dans son esprit. Lui avait-elle dit qu'elle ne reviendrait jamais ? Lui avait-il répondu « super » en criant ? Les mots désagréables se bousculaient dans son esprit. Les yeux d'Adrian étaient exorbités dans ses souvenirs. Elle lui envoya un texto : *Bien arrivée,* car elle ne pouvait pas ne pas lui dire qu'elle allait bien. Peu importait ce qui avait été dit, elle savait que son mari s'inquiéterait pour elle. Même s'il n'allait pas répondre, elle le savait. À peine une ou deux secondes après avoir envoyé le message, elle vit qu'Adrian l'avait lu. Elle attendit une minute de plus pour voir s'il allait répondre. Il ne le fit pas.

Cela ne lui ressemblait pas. Il n'avait jamais été du genre à lui faire la tête. Elle l'avait blessé, profondément, en venant en Arizona, et elle le comprenait. Pour une fois, elle l'ignorait, délibérément, et elle espérait qu'elle faisait ce qu'il fallait.

Fran se hissa hors du lit pour prendre une douche. Son estomac grondait. Elle envisagea de commander un déjeuner dans sa chambre, mais elle se ravisa, se sécha les cheveux et se rendit au bar de l'hôtel, errant dans les couloirs à motifs floraux, avec l'impression qu'elle avait mis les pieds sur le plateau de tournage de *Shining*. Il y avait quelqu'un de nouveau à la réception, sans doute celui qui assurait l'équipe de nuit était-il parti depuis des heures. C'était un hôtel assez petit, sans beaucoup de personnel. C'était le genre d'hôtel à prix moyen qui attirait ceux qui étaient là pour les affaires, pas pour le plaisir. Elle s'installa au bar et essaya de se rappeler comment ça marchait pour les repas en Amérique. Elle avait été en Floride quand elle était enfant et à New York quand elle avait vingt ans et se souvenait vaguement que même les boissons étaient taxées. Elle se rendit également compte qu'elle n'avait pas dû choisir toute seule un repas depuis un moment.

Adrian s'occupait des courses et de la cuisine. Même s'il ne faisait que des plats qu'il savait qu'elle aimait, elle ne choisissait pas souvent ce qu'ils mangeaient. Cela la frappa soudain. Là, elle pouvait prendre tout ce qu'elle voulait.

Elle commanda un burger et un coca – à Rome on fait comme les Romains – et passa le temps en feuilletant un guide qu'elle avait acheté à l'aéroport de Phoenix. La plupart des informations étaient sans intérêt, mais les numéros de taxi lui seraient utiles. Puis elle passa un certain temps à examiner les itinéraires de sortie de la ville en direction de la dernière adresse connue de Mary avant son départ pour le Royaume-Uni. Du moins jusqu'à ce que le hamburger arrive et qu'elle commence à avoir l'eau à la bouche.

Cela faisait longtemps qu'elle n'avait pas été aussi seule. Elle avait déjà voyagé en solo, quand elle était plus jeune et moins repliée sur elle-même. C'était une situation complètement différente. Elle était seule, et elle avait perdu le soutien de sa personne la plus proche, la plus chère. Fran secoua légèrement la tête, ramenant ses pensées à la tâche en cours. Adrian l'aimait et elle l'aimait, peut-être était-il préférable d'en rester là jusqu'à ce qu'elle trouve les Whitaker.

Que voulait-elle faire ensuite ? Son premier jour était presque terminé. Cela ne servait à rien de se rendre à l'ancienne maison de Mary maintenant, il était plus de dix-sept heures. Non, elle devait y aller le matin, quand elle aurait plus de temps pour explorer les environs. Au lieu de cela, elle regarda à nouveau *Google Street View,* parcourant virtuellement le quartier et les environs. Elle vit les montagnes de Catalina et la petite ville au pied des collines. Elle pouvait même faire glisser la petite figurine jusqu'au sommet du mont Lemmon et s'imaginer en train de faire une randonnée dans le parc national. Le mal du pays s'installa.

Les paysages lui étaient étrangers. Des roseaux bruns broussailleux dépassant entre des rochers sablonneux. Des cactus imposants et de l'herbe fine et hérissée. Les chênes, les murs de pierre sèche et les prairies en pente d'un vert rosé lui manquaient déjà.

Cette ville désertique était l'endroit où Mary avait grandi. Elle n'arrivait pas à imaginer cette jeune fille fragile ici, dans cette zone décidément peu hospitalière, avec sa peau pâle et sa fine ossature. Une proie facile pour un homme comme Elijah ? Elle sortit la bible d'Esther de son sac et en parcourut à nouveau les pages. *Père n'aimerait pas ça.* Avaient-ils tous deux été endoctrinés par ce qu'Elijah croyait être la vérité ?

Alors que Fran était sur le point de partir, son téléphone sonna. Adrian l'appelait via WhatsApp. Il avait dû décider que c'était moins cher. Son cœur fit un bond quand elle saisit le téléphone et le colla contre son oreille.

— Salut.

— Salut, dit-il.

— On peut redevenir amis ? demanda-t-elle.

Il marqua une pause. Une longue pause. Trop longue. Ses yeux se remplirent de larmes.

— Nous sommes toujours amis. Tu le sais bien.

— Oui, mais...

Vulnérable

— Je t'aime, dit-il.
Mais il ne lui dit pas qu'il lui pardonnait ou qu'il la soutenait. Il ne pouvait pas dire ces mots parce qu'il ne les pensait pas. Fran lui dit aussi qu'elle l'aimait et qu'elle prendrait de ses nouvelles le lendemain. Puis elle raccrocha et décida qu'il valait mieux que ce voyage en vaille la peine.

Chapitre Quarante-Huit

Fran se réveilla péniblement au son de l'alarme de son téléphone. Il était sept heures trente, elle était déterminée à faire fi de l'insomnie due au décalage horaire de la nuit précédente. Au lieu de dormir, elle avait parcouru les chaînes de télévision, acheté du chocolat à un distributeur et était restée debout jusqu'aux premières heures du matin, assise en position de yoga contre la tête de lit, pieds nus, l'un contre l'autre, des emballages éparpillés sur le lit. Elle n'aurait pas imaginé faire ça chez elle.

Après une douche rapide, elle descendit dans le hall et demanda au jeune homme poli de la réception de lui appeler un taxi. Il l'appela « *ma'am* », comme on l'aurait fait pour la reine dans son pays et lui dit de passer une bonne journée.

Le taxi arriva et elle lui donna l'adresse. Il s'agissait d'un trajet d'environ quarante minutes en voiture depuis Tucson jusqu'à une banlieue appelée Dove Valley, un peu plus au nord que les contreforts de Catalina. Sur le chemin, le chauffeur de taxi lui montra les montagnes au loin, les pics déchiquetés de couleur brun roux. Des dents cassées s'élevant au-dessus des vallées. Elle se souvint de ce qu'elle avait ressenti en escaladant virtuellement le mont Lemmon et en voyant les canyons s'étendre au loin. La chair de poule se propagea le long de ses bras. Elle avait fait tout ce chemin. Elle était peut-être folle.

En quittant l'autoroute 77, les routes devinrent plus étroites et les maisons se dispersèrent. Il y avait des clôtures en fil de fer partout, enfermant des zones de buissons hérissés et de cactus aux branches maigres. De temps en temps, on voyait une tache de couleur – des feuilles jaunes sur un buisson, de l'herbe verte – avant que la route ne redevienne une piste poussiéreuse. Fran vit l'église, le minuscule magasin général, les vieux camions et, de temps en temps, un mobile home. Des boîtes aux lettres branlantes trônaient au bout des allées.

— Est-ce que je peux vous poser une question, ma'ame ? dit le chauffeur, son visage moustachu apparaissant dans le rétroviseur.

— Bien sûr, dit-elle.
— Comment vous allez retourner à l'hôtel ? Parce que je ne pense pas que vous trouverez un taxi par ici.

Fran se mâchouilla l'intérieur de la joue.

— Oui, ça pourrait être un problème. Peut-être que je pourrais vous embaucher pour la journée. Est-ce que c'est possible ?

— Vous voulez dire rester assis dans une voiture avec cette chaleur ? demanda-t-il. Sûrement pas ! Il rigola. Restez à Tucson et vous apprendrez vite à ne pas sous-estimer le climat. Et si je venais vous chercher dans une heure ?

Fran se mit d'accord avec le chauffeur, qui lui donna sa carte de visite. Elle ouvrit la portière et s'engagea sur la piste sablonneuse, la chaleur du soleil s'abattant immédiatement sur sa peau exposée. Elle s'était enduite de crème solaire le matin même, mais le soleil de l'Arizona était encore difficile à supporter en cette fin d'été. Le taxi partit et elle se retrouva seule à Dove Valley, se sentant particulièrement pâle et anglaise sous son chapeau de paille et avec ses Birkenstocks.

Elle se tenait devant la maison en bois à la façade beige qu'elle avait vue sur *Google Street View*. En vrai, elle lui rappelait une brique de Lego : trapue, carrée et aux angles vifs. Elle remonta ses lunettes de soleil sur son nez, ouvrit et referma un portail métallique et monta l'allée en se dirigeant vers la porte.

Ses pieds maladroits trébuchèrent sur un buisson touffu, mais elle se redressa juste avant de tomber. La légère honte fit accélérer les battements de son cœur.

C'était la dernière adresse connue de Mary avant qu'elle ne parte en Angleterre. Un bâtiment peint à la main avec les montagnes en arrière-plan, entouré d'un paysage désertique. Fran remarqua les déchirures dans les moustiquaires des fenêtres et la poussière s'infiltrant dans les planches autour de la porte d'entrée. Elle s'approcha, sentit le calme, la fine couche de poussière sous ses pieds, la nature tranquille de l'endroit. Il ne lui fallut pas longtemps pour réaliser que cette maison était abandonnée.

Néanmoins, elle frappa à la porte et attendit. Puis elle jeta un coup d'œil par la fenêtre la plus proche. Son cœur se mit à battre la chamade. Elle mit les mains en visière pour empêcher le reflet du paysage désertique dans les vitres et se pencha. Des mouches bourdonnaient autour d'elle. La sueur s'accumula à la racine de ses cheveux. Elle laissa des traces de buée sur le verre sale.

Il y avait encore des meubles dans la maison. Elle plissa les yeux à travers les déchirures de la moustiquaire, essayant de voir si quelqu'un vivait encore ici. Elle ne le pensait pas. Elle vit un canapé contre un mur, des tapis, une armoire ancienne. Il n'y avait pas de photos, d'appareils ménagers ou le bric-à-brac général qu'on s'attendrait à trouver chez quelqu'un. Est-ce que Mary et Elijah avaient déménagé sans vendre leur maison ? Ou bien étaient-ils en location et le propriétaire n'avait pas encore trouvé de nouveau locataire ? Ou encore, s'agissait-il de la maison familiale de Mary qui lui avait été laissée par ses parents à un moment donné ?

— Je peux vous aider ?

Vulnérable

Fran laissa échapper un petit cri. Ses doigts serrèrent si fort son chapeau que ses jointures devinrent blanches. Elle se retourna pour trouver une femme d'une soixantaine d'années en tenue de sport et lunettes de soleil sombres qui la regardait, les lèvres pincées, l'air sévère.

— Désolée, j'espérais trouver Mary ou Elijah Whitaker.

La femme haussa les sourcils en entendant Fran parler. Mais elle ne fit pas de commentaire sur l'accent de Fran.

— Je ne connais pas de Mary Whitaker, mais une famille a vécu ici pendant un certain temps. Ils se sont tenus à l'écart et sont restés environ un mois avant de partir. L'endroit est resté vide depuis.

Fran s'avança avec précaution, sortant son téléphone de sa poche. Elle fit défiler l'écran jusqu'à une photo de Mary et Esther prise lors de leur visite à Chatsworth House.

— Vous les connaissez ?

La femme souleva ses lunettes de soleil pour mieux voir.

— Oui, c'est elle. Et l'enfant. Comme je l'ai dit, une famille tranquille. Elle quittait à peine la maison, même s'il n'y a pas grand-chose à faire par ici. Elle semblait toujours sur les nerfs. Je faisais ma promenade quotidienne dans la rue et je la surprenais en train de regarder par la fenêtre, à l'affût. C'était comme si elle pensait tout le temps que quelqu'un allait venir.

Chapitre Quarante-Neuf

Fran apprit quelques autres bribes d'informations de la femme et lui donna son numéro de téléphone au cas où elle se souviendrait d'autre chose. Elle apprit que la femme s'appelait Patty et qu'elle vivait cinq maisons plus bas, qu'elle faisait des allers-retours dans la rue tous les jours pour faire de l'exercice, et que son fils était toujours en retard pour venir la chercher et l'emmener au Target.[1]

— Elle était nerveuse. Mais elle était jolie. Et la petite était mignonne et polie, mais j'ai toujours pensé que c'était étrange qu'elle ne leur ressemble en rien, déclara Patty. Lui, il était correct. Il disait toujours bonjour au moins, mais elle, la femme, ne parlait jamais. Je l'appelais « Madame citron ». Elle avait toujours l'air de sucer un citron !

Fran rit poliment et mit gentiment fin à la conversation, en disant à Patty de l'appeler si elle se souvenait de quelque chose d'utile. Puis, décidant de profiter au maximum de l'heure qui lui était impartie, elle se promena dans la rue, frappant aux portes, brandissant son téléphone et demandant si l'un des voisins se souvenait de Mary et Esther. Ce fut une tâche relativement stérile. Certes, ils les reconnaissaient, mais n'avaient jamais parlé à aucune des deux. Ils lui donnèrent les mêmes informations que Patty. Les Whitaker avaient vécu là pendant environ un mois, ils étaient très discrets et sortaient rarement. Une seule personne lui en dit plus, un jeune homme mince avec un t-shirt noir sale qui vivait le plus près de la maison des Whitaker.

— Ah ouais, je me souviens d'eux. Il gratta la barbe sur son menton. Ils recevaient des gens sexy.

— Qu'est-ce que vous voulez dire ?

Il fit un geste vers la photo sur son téléphone.

— La fille, Mary, c'est ça ? Elle avait tout le temps des filles sexy qui lui rendaient visite. Maigres, mais mignonnes, vous voyez ?

— Combien de personnes ? Beaucoup de différentes ou les mêmes personnes tout le temps ?

— Il y en avait deux. Une grande blonde, jolie, avec un beau cul. Elle ne

le montrait pas, mais ça se voyait sous ses jupes de vieille dame. L'autre était rousse. Une poitrine un peu plate, mais une peau d'albâtre. Il sourit, d'un air nostalgique. Putain, j'aurais dû en inviter une à sortir.
— Quel âge avaient-elles ?
— À peu près le même âge que cette fille, Mary, je suppose. Une vingtaine d'années, quelque chose comme ça. Peut-être dix-neuf ans pour la rousse. Elle a disparu ?
— En quelque sorte, dit Fran. Elle remit le téléphone dans sa poche. Vous vous souvenez de quelque chose d'autre ?
— Je promenais mon chien Santo quelques jours avant leur départ, et j'ai vu la rousse entrer dans la maison. Je l'avais vue peut-être trois ou quatre fois pendant le mois où ils ont vécu ici. Environ vingt minutes plus tard, je ramenais Santo à la maison et j'ai vu la rousse sortir en trombe, dans une sorte de rage. Mary est sortie et l'a suivie jusqu'au milieu de l'allée, mais la rousse est montée dans son pick-up et est partie sans même se retourner. Je suppose qu'elles s'étaient disputées ou quelque chose comme ça.
— J'imagine que vous ne connaissez pas le nom de ces jeunes femmes ?
Il s'appuya contre la porte et secoua la tête.
— Comme je l'ai dit, j'ai raté ma chance de demander à l'une d'elles de sortir avec moi. Hé, vous êtes célibataire ?
Fran leva la main avec son alliance.
— Merde, dit-il, un sourire en coin. C'est un bel accent que vous avez là.
Fran roula les yeux, mais elle devait admettre qu'il avait un charme malicieux.
— Les femmes portaient-elles des vêtements qui vous semblaient étranges ? Comme des vêtements faits à la main ?
— Je ne sais pas s'ils étaient faits à la main ou non, mais oui, ils étaient un peu bizarres. Ces filles aimaient cacher la marchandise, vous voyez ? Des chemises qui montaient tout en haut. Il fit un geste vers le bas de son menton. Les jupes descendaient jusqu'à la cheville. Si vous voulez mon avis, ça les rendait juste plus sexy !
— Personne ne vous a demandé votre avis, dit Fran, en lui lançant ce qu'elle pensait être un regard de grand-mère sévère. Écoutez, je vous donne mon numéro, mais pas pour *cette raison*, c'est parce que je dois trouver Mary Whitaker et que vous pourriez vous souvenir d'autre chose d'important. Si c'est le cas, appelez-moi, d'accord ?
Il prit la carte et fit un clin d'œil.
— Bien sûr. Comme vous voulez. Au fait, je m'appelle Francisco.
— Oh, eh bien, maintenant je sais que ça ne marchera jamais entre nous, dit-elle. Je m'appelle Francesca.
Francisco éclata de rire.

Chapitre Cinquante

De retour à l'hôtel, Fran se prélassa sous le climatiseur de sa chambre. Pendant une trentaine de minutes, elle resta allongée, libérée de ses sous-vêtements, laissant l'air frais glisser sur sa peau. Puis elle sortit son carnet et nota la description des deux jeunes femmes qui rendaient régulièrement visite à Mary chez elle à Dove Valley. Elle nota également le fait que Mary, Elijah et Esther avaient vécu là pendant un mois, mais que ces femmes leur avaient rendu visite trois ou quatre fois. Ces deux femmes portaient des vêtements semblables à ceux de Mary. Des vêtements modestes, faits maison.

Ce soir-là, elle mangea au bar de l'hôtel tout en essayant d'organiser ses pensées sur ce qu'elle avait appris jusque-là. Les Whitaker avaient vécu à Dove Valley pendant un mois. Avant cela, elle ne savait pas où ils avaient été, mais elle estimait qu'il s'agissait probablement d'une sorte de communauté fermée, vu le type de personnes qui leur rendaient visite.

Plus elle en apprenait sur cette famille, plus elle commençait à se demander si les rumeurs de Leacroft n'étaient pas fondées. Si Mary et Elijah venaient d'une sorte de communauté fermée, cela aurait du sens. Cela expliquerait la nervosité de Mary telle que perçue par la voisine Patty, et cela expliquerait la relation tendue avec ses visiteurs, comme en avait témoigné Francisco. Mais pourquoi auraient-ils menti à ce sujet quand ils étaient à Leacroft ? Avaient-ils peur des préjugés des gens du village ? Ils avaient raison, elle le savait. Cette constatation l'attrista. Et s'ils étaient venus chercher un endroit sûr et que le village les avait rejetés ? Et s'ils avaient l'impression de ne plus appartenir à aucun endroit désormais ? Et si elle ne les retrouvait jamais et ne saurait jamais où ils étaient partis ?

Cette nuit-là, elle s'endormit en rêvant d'un long chemin de terre menant à un cactus. Le corps d'Esther gisait en dessous. Elle se réveilla en sursaut au son de son alarme. Chaque partie de son corps lui faisait mal. Elle but l'eau qu'elle trouva dans le mini frigo et se prépara pour sa deuxième journée à Tucson. Cette fois, elle ne retourna pas à Dove Valley, elle resta en ville.

Il y avait un message d'Adrian sur son téléphone. Une photo d'une tasse de café sur la table du patio avec la légende : *Bonjour !* Elle sourit et envoya une photo de sa bouteille d'eau et d'un cookie aux pépites de chocolat. *Breakfast in Arizona !*

Le côté droit de son lit était froid. Elle se recoucha, essayant de trouver un endroit confortable sur le matelas dur. Après la mort de Chloé, elle s'était reposée dans les bras de son mari pendant des heures, sans dormir, sans parler, sans pleurer. Les doigts de Fran effleurèrent les draps de coton, à la recherche des bras chauds d'Adrian. La douleur partout dans son corps était due au manque de lui, elle le réalisait maintenant. Mais elle ne s'y attarda pas trop longtemps, elle s'habilla et alla prendre son petit-déjeuner en bas.

Cela lui devenait plus facile de manger seule. Cette fois, elle prit une énorme pile de pancakes tout en recherchant l'emplacement du commissariat de police de Tucson. Il y en avait plus d'un, ainsi qu'un bureau réservé au shérif, mais elle pensait que le commissariat principal sur South Stone Avenue serait la meilleure option. Elle n'avait pas de crime à signaler, et Mary n'était pas techniquement portée disparue, elle ne le pensait pas, mais en même temps elle savait que ce qui se passait nécessitait davantage que de se promener dans les quartiers de Tucson en frappant aux portes et en posant des questions. Elle avait besoin de s'asseoir devant un officier de police et d'expliquer ses préoccupations. Elle espérait juste que celui qui la recevrait voudrait bien l'écouter.

Après avoir terminé son repas, une nouvelle personne à la réception lui appela un taxi et elle sortit pour un deuxième jour sous la chaleur de l'Arizona. Sa peau était enduite de crème solaire. Elle était grasse. Ses pores étaient bouchés. Ses lunettes de soleil glissaient sur son nez quand elle marchait.

L'intérieur de la voiture était paradisiaque grâce à la climatisation et ils parcoururent les larges rues de Tucson au son de l'air conditionné. Tout en Amérique semblait être étiré. Il n'y avait pas vraiment de centre-ville perceptible, comme les zones piétonnes au Royaume-Uni, mais des bâtiments plats de couleur terracotta éparpillés entre les parkings. Lorsque la voiture s'arrêta devant le commissariat de police, elle laissa le conducteur partir cette fois, sachant qu'elle pouvait appeler un autre taxi ou prendre le bus pour rentrer à l'hôtel. Il faisait trop chaud pour marcher, même si la distance était courte.

Fran agita la main pour ventiler sa nuque alors qu'elle se tenait devant le bâtiment. Un drapeau pendait mollement le long de son mât, dans l'atmosphère sans brise. C'était probablement le plus grand bâtiment qu'elle ait vu là, en dehors de l'hôtel, avec un arrière tentaculaire et une façade incurvée de trois étages. L'extérieur en grès se fondait dans le paysage en terre cuite. Mais ici, au moins, il y avait des gens et de la vie autour d'elle. Dans la vallée, elle avait eu l'impression d'entrer dans une ville fantôme.

Une fois à l'intérieur, une femme brune en uniforme et à l'air pincé dit à Fran de s'asseoir. Elle attendit, transpirant des cuisses contre le plastique,

Vulnérable

jusqu'à ce qu'un policier petit et volumineux, aux cheveux noirs, coupés courts, la conduise dans une salle pour un entretien.

Son uniforme fit des plis lorsqu'il s'assit en face de Fran. Il lui sourit et croisa les doigts sur la table. Il avait une fine moustache, comme un trait de crayon, le long de sa lèvre supérieure.

— Il fait chaud aujourd'hui. Il leva les sourcils et laissa échapper une courte inspiration. Trop chaud pour être dans un commissariat de police avec une climatisation merdique, ça, c'est sûr. Bon, je suis l'inspecteur Woodson. Que puis-je faire pour vous ?

Les papillons dans son estomac se calmèrent légèrement alors qu'elle se détendait en constatant son ton affable. Elle esquissa un mince sourire et chercha un moyen rapide de lui raconter son histoire.

— Je suis inquiète au sujet d'une femme de Tucson, commença-t-elle. Je l'ai rencontrée au Royaume-Uni, puis elle est partie, soudainement, avec sa famille. Je pense qu'elle a dû revenir ici, mais je n'arrive pas à la retrouver, et elle ne répond pas à mes appels.

Il fronça les sourcils.

— OK, je peux avoir un nom ?

Fran donna des détails sur Mary et Elijah. Elle lui montra la photo de Mary et Esther sur son téléphone, et le dernier message que Mary avait envoyé. Elle expliqua la fugue d'Esther, et l'attitude étrange d'Elijah.

— Je sais que je ne suis pas de la famille et que ce n'est peut-être pas à moi de signaler la disparition de Mary ou d'Esther, dit-elle, consciente de l'étrangeté de son histoire, mais je devais faire quelque chose.

— Vous êtes venue jusqu'en Arizona pour ça ? Il se pencha en arrière sur sa chaise. Vous n'avez pas pris votre téléphone pour nous appeler depuis le Royaume-Uni ?

Un sentiment d'effroi envahit l'espace entre elle et l'officier. Elle se rendit compte qu'elle devait avoir l'air d'être obsédée par Mary. Son visage marqua son embarras.

— Je... je devais venir et m'assurer qu'elle allait bien. Si elle doit échapper à Elijah, elle va avoir besoin d'une amie ici, alors… Écoutez, je sais que ça semble fou, mais je… sans vouloir passer pour une… j'ai les moyens de voyager et je veux m'assurer qu'elle va bien. C'est tout ce que je veux.

— Tout va bien, Madame Cole. Je ne vous accusais de rien du tout, c'est juste que la situation est inhabituelle. Il tapotait son stylo sur le bureau tout en parlant. Il avait gardé une attitude chaleureuse, mais elle avait la très claire sensation, d'après ses yeux qui l'observaient sans ciller, qu'il essayait de la jauger. Je ne vais pas vous mentir, on manque de moyens, avec les restrictions budgétaires et tout, mais je vais vérifier certaines choses pour vous. Il lui fit un sourire rassurant qui ne la rassura pas du tout.

Fran le remercia et sortit. Il n'avait rien dit ni fait de désagréable, et pourtant elle ne s'était jamais sentie aussi minuscule.

Chapitre Cinquante-Et-Un

Ce sentiment d'être petite, insignifiante, ne la quitta pas alors qu'elle s'éloignait du commissariat. Était-ce tout ? Que pouvait-elle faire de plus ? Elle avait été voir l'ancienne maison de Mary. Elle était allée à la police. Elle avait donné ses coordonnées à leurs voisins et maintenant elle devait attendre.

Fran déambulait sur le large trottoir longeant la rue principale. Ses jambes étaient comme de la gelée. Ça n'était que le milieu de la matinée et elle se sentait déjà déshydratée. Des gens en short avec des casquettes de baseball passaient devant elle, sans même lui accorder un regard. Pourtant, elle avait toujours l'impression d'être une extraterrestre avec sa peau rose d'Anglaise, légèrement brûlée par le soleil, et son accent tranchant.

Elle passa devant un musée d'art et continua son chemin. Un minuscule espace vert avec des pelouses passait pour un parc au milieu de deux routes très fréquentées. Un triste banc blanc trônait au milieu. Elle continua jusqu'à un bâtiment en béton avec des restaurants et elle décida de s'y arrêter pour prendre quelque chose avec des glaçons, du café, du thé ou de la limonade, elle s'en fichait. Traversant la place en trottinant, elle remarqua un prospectus décoloré par le soleil et scotché à un lampadaire, et y jeta un coup d'œil. Il était écrit que Jayden Ellis, âgé de six ans, avait disparu. Le petit garçon souriait radieusement sur la photo. De belles dents bien droites, de jolis cheveux bouclés. Des joues de bébé arrondissant ses pommettes. Fran serra son buste, ayant soudain besoin de réconfort. Partout dans le monde, des enfants disparaissaient.

Elle se réfugia dans un restaurant mexicain et commanda un thé glacé à une jeune femme aux traits fins, portant un tablier rouge. Puis elle s'installa à une table, loin de la fenêtre et du soleil éblouissant.

— Puis-je vous demander d'où vous venez ? dit la jeune fille en posant le thé sur un dessous de verre en papier. J'adore votre accent.

— Angleterre. Fran sourit. Derbyshire.

— C'est près de Londres ?

— Si on veut.

— Cool.

Fran la regarda s'éloigner et réfléchit à la taille du Royaume-Uni par rapport à l'Amérique et au fait que Londres n'était pas si loin de Derby, quand on y songeait. Mais son regard revint vers la fenêtre et sur l'affiche décolorée. Pourrait-elle faire quelque chose comme ça pour Mary ? Se promener dans Tucson avec des affiches de Mary ou du visage d'Esther ? Cela marcherait-il ? Elle tapota son ongle sur le formica. Peut-être.

Elle engloutit la moitié du thé et sortit son carnet pour commencer à dessiner quelque chose. Elle devait d'abord faire imprimer une photo avant de trouver un endroit où elle pourrait faire des photocopies. Elle devrait laisser son numéro et espérer que quelqu'un l'appelle. Cela signifierait rester en Arizona un peu plus longtemps, mais elle avait acheté un billet modifiable, prévoyant de rester aussi longtemps que nécessaire.

Adrian n'aimerait pas ça. Il voulait qu'elle rentre chez eux, elle le savait. Elle testait sa patience, c'est ça qu'elle faisait. Mais sa décision était prise. Elle paya sa boisson et partit, décidant de faire un tour pour voir si elle pouvait trouver un Walmart ou quelque chose de similaire qui pourrait avoir une machine à imprimer des photos. Elle ne faisait pas attention en quittant le restaurant, la tête baissée sur son sac et elle ne vit pas qu'elle n'était pas seule.

— Vous cherchez le salut éternel ?

Fran s'arrêta net et se retourna. Un homme d'une vingtaine d'années aux cheveux blonds et aux yeux bleus se tenait immobile devant le bâtiment, près d'une volée de marches en pierre. Il était vêtu d'un costume élégant et Fran se dit qu'il devait mourir de chaud dans cette atmosphère étouffante.

— Pardon ? dit-elle.

— Vous cherchez le salut éternel ?

Elle remarqua alors la pile de brochures qu'il tenait. Elle détailla la veste de costume marron, les poils de barbe de son menton, le sérieux un peu fou dans ses yeux.

— Oh. Non merci. Je suis déjà complètement sauvée.

C'était censé être une blague, mais il ne rit pas.

— Vous êtes sûre de ça ? Il fit un pas vers elle. Vous avez l'air perdue.

— Eh bien, c'est parce que je ne suis pas d'ici. Je suis en vacances, dit-elle en espérant se débarrasser de lui.

— À Tucson ? Le coin de ses lèvres se releva. Drôle d'endroit pour venir en vacances. Il lui tendit sa brochure. Je peux vous donner ça ? Il n'y a aucune obligation. Tout ce que je suggère, c'est que vous le lisiez. Nous sommes une association conçue pour aider les personnes qui cherchent davantage dans la vie. Vous pouvez nous contacter si vous voulez en savoir plus. Nous avons un processus d'entretien qui permet de déterminer vos objectifs de vie. C'est une consultation gratuite et il n'y a aucune pression pour adhérer à quoi que ce soit.

Fran n'en avait pas envie, mais elle ressentit qu'il la pressait de prendre le dépliant.

— Merci. Je ne savais pas que fixer des objectifs de vie menait au salut.

Vulnérable

Elle rit légèrement, se détestant de ne pas être partie en jetant ce fichu truc à la poubelle.

— Le salut n'est pas un objectif pour vous ? demanda-t-il.

— Je suppose que non.

Il ouvrit les bras comme si cela répondait à la question.

« Bon, je ferais mieux d'y aller. »

Le jeune homme inclina sa tête blonde.

— Ce serait formidable de vous revoir. J'espère que vous viendrez pour un entretien. Je pense que vous trouverez ce que vous cherchez.

— J'en doute, mais merci, dit Fran, qui commençait à s'énerver. Elle partit en trombe dans la direction opposée, plus agacée contre elle-même d'avoir engagé la conversation avec le type. Ses yeux parcoururent la rue à la recherche d'une poubelle, impatiente de se débarrasser de l'article incriminé.

Et puis elle s'arrêta.

Elle resta immobile. Une femme qui arrivait en face en poussant un landau la cogna avec son sac à main, mais elle le sentit à peine ni n'entendit le claquement de langue mécontent de la femme qui s'éloignait. Rien de tout cela n'avait d'importance, car elle savait.

Elle savait où étaient Mary et Esther.

Chapitre Cinquante-Deux

AUPARAVANT

Le soleil ne s'était pas encore levé et Esther se tenait dans sa chambre, tout habillée. Son cœur battait rapidement dans sa poitrine et, malgré le froid, elle sentait un peu de transpiration se former dans le bas de son dos. Elle se tenait immobile. Avait-elle entendu quelque chose ?

Après avoir attendu un autre battement, Esther décida que personne ne remarquerait si elle sortait de sa chambre sur la pointe des pieds. Elle prit ses chaussures en cuir verni à la main pour descendre l'escalier sur la pointe des pieds, les doigts frôlant légèrement la rampe. L'odeur de l'air frais printanier flottait dans le couloir. Esther se figea en bas des escaliers. Pourquoi la porte d'entrée était-elle ouverte ?

Elle retint sa respiration et ne bougea pas. Elle attendit jusqu'à ce qu'elle entende le bruit du plastique contre le plastique. C'était le couvercle de la poubelle extérieure que l'on ouvrait et fermait. Mary était en train de sortir les poubelles, probablement parce qu'elle avait oublié de le faire la veille au soir. Elle respira lentement et ses muscles se détendirent. Tout ce qu'elle devait faire, c'était être rapide et silencieuse.

Elle enfila ses chaussures devant la porte, sans prendre la peine de les lacer, et sortit en trombe de la maison. Elle courut tout droit, sans savoir où elle allait, mais en sachant qu'elle ne voulait plus être dans cette maison. Elle détestait cet endroit. Elle détestait Elijah et la façon dont il les commandait toutes les deux. Elle détestait Mary et le livre stupide qu'elle lui faisait lire, celui avec les images de Jésus et Moïse. Elle détestait les mots parce qu'ils étaient tous faux. Ce n'étaient pas les mots de *Père*.

Elle allait retrouver son père maintenant. Il lui avait dit qu'il la retrouverait toujours, quoi qu'il arrive. Tout ce qu'elle avait à faire c'était de regarder le ciel nocturne. Il était là, scintillant devant elle, son esprit étant une étoile brillante. Il savait ce qui était juste et ce qui était bon dans ce monde. Il ferait disparaître toutes les sensations bizarres dans son ventre. Toutes ces agaceries qui lui disaient que Mary et Elijah faisaient tout de travers.

Mais Esther ne savait pas non plus où elle allait, et elle avait un peu peur. Lorsqu'elle arriva sur l'espace vert du village, elle s'arrêta près des balançoires et laça ses chaussures. Il faisait sombre partout, mais pas autant qu'en Arizona. Ça n'était pas aussi grand et vide que chez elle. Cet endroit sentait les jonquilles et les gouttes de rosée accrochées aux brins d'herbe verte. C'était différent ici. Elle détestait ça.

Lorsqu'elle entendit des bruits de pas sourds et une respiration haletante et rythmée, Esther serra les poings. Elle pensa à se cacher quelque part, mais elle ne parvint pas à faire bouger ses jambes. Une femme apparut. Elle portait des vêtements moulants et ses cheveux étaient ramenés en arrière par un bandeau. Quand la femme la vit, elle laissa échapper un petit cri et porta la main à sa gorge, s'arrêtant net dans sa course. Esther se sentit comme un fantôme. La femme avait peur d'elle.

— Bonjour, dit la femme en s'approchant. Qu'est-ce que tu fais ici toute seule ?

Esther ne répondit pas. Elle serra ses petits poings.

— Où est ta maman ? Pourquoi tu n'es pas à la maison ?

Elle ne dit rien. Son père lui avait toujours dit de ne faire confiance à personne en dehors de la famille. Cette femme ne faisait pas partie de sa famille et elle ne pouvait pas lui faire confiance.

— Prends ma main, ma puce, tu es en sécurité maintenant, dit la femme en lui parlant comme à un bébé.

Mais elle ne répondit pas. Elle leva les yeux et fronça les sourcils. Et si c'était un démon ? Ceux dont Père disait qu'ils portaient une peau humaine comme vêtements. Non, Esther ne pouvait pas faire confiance à cette femme, même si elle parlait d'une voix douce et tendait doucement la main.

Elles étaient dans une impasse. Esther ne voulait pas parler, et la femme ne pouvait pas la laisser seule. Finalement, lorsque la femme lui demanda son nom, Esther répondit.

— Père va arriver. Il me trouvera ici.

— On peut aller trouver ton père ensemble si tu veux.

Esther regarda avec mépris cette personne qui s'était accroupie à sa hauteur. Cette femme ne comprenait pas qui était Père et à quel point il était meilleur que tous les autres. Elles n'avaient pas besoin de le chercher, car il les observait en ce moment même. Il était là, scintillant dans le ciel, la guidant chaque jour. Il lui manquait plus que tout.

« Comment tu t'appelles ? »

— Esther.

— Où vit ton papa ? On peut aller le chercher maintenant.

— Arizona.

Et dans les étoiles, pensa Esther.

La femme fronça les sourcils et sortit son téléphone de sa poche. C'est pour cela que Père disait de ne faire confiance à personne, parce qu'ils appelaient toujours quelqu'un d'autre. Et qui se présentait alors ? La police. Père disait que c'étaient les pires. Il lui avait toujours dit de ne jamais aller avec un officier de police, mais de s'enfuir aussi vite que possible.

Vulnérable

Mais avant que la femme ne puisse utiliser son téléphone, Esther vit Mary accourir vers elles, en glissant sur l'herbe mouillée. Esther se raidit lorsque Mary se mit à genoux et la serra dans ses bras. Maintenant elle devait retourner dans cette maison. Elle détestait cet endroit. Tout ce qu'elle voulait, c'était retourner dans sa vraie maison. Elle leva le menton et regarda les étoiles pendant que les adultes parlaient. Elle entendit à peine leurs voix, sauf le nom de la femme : Fran.

Chapitre Cinquante-Trois

AUPARAVANT

Leurs bruits traversaient les lattes du plancher jusqu'à Esther, allongée sur son lit. Elle avait pris des notes dans sa bible illustrée sur toutes les choses qui étaient mauvaises selon Père. Mais elle ne pouvait pas se concentrer, car Elijah et Mary se disputaient en bas. Encore. Ils n'avaient pas cessé de se disputer depuis qu'ils avaient emménagé à Leacroft. Esther posa son stylo et décida de se faufiler sur le palier pour les écouter un moment. Elle voulait savoir ce qu'ils disaient, et surtout s'ils parlaient d'elle.

Elle se glissa hors de sa chambre, pieds nus. Il était plus de vingt-deux heures et elle était en chemise de nuit. Mary avait tressé ses cheveux pour qu'ils tombent sur une épaule. Elle s'agenouilla près de la rampe et écouta.

— Tu es aveugle, Mary, dit Elijah. Les gens comme nous ne peuvent pas être amis avec des gens comme eux. Si tu étais plus âgée, tu comprendrais. Esther pouvait l'imaginer en train de secouer la tête pendant qu'il parlait. Il le faisait souvent quand il lui faisait la morale.

— Comprendre quoi ? répondit Mary.

— Qu'elle n'est pas l'amie que tu veux avoir.

— Pourquoi ?

— Ce n'est pas convenable, Mary. Allez, sers-toi de ta tête. Tu le sais. Tu es allée à sa ridicule répétition de chorale et tu as vu ce que les gens d'ici pensent de nous.

— Mais tu as accepté le dîner...

— Je pensais que tu verrais. Je pensais que tu te réveillerais.

— Ils t'ont plu, dit Mary.

— Et alors ? On peut apprécier la compagnie de quelqu'un pendant une heure, mais comprendre quand quelque chose doit se terminer. Tout cela n'est que folie, tu es juste trop jeune pour comprendre, c'est tout.

Esther entendit les pas d'Elijah qui se déplaçait dans la pièce. Et avec ses mouvements, sa voix s'éloigna. Elle ne put distinguer ses paroles après cela, mais elle entendit un choc et un grognement. Puis tout devint silencieux.

Ces dernières semaines, Mary s'était davantage liée d'amitié avec Fran et elles s'étaient retrouvées au café et dans la grande maison qu'Esther détestait. Elle n'aimait pas Fran. Fran était une étrangère et Esther savait que Père n'approuverait pas. Une part d'elle-même détestait Mary pour l'avoir obligée à passer du temps avec cette Anglaise. Mais Esther n'avait pas son mot à dire, car elle était une enfant. Elle détestait être une enfant. Elle voulait être adulte.

Elle se leva et retourna dans sa chambre. Elle ouvrit les rideaux et regarda l'obscurité dehors. Leacroft était calme, mais jamais aussi silencieux que chez elle, en Arizona. Il y avait toujours quelqu'un qui promenait son chien ou faisait son jogging. Il y avait toujours des lampadaires allumés le long des rues étroites et des voitures garées. Et ce soir, il y avait trop de nuages dans le ciel pour voir les étoiles et elle n'aimait pas ça. Elle détestait ça.

Elle pourrait peut-être s'enfuir. Pour de vrai cette fois. Elle s'assit sur son lit et y réfléchit un moment. Les petites filles comme elle ne voyageaient pas seules et Esther savait qu'elle ne pourrait pas aller d'Angleterre en Arizona à pied. Mais peut-être qu'elle pourrait s'enfuir et grandir dans un endroit caché, puis retrouver son chemin. Elle se leva. C'était ça, elle pouvait disparaître et vivre seule, loin des sermons d'Elijah et des larmes de Mary. Elle pourrait vivre dans les bois jusqu'à ce qu'elle soit assez grande pour prendre l'avion sans que les gens appellent la police. Père disait toujours que les enfants étaient plus proches de Dieu quand ils étaient dans la nature. Il disait que tout le monde devait apprendre à survivre dans la nature, sinon on ne valait pas un clou.

Esther décida alors qu'elle serait la fille qui irait vivre dans la nature, comme les gens le faisaient il y a des milliers d'années. C'est ce que Père disait, en tout cas, que les enfants n'avaient pas le droit de jouer avec des jouets ou de courir partout sans but précis. C'était le genre d'oisiveté qui laissait entrer le diable, qui ravageait l'âme et ruinait toute chance de salut. Les enfants comme Esther avaient pris un bon départ dans la vie parce qu'ils avaient appris à travailler. Ils avaient appris à survivre. Imaginez l'histoire qu'elle pourrait raconter à Père si elle rentrait chez elle après avoir vécu dans le désert pendant des années sans la moindre surveillance d'un adulte. Elle l'imagina. Elle vit son sourire bienveillant et fier pendant qu'elle racontait son histoire.

Esther se changea rapidement pour mettre sa robe et se dépêcha de retourner sur le palier, oubliant presque de ne pas faire de bruit. Elle s'apprêtait à descendre les escaliers sur la pointe des pieds lorsqu'elle vit Mary sortir du salon, essuyant quelques larmes sur ses joues. Esther retint son souffle, regarda Mary prendre ses clés sur la tablette du porte-manteau familial et sortir de son champ visuel. Esther ne pouvait pas la voir de cet angle, mais elle entendit Mary enfiler son châle et ses chaussures. Elle sortait. La porte d'entrée s'ouvrit et se referma.

Dans le salon, Elijah était silencieux. Pour une raison quelconque, il ne suivit pas du tout Mary dehors, il allait rester là. Le cœur d'Esther battait la

Vulnérable

chamade, car elle sentait que quelque chose allait se passer. Elle ne savait pas quoi, mais elle savait que ce serait important, peut-être même dangereux. Une part d'elle-même voulait retourner au lit et éteindre les lumières, mais elle ne le fit pas. Elle descendit les escaliers à pas de loup, s'approcha de la porte du salon et retint sa respiration en tendant l'oreille. L'oreille collée contre la porte, elle entendit les ronflements d'Elijah. Il s'était déjà endormi.

Comme Mary, elle alla dans le couloir, prit son manteau sur la patère et enfila ses baskets en toile. Puis elle se glissa par la porte dans l'obscurité.

Chapitre Cinquante-Quatre

AUPARAVANT

Devant elle, les baskets de Mary faisaient des bruits de frottement sur le macadam. Esther commença à courir pour essayer de rattraper sa mère. Mais elle entendit ses propres chaussures faire le même bruit et décida qu'elle ne voulait pas être vue. Elle se rendit compte que si Mary se retournait et la voyait, elle devrait retourner dans cette maison, et tous ses rêves d'évasion s'envoleraient. Elle marcha sur l'herbe près de la route pour étouffer le bruit de ses petits pieds.

Tout autour d'elle était sombre et silencieux. Elle vit quelques personnes se déplacer à l'intérieur de leur maison, des poupées dans une maison de poupées. La lueur jaune des lampes de chevet et des luminaires se répandait dans leur jardin. Au loin, quelqu'un promenait son chien dans le parc, mais il ne l'avait pas vue. Esther jeta un coup d'œil devant elle pour vérifier si Mary était toujours là. C'était le cas. Elle envisagea brièvement de ne pas la suivre du tout, car ce serait l'occasion idéale pour Esther de s'enfuir sans que Mary s'en aperçoive. Mais une idée lui vint à l'esprit. Et si Mary allait voir Père ? Mary ne quittait jamais la maison aussi tard dans la nuit. Il devait y avoir une raison à cela. Et si Esther partait et manquait sa chance de le revoir ?

Devant elle, tout juste visible sous les lampadaires, Mary quitta la route et se dirigea vers le bois qui longeait le village. Bien sûr, Père voulait rencontrer Mary dans un endroit comme ça. Il aimait les endroits sauvages. En Arizona, il montait tous les jours à cheval dans les montagnes et passait des heures à méditer en haut des pentes poussiéreuses. Elle pensa aux petits-déjeuners au ranch, où la famille était assise sur de longues tables, attendant de savoir qui Père allait emmener avec lui. Mary avait dit à Esther que Père la choisissait souvent pour y aller. C'est ainsi qu'Esther avait été conçue. Ils étaient montés sur la montagne, ils avaient médité ensemble et

Mary était revenue au ranch avec Esther dans son ventre. Père lui avait fait un cadeau.

La densité des maisons diminua jusqu'à ce qu'elles soient complètement éloignées de la route. Le rythme cardiaque d'Esther s'accéléra lorsqu'elle franchit l'orée du bois. Il n'y avait pas de lampadaires ici et Esther commençait à avoir peur de tomber. Ses pieds trébuchaient sur des pierres. De minces bandes de lumière provenant de la lune révélaient l'étroit chemin qui serpentait à travers les arbres, mais elles ne lui montraient pas toujours les pierres qui se détachaient sous ses pieds. Au loin, elle pouvait à peine voir sa mère, mais chaque fois que Mary s'écartait du chemin, Esther était prise de panique et sa poitrine se serrait. Pendant une fraction de seconde, elle pensa être seule, mais ensuite elle se ressaisit et vit la silhouette pâle de Mary au loin. Elle était heureuse que Mary ait décidé de porter le châle de laine crème qui lui servait de manteau les nuits d'été. Au moins, cela contrastait avec l'obscurité.

Un peu plus loin, Esther sentit que Mary ralentissait. À un moment donné, elle s'arrêta et resta immobile, en regardant au loin comme si elle attendait quelqu'un. Esther dut se cacher derrière un arbre pour être sûre de ne pas être vue. Elle jeta un coup d'œil à travers les branches, les yeux à présent adaptés à l'obscurité, et vit Mary sortir un téléphone portable de sa poche. Regardait-elle un message de Père ?

Esther s'accrocha au tronc de l'arbre, attendant encore et encore que quelque chose se passe. Père allait-il sortir de l'ombre ? Ou Mary était-elle ici pour rencontrer quelqu'un d'autre ?

Quelques instants plus tard, elle rangea son téléphone et s'engagea sur un chemin étroit. Esther la suivit, les jambes tremblantes. Elle se dirigea en trébuchant vers une pente raide, les épines du sous-bois s'accrochant à ses chaussettes et à ses jambes. Elle grimaça en sentant les griffures avant de se rappeler qu'elle devait être courageuse. C'était un test, et elle pouvait le réussir ou échouer. Père n'aimait pas les enfants qui avaient peur.

Mary s'aventurait dans les fourrés les plus profonds et les plus sombres de la forêt et Esther paniqua, craignant de la perdre totalement de vue. Elle se força à se dépêcher, ignorant les fouettements des fines branches contre ses bras et ses épaules. Elle s'éloigna du chemin et courut comme une folle dans les bois. Son cœur battait à tout rompre. Elle était plutôt mûre et sûre d'elle pour son âge mais, à cet instant, elle ne s'était jamais sentie autant comme une petite fille idiote qui a besoin de sa mère. Un cri restait logé dans sa gorge. Le cri d'une enfant de sept ans, perdue dans les bois la nuit, mais elle avait perdu sa voix dans la panique. Elle n'essayait plus de se cacher de Mary, et courut aussi vite qu'elle le pouvait. Mais celle-ci n'était plus en vue. Il n'y avait rien d'autre que les arbres serrés et les pierres sous ses pieds.

Des larmes silencieuses coulèrent sur son visage. Elle essaya à nouveau de crier, mais sa voix était rauque et sa gorge en feu. Un gémissement pathétique en émergea et mourut sur ses lèvres. Au loin, elle crut entendre une voix d'homme, élevée, comme pour gronder Mary, et Esther essaya de toutes ses forces de crier le mot *Père*. Mais alors qu'elle s'efforçait de reprendre son souffle pour l'appeler, elle glissa le long d'un talus. Elle

Vulnérable

heurta le sol de plein fouet, se cognant la tête contre un rocher, puis elle dégringola encore et encore jusqu'à ce qu'il n'y ait plus que l'obscurité autour d'elle.

Alors qu'elle perdait connaissance, Esther se demanda si elle avait entendu Père venir. Elle pensa que non.

Chapitre Cinquante-Cinq

AUPARAVANT

Esther ouvrit les yeux sur une lumière vive et le regard larmoyant de Mary. Elle avait soif et elle attrapa le gobelet en plastique posé sur la table à côté de son lit. Elle avait l'esprit assez confus, et elle prit lentement conscience de ce qui l'entourait, des néons clignotants aux draps rigides qui recouvraient son corps, en passant par les portes battantes qui menaient à la chambre.

— Esther ? Esther, est-ce que ça va ?

La chaise racla le sol en lino lorsque Mary se leva. Elle tendit le verre d'eau à Esther, le guidant jusqu'à ses lèvres. Le liquide à température ambiante suffit à apaiser la gorge sèche d'Esther et à la ramener à la réalité. Ses souvenirs lui revenaient par flashes. Mary et Elijah se disputant dans le salon, puis Mary quittant la maison tard dans la nuit. Sa course à travers les bois. Sa chute violente contre un rocher. Elle se rappelait avoir été allongée dans la boue, à moitié consciente, pendant des heures, imaginant le son d'une voix d'homme. La voix de Père. Il lui disait de rester tranquille, et qu'il reviendrait bientôt la chercher. Il lui disait d'être une gentille fille.

— Je suis tellement désolée, ma chérie, dit Mary, en caressant les cheveux d'Esther. Pour tout.

Ses mots ne signifiaient rien pour Esther. Tout ce qu'elle voulait, c'était la vérité. À l'extérieur de la chambre, elle sentait l'agitation de l'hôpital et se demanda où était Elijah. Elle cligna des yeux, but une gorgée d'eau et retint ses larmes.

— Où est Père, maman ? dit Esther.

Mary réagit de la même manière qu'à chaque fois qu'Esther parlait de Père. Elle se contracta et grimaça. Puis elle jeta un regard vers la porte et ses épaules s'affaissèrent.

— Tu sais où il se trouve. Il est en Arizona.

— Au ranch ?

— Oui.

— Alors à qui tu parlais dans les bois ?
Elle fronça les sourcils, perplexe.
— À personne, ma puce.
— Pourquoi tu es allée dans les bois ?
Mary soupira, releva la tête et balaya ses larmes.
— J'allais retrouver Fran. Je pensais qu'elle pourrait peut-être m'aider. J'étais triste parce que je m'étais disputée avec papa. Mais elle n'est pas venue.
Esther réfléchit un instant. Est-ce qu'elle mentait ?
— Alors Père n'était pas là ? Mais je l'ai entendu pourtant. Ses souvenirs s'embrouillaient. Alors qu'elle était à peine consciente dans la boue, elle avait entendu Père lui parler, et c'est pourquoi elle l'avait imaginé là avec Mary. C'était un tour de passe-passe dans son esprit.
Les mots de Mary sortirent lentement et sa voix tremblait lorsqu'elle répondit.
— Je suis désolée que tu m'aies suivie et que tu aies été blessée. Je ne savais pas que tu étais là. Elle caressa de nouveau les cheveux d'Esther. Je pensais que tu étais bien au chaud dans ton lit, comme une bonne petite fille.
Esther commença à pleurer.
— Je vais avoir des ennuis ?
Mary déposa un baiser sur son front.
— Non, ma chérie, tu n'en auras pas. Mais... elle jeta à nouveau un coup d'œil vers la porte. Mais tu dois promettre de ne dire à personne que tu m'as vue dans les bois. D'accord ?
— Pourquoi ?
— Parce qu'ils m'accuseront de t'avoir fait du mal, voilà pourquoi. Maintenant Mary commençait à pleurer. Ils m'insulteront. Ils diront que je suis une mauvaise mère et que je ne te mérite pas. Ils ne m'aiment pas ici, c'est évident. Elle balaya avec colère les larmes sur ses joues. Peut-être qu'ils essaieront de t'éloigner de moi et tu n'aimerais pas ça, n'est-ce pas ?
Esther hésita, mais elle secoua la tête.
« Je te jure que je ne t'ai pas vue dans les bois, Esther. Je te le jure. Tu sais que je t'aurais ramenée à la maison, n'est-ce pas ? Tu sais que je prendrai toujours soin de toi. Je t'aime plus que tout. Tu es ma fille. Ma fille. Tu le sais, n'est-ce pas ? »
Esther hocha la tête. Mary aimait beaucoup dire des choses comme ça et à chaque fois l'intensité qu'elle y mettait était effrayante.
« Tu es ma petite fille chérie. Elle embrassa à nouveau son front. Je suis tellement désolée de ne pas t'avoir vue. Je suis tellement désolée que tu aies été blessée. Des pas de plus en plus fort s'approchèrent de la chambre. Mary attrapa la main d'Esther. S'il te plaît, ne dis pas à papa que tu m'as vue dans les bois. Il serait en colère contre moi. »
Avant qu'Esther ne puisse répondre, la porte s'ouvrit et Elijah entra. Mary leva les yeux au ciel avec anxiété, mais Esther fronça simplement les sourcils.
Elijah écarquilla les yeux. Son visage s'éclaira d'un large sourire.
— Elle est réveillée ! Il se précipita vers le lit et embrassa Esther sur la

joue. Merci Seigneur. Il serra Mary dans ses bras, ne semblant pas se soucier de la tension qui régnait dans la pièce.

Esther le regarda avec dédain. Elle pouvait accepter la requête de Mary de ne rien dire à propos des bois, mais elle ne croirait jamais qu'Elijah était son papa, ou qu'il se souciait d'elle. Non, elle n'avait qu'un seul Père, et elle avait l'intention de rentrer chez lui.

Chapitre Cinquante-Six

MAINTENANT

Fran se dépêcha de retourner au poste de police, le dépliant serré entre ses doigts moites. Cela devait être un spectacle étrange pour les habitants de Tucson, une femme stressée portant des Birkenstocks et un chapeau de paille mal ajusté qui dévalait le trottoir, le visage dégoulinant de sueur. Une fois qu'elle avait eu sa révélation, elle était retournée vers le jeune homme en costume pour lui poser quelques questions, mais il avait déjà commencé à s'éloigner. Elle avait couru après lui en brandissant le tract, mais il avait tourné au coin de la rue et avait disparu dans un magasin ou un restaurant. Elle s'arrêta pour reprendre son souffle avant de remarquer une adresse imprimée sur le prospectus. C'était peut-être suffisant. Elle fit demi-tour en direction du poste de police, passant à toute vitesse devant la galerie d'art, courant sur le macadam chaud.

Elle entra dans le bâtiment, enleva son chapeau pour laisser l'air conditionné rafraîchir son cuir chevelu humide. Alors qu'elle faisait la queue derrière un homme portant un large chapeau de cow-boy et une femme en short en jean, elle examina la photo sur le dépliant. Des visages jeunes et séduisants lui souriaient, serrés les uns contre les autres sous un ciel sans nuage. Elle savait que ce n'étaient pas les vrais membres de l'organisation. C'étaient des mannequins. C'était une image soigneusement fabriquée pour procurer une certaine image de réconfort. *Trouvez le salut dans l'amour* en était le slogan.

L'agent de l'accueil s'éclaircit la gorge et Fran comprit que c'était son tour. Elle demanda l'inspecteur Woodson.

— Il vient de quitter le poste. Il avait une affaire à régler en dehors de la ville. Vous voulez lui laisser un message ?

— Pouvez-vous lui dire que Fran Cole est venue le voir ? Et pourriez-vous lui dire que c'est à propos de... de... Fran jeta un coup d'œil au dépliant. *Les Enfants de James*.

L'officier leva les yeux au ciel.

— Qu'est-ce que ces cinglés ont encore fait ? L'un d'eux vous a volé quelque chose ?

— Non, rien de ce genre. Sont-ils connus pour être des perturbateurs dans le coin ?

Elle leva les sourcils.

— Ils ne l'étaient pas avant. Ils avaient tendance à rester entre eux, mais dernièrement... oui.

— Pourquoi dernièrement ?

— J'ai entendu quelques trucs, dit l'officier de police. Des rumeurs par-ci par-là. Il paraît qu'ils ont eu des moments difficiles et qu'un groupe d'entre eux est venu en ville pour voler à l'étalage, faire les pickpockets et ainsi de suite. On reçoit une tonne d'appels à leur sujet. Vous avez vérifié le contenu de votre sac à main ? Parce que vous feriez mieux de le faire.

Fran jeta un coup d'œil à son sac pendant un instant, distraite par cette nouvelle information. Elle se dit qu'elle devait se concentrer.

— Merci, je le ferai. Alors, ça fait un moment qu'ils sont là ?

— Pour autant que je sache, ils sont venus d'un autre État dans les années 90. Les gens n'étaient pas très heureux de les avoir ici et il y a eu quelques protestations, mais ils sont restés, et pour être honnête, ils ont évité les problèmes et semblaient plutôt inoffensifs. Il n'y avait que des courtiers de Wall Street et des cadres de la publicité ici à l'époque. Pourquoi il faut toujours qu'il y ait des nerveux qui fassent une dépression et partent dans le désert pour méditer et manger du chou frisé ? Ils peuvent faire tous les trucs bizarres qu'ils veulent au ranch, et on les laisse tranquilles sauf s'ils causent des problèmes.

— Comment se fait-il qu'ils aient connu des temps difficiles ?

Elle haussa les épaules.

— Il faut leur demander. Je suppose que de nos jours les gens riches ne sont plus aussi intéressés par les sectes qu'ils l'étaient dans les années 80 et 90. Le monde a changé. Les gens ont réalisé qu'ils n'allaient pas trouver Dieu en donnant leur argent à des escrocs. Pourquoi vous vouliez parler à l'inspecteur, de toute façon, chérie ?

Fran sortit son téléphone et montra à l'officier la photo de Mary et Esther.

— Je viens de signaler la disparition de ces deux filles. Mais maintenant je pense qu'elles pourraient faire partie de la secte.

— Est-ce qu'elles s'habillent comme les pionniers qui partaient vers les colonies de l'Ouest ?

— Oui ! dit Fran.

— Alors, c'est là qu'elles sont !

Chapitre Cinquante-Sept

AUPARAVANT

Esther était plus heureuse qu'elle ne l'avait été depuis des mois. C'était une journée ensoleillée, et l'air était chaud, mais pas aussi chaud et sec qu'en Arizona. Elle était assise sur la banquette arrière de leur voiture de location, vitre baissée, attendant que Mary et Elijah mettent les dernières valises dans le coffre. Elijah leur avait annoncé peu après avoir trouvé des graffitis peints à la bombe sur la porte de leur maison.

— Assez, c'est assez. Nous partons, avait-il dit, en fixant les lettres peintes. Il est temps de retourner là où est notre place, et tu sais ce que cela signifie, Mary. Tu sais qu'on s'est fait des illusions en essayant de vivre ici, loin de la famille.

C'était du pain béni pour elle. Elle ne pouvait même pas exprimer la quantité de haine qu'elle avait pour Leacroft. Elle avait même pris Elijah dans ses bras pour le remercier, ce qu'elle n'avait jamais fait auparavant.

Elijah était parti peu après l'annonce de leur départ, ignorant les supplications de Mary.

— Je vais me débarrasser de la voiture, dit-il. Nous avons besoin de l'argent. Il y a un concessionnaire à proximité et nous pouvons la vendre rapidement là-bas. Mais je prends ton passeport, Mary. Ne te fais pas d'illusions. Il l'avait attrapée à la gorge. Si tu t'enfuis, je te retrouverai. Elle avait commencé à pleurer dès qu'il était parti à toute vitesse, et depuis elle n'avait pas arrêté. Ses sanglots filtraient à travers les lattes du plancher pendant qu'Esther faisait sa valise.

Elle essaya d'ignorer les sanglots de sa mère en pliant ses vêtements. Elle était méthodique, s'assurant de se souvenir de chaque élément. La robe jaune avec les nœuds était sur le dessus de la pile. Mais il y avait une chose qu'elle ne voulait pas emporter, c'était ce livre stupide qui n'avait aucun sens. Non, elle le laissait à Leacroft.

Une fois que Mary s'était ressaisie et qu'Elijah était revenu avec la voiture de location, elle avait insisté pour qu'Esther attende dans la voiture pendant qu'elle triait le reste de ses affaires. En fait, elle lui avait pris sa petite valise des mains. Elle faisait tout avec les yeux humides et ses cheveux sales pendaient mollement autour de son visage délicat. Quand elle parlait, ce qui n'était pas souvent le cas, elle reniflait fortement après chaque phrase. Mais Esther ne comprenait pas pourquoi elle était si bouleversée. Mary ne voulait-elle pas rentrer chez elle ? Ne voulait-elle pas revoir Père ? Cela n'avait aucun sens pour elle. Ils avaient été heureux au ranch. Ils formaient une famille.

Il ne fallut pas longtemps pour remplir la voiture de location, et bientôt ils quittèrent l'allée et traversèrent le village. Esther regarda les minuscules maisons, les visages pâles et les cheveux argentés des habitants, le carré d'herbe verte avec la pathétique aire de jeux, les feux de signalisation et le magasin du coin, puis ils quittèrent cet endroit. Elle s'appuya contre la banquette alors qu'ils s'engageaient sur une autoroute, et commença à imaginer que ses doigts étaient une hache, coupant en deux tout ce qui défilait devant ses yeux. Lorsqu'elle expirait, c'était comme si elle se débarrassait de Leacroft et de tout ce qu'il représentait : le pire sentiment pour une enfant, celui du contrôle, de la restriction et de l'immobilité totale. Bientôt, tout cela disparaîtrait.

À un moment donné, Esther s'endormit, la tête appuyée contre le cuir. Elle se réveilla avec la bouche sèche. Autour d'elle, des bruits de moteurs de voiture dans un espace clos. Sa portière était ouverte, et Mary était en train de détacher sa ceinture de sécurité. Elle se frotta les yeux et vit Elijah empiler des valises sur un chariot.

— Allez, Essie, réveille-toi maintenant, dit Mary. Il faut qu'on marche jusqu'au terminal.

Esther sortit du véhicule, étirant ses muscles endoloris en refermant la portière derrière elle. Ils étaient dans un parking bruyant. Chaque crissement de pneu ou bruit de moteur rebondissait d'un mur de béton à l'autre. Mary lui prit la main et elles avancèrent vers le bâtiment principal, évitant les taxis et les camionnettes qui passaient en grondant. Pour la première fois, Esther était nerveuse. Les regards des autres personnes ne l'aidaient pas. C'était une chose à laquelle elle essayait de s'habituer, mais qu'elle n'y arrivait pas. Parfois, elle ne comprenait pas du tout les adultes. Mary avait essayé de lui expliquer que leur famille s'habillait un peu différemment et que les autres avaient tendance à remarquer leur apparence. Elle lui avait expliqué que, parfois, « différent » signifiait « effrayant » pour les personnes qui ne voulaient pas apprendre à connaître ceux qui n'étaient pas comme eux. Puis elle avait dit à Esther que Père était l'une de ces personnes. Il ne permettait pas le changement. Il ne permettait pas que quelqu'un de différent fasse partie de leur famille, et elle avait décidé que Mary n'était pas la meilleure personne à écouter après tout.

Ils marchèrent pendant ce qui leur sembla être un long moment, avant de s'asseoir sur des bancs en métal dans une salle surpeuplée, mais immense. Il y avait constamment des *ding dong* comme des sonnettes bruyantes et des voix métalliques parlaient dans différentes langues dans les haut-parleurs. Après être restés assis pendant des heures, ils étaient

Vulnérable

restés debout à faire la queue pendant un moment avant de finalement montrer leurs passeports et leurs billets. Elijah souriait et riait avec tous ceux qu'il rencontrait. Il n'arrêtait pas de mettre son bras sur l'épaule d'Esther et de la montrer comme si elle était une poupée, un trophée ou un spécimen de laboratoire. Même Mary faisait un effort pour sourire de temps en temps, hochant la tête lorsqu'une hôtesse de l'air se penchait sur Esther et la qualifiait de « mignonne ».

Mais Mary n'était pas détendue comme Elijah, elle était tendue et silencieuse. Ses yeux s'attardèrent sur les passeports qu'Elijah fit passer aux hôtesses de l'air et aux agents de sécurité. Esther la regardait, se demandant ce qu'elle pensait. Puis elle abandonna, décidant que sa mère était bizarre de ne pas être heureuse de retourner en Arizona.

Finalement, ils montèrent dans l'avion. Après avoir encore fait la queue, attendu, respiré les odeurs des autres, ils trouvèrent leurs sièges et s'y installèrent.

— Ça va être un long voyage, les filles, dit Elijah. Ce n'est que le début.

Mary fit tomber ses longs cheveux sur son visage comme un bouclier. Esther supposa que c'était pour que les autres ne remarquent pas ses pleurs. Mais Esther les vit quand même.

« Ne t'inquiète pas, chérie. » Elijah tapota le dos de la main de Mary. « Tout va bien se passer. Le Père James nous accueillera à nouveau, tu le sais. »

Esther décida que c'était l'une des seules choses sensées qu'Elijah ait jamais dites.

« Nous avons perdu notre chemin pendant un certain temps, poursuivit Elijah. Mais nous allons revenir à lui maintenant et tout sera pardonné. Il t'aime. »

— C'est bien de ça que j'ai peur, dit Mary.

— Allons, ma chérie, dit Elijah. Je sais que tu es bouleversée, mais tu sais aussi que nous devions partir, n'est-ce pas ? Tu le sais, n'est-ce pas ? Avec les gens dans ce village et le Jugement dernier qui approche... Elijah secoua la tête. Il baissa légèrement la voix. Nous devons y aller. Nous devons être là avec eux pour le Jugement dernier.

Mary renifla et s'essuya le nez avec le dessus de sa main alors qu'Esther hochait la tête. Elle était d'accord avec Elijah, pour une fois. Ils devaient être de retour au ranch pour le Jugement dernier. Comment trouveraient-ils le salut éternel sinon ? C'était ce que Père James leur avait promis et bientôt ils le recevraient. Elle sourit intérieurement tandis que l'avion roulait sur le tarmac.

Chapitre Cinquante-Huit

MAINTENANT

Fran faisait les cent pas dans sa chambre d'hôtel, l'ongle de son pouce coincé entre ses dents de devant. Elle était fatiguée et affamée, et sa peau picotait à cause de la chaleur de la journée. Elle avait commencé à chercher des informations sur la secte des *Enfants de James*. Une part d'elle-même voulait aller directement à l'adresse indiquée sur le tract et exiger qu'ils libèrent Mary et Esther. Mais elle devait faire ça intelligemment.

Elle appela le service d'étage pour commander quelque chose, tira les rideaux pour cacher le soleil et régla l'air conditionné au maximum. Tout en marchant de long en large, elle se reprochait mentalement de ne pas avoir repéré les indices plus tôt. Les vêtements. La méfiance. Le comportement étrange d'Esther.

Fran ouvrit la brochure, commença à y lire les informations et fut surprise. Pas une seule fois la religion n'était mentionnée, et la plupart des références aux *Enfants de James* avaient été reléguées à la dernière page, tapées dans une police beaucoup plus petite de sorte qu'elles étaient à peine perceptibles. Non, le document se concentrait sur leur processus de sélection moderne et hautement scientifique pour aider les « clients » potentiels à réaliser leur objectif de salut. Sur la page suivante, on pouvait voir des images d'un soleil couchant derrière des dépendances et, au premier plan, un homme portant des lunettes de soleil et montant un cheval. Les mots parlaient de renouer avec la nature et de se débarrasser du stress de la vie moderne. Il était question d'agriculture, de travail physique et d'apprentissage de la méditation.

Qui était James ? Il y avait peu d'informations sur lui dans le prospectus. Fran ouvrit son ordinateur portable et fit une recherche sur « Secte-Enfants-James ». Elle obtint de nombreux résultats, dont un podcast qui leur était consacré. Elle commençait à cliquer sur les résultats quand son hamburger arriva.

Se réinstallant sur le lit, Fran trempa une frite dans le ketchup et fit défiler les pages d'informations. La plupart d'entre elles étaient simplement factuelles. La secte avait été fondée en 1985 par Roger Devon, qui, apparemment, l'avait initialement appelée *Corps et âme*. Cependant, il avait ensuite changé son nom en Père James et la secte avait essentiellement tourné autour de lui. *Les Enfants de James*. Cela ressemblait à un mouvement narcissique classique. Ils avaient commencé par une petite communauté dans le Nebraska avant de déménager dans un ranch tentaculaire à Tucson à la fin des années 90. Avant de s'installer à Tucson, il y avait deux endroits censés faire partie de la secte, l'autre ayant été mis en place par l'un des sbires de Devon – sans nom dans l'article – dans le Colorado. Il semblait que finalement, la communauté du Colorado ait été dissoute, certains membres étant partis, d'autres ayant déménagé à Tucson.

Fran prit une bouchée de son hamburger. Cette organisation ne lui semblait pas inoffensive. Aucun ex-membre n'avait donné d'interview sur son expérience dans la « famille » de James, un nom qui rappelait étrangement la famille de Charles Manson. Plus Fran lisait, plus il semblait que les ex-membres avaient trop peur de raconter leur histoire. C'était une petite secte, certes, mais elle avait une certaine notoriété en ligne. Elle était connue pour être très soudée et isolée du reste du monde. On pensait que le Père James avait un groupe de gardes du corps pour le protéger de ses ennemis – qu'ils appelaient « les égouts » – et peu de gens quittaient la secte après l'avoir rejointe.

Il restait la moitié de son hamburger dans son assiette, mais elle n'avait aucune envie de le manger. Elle était nerveuse maintenant. À en juger par les quelques documentaires qu'elle avait vus sur les sectes des années 70, il était difficile d'en faire sortir une personne endoctrinée.

Alors qu'elle réfléchissait à ce qu'elle allait faire, son téléphone sonna. Fran déverrouilla l'écran et sourit. Adrian lui avait envoyé une photo du jardin. Il y avait encore du soleil. Les fuchsias étaient en pleine floraison, se balançant joliment au-dessus de la clôture du jardin. Elle soupira, car elle aurait aimé être à la maison. Mais en même temps, elle devait admettre qu'elle aimait ce qu'elle faisait. Elle enquêtait pour la première fois depuis de nombreuses années et c'était une enquête sérieuse sur un sujet qui comptait. En examinant ses notes, elle se rendit compte qu'elles n'étaient pas toutes utiles pour Mary et Esther. Certaines d'entre elles concernaient davantage la secte elle-même. Pourrait-elle écrire un article sur ce sujet une fois qu'elle aurait réussi à faire sortir les Whitaker de la secte ? Elle le voulait, elle en était sûre.

Elle envoya un smiley à Adrian, avant de retourner à son ordinateur portable où elle tapa l'adresse du site web de la secte. C'était exactement ce à quoi elle s'attendait : un design élégant avec des couleurs vives et des logos. On avait pris le temps de faire en sorte que cette organisation paraisse légitime. Le surnom *Enfants de James* était utilisé avec parcimonie. Ils avaient appris à atténuer leurs excentricités avec le temps. Les années soixante-dix et quatre-vingt avaient été propices à l'esthétique hippie, mais les nouvelles générations ne s'en contentaient pas.

Vulnérable

Sur le dépliant, Fran trouva des instructions sur la façon de participer à un test de personnalité qui l'aiderait à « optimiser » ses chances de salut. Elle suivit les instructions et se retrouva à prendre rendez-vous avec un responsable de la clientèle pour discuter de ses possibilités. Le rendez-vous fut fixé au lendemain dans le centre-ville de Tucson.

Chapitre Cinquante-Neuf

AUPARAVANT

Lorsqu'ils atterrirent à Tucson, Esther regarda Mary courir aux toilettes comme si elle allait être malade. Elijah l'ignora. Il prit la main d'Esther et les accompagna vers la zone de récupération des bagages.

— ça va aller, dit-il. C'est la chaleur, c'est tout. C'est un grand changement par rapport à l'Angleterre et elle a besoin d'un moment pour s'adapter.

— On va directement voir la famille ? demanda Esther. Elle était impatiente de les voir. C'est là que se trouvaient ses amis. Paul, Grace et Delilah. On pourra prendre du chocolat sur la route ?

— Bien sûr, ma puce. Il lâcha sa main alors qu'ils approchaient des tapis de bagages.

— Père James sera là ?

— Oui, il sera là.

— Le jugement dernier aura lieu bientôt ?

—Père pense que c'est vers la fin du mois. Elijah s'accroupit pour qu'ils soient à la même hauteur. Il jeta un coup d'œil autour de lui. Écoute, c'est probablement mieux de ne pas parler de ça en public. Cela pourrait rendre les autres personnes nerveuses.

Esther hocha solennellement la tête. Elle n'aimait pas Elijah, mais il avait raison sur ce point. Elle le regarda se pencher sur le tapis roulant et retirer une de leurs valises. Mary revint des toilettes en cachant son visage avec ses cheveux. Elle fit descendre ses manches jusqu'à ses doigts et elle regarda autour d'elle. Quand elle sourit à Esther, elle le fit tristement.

« Nous sommes tous prêts ? » demanda Elijah à Mary, le menton incliné vers le bas. Esther observa les deux adultes interagir. La façon dont Mary bougeait la tête si rapidement, comme si elle avait peur, et le regard étrange qu'Elijah lui lançait. Même si elle n'était qu'une enfant, elle sentait que quelque chose qu'elle ne comprenait pas complètement était en train de se passer.

Mais Mary avait juste besoin de se calmer. Tout irait bien une fois qu'ils auraient atteint le ranch.

Elijah retira le reste des valises du tapis et les empila sur un chariot. Il laissa même Esther s'asseoir dessus pendant qu'il le faisait rouler dans l'aéroport. Comme promis, ils s'arrêtèrent pour acheter quelques barres chocolatées à la boutique de souvenirs. Grace adorait le chocolat Hershey's. Une image de son visage plein de taches de rousseur vint à l'esprit d'Esther. Elle commença à se remémorer beaucoup de choses du ranch. Penser à la routine qui y régnait la rassurait. Il y avait les prières au lever du soleil, suivies du pain et du porridge faits maison pour le petit-déjeuner, avant que les enfants n'apportent le linge aux machines. Ensuite, elle et les autres enfants devaient arroser le potager et s'en occuper. Après cela, ils travaillaient jusqu'au coucher du soleil. Ils balayaient les sols, dépoussiéraient la ferme, aidaient à la cuisine ou aux étables si nécessaire. Ils récoltaient les légumes quand ils étaient prêts et semaient les graines quand c'était le moment de le faire. Le ranch s'adaptait aux saisons. Ils faisaient des conserves à l'automne, cueillaient des oranges et des noix de pécan en hiver, plantaient des graines au printemps et se gavaient de cantaloups en été. Le chocolat était une friandise rare qui n'arrivait au ranch qu'une ou deux fois par an. Elle sourit en pensant à l'enthousiasme de Grace quand elle lui donnerait les friandises.

Mais elle avait été vilaine une fois. Paul et elle s'étaient aventurés au-delà de la barrière de la route. Ils voulaient voir comment c'était au-delà du ranch. Père leur avait dit que puisqu'ils aimaient tant l'extérieur du ranch, ils devraient y dormir à la belle étoile cette nuit-là. La nature rendait les enfants plus forts, faisait d'eux des survivants. Elle se rappelait avoir partagé une couverture avec Paul, leurs corps frissonnant dans le froid avec le bruit des coyotes au loin. Elle avait à peine dormi, terrifiée à l'idée qu'une tarentule puisse ramper sur son visage. Esther n'avait jamais eu aussi peur. Mais c'était le but. Tout le monde devait ressentir la peur.

À l'entrée de l'aéroport, un homme les attendait. Esther le vit avant de voir les autres personnes qui s'agitaient autour. Il était aussi grand qu'Elijah, mais plus mince. Il avait des cheveux roux qui n'avaient pas été coiffés et ses bottes étaient encore poussiéreuses à cause du travail. Esther sourit quand elle le vit.

— Caleb ! Elijah tapa dans le dos de l'homme. Eh bien, regarde-toi. Tu as grandi. Ça fait plaisir de te voir.

— Et toi donc, frère. Je suis content que tu sois rentré. Caleb sourit et serra la casquette qu'il tenait entre ses doigts.

— C'est bon d'être de retour, dit Elijah en souriant.

Esther sauta du chariot et s'approcha de Caleb. C'était l'un des plus jeunes membres adultes de la famille, légèrement plus âgé et plus musclé qu'un adolescent dégingandé, mais pas de beaucoup.

— Bonjour, Esther, dit Caleb. Tu as grandi toi aussi.

— C'est vrai, dit Esther.

Il rit et lui serra l'épaule.

— Bon, alors. On met vos valises dans le camion ? Ses yeux s'attardèrent à peine sur Mary.

Vulnérable

— Oui, allons-y, dit Elijah. Bon sang, j'ai hâte de retourner au ranch.

Mary ne dit rien pendant que Caleb aidait Elijah avec les valises. Elle continua à tirer sur ses manches, en maltraitant le tissu.

— Père doit m'attendre, dit Esther. Elle voulait que tout le monde se dépêche.

Mary se mit à pleurer.

— Je n'irai pas. Elle attrapa la main d'Esther, la serrant très fort. Esther laissa échapper un gémissement. Elle n'avait jamais senti Mary serrer sa main comme ça auparavant. Elle avait mal. Elle avait l'impression que ses os allaient se briser. Quand Mary commença à reculer, Esther enfonça les talons aussi fort qu'elle le pouvait, mais Mary était si énergique qu'elle faillit la faire tomber.

— Arrête ça tout de suite. Elijah laissa tomber une valise pour prendre fermement Mary par le coude. « Je ne veux pas de ces histoires de la part de ma femme. »

— Je ne suis pas ta femme ! dit Mary entre ses dents.

— Si, tu l'es. Caleb, aide-moi une minute.

Les deux hommes saisirent Mary et la firent avancer. Finalement, elle lâcha Esther et s'effondra en sanglots. Elle semblait avoir perdu le combat, et Elijah put à nouveau reprendre les valises. Caleb garda une main sur le coude de Mary. Esther remarqua que les gens les fixaient, mais lorsqu'elle les regardait, ils détournaient les yeux.

— Tout va bien se passer, Mary. Il n'est pas en colère contre toi, dit Caleb. Si c'est ça qui t'inquiète, oublie ça. Il est pressé de te voir.

— Tais-toi, Caleb, le coupa Mary. Très bien. Je vais venir avec vous parce que je dois m'occuper d'Esther, et que je sais que vous ne me laisserez pas partir avec elle. Je déteste tout ça. Je *le* déteste !

Esther leva d'un coup les yeux vers sa mère. Elle *le* détestait ? Père ? Comment sa mère pouvait-elle détester son Père ? Elle se sentit triste tout d'un coup et elle en voulut à Mary pour ça. Maintenant, elle se souvenait des mauvaises choses alors qu'elle avait tant essayé de les oublier.

Chapitre Soixante

MAINTENANT

Il y avait des questions sur le téléphone de Fran. Toutes venant d'Adrian. *Comment vas-tu ? Quand est-ce que tu rentres à la maison ? Qu'est-ce que tu as trouvé ?* Elle se retourna dans son lit et soupira dans les draps froids. Elle savait qu'il n'approuverait pas ce qu'elle s'apprêtait à faire et, pour cette raison, elle ne lui dit pas tout. *Je vais bien. Je ne sais pas encore. Pas beaucoup. Mais j'ai signalé leur disparition et maintenant je suppose que je dois attendre et voir si la police trouve quelque chose.* Elle ne lui dit rien sur la secte et surtout pas qu'elle avait un rendez-vous avec un de ses représentants.

La culpabilité lui retourna l'estomac. De toute façon, elle était nerveuse à cause de l'entretien, alors elle décida de sauter le petit-déjeuner et de passer un peu plus de temps sous la douche, laissant l'eau froide couler sur elle. L'anxiété la rendait nostalgique de ses courses matinales, des mains de son mari, du cadre habituel de son jardin ou de son fauteuil préféré. Mais c'était elle qui avait amené la police chez les Whitaker et, dans son esprit, cela la rendait complice des conséquences de ce scénario. Et... eh bien, elle ne voulait pas non plus admettre à quel point elle aimait suivre cette piste.

Elle enfila un pantalon en lin et un dos nu, rangea son carnet, son stylo et le dépliant sur la secte dans un sac fourre-tout et appela un taxi en sortant de l'hôtel. C'était une nouvelle journée caniculaire et elle attendit dans le hall d'entrée que le taxi arrive.

Il était surprenant mais logique que la première rencontre avec la secte ait lieu dans la ville de Tucson plutôt qu'au ranch. Ils voulaient manifestement la tester avant de lui permettre d'accéder à la famille des enfants de James. Elle les imaginait comme un cercle restreint d'adeptes. Une communauté fermée et paranoïaque de dévots.

Le taxi la déposa devant un immeuble de bureaux, à côté d'un cinéma désaffecté et d'une petite pharmacie. C'était le genre d'endroit gris et terne qu'on penserait appartenir à une administration. Elle trouva la sonnette correspondant au nom qu'elle recherchait et appuya dessus.

Un moment plus tard, une voix d'homme lui répondit à travers l'interphone.

— Bonjour, je suis Francesca, je suis ici pour l'entretien, répondit-elle.

— Super. Entrez. Prenez l'ascenseur jusqu'au troisième étage et je vous retrouve à l'entrée. Il avait exactement le genre de voix rassurante, optimiste, mais pas trop passionnée, que l'on supposait être celle d'un recruteur de secte.

Fran poussa la porte et entra. Les murs étaient d'un bleu froid, comme de l'eau peu profonde. C'était un vieil ascenseur, mais loin d'être aussi grinçant que celui de l'immeuble de Noah Martinez. Le souvenir de cet ascenseur la fit déglutir nerveusement. Mais heureusement la montée fut brève et les portes s'ouvrirent sur un homme aux cheveux roux qui se balançait d'avant en arrière sur ses talons. Il était vêtu d'une chemise en coton à carreaux et de bottes de chantier. Il la salua avec un sourire affable avant de s'avancer pour lui serrer la main.

— Salut, Francesca, je m'appelle Caleb. C'est un plaisir de vous rencontrer.

— Et moi de même.

— Suivez-moi, on va juste dans cette salle de réunion. C'est pas loin. Vous nous avez trouvés facilement ?

Il combla les silences par un bavardage léger tandis qu'ils parcouraient un couloir tapissé de moquette grise, avec par endroits des portes blanches et des lambris. Ils entrèrent dans une petite salle de réunion avec encore une porte blanche adjacente à un bureau d'ordinateur.

— Oh, oui, aucun problème.

— Votre accent est adorable, si je peux me permettre.

— Oh, pas de soucis, répondit Fran en se forçant à sourire.

Caleb s'assit d'un côté du bureau et lui indiqua l'autre. Elle se retrouva du côté de l'ordinateur et supposa qu'elle aurait à s'en servir à un moment donné.

— Bon, je sais que vous êtes venue ici en vous attendant à une sorte de vente agressive. Je suis sûr que vous avez toutes sortes d'opinions sur ce que nous faisons ici et beaucoup de préoccupations. C'est tout à fait normal. Si vous êtes en Arizona depuis un moment, vous avez peut-être entendu des gens dire des choses pas très gentilles sur nous. Écoutez, je ne vais pas vous faire la morale et essayer de vous faire changer d'avis. Honnêtement, nos méthodes parlent d'elles-mêmes et je suis sûr que vous serez agréablement surprise. Les *Enfants de James* ont pour but de trouver la paix intérieure. Le salut, si vous voulez. Il faut travailler dur pour le trouver, mais une fois que c'est fait, vous vous demanderez pourquoi vous n'avez pas vécu comme ça toute votre vie.

— Waouh ! ça, c'est de la pub ! dit Fran.

Caleb rigola.

— J'ai promis de ne pas faire de vente forcée, n'est-ce pas ? Je suis désolé, je suis juste un peu trop enthousiaste. Avez-vous des questions avant de passer le test ?

Vulnérable

— En quoi consiste le test de personnalité ?
— Oh, bien sûr. Eh bien, il n'y a rien de douloureux là-dedans. Il attendit qu'elle rie. « Il n'y a pas d'examen final. C'est exactement ce à quoi ça ressemble : une série de questions pour déterminer vos objectifs, ainsi que vos forces et peut-être quelques-unes de vos faiblesses aussi. Nous en avons tous. » Il sourit.
— Combien de temps cela prend-il ? demanda Fran.
— Une heure, plus ou moins. Mais ne vous sentez pas pressée. Prenez votre temps. Après, nous aurons une discussion sur vos réponses. Cela vous convient-il ? Ce n'est pas trop effrayant, n'est-ce pas ?
— Pas effrayant du tout.
— Bien. Laissez-moi vous préparer tout ça.

Fran repoussa sa chaise pour permettre à Caleb de taper sur les touches et de télécharger le questionnaire. La description qu'il en avait faite ressemblait beaucoup au genre de tests de personnalité qu'on peut faire en ligne, comme le Myers-Briggs ou « Quelle maladie mentale ai-je ? ».

« Ne vous inquiétez pas, je vous laisse le faire en paix. Je serai à côté si vous avez besoin de quelque chose. Il suffit de frapper. Il y a une fontaine à eau et des gobelets dans le coin. Vous êtes prête, Francesca ? Vous avez pris une excellente décision en venant ici aujourd'hui. J'ai un bon pressentiment sur vous. »

— Je parie que vous dites ça à toutes les filles, plaisanta Fran.
Caleb rit.

- Pas du tout, croyez-moi. Mais je sais bien jauger les caractères et vous m'envoyez de bonnes ondes. Maintenant, bonne chance avec le test. Appelez-moi si vous avez besoin.

Et sur ce, il la laissa avec l'ordinateur. Fran commença à lire les questions.

Vous envisagez souvent l'existence d'une vie après la mort. **Tout à fait d'accord.** D'accord. Plutôt d'accord. Ne sais pas. Plutôt en désaccord. Pas d'accord. Pas du tout d'accord.

Fran cocha « Tout à fait d'accord » et passa à la question suivante.

Chapitre Soixante-Et-Un

AUPARAVANT

Caleb dut arrêter le camion pour que Mary puisse vomir. Il y eut une sorte de bousculade tandis qu'Elijah s'accrochait à elle pendant qu'elle vomissait sur le bord de l'autoroute. Il avait dit à Caleb qu'il n'allait pas la laisser s'enfuir parce que Père voulait qu'elle revienne. Il ne voulait pas décevoir Père.

Pour la première fois depuis qu'Esther avait appris qu'ils rentraient à la maison, elle sentait la peur envahir sa peau comme des centaines d'insectes courant le long de ses bras. Dans son esprit de sept ans, sa mère avait toujours été l'adulte qui faisait obstacle aux choses qu'elle désirait le plus, comme retourner auprès du Père James ou ne pas partir en Angleterre avant ça. Mais maintenant, la terreur évidente de Mary déteignait sur elle. Cela l'obligeait à faire face à quelque chose — sa douleur.

Elle avait ressenti un tel amour de la part de la famille. Il y avait des jours où c'était enivrant. Les câlins et les mots gentils venaient à elle en abondance. Et puis il y avait des jours qui n'étaient pas du tout comme ça, où elle se sentait invisible, ou pire. Esther était assise dans le camion, les mains posées sur les cuisses. Elle pensa à enfoncer ses pouces dans la chair pour que tout s'arrête. Elle le faisait souvent, se faisant mal pour arrêter ces pensées-là. Elle appuyait si fort que cela laissait parfois un petit bleu violacé.

Même s'il faisait nuit lorsqu'ils arrivèrent au ranch, toute la famille les attendait devant la ferme. Esther entendit la respiration lourde de Mary, le crissement des pneus sur le chemin. Trois ou quatre rangées de personnes les attendaient. Elle chercha Grace, Paul et Delilah, mais elle ne les trouva pas. Peut-être étaient-ils déjà au lit. Il y avait quelqu'un qu'elle vit très bien et qui lui sourit. Son cœur fit un bond. Le voir apaisa instantanément toutes ses inquiétudes.

— Oh mon Dieu, dit Mary. Non, Elijah. S'il te plaît. Je voulais m'éloigner de tout ça et maintenant tu me ramènes à eux.

— Arrête de pleurnicher, femme ! Il la frappa l'arrière de la tête et empoigna ses cheveux. Je n'ai jamais dit que je manquerais le Jugement dernier. Je ne te l'ai jamais promis.

Mary tendit le bras et prit la main d'Esther.

— Je prendrai soin de toi. Je te le promets. Quoi qu'il arrive.

— Oh, allez, Mary, dit Caleb en souriant. Toi plus que quiconque sais que nous ne faisons pas de mal aux enfants dans la famille.

— Oui, dit-elle, moi plus que quiconque. Ses yeux brillaient comme des perles dans l'obscurité.

Esther n'eut pas le temps de se demander ce que cela signifiait, car le camion s'arrêta. Caleb fixa Mary du regard avant d'ouvrir sa portière. Ils sortirent tous les quatre. Le groupe de personnes qui les accueillait avait grandi depuis qu'Esther avait quitté le ranch. Il y avait plusieurs visages qu'elle ne reconnaissait pas du tout. Mais cela n'avait pas d'importance, et cela ne l'effrayait pas. Elle savait qu'ils seraient amicaux et gentils, car Père savait bien juger les personnalités. S'il disait que quelqu'un était bon, il l'était.

Il y eut une petite agitation parmi le groupe quand ils avancèrent. Toutes les femmes se pressèrent autour de Mary, le sourire aux lèvres, les bras grands ouverts. Elles l'engloutirent au centre de leur groupe. Puis elles lui caressèrent les cheveux, embrassèrent ses joues et l'entourèrent de leurs bras.

— Sœur, dirent-elles, d'abord une par une, puis toutes ensemble en chœur. *Sœur.* Mary se laissa happer, un corps mince dans un enchevêtrement de bras.

Les hommes enveloppèrent Elijah de la même manière. Ils lui tapèrent dans le dos et lui frottèrent les cheveux. Ils le serrèrent dans leurs bras, l'attirèrent à l'intérieur du groupe. Il y avait des larmes dans les yeux d'Elijah.

— Frère, dirent-ils.

— Frères, leur dit Elijah en retour. Esther regardait, immobile. Bientôt, les adultes se séparèrent et se tournèrent vers elle. Ils s'approchèrent et ouvrirent grand leurs bras. Esther se laissa faire, prête à être étouffée par la chaleur de leurs corps. Ils l'entourèrent de leurs bras et, alors qu'elle était blottie dans le groupe, elle les entendit fredonner :

— Fille, fille.

L'amour.

Esther ne connaissait pas grand-chose du monde extérieur, car elle y avait passé très peu de temps. Mais d'après ce qu'elle avait vu de Leacroft, aucun de ces gens ne connaissait l'amour comme elle le connaissait. L'amour c'était ça. C'était l'acceptation.

Ils s'écartèrent pour qu'Esther se tienne au milieu d'un large cercle. Mary était à sa droite et Elijah à sa gauche. Il pleurait des larmes de joie tandis que Mary se tenait droite et immobile, les yeux fixés sur l'homme qui se trouvait devant eux. Le Père James.

Il était habillé dans sa tenue de sermon. Un pantalon et une chemise en lin blanc cousu de fils d'or. Une montre en or était assortie à la fois au costume et à son bronzage. Il portait des lunettes de soleil bien qu'il fasse nuit. Esther comprit pourquoi. Elle connaissait la puissance de son regard.

Vulnérable

Ses dents blanches formaient un contraste presque alarmant avec le ciel nocturne. Il leva les bras et les ouvrit en grand comme s'il essayait d'embrasser tout le monde en même temps. Il portait un anneau d'or à chacun de ses doigts et deux à son petit doigt gauche. Il était flanqué de plusieurs grands hommes qu'Esther avait toujours trouvé particulièrement effrayants. Ses gardes du corps.

Il resta immobile, laissant le silence s'installer. Esther le regardait avec étonnement.

Il fit d'abord un geste vers Elijah.

— Je suis heureux. Mon fils est revenu.

Elijah renifla en parlant et sa voix se brisa.

— C'est merveilleux d'être à nouveau dans ta lumière, Père. Peux-tu me pardonner de m'être écarté de ton chemin ?

Le Père James le fit taire. Elijah s'essuya le nez avec le dos de la main. Puis le Père s'approcha d'Esther et un frisson d'excitation parcourut son échine. Maladroitement, il se pencha plus bas et passa un doigt rêche sous son menton.

— Ma fille. C'est un privilège de revoir ton visage. Cela fait trop longtemps, petite Esther. Je pleure les mois qui m'ont manqué pour apprendre à te connaître.

Esther rougit. Elle ressentait de tout cœur la puissance de ses paroles.

Le Père James se redressa et marcha lentement vers Mary. Il lui sourit, apparemment inconscient de la tension que même Esther voyait parcourir son corps, de sa mâchoire serrée à ses poings fermés.

« Mary, Mary, dit-il. Sa voix était douce, il chantait presque. Tu t'es enfuie, tu m'as volé de l'argent aussi. Mais je pense que c'est toi qui m'as manqué le plus. Mon adorable femme. Nous sommes à nouveau réunis. » Il leva la main et lui caressa la joue. Esther vit un frisson parcourir le corps de sa mère.

Chapitre Soixante-Deux

MAINTENANT

Fran avait l'intention de répondre aux questions aussi rapidement que possible afin d'atteindre la partie entretien du processus de recrutement, mais elle se retrouva comme aspirée. L'estimation du temps était également très insuffisante. Après une heure, elle en était à peine à la moitié. Les questions et les déclarations allaient de l'étrange : *Vous chantez souvent quand vous êtes seule.* Elle cocha « D'accord ». À profondément personnelles : *Vous vous masturbez souvent.* Elle grimaça et cocha « D'accord ». Mais il y en avait une, cachée vers le milieu d'une sous-section de questions directes : *Avez-vous déjà perdu un enfant ?*

Fran répondit oui. Sous la question, une zone de texte avait été ajoutée pour des informations supplémentaires. Elle y écrivit sur la mort subite de Chloé. Elle avait écrit cinq lignes et s'était sentie complètement vidée. Elle se rendit alors à la fontaine à eau et se versa un gobelet, regardant oisivement les bulles s'échapper du récipient. Elle prit un moment pour vérifier son téléphone pendant qu'elle s'hydratait. Adrian avait des questions pressantes pour elle. *La police ne peut pas t'appeler quand tu seras de retour en Angleterre ? Tu as sûrement fait assez pour cette famille, non ? Tu devrais peut-être rentrer chez nous ?* Elle se pinça les lèvres et les ignora avant de retourner au test de personnalité. Tout d'un coup, s'entendre demander combien de fois elle regardait de la pornographie ne semblait pas si grave.

Après avoir passé plus de deux heures au centre de test, Fran put enfin s'asseoir avec Caleb pour discuter des résultats. Il imprima un tableau qui se trouvait maintenant sur la table entre eux.

— Je suis désolé pour Chloé, dit-il. Merci d'avoir partagé son histoire avec moi.

Elle ne s'attendait pas à ce qu'il mette l'accent sur quelque chose. Entendre ces mots provoqua une secousse dans son corps.

— C'est toujours difficile pour moi d'en parler.

— Bien sûr. Je comprends parfaitement. Vous êtes en sécurité ici, Fran. Je veux que vous le sachiez. Tout ce qui concerne les *Enfants de James* est sûr. Rien de ce qui est dit dans cette pièce n'en sortira jamais. Je veux que vous sentiez que vous pouvez vous exprimer. Toute émotion que vous ressentez a de la valeur.

Cet homme – ce jeune homme d'à peine plus de vingt ans – lui disait des choses qu'elle ne savait pas qu'elle avait besoin d'entendre. Elle laissa échapper un rire nerveux mais, à l'intérieur d'elle-même, elle avait l'impression que l'air avait été chassé de ses poumons. Ce n'était rien de nouveau ou de révolutionnaire, mais en même temps elle n'avait pas réalisé à quel point elle s'était sentie sans valeur chez elle.

« Je vais vous montrer vos résultats, dit Caleb. Il est important de noter que vous n'avez ni réussi ni échoué. Ce n'est pas un examen. »

— J'ai droit à un bon point ? demanda Fran, essayant nerveusement d'avoir une conversation légère, et redoutant secrètement les résultats. Elle avait bien sûr fini par répondre aux questions en toute sincérité, parce que c'était dans la nature humaine de le faire. Maintenant, elle avait l'impression qu'elle ne pouvait pas faire face à ce que les résultats allaient lui révéler.

Caleb lui fit un sourire de petit garçon.

— J'ai bien peur de ne plus en avoir. Son sourire s'effaça lorsqu'il reporta son attention sur le tableau qui se trouvait entre eux sur le bureau. Ici, il y a quelques sous-sections. Nous examinons votre bien-être intérieur, vos objectifs et votre âme. Avez-vous réalisé que vous étiez déprimée ?

Fran éclata de rire.

— Je ne suis pas du tout déprimée.

— Vous portez une charge émotionnelle profondément traumatisante. N'avez-vous jamais cessé de faire le deuil de Chloé ?

— Bien sûr que non, mais ça ne veut pas dire que je suis déprimée.

— Vous en êtes sûre ? Il pointa du doigt des pics et des creux. Regardez l'agitation de votre bien-être intérieur. Il y en a partout.

— Et mes objectifs ?

— Je vois quelqu'un qui attend davantage de la vie. Vous avez répondu fortement d'accord à l'affirmation que vous dériviez sans but dans la vie.

— Ah bon ? Je ne me souviens pas.

Il leva son stylo comme s'ils avaient eu un moment révélateur ensemble.

— Ah ! Votre subconscient a pris le relais. C'est une bonne chose. Plus vous répondez instinctivement à ces tests, meilleurs sont les résultats.

— OK.

Elle se souvint qu'il s'agissait d'une pseudoscience destinée à repérer les personnes vulnérables. Elle se dit qu'il disait n'importe quoi.

— Votre bien-être intérieur et vos objectifs extérieurs se rejoignent pour former votre moi complet. Ou votre âme. Il croisa les doigts. Je vois que vous croyez en une vie après la mort.

— J'ai été chrétienne toute ma vie, dit Fran.

— Alors vous devez croire à l'âme.

— Oui.

— Dans ma famille, et par là je veux dire la famille que j'ai choisie, pas celle dans laquelle je suis née, nous poussons ce concept de l'âme encore plus loin. Nous donnons la priorité à l'âme sur tout. Vous êtes un être holistique. Le soi est votre tout. Votre âme, votre essence de vie, tout. Pourquoi avez-vous négligé votre âme, Francesca ?

Elle le fixa, incapable de cligner des yeux, ayant soudain l'impression que ce garçon – qui avait la moitié de son âge – lui passait un savon.

— Je ne pense pas l'avoir fait.

— C'est pourtant si facile. La plupart d'entre nous négligent notre essence la plus précieuse. Il montra les tableaux. Mais les réponses sont toutes là. Bien-être intérieur et objectifs extérieurs. C'est ici que vous commencez.

Chapitre Soixante-Trois

AUPARAVANT

Esther se réveilla encore toute excitée. Elle avait été autorisée à dormir dans la ferme cette nuit-là, un privilège que la plupart des enfants de la famille n'avaient pas. Elle avait dormi sur le canapé du salon, mais c'était quand même beaucoup plus confortable que chez les autres enfants. Le lendemain matin, elle alla avec Mary et le Père James jusqu'à la salle de sermon, où ils disaient des prières avant le petit-déjeuner. Il y avait trop de résidents pour que tout le monde puisse rentrer dans la cuisine, alors il y avait deux longues tables disposées dans la grange aménagée. Elle leva la tête vers les poutres au-dessus d'elle. Cela sentait toujours la paille sèche, la poussière flottait dans l'air, la lumière du soleil la transformait en or. La sensation de la poussière tombant sur sa nuque lorsqu'elle se promenait dans le ranch lui avait manqué.

Deux serveurs se tenaient derrière des récipients de porridge et des bols de fruits, distribuant la nourriture. Esther prit son bol et alla s'asseoir avec les enfants. Elle s'assit entre Grace et Delilah. De l'autre côté de la table, Mary remuait négligemment sa nourriture. Esther savait que quelque chose n'allait pas chez elle, mais elle ne savait pas quoi. La façon dont ses yeux étaient vitreux rappelait à Esther les semaines qui avaient suivi l'incident dans les bois. Peut-être était-elle possédée par des démons. Le Père James avait expliqué comment les démons attaquaient le moi. Dans l'esprit d'Esther, il s'agissait d'ombres sombres flottant autour de la personne infectée, plongeant et sortant comme des aigles qui descendent en piqué pour tuer leur proie. Elle frissonna.

— Paul dit que tu es allée en Angleterre.

Esther tourna la tête pour regarder Grace. Elles avaient été meilleures amies autrefois. Elles étaient sœurs, bien sûr, même si elles ne se ressemblaient pas. Grace avait la peau olivâtre et des taches de rousseur sur le nez.

Delilah avait des cheveux noirs et des yeux bleus. Paul était grand avec des cheveux blond cendré. C'était comme ça dans la famille.

— Oui, on est allés dans cet horrible endroit appelé Leacroft. C'était plein d'égouts. Elle but une gorgée d'eau et s'essuya la bouche avec le dos de sa main.

Grace émit un son dégoûté.

— Pourquoi vous y êtes allés ? Elle jeta un coup d'œil à Mary, puis mit sa main en coupe pour pouvoir chuchoter à l'oreille d'Esther. Tu t'es enfuie ?

Esther fit de même et chuchota à Grace.

— C'est elle qui a voulu qu'on parte.

Grace fronça les sourcils, réfléchissant aux paroles d'Esther, avant de murmurer à son tour :

— Pourquoi est-ce qu'elle voulait partir ? C'est la préférée de Père.

Esther haussa les épaules. Elle ne savait pas non plus. Puis elle se demanda si Mary n'avait pas été un égout depuis le début. Les égouts étaient nuisibles au foyer qu'ils avaient construit en famille. Père James les décrivait comme des vampires, aspirant tout ce qui était bon. Ils drainaient votre bien-être intérieur. Surtout, il disait que c'était parce qu'ils ne pouvaient pas croire en quelque chose de bon. Ils ne croyaient pas aux pouvoirs de Père, par exemple.

Elle était sur le point de répondre à Grace quand le Père James entra dans la salle de sermon. Ses pas étaient plus lents que dans le souvenir d'Esther, et elle s'inquiéta qu'il ait été malade ou qu'il le soit maintenant. Il y avait quatre gardes du corps avec lui, les mêmes hommes grands et intimidants que la veille. Elle savait que l'un d'eux s'appelait Isaiah. Il était barbu et costaud. Elle pensait que le plus grand s'appelait Zachary. Les autres étaient nouveaux.

Ce matin, le Père James portait un pantalon, un t-shirt noir et un épais collier en or. Immédiatement, tout le groupe se leva et inclina la tête en signe de déférence.

Esther osa jeter un coup d'œil au moment où le Père James se dirigeait vers la première table. Elle vit Isaiah tirer une chaise pour lui lorsqu'il s'assit. Le bois racla le béton lorsque toute la famille s'assit. Ils mangèrent en silence, en attendant de voir si le Père James allait parler. Esther picora une fraise.

— Aujourd'hui, je vais méditer à la cabane dans les montagnes, dit le Père. Et j'emmènerai Mary avec moi.

Esther observa la réaction de sa mère, mais elle resta impassible. Elle ne fit que poser sa cuillère et regarda dans le vide. Elle jeta un coup d'œil à Elijah qui était assis avec Caleb à une autre table. Il ne lui avait pas adressé la parole ce matin-là, mais elle s'en fichait. Elle se réjouissait de ne plus vivre avec lui comme ils le faisaient à Leacroft. Il n'était pas son père et elle n'était pas sa fille. Tout à Leacroft avait été inventé, comme s'ils jouaient une pièce pour les Anglais.

— Il y a eu un mariage illégal entre Mary et Elijah pendant leur absence, dit le Père James. Ce mariage était illégal parce qu'aucun d'eux n'avait demandé ma permission avant qu'il n'ait lieu. J'ai maintenant décidé que ce

Vulnérable

mariage serait annulé. Mary continuera à être l'une de mes épouses. Elijah, tu peux épouser Hannah.

Esther jeta un coup d'œil à Hannah, une rousse au menton pointu, de l'âge de Caleb. Esther se souvenait d'elle comme d'une des filles qui leur rendait visite lorsqu'ils vivaient dans une vieille maison à Dove Valley. Elle vit les yeux d'Hannah s'écarquiller sous le choc et sa bouche s'ouvrir comme si elle allait parler. La fille jeta un coup d'œil à un autre garçon, Jude, et ses yeux s'emplirent de larmes. Soudain, Hannah se leva.

— Je suis désolée, Père, dit-elle. Je suis si reconnaissante que tu m'aies choisie parmi toutes les autres, mais je dois admettre que j'espérais que Jude et moi...

— *Tu* espérais ? *Toi* ? Dis-moi, ma fille, tu es assise sur ma chaise ?

— N-non, bégaya-t-elle.

— Est-ce que tu dors dans mon lit ?

Elle baissa les yeux et secoua la tête.

— Est-ce que tu guéris les malades ? Dis-tu la parole de Dieu ? Aides-tu les gens à obtenir le salut ? Dieu t'a-t-il parlé du Jugement dernier ?

Elle pleurait maintenant. De minuscules éclaboussures de larmes tombaient sur la table.

— Non.

— Regarde-moi, mon enfant. Le Père James arracha ses lunettes et la famille sursauta. Esther aussi. Regarde-moi dans les yeux !

Hannah leva lentement la tête et le regarda. Son corps entier tremblait à cause de ses sanglots. Son visage était déformé par une grimace. Ils se fixèrent l'un l'autre tandis que tous les autres retenaient leur souffle. Esther sentait l'anxiété la parcourir. Elle avait déjà vu la puissance du regard de son père. Peu à peu, les sanglots se calmèrent et Hannah resta debout, respirant normalement. Au début, Esther se sentit soulagée, mais les yeux d'Hannah devinrent blancs et elle s'effondra sur le sol de la grange, faisant tomber une cuillère de la table. Jude se leva immédiatement, mais il n'avança pas vers elle. Il la fixa juste, les yeux écarquillés. Esther tourna son attention vers Elijah, qui était resté sur son siège, rigide.

C'est Isaïe qui souleva la jeune femme et la transporta hors de la grange. Père ramassa ses lunettes de soleil et les reposa sur son nez. Puis il leva sa cuillère et la plongea dans son porridge.

Chapitre Soixante-Six

MAINTENANT

Lorsque Fran quitta le centre d'examen, c'était l'heure du déjeuner et elle était épuisée par tout le processus. Elle erra sans but pendant environ dix minutes, essayant de rassembler ses idées, puis elle s'arrêta dans un restaurant pour prendre un sandwich au fromage grillé et un thé glacé. Son estomac avait commencé à se plaindre de tout le pain, le fromage et le sucre qu'elle mangeait, mais c'était bon et ça lui donnait l'énergie dont elle avait besoin pour comprendre ce qui s'était passé.

Elle n'avait jamais fait partie d'une secte, n'avait jamais eu affaire à aucune et n'y avait jamais été recrutée auparavant. Elle avait été choquée par l'efficacité du programme. Les questions personnelles, le « gestionnaire de clientèle » amical et thérapeute, le chagrin et la douleur qu'elle avait fini par partager avec lui. En plus du fait qu'elle avait été là pendant environ trois heures, cela signifiait qu'elle avait déjà investi du temps dans cette aventure. Elle avait choisi la version étendue de la consultation, avec une analyse approfondie de ses résultats, et cela lui avait coûté 75 dollars. Encore un coût irrécupérable.

Cela lui rappela une conversation qu'elle avait eue avec Adrian au sujet de l'entreprise de leur amie Deepa. Fran avait sympathisé avec elle, qui montait sa propre boulangerie de cupcakes à Buxton. Elle avait utilisé ses économies pour cela, mais le magasin ne marchait pas bien. Adrian avait fait un commentaire un peu insensible en lui disant de laisser tomber le magasin, de vendre et de réduire ses pertes, mais Deepa avait annoncé qu'elle avait déjà reçu un prêt bancaire. Ça ne s'était pas bien terminé. Elle avait emprunté des milliers de livres, travaillé des heures et des heures, s'était retrouvée en faillite et avait même demandé de l'argent à des amis. Si Deepa n'avait pas utilisé cet argent au début, cet argent pour lequel elle avait un attachement émotionnel, aurait-elle tenu aussi longtemps ?

Maintenant que Fran avait payé son analyse de personnalité – dont elle avait les résultats dans son sac – elle se sentait liée à cette organisation. Et le visage de cette organisation, jusqu'à présent, était celui de Caleb, souriant et sans prétention, qui lui disait gentiment qu'elle était déprimée.

Après le sandwich, Fran regarda son téléphone et trouva un nouvel e-mail de Caleb. Cela lui avait pris moins d'une heure pour donner suite à leur entretien.

Chère Francesca,

Merci beaucoup d'être venue au centre de test des *Enfants de James* aujourd'hui. J'espère que vous avez trouvé les résultats de votre évaluation instructifs. J'espère que vous ne m'en voudrez pas de vous relancer si vite, mais j'ai l'impression que nous avons franchi la première barrière aujourd'hui. Il n'y a aucune pression, mais j'aimerais rester en contact.

J'ai joint les cinq premiers chapitres du Livre de James qui expliquent plus en détail le salut que vous pouvez obtenir en travaillant sur votre bien-être intérieur et vos objectifs extérieurs. Si vous aimez ces chapitres, vous pouvez acheter le reste sous forme de livre électronique, pour seulement 3,99 $. Il est en vente dès maintenant !

Je veux ajouter à quel point j'ai apprécié de vous parler aujourd'hui. Maintenant que vous avez fait le premier pas, je me demandais si vous seriez intéressée par le second. *Les Enfants de James* organisent des ateliers dans notre ranch paisible et idyllique dans les montagnes de Catalina. Vous trouverez ci-dessous un lien qui vous permettra de les découvrir. Ces ateliers durent un jour chacun et ils se concentrent sur la guérison de l'âme. Je ne saurais trop vous dire à quel point il est important pour vous de travailler sur le cœur même de votre être. Il est certain que vous et votre âme méritez cet effort.

Je crois en vous Francesca.
Vous pouvez atteindre le salut.

Votre ami,
   Caleb

Fran ferma son application de messagerie et se mordit la lèvre inférieure. C'était donc ça la prochaine étape. Un livre et un atelier. Il ne faisait aucun doute que le livre serait rempli de déclarations vagues et absurdes sur l'âme, le soi et la nature holistique des deux, ainsi que sur la signification du salut. L'atelier serait rempli d'autres membres de la secte prétendant être une nouvelle recrue comme elle.

Mais l'atelier avait lieu au ranch, où elle soupçonnait que Mary et Esther vivaient. C'était l'occasion parfaite pour elle de fouiller l'endroit. Elle rouvrit sa messagerie électronique et cliqua sur l'e-mail. Elle le lut une fois de plus, puis cliqua sur le lien vers les prix des ateliers. Un cours d'une journée coûtait 200 dollars. C'était reparti : l'erreur des coûts irrécupérables. Elle s'imagina perdue et en quête de sens. Elle imagina qu'elle était coincée dans un cycle de haine d'elle-même. Elle imagina la consultation avec le sympathique Caleb et le cours qui avait suivi. Oui, elle le voyait maintenant. Elle voyait combien il était facile d'être aspiré par cette secte. Elle avait presque envie de ne pas répondre. Une part d'elle-même voulait aller directement à l'aéroport et prendre le prochain vol pour le Royaume-Uni. Bon sang, elle prendrait n'importe lequel vers l'Europe, n'importe où, loin d'ici.

Mais ce serait de la lâcheté, n'est-ce pas ? Elle répondit à Caleb et lui dit quel cours elle voulait réserver. Il lui envoya tout de suite un programme et une facture.

Chapitre Soixante-Cinq

AUPARAVANT

L'Arizona était plus chaud et plus poussiéreux que dans les souvenirs d'Esther. En milieu de matinée, ses doigts sentaient la lessive et ses bras étaient douloureux à force de plier le linge. Mais elle retomba dans la routine avec facilité, passant du temps avec les autres enfants. Aaron et Angel, un couple de la famille, avaient maintenant un bébé de six mois appelé Judith qu'Esther aimait tenir et bercer doucement. Grace et elle gardaient le bébé emmailloté dans un berceau près des machines à laver pendant qu'elles lavaient les draps. De temps en temps, elles se relayaient pour changer la couche et nourrir Judith au biberon. Angel ne pouvait pas voir son bébé dans la journée, car elle avait d'autres tâches à accomplir, au ranch ou à Tucson, pour distribuer des prospectus et chercher des personnes à recruter.

C'était comme ça que ça marchait dans la famille. Les enfants prenaient soin les uns des autres. Ils dormaient ensemble dans une seule pièce, à l'extérieur de la ferme principale, dans ce qui servait d'abri contre les tempêtes. Les enfants de plus de quatre ans y dormaient ensemble. Les bébés et les jeunes enfants restaient avec leurs parents la nuit dans une grange aménagée.

Les chuchotements et les rires à la nuit tombée avaient manqué à Esther. Ils jouaient à un jeu la nuit. Chacun d'entre eux récitait une prière, mais ils en changeaient les mots par d'autres sans signification. Les autres devaient deviner quelle prière ils récitaient en se basant uniquement sur le rythme. Quand elles se lassèrent de ce jeu, elles parlèrent des uns et des autres. Esther murmura à Grace que le petit David, le plus jeune, avait le nez morveux toute la journée, ou que Delilah parlait dans son sommeil.

Il y avait un nouvel enfant appelé John. Il avait six ans et pleurait toutes les nuits. Il refusait souvent de leur parler, ce qui énervait les autres enfants. À cause de cela, Esther et Grace étaient devenues de plus en plus hostiles envers John, lui aboyant d'abord des instructions à la ferme, puis lui donnant des surnoms cruels. Celui qui était resté était « Stinky[1] ».

C'était injuste, et elle le savait, car il ne sentait pas particulièrement mauvais. Seulement le soir, après une longue journée de travail au ranch. Mais Stinky les agaçait parce qu'il n'était jamais, jamais heureux. Il reniflait et pleurait tout au long de la journée et de la nuit. Au petit-déjeuner, il prenait de maigres bouchées de son porridge avant d'y renoncer complètement. Une fois, Père dut demander à Zachary de le forcer à manger. Il ne se souvenait jamais de ses prières et ne les récitait pas lors des sermons. Il disait souvent des choses blasphématoires et haineuses sur le Père James. Il n'était pas reconnaissant d'être là, et pour Esther c'était odieux, surtout après qu'elle ait été forcée de partir pendant un certain temps.

Stinky semblait toujours être sous la responsabilité d'Esther et Grace. Elle devait lui montrer comment plier des draps et couper des oignons. Elle le réprimandait plusieurs fois par jour et Grace et elle riaient quand il ne savait pas se servir d'un éplucheur de légumes ou mesurer le sucre. Elles connaissaient les tenants et les aboutissants du ranch. Elles connaissaient les règles. Elles avaient le pouvoir, et elles en profitaient.

Pour la majeure partie.

Parfois, tard dans la nuit, Esther ne pouvait pas dormir. Elle entendait les reniflements de Stinky et elle avait mal au ventre. Elle appuyait ses pouces sur ses jambes pour faire disparaître la douleur, sachant que le lendemain, Grace ricanerait avec ses insultes intelligentes et tranchantes, perpétuant ainsi le même cycle. Elle se sentait mal le soir, mais elle aimait aussi faire rire Grace.

Elles étaient au ranch depuis presque une semaine et Esther avait vu Mary une ou deux fois, mais elle n'avait pas vu Elijah du tout. Elle supposait qu'il passait du temps avec Hannah, sa nouvelle femme. Parfois, Mary lui manquait, même si elle essayait de se convaincre que ce n'était pas le cas. Père aimait que Mary soit avec lui à tout moment. Elle dormait dans sa chambre privée, et dans la journée, elle l'accompagnait dans ses randonnées en montagne. C'était le plus grand privilège pour quelqu'un de la famille. Et pourtant, Mary était comme Stinky, toujours en train de renifler et de pleurer dès qu'Esther la voyait. Si leurs chemins se croisaient dans la journée, Mary ouvrait les bras et voulait qu'Esther se précipite vers elle. Mais Esther ne le faisait pas. Et alors une expression douloureuse traversait le visage de Mary, si pitoyable qu'Esther devait se détourner. Mary enroulait ses bras autour de sa poitrine et s'éloignait, la démarche instable.

La nuit, elle regrettait souvent de ne pas avoir couru dans les bras de Mary pour la serrer contre elle.

Un jour, Esther ramassait des œufs dans le poulailler quand elle vit Mary et son père revenir de la montagne. Les épaules de Mary étaient affaissées en avant, les rênes tombant mollement sur l'encolure du cheval. Elle montait Oakley, un hongre alezan qu'Esther n'aimait pas parce qu'il paniquait et tirait sur sa longe dès qu'il avait besoin d'être pansé. Un garde du corps chevauchait derrière eux, quelqu'un qu'Esther ne connaissait pas. Elle resta dans le poulailler à les regarder, en arrangeant les œufs dans son

Vulnérable

panier. Elle était seule. Stinky travaillait dans la cuisine. Grace et Delilah changeaient le bébé. David et Paul balayaient la grange.

Mary se mit à parler, ce qui était inhabituel ces jours-ci, et sa voix porta jusqu'à l'endroit où se cachait Esther.

— Tu vas réfléchir à ce que je t'ai dit ?

Le Père James arrêta son cheval et la regarda. Ils étaient côte à côte.

— J'y ai déjà réfléchi.

— Et ?

— Douce, douce Mary. Je t'aime mon enfant, mais tu mets ma patience à rude épreuve. Écoute-moi bien. Dieu a un projet et je l'ai vu. Tu sais qu'il parle à travers moi. Tu sais que je suis son vaisseau. Cela m'inquiète que tu continues à me tester. Je vois que tes objectifs externes sont tous faux. Je t'ai déjà prévenue à ce sujet. N'est-ce pas ? Tu commences à être un égout, et tu sais combien je déteste les égouts. Esther ne voyait que les lunettes de soleil du Père, pas son expression, mais il ne souriait pas.

La voix de Mary sortit aiguë, comme celle d'un animal paniqué.

— Qu'est-ce que tu me fais ? Je suis fatiguée et j'ai tout le temps des vertiges. Parfois, j'articule mal les mots. J'ai des tremblements la nuit. Est-ce que tu me drogues ? C'est comme ça que tu nous transformes en des zombies passifs ? Ça ne marchera pas avec moi.

— Ce médicament est pour ton propre bien. Il tendit le bras et tapota Oakley sur l'encolure, passant ses doigts dans la crinière du cheval.

— C'est pour que tu puisses me contrôler. Sa voix était faible et dure, comme si elle avait un citron amer logé dans la gorge. Comme quand tu m'as épousée, et que j'avais douze ans. C'est ce que tu es. C'est *qui* tu es. J'ai mis trop longtemps à le voir. Je t'admirais. Je t'adorais et tu m'as fait du mal, encore et encore. J'aurais dû me battre contre Elijah. J'aurais dû prendre Esther et m'enfuir quand nous étions en Angleterre... je...

— Mon enfant, tu as besoin d'être guidée, c'est tout. Laisse sortir la haine maintenant pour accepter l'amour. C'est ta famille et nous te pardonnons. Père tira sur la crinière d'Oakley et le cheval commença à s'agiter. Il tira plus fort et Oakley protesta en s'écartant.

Mary saisit rapidement ses rênes alors qu'Oakley commençait à danser de travers sur le chemin. Esther savait que Mary n'aimait pas l'équitation. Une des juments l'avait jetée par terre et elle détestait ça depuis. Le Père James le savait aussi parce qu'il avait été là. Le corps d'Esther se crispa en la regardant, elle avait peur que Mary ne soit désarçonnée, mais le cheval commençait à se calmer et à gratter le sol. Une fois l'animal calmé, Mary baissa la tête jusqu'au garrot d'Oakley. Esther pouvait l'entendre pleurer jusque dans le poulailler. *Faible*, pensa-t-elle, mais ses muscles se détendirent maintenant que sa mère était en sécurité.

Père mit pied à terre et s'approcha pour apaiser le cheval. Il caressa la robe alezane brillante et posa une main sur la cuisse de Mary.

— Je vais te guérir, Mary, et une fois que tu seras guérie, tu pourras accepter le salut. Je te veux à mes côtés pour le Jugement dernier. Je ne veux pas que tu sois abandonnée, ma petite fille. Tu es ma préférée, et tu l'as toujours été. Dis que tu seras avec moi.

Mary leva la tête. De la morve coulait de son nez.
— J'ai besoin d'être avec Esther. C'est mon enfant.
— *Notre* enfant, corrigea-t-il.
— Laisse-la vivre, Père. Mary se pencha, prit ses mains et embrassa ses doigts. Laisse-la vivre et je ferai tout et serai tout ce que tu voudras.

Chapitre Soixante-Six

MAINTENANT

Fran n'avait pas eu de nouvelles de l'inspecteur. Elle utilisa WhatsApp pour appeler Adrian et lui faire savoir qu'elle restait en Arizona pour au moins une semaine de plus. Fran savait que cela allait prendre du temps. Elle savait qu'infiltrer une secte signifiait gagner leur confiance, et cela signifiait les prendre à leur propre jeu. Elle ne lui dit rien de tout cela, évidemment. Il prit la nouvelle aussi bien qu'on pouvait s'y attendre, avec à peine plus qu'un *très bien, si c'est ce que tu veux*. Ils mirent fin à l'appel de façon abrupte.

Après s'être inscrite au prochain stage disponible, Fran fit quelque chose qu'elle n'avait pas fait depuis longtemps. Elle ouvrit un document Word, et elle commença à écrire. Cela commença comme un recueil de faits sur la secte. Où ils avaient commencé, qui les avait lancés, quand ils avaient déménagé en Arizona. Puis elle décrivit en détail le processus de recrutement, de la distribution du dépliant dans la rue à la rencontre avec Caleb au centre d'examen, en passant par la sélection des cours proposés. Elle inclut également Mary et Esther dans ses écrits. La façon dont elles s'étaient rencontrées. Les vêtements qu'elles portaient. La petite fille sévère qui défiait sa moralité à la table du dîner. Elle écrivit sur sa propre foi en Dieu et sur la façon dont l'existence de cette secte l'avait effrayée et avait même ébranlé sa foi.

Comme elle avait une journée à tuer avant le début du cours au ranch, Fran trotta jusqu'au hall d'entrée et décida d'interroger autant de personnes que possible sur les *Enfants de James*. Elle commença par le personnel de l'hôtel. La plupart se crispèrent lorsqu'elle mentionna le nom de la secte. Ils étaient souvent réticents à parler d'eux de manière approfondie, se contentant de reconnaître qu'ils existaient, précisant que les membres de communauté avaient tendance à rester entre eux. Ils mentionnaient souvent les recruteurs qui erraient dans le centre de Tucson avec leurs piles de prospectus. Certains lui parlèrent des jeunes gens élégamment habillés qui frappaient aux portes pour tenter d'entraîner les habitants dans des débats sur le salut et l'âme. Une femme de ménage raconta à Fran que son cousin avait été recruté dans une auberge de jeunesse.

Fran saisit tout cela dans son document Word. Elle n'était pas sûre de ce que cela deviendrait. Un article ? Une biographie ? Mais c'était en train de devenir quelque chose.

Adrian rappela plus tard dans la nuit. C'était un appel vidéo, mais il n'arrivait pas à faire fonctionner l'application correctement, alors elle finit par parler à un écran noir. Elle était plongée dans son article et avait envisagé d'ignorer l'appel, mais elle s'était ravisée et avait répondu.

— Tu me manques, Franny, dit-il, et elle savait qu'il le pensait. On ne s'est pas très bien dit au revoir tout à l'heure, n'est-ce pas ?

— Non, admit-elle.

— Je suis inquiet pour toi.

— Il n'y a pas de raison de s'inquiéter, insista-t-elle. Comme je l'ai dit, je me donne une semaine environ pour voir si quelque chose se passe, et ensuite je rentre à la maison. C'est tout.

— C'est une promesse ? Parce que je vais te la faire respecter.

— Oui, dit-elle. C'est une promesse.

Bien qu'elle pensait ce qu'elle disait, au fond d'elle, elle savait que c'était un mensonge. Si ça avait été vrai, elle n'aurait pas eu mal au ventre en le disant. Mais elle en dit assez pour espérer qu'il lui laisse la liberté dont elle avait besoin pour trouver Mary, tout en préservant son mariage. Il ne savait pas à quel point elle en avait besoin, c'était quelque chose dont elle était sûre. Et bien qu'elle se soit couchée avec un sentiment de malaise, elle se réveilla avec un sentiment de détermination. Aujourd'hui c'était le jour où elle commençait son cours 101 des *Enfants de James*, intitulé aussi : « Quel est votre bien-être intérieur et pourquoi l'avez-vous ignoré ? »

Des instructions avaient été fournies avec l'inscription au cours. Elle devait porter des vêtements et des chaussures confortables. Pas de chaussures ouvertes. Cela la rendit quelque peu inquiète, mais elle sortit ce qu'elle avait dans sa valise et fit en sorte que cela convienne.

Encore un taxi et les frais s'accumulaient. Elle était contente d'avoir son propre compte en banque auquel Adrian n'avait pas accès mais, en même temps, ses fonds étaient limités. C'était plus un compte d'urgence qu'un compte qu'elle utilisait régulièrement. Elle se disait que ça n'avait pas d'importance, pas sur le long terme. Pas si elle retrouvait Mary et Esther.

— Je ne peux pas vous emmener jusque-là, dit le chauffeur. Il y a des règles. Pas d'étrangers à la secte.

— Oh, répondit Fran. Vous pouvez m'amener jusqu'où ?

— La grille extérieure, je suppose. Le chef a ses gardes du corps partout dans ce foutu endroit. Vous devrez passer par-dessus la barrière et marcher à travers leurs champs.

Elle accepta et ils partirent. Sur le chemin, Fran lui demanda ce qu'il pensait de la secte.

— Tout le monde pense qu'ils sont inoffensifs, mais pas moi. Ils font ce qu'ils veulent dans les montagnes. Dieu sait combien de personnes vivent là parce que personne ne le dit, n'est-ce pas ? Peut-être une centaine, peut-être

Vulnérable

une douzaine. Où est-ce qu'ils dorment ? Qu'est-ce qu'ils mangent ? Combien d'argent ce leader leur soutire-t-il ? Quelqu'un devrait faire fermer ce truc. Religion, mon cul, oui. Il marqua une pause et prit une inspiration. Personne ne veut le dire. Ils ont tous trop peur d'offenser quelqu'un. En attendant, ils peuvent préparer n'importe quoi.

— Et la police ? Elle les surveille parfois ?

— Pas que je sache. Je suppose que ce serait peut-être le cas s'ils commettaient un crime. Les choses étaient devenues assez tendues il y a quelques années.

— Ah oui, que s'est-il passé ?

— Une petite fille a disparu. Elle avait quatre ou cinq ans, j'ai oublié. Quoi qu'il en soit, les parents ont affirmé qu'ils avaient vu un mec de la secte traîner près de leur maison. Quelqu'un du bureau du shérif est allé vérifier et a réalisé que beaucoup de membres possédaient des armes.

— Quelqu'un a été blessé ?

Il secoua la tête.

— Ils les ont laissés fouiller l'endroit et la fille n'a pas été retrouvée. Y a pas d'enfants là-bas apparemment.

— Ah, dit Fran.

Ça semblait peu probable.

— Ça aurait pu tourner comme à Waco.[1]

— Ouais. Fran regarda les montagnes par la vitre. Des armes. Elle n'avait pas inclus d'armes dans l'équation, mais bien sûr qu'il y aurait des armes.

— Enfin… on y est, je ne peux pas vous amener plus loin. Soyez prudente là-dedans, d'accord ? Dites-moi que vous n'allez pas les rejoindre, s'il vous plaît.

— Non, répondit Fran. Je veux juste savoir à quoi ça ressemble.

— Ouais. Je l'ai déjà entendue celle-là.

Chapitre Soixante-Sept

AUPARAVANT

Esther avait vraiment essayé de ne pas penser à ce que Mary avait dit à Père pendant leur conversation à cheval. Mais en même temps, c'était difficile de ne pas le faire.

Grace et elle étaient seules dans l'écurie, en train de balayer le foin tombé. La brosse résonnait sur le béton, accompagnant le bruit des chevaux qui s'agitaient. Elle entendit Champion grincer des dents. Pepper remuait la queue. Bert secouait la tête et grognait, reniflant la poussière de foin par les narines. Oakley était endormi dans la paille, ses longues jambes repliées sous son corps, son ventre rond se soulevait et s'affaissait. Elle aurait voulu profiter de son retour, écouter les bruits des animaux détendus, mais son esprit n'arrivait pas à se concentrer sur les bonnes choses, il déviait sans cesse vers l'image de sa mère avec son père.

Esther s'approcha de Grace et s'assit sur une botte de foin.

— Qu'est-ce que les gens mariés se font entre eux ? Tu sais... quand ils font des enfants.

— Ils se couchent l'un à côté de l'autre, dit Grace.

— C'est tout ?

Grace fronça les sourcils.

— Je pense qu'ils se frottent l'un contre l'autre, tout nus. Mais Dieu est là aussi, en quelque sorte.

— Après qu'ils soient devenus mari et femme ?

— Oui, c'est ça.

Esther posa sa brosse contre le mur. Elles avaient des balais spéciaux en plastique léger pour les aider dans leur travail. Les balais en bois pour adultes étaient trop lourds.

— Mais quel âge on doit avoir pour coucher avec quelqu'un ?

— Je ne sais pas, dit Grace. Vieux.

— Genre, adulte ? Aussi vieux que Père ?

— Pas aussi vieux. Mais plus vieux que nous.
— Douze ans ?
Grace réfléchit pendant une minute.
— Non, plus vieux que ça.

Esther pensa à Paul qui avait dix ans. Elle ne pouvait pas l'imaginer épouser quelqu'un dans deux ans. Il se curait toujours le nez et mangeait ses crottes. Esther ne pouvait pas non plus s'imaginer être une épouse à douze ans. Alors pourquoi Mary avait-elle dit ces choses ? Elle décida de tout raconter à Grace. Elle tapota la botte de foin et elles s'assirent ensemble pendant qu'Esther relatait toute la conversation.

— Peut-être qu'elle n'a pas couché avec lui, dit Grace. Peut-être que tu viens d'ailleurs, comme moi.
— Peut-être qu'on nous a trouvées toutes les deux. Esther eut soudain l'envie de prendre Grace par la main. Elle le fit. « J'aimerais bien. »
— Moi aussi, dit Grace.

Plus tard dans la journée, Esther apporta à la cuisine de la ferme de la laitue fraîchement récoltée, puis se rendit à la buanderie pour empiler le linge. En chemin, elle vit le Père James debout dans le couloir près de l'escalier.

— Esther, c'est ça ? demanda-t-il. Il portait ses lunettes de soleil et ses bijoux en or. Isaiah se tenait silencieusement à sa droite.
— Oui, Père. Esther s'inclina.
— J'aimerais discuter avec toi. Il lui fit signe de le suivre et ils se dirigèrent vers l'arrière de la maison. Il ouvrit la porte d'une pièce et elle entra.

Le cœur d'Esther battait à tout rompre lorsqu'il lui montra une chaise en face d'un bureau, puis ferma la porte derrière eux. Isaiah resta à l'extérieur.

— Comment vas-tu aujourd'hui ? demanda-t-il.
— Très bien, Père. Merci.
— C'est bien. Laisse-moi te regarder. À sa grande surprise, il retira ses lunettes de soleil avant de soulever délicatement son menton. Mon Dieu, mon Dieu. Tu me rappelles vraiment ta mère. Une si jolie bouche.

Elle frissonna. L'intensité de ses yeux bleus la transperça, pénétrant sous sa peau et ses os, jusqu'à son âme. Le Père James possédait la capacité de guérir avec ces yeux. Certains des autres membres portaient des flacons de ses larmes autour du cou pour soigner leur arthrite ou leurs problèmes intestinaux.

Il se pencha en arrière sur sa chaise et replia les bras derrière sa tête.

— Est-ce que tu as travaillé sur toi-même en tant qu'entité holistique et spirituelle ?
— Oui, Père.
— Acceptes-tu la volonté de Dieu sur ton chemin vers le salut ?
— Oui, Père.
— Crois-tu que je suis le prophète, le vaisseau et la langue de Dieu ?
— Oui, Père.
— Bien. Et que penses-tu de ta mère, Mary ?

Esther hésita. Son regard se posa sur ses mains croisées sur ses genoux. Puis il dériva vers l'étagère à livres. Aucun des autres membres de la secte n'avait le droit d'avoir des livres, mais le père en gardait une petite sélec-

Vulnérable

tion. Il y avait le Livre de James, bien sûr, la Bible, qui était blasphématoire, un dictionnaire, une encyclopédie et un gros livre sur la médecine. Mary lui avait appris à lire quand elle était petite. Le seul livre qu'ils avaient était le Livre de James, et il lui avait appris tout ce qu'elle devait savoir.

— Elle m'aime, dit Esther.

— Oui, elle t'aime. Quoi d'autre ?

Esther serra ses genoux et sentit une crampe familière se former dans son ventre.

— Elle ment.

Le Père James leva les sourcils. Il était sur le point de parler quand on frappa à la porte.

— Oui ?

Isaiah passa la tête par l'entrebâillement.

— Désolé de t'interrompre, Père. Il y a de la visite.

— Demande-leur d'attendre dans la salle de sermon, d'accord ? Le Père congédia l'homme d'un geste de la main avant de rediriger son attention vers Esther.

— Je vois devant moi une grande croyante. Une fille sur le bon chemin. Je suis impressionné, Esther. Très impressionné en effet. Maintenant, que sais-tu du Jugement dernier ?

— Le Jugement dernier est le moment où nous recevrons le salut de Dieu.

— C'est exact. Le Père James sourit. J'ai entendu dire au ranch que tu dirigeais les enfants toute seule. Et dans sa sagesse, Dieu m'a dit que tu avais un rôle important à jouer au moment du Jugement dernier. Veux-tu que je te dise ce que c'est ?

Esther hocha la tête avec enthousiasme.

Chapitre Soixante-Huit

MAINTENANT

Caleb se tenait près d'un portail à barreaux, les mains négligemment enfoncées dans ses poches. Il n'y avait personne avec lui. Fran leva une main en signe de salutation et se demanda pourquoi il était seul. Était-elle l'unique participante ? Ce serait étrange, non ?

— C'est très sympa de te revoir, dit-il en lui ouvrant la porte. Il avait un large sourire. C'était juste un peu effrayant, quelque chose entre accueillant et forcé.

Le portail s'ouvrait sur un chemin de terre qui courait entre les champs. Il y avait quelques chevaux qui broutaient l'herbe, secouant leur crinière pour éloigner les nuages de mouches bourdonnantes. Un petit nombre de bovins et de chèvres meuglaient et bêlaient. Le bétail resta à l'écart de la clôture tandis que les chèvres accouraient au trot.

— Alors, c'est une ferme en activité que vous avez là ? demanda Fran.

— En partie, répond Caleb. Nous sommes plus autosuffisants que fermiers. Nous vendons une partie de nos produits, mais pas aux épiceries. Le bétail et les chèvres sont des rescapés des abattoirs. Les chèvres produisent toujours du lait, mais nous gardons les vaches par gentillesse. Parfois, en été et en automne, nous installons un étal sur la route pour vendre des produits, ou nous en faisons don aux banques alimentaires.

— Et chaque membre participe au fonctionnement de cet endroit ?

— C'est ça, oui, dit-il. C'est notre mode de vie ici.

— Mais qu'en est-il des objectifs externes ? demanda Fran.

Le sourire de bienvenue de Caleb se transforma en un sourire entendu.

— Ne t'inquiète pas, nous allons passer tout cela en revue dans le cours d'aujourd'hui.

— Très bien.

— Il ne faut pas être nerveuse. C'est un grand jour. Je te le promets. Il jeta un coup d'œil à sa montre. Il y a déjà quelques participants qui attendent dans le hall. On devrait commencer à l'heure, mais je vais devoir en récupérer quelques autres à l'entrée.

Fran essaya de mémoriser tout ce qu'elle voyait alors qu'ils approchaient du ranch. Elle vit un corps de ferme, grand mais pas énorme. Il avait un porche en bois et des rideaux en dentelle. Il y avait plusieurs dépendances, dont certaines étaient manifestement destinées aux animaux, mais d'autres, pensait-elle, pouvaient servir de logement aux résidents. Il y avait davantage de fenêtres sur les murs de ces granges et elles semblaient généralement plus propres. Caleb la conduisit vers l'une des dépendances plus propres et lui dit d'attendre à l'intérieur. Puis il fit demi-tour pour reprendre le chemin de terre.

Il était tentant de s'écarter du chemin et de fouiner, mais Fran décida de suivre les instructions. En chemin, elle examina le visage de tous ceux qu'elle voyait, à la recherche de Mary, Esther ou Elijah. Mais que se passerait-il si elle les voyait ? Ce n'était pas comme s'ils allaient accepter de partir avec elle, de toute façon. Elijah pourrait même la faire escorter jusqu'à la sortie et lui interdire de revenir. Maintenant qu'elle était là, son cœur faisait des bonds fous dans sa poitrine. Est-ce que ça allait marcher ?

Et en même temps, Fran avait l'impression qu'Adrian se moquerait d'elle, de l'étrange situation dans laquelle elle s'était mise. Non, ce n'était pas vrai. Il ne rirait pas ; il aurait peur pour elle. Il serait mort d'inquiétude.

Elle entra dans la grange que Caleb lui avait indiquée, les nerfs en pelote et l'estomac contracté. Il faisait une chaleur étouffante à l'intérieur. Elle sortit son haut de son pantalon, espérant que cela l'aiderait à avoir moins chaud. Il y avait quatre autres personnes dans la salle, qui se tenaient près d'un cercle de chaises. La grange avait été convertie en un espace qui lui rappela la salle des fêtes de Leacroft, avec une scène au fond et de l'espace pour un public. Mais c'était plus grand que la salle des fêtes, et le sol en béton faisait résonner chaque pas. Des banderoles de triangles colorés flottaient haut sous les poutres.

Une femme mince avec une maxi robe chamarrée lui fit passer une bouteille d'eau.

— Vous en aurez besoin, dit-elle.

Fran la remercia.

— Vous êtes déjà venue à un de ces cours ?

Elle avait une peau lisse, acajou, avec deux demi-lunes légèrement plus foncées sous les yeux. Fran estima qu'elle avait une trentaine d'années.

— Oui. C'est mon deuxième essai, je dirais.

— La première fois ne vous a pas convaincue ?

Elle sourit.

— Non, mais ça ne m'a pas rebuté non plus. Je le sens encore. C'est... Elle marqua une pause, cherchant les mots. Beaucoup de choses.

Fran rit.

— Oui, j'imagine. Au fait, je m'appelle Fran. Elle tendit la main à la femme.

— Talisa.

Fran prit une gorgée d'eau. Au moins, elle connaissait une personne sympathique avec qui faire équipe si cette journée impliquait une sorte de

Vulnérable

jeu de rôle. Fran réprima un frisson à l'idée d'un jeu de rôle, quelque chose qu'elle avait toujours redouté pendant les séminaires.

Pendant qu'elles attendaient, Talisa lui posa quelques questions polies sur son accent, et Fran lui demanda si elle était de Tucson. La conversation était guindée, mais agréable. Rencontrer de nouvelles personnes et avoir des conversations maladroites la faisait toujours se sentir plus jeune, comme si elle était de retour à l'université et rencontrait ses camarades de cours pour la première fois.

— Me revoilà, tout le monde. Désolé pour l'attente. Caleb entra en trombe avec trois autres personnes. Elles étaient jeunes, la vingtaine, allant du blond paille au blond foncé. Deux filles et un gars. Caleb tapa dans ses mains. Super ! Tout le monde est là, alors commençons !

Fran se fraya un chemin jusqu'à une chaise, restant près de Talisa. Elle remarqua que tout le monde portait des vêtements au goût du jour, mais elle soupçonnait encore que des membres de la secte se cachaient dans le groupe. Elle était sûre qu'ils avaient une réserve de tenues différentes pour ce genre d'événement. Elle remarqua un nombre disproportionné de femmes dans le groupe et que la plupart n'avaient pas plus de trente ans. Elle était le dinosaure du lot, comme aurait dit Adrian.

Ils commencèrent par se présenter, puis travaillèrent sur les objectifs externes, ce qui amena Fran et Talisa à se pencher sur un tableau blanc avec des marqueurs. Et puis Fran remarqua un léger changement de ton. Le cours de Caleb avait commencé à attaquer directement le consumérisme.

— Et si je vous montrais un moyen de vous défaire de vos biens matériels ? Et si je vous disais que vos objectifs extérieurs n'ont pas besoin de tourner autour de quel iPhone vous possédez ? Et si je vous disais qu'atteindre le meilleur de vous-même n'a rien à voir avec aucune de ces choses ? Caleb tapa sur ses genoux avec les paumes de sa main. Venez avec moi.

Ils retournèrent dans la cour et les yeux de Fran parcoururent le paysage. C'était maintenant le milieu de la matinée et elle imaginait Mary à chaque endroit. Que se passerait-il si elle était reconnue devant Caleb ? Rien de bon. Elle garda la tête baissée. Elle vit au loin un homme de la même taille et de la même silhouette qu'Elijah. Il avait aussi une barbe. Serait-ce lui ? Elle détourna la tête et se reprocha de ne pas avoir eu la prévoyance de porter un chapeau à large bord. Son petit chapeau de paille cachait à peine ses traits.

Caleb les conduisit vers un petit paddock. Il était dans un certain état de délabrement, avec des cailloux, de grosses pierres et de mauvaises herbes mélangés à la terre dure. Il y avait différents outils alignés contre la clôture. Pelles, truelles, râteaux et plus encore. Fran rit presque de cette audace. Allaient-ils vraiment leur faire faire des travaux agricoles après avoir payé un cours ?

Talisa verbalisa ses pensées.

—T'es pas sérieux ? C'est juste de l'exploitation.

— Je suis sérieux, dit Caleb. Débroussaillez ce champ. Et pendant que vous le faites, méditez sur une chose : je nourris mon esprit. Je nourris mon âme. Je veux que vous répétiez ces mots après moi.

Le groupe répéta les mots. Fran aussi.

« Vous ne vous parlerez pas entre vous. Vous allez méditer et vous allez débroussailler ce champ. »

— Et toi ? Tu feras quoi ? demanda Talisa.

— Je serai juste là, dit Caleb. Je méditerai avec vous.

Un des blonds prit la parole.

— Je ne vais pas débroussailler ce putain de champ. C'est des conneries.

Caleb secoua la tête.

— Non, pas du tout. Nous n'utilisons pas ce champ et le fait qu'il soit débroussaillé ne signifie rien pour nous. C'est pour vous. Mais si vous voulez partir, alors partez. Personne ne vous contraint. Sinon, si vous voulez rester et apprendre à nourrir votre âme, vous savez où se trouvent les outils. Il fit un geste vers les pelles et les râteaux. C'était la plus grande fermeté qu'elle ait jamais entendue de la part de Caleb, d'habitude si gentil, et cela eut sur elle un effet auquel elle ne s'attendait pas. Elle avait presque envie d'obéir, mais elle n'arrivait pas à mettre le doigt sur la raison. Peut-être était-ce pour embêter les jeunes blonds.

Les participants hésitèrent. La plupart échangèrent des regards entre eux alors que le silence s'étirait. Un homme prit une pelle. Quelques autres suivirent. Fran laissa échapper un long soupir et prit une binette. Lentement, même la fille blonde en colère roula des yeux en prenant un râteau.

Fran se mit au travail, mais pendant qu'elle arrachait les mauvaises herbes, elle se persuada elle-même : je vais les trouver. Je vais les sauver.

Chapitre Soixante-Neuf

AUPARAVANT

Esther essayait de dormir dans le bunker, mais Stinky ronflait. C'était pour cela qu'elle ne pouvait pas dormir, à cause de lui, pas à cause de ce que le Père James lui avait demandé de faire. Non, parce que le Père James était bon et que tout ce qu'il disait était vrai. Il était le porte-parole de Dieu. Cela signifiait que tout ce qu'il demandait venait directement de Dieu. N'est-ce pas ? Mais qu'est-ce qu'un porte-parole déjà ? Elle ne pouvait pas s'en souvenir. Quelqu'un qui parle beaucoup ? Non, ce n'était pas ça. Cela signifiait que Dieu disait à Père ce qu'il devait faire et qu'ensuite il leur transmettait le message. S'ils faisaient exactement ce qu'il disait, ils trouveraient le salut, ce dont ils avaient besoin car le Jugement dernier était imminent.

Elle avait mal au ventre. Elle n'avait pas beaucoup mangé, mais elle se sentait quand même malade. Il y avait des toilettes dans l'abri, mais elles étaient à la vue de tous et elle ne voulait pas vomir devant les autres. Au lieu de cela, elle garda les yeux fermés et pria en silence. *Seigneur, merci de me protéger. Merci de nous avoir donné Père James en cadeau et de parler à travers lui pour donner ta vérité.* Les mots roulaient facilement dans son esprit parce qu'on les lui avait enseignés d'aussi loin qu'elle se souvienne. Puis elle ajouta ses propres mots. *Je veux être une gentille petite fille. Je veux faire ce qu'il faut. Peux-tu m'aider à choisir ? Ce que Père dit est bien et ce que Mère dit est bien, mais ce sont deux choses différentes. Tu pourrais peut-être me montrer demain ? Mais comment je le saurai ? Je ne pense pas que tu puisses me parler comme tu parles à Père. Attends, je sais. Si Missy pond un œuf demain, alors maman a raison pour papa. Si elle a raison, alors je ne devrais pas faire ce que Père m'a demandé. Mais si Missy pond deux œufs, alors je sais que tu parles à travers Père. Si je trouve deux œufs, je ferai ce que Père m'a demandé de faire. C'est d'accord, Seigneur ? Je t'aime beaucoup.*

Grâce à cela, son estomac se calma, elle n'avait plus envie de vomir. En fait, elle dormit parfaitement après cela.

Tout au long du jour suivant, Esther observa Missy. C'était une poule marron avec des mouchetures blanches sur les ailes. Elle était plus âgée maintenant et boitait parfois, mais continuait à être l'une des pondeuses les plus fiables de la basse-cour. Il était cependant très rare que Missy ponde plus d'un œuf par jour. Il était rare pour n'importe quelle poule de pondre deux œufs par jour, mais si une poule pouvait le faire, ce serait Missy.

Esther savait que Missy avait un endroit particulier dans le poulailler où elle pondait ses œufs. C'était un coin que Missy ne partageait pas. Les autres avaient été suffisamment piquées du bec pour savoir qu'il ne fallait pas empiéter sur ce territoire. Esther continua d'aller voir toutes les quinze minutes l'endroit où se trouvait Missy, pour être sûre d'être la première à trouver un œuf. Grace lui lançait des regards amusés alors qu'elles arrosaient les laitues dans le jardin.

— Je peux venir ? demandait-elle sans cesse.
— Non. Je veux les regarder toute seule.

Esther avait menti et avait dit à Grace qu'elle cherchait à voir si l'une des poules était assise sur ses œufs. Mary lui avait dit un jour que les poules devenaient « couveuses », ce qui signifiait qu'elles voulaient que leurs œufs se transforment en poussins. Elle avait dit qu'une fois que les poules étaient couveuses, elles protégeaient leur œuf à tout prix et refusaient que quiconque leur fasse du mal.

— Ce n'est pas juste, se plaignit Grace.

Esther roula des yeux, mais autorisa finalement Grace à l'accompagner. Elles durent passer par l'arrière de la ferme au lieu de traverser la cour, car Caleb organisait un autre cours pour les nouvelles personnes. Cela signifiait qu'elles ne pouvaient pas être vues. C'était probablement la raison pour laquelle ils travaillaient dans le jardin aujourd'hui, car cela les mettait à l'abri des regards indiscrets. Mais ça n'empêchait pas Esther de surveiller Missy. Elle supposait que la volonté de Dieu était plus importante de toute façon.

Une fois qu'elles arrivèrent au poulailler, Esther trouva un œuf dans le coin de Missy. Elle le ramassa et sourit. *Et d'un.* Puis elle fronça les sourcils. Voulait-elle que Missy ponde deux œufs ? Voulait-elle faire la chose que le Père James lui avait demandé de faire ? Maintenant elle n'était plus si sûre, mais elle aimait l'idée que Dieu lui parle aussi bien qu'au Père.

— C'est nul, dit Grace. C'est juste un œuf.
— Je suppose qu'aucune d'entre elles n'est couveuse alors, dit Esther.

Elles retournèrent au jardin et continuèrent à désherber et à arroser. La fois suivante où elle alla vérifier, c'était l'heure du déjeuner. Rien. Elle courut jusqu'à la ferme. Les enfants ne pouvaient pas utiliser la salle de sermon aujourd'hui, ils devaient manger à la table de la salle à manger. Mary les avait rejoints. Elle entoura les épaules d'Esther de ses bras.

— Tu me manques, Essie, dit-elle, des larmes ruisselant sur ses joues.

Esther grimaça. Pourquoi avait-elle l'air si mal ? Les yeux qui lui sortaient de la tête, la peau tendue et jaune, un sac d'os en guise de corps. Mary ne comprenait-elle pas que cela la mettait mal à l'aise ?

Mary s'assit près d'Esther et la regarda manger en souriant. Ça fichait la trouille. Et Mary ne mangeait rien, elle buvait juste du café en tremblant.

Vulnérable

Parfois, elle marmonnait des choses à voix haute qui ressemblaient à des pensées.

— Je vais nous faire sortir de là, disait-elle. ... le Jugement dernier... doit être... Dehors. On va sortir de là.

Rien de tout cela n'avait de sens et cela effrayait Esther. Parce qu'elle était impatiente de partir, elle engloutit son repas et s'excusa. Mais Mary n'écoutait même pas. Elle continuait à marmonner, avec ses lèvres gercées qui remuaient comme un bébé qui babille, et ses yeux vides qui fixaient le néant. Cela commençait à traumatiser Esther. Elle se cacha derrière les plants de tomates et pleura un moment avant de se ressaisir. Dieu l'attendait.

Quand elle alla voir le coin de Missy, il n'y avait pas de deuxième œuf. Elle ne savait pas si elle devait être heureuse de ne pas avoir à suivre la demande du Père James ou en colère parce que Dieu ne lui parlait pas. Elle retourna au jardin et cueillit des tomates, se penchant près du sol pour travailler. Grace lui sourit et la salua avec enthousiasme, mais même si Esther lui rendit son sourire, elle espérait secrètement que son amie ne viendrait pas vers elle. Malheureusement, Grace ne comprit pas qu'Esther était de mauvaise humeur et s'avança pour la rejoindre. Elle portait la même salopette sale qu'Esther et essuya la terre de ses paumes sur ses fesses.

— Tu penses que Mary va bien ? demanda-t-elle. Elle se tenait au-dessus d'Esther, lui bloquant le soleil de sa hauteur.

Esther haussa les épaules.

— Tu lui as parlé ?

— Non. Elle ne voulait pas parler de Mary. Elle ne voulait pas parler du tout. « Je vais aller arracher les mauvaises herbes là-bas. » Elle s'éloigna de Grace et attaqua le sol avec sa binette.

Pendant le reste de la journée, Esther refusa d'aller voir le coin de Missy. Elle se fit des coupures entre les doigts en désherbant le fond du jardin. Elle porta des barquettes de tomates dans la cuisine. Elle lava les pommes de terre et éplucha les carottes pour le dîner. Elle lava certaines des robes des femmes. Elle essuya la sueur de son front plus de fois qu'elle ne put les compter. Elle mangea son dîner en silence dans la salle de sermon, maintenant que les participants au cours étaient partis. Elle évita le regard de Mary pendant qu'elle mangeait. Elle ne regarda pas non plus le Père James, qui était assis à côté de Mary, lui donnant de temps en temps à manger avec sa fourchette. Elle ignora ses problèmes de ventre et mangea quand même son assiette de légumes.

Et puis... Eh bien, elle se précipita vers le coin de Missy pour jeter un dernier coup d'œil. Il y avait un deuxième œuf.

Chapitre Soixante-Dix

Ils débroussaillèrent ce foutu champ. Fran regarda Talisa se redresser et prendre une gorgée de sa bouteille d'eau. Elle ne se plaignait plus, elle souriait. Le champ était débarrassé des pierres, tous les débris avaient été ratissés. Et cela s'était passé alors qu'elle était dans un état de sidération. Un étourdissement étrange, méditatif. L'un des jeunes blonds s'effondra sur le sol en riant. Des sourires se répandaient sur les visages parce qu'ils avaient accompli quelque chose de remarquable sous le soleil d'été qui leur tapait dessus.

Son corps était douloureux et elle était épuisée. Elle était sale, aussi, et espérait qu'il y aurait au moins un lavabo pour qu'elle puisse se laver les mains et le visage avant de rentrer chez elle. Personne ne parlait. Caleb leur fit signe de le suivre. Il sortit du champ fraîchement labouré et entra dans une prairie herbeuse. Fran se demanda brièvement combien de terres la secte possédait. Mais cette pensée s'envola, remplacée par l'admiration de la nature qui les entourait, car elle était belle. Depuis les lointains pics orangés, jusqu'aux champs d'herbe sèche et aux buissons de mesquite, en passant par les rues quadrillées de la ville de Tucson en bas. Les voitures défilaient sur les routes droites comme des fourmis en procession.

Caleb s'assit sur l'herbe et les invita à faire de même. L'herbe piquait un peu, moins confortable que l'herbe douce de l'Angleterre qui semblait toujours être humide. Il croisa les jambes et ils firent de même. Il ferma les yeux et ils firent de même. Fran se tortilla, essayant de se sentir à l'aise. Il y avait toujours une tension qui la traversait. Elle déglutit bruyamment. Puis Caleb commença à parler.

— Je nourris mon esprit. Je nourris mon âme. Je nourris mon esprit. Je nourris mon âme. Pas besoin de le dire avec moi, détendez-vous et concentrez-vous sur mes mots. Et puis il continua encore et encore. *Je nourris mon esprit. Je nourris mon âme.* Fran ouvrit les yeux et vit que Caleb la regardait. Il lui fit un clin d'œil sans s'arrêter de parler. *Je nourris mon esprit. Je nourris mon âme.* Elle ferma les yeux, gênée d'avoir été prise sur le fait.

Elle savait que tout cela n'était qu'un tas d'idioties, que la secte avait réussi à la faire payer pour labourer son champ et qu'il y avait certainement des membres de la secte dans le groupe qui jouaient le jeu pour que cela paraisse plus authentique, et pourtant elle ressentait quand même un énorme sentiment de paix l'envahir. Une fois qu'elle cessa de lutter contre cette pensée, son corps s'enfonça dans le sol et elle se sentit à la fois lourde et comme si elle ne pesait rien. Une partie de la tension quitta son corps. Son esprit se vida, complètement, pendant un moment. Deux moments. C'était merveilleux, mais fugace. Après cette sensation de calme, elle revit Mary et Esther assises en face d'elle dans le café de Leacroft. L'expression d'Esther était sévère, comme toujours. Mary riait, les coins de ses yeux se plissant agréablement. Puis elle vit Esther debout au milieu de la pelouse du village, seule, dans l'obscurité. Les mains derrière le dos. Ses chaussures noires collées l'une à l'autre. Elle ressentit la sensation de mollets douloureux comme si elle avait couru. Elle tendit la main, mais Esther se contentait de la fixer.

Enfin, Fran vit Chloé. Elle vit son petit visage dépassant de la couverture de bébé. Elle était entrée dans la nurserie plusieurs fois auparavant et avait vu les joues potelées de Chloé au-dessus de la laine rose et douce. Elle était entrée pour trouver Chloé souriante, ou gazouillante, ou détendue dans son sommeil. Mais cette fois, elle avait senti un coup de poing dans son ventre. Une boule de démolition dans l'abdomen. Son corps l'avait su avant que son esprit ne le comprenne. Les joues parfaites au teint de pêche de Chloé avaient viré au bleu. Elle se souvint du silence du babyphone. Ces orteils violets qui dépassaient de sous la laine.

Fran haleta. Elle se leva, s'éloigna du groupe, la main serrée sur sa bouche. Elle ne pouvait plus respirer. Avant qu'elle ne s'en rende compte, Caleb était à côté d'elle, une main chaude sur son dos, la caressant doucement en un mouvement circulaire. Fran était effondrée et en sanglots, une douleur atroce irradiait de son abdomen.

— Tu es en sécurité, dit-il. Laisse sortir ta douleur. Laisse-la partir.

— Non, lâcha Fran. C'est tout ce qu'il me reste d'elle. C'est tout ce que j'ai.

Elle sentit d'autres mains se poser sur ses épaules et son dos. Les autres l'avaient rejointe. Ils s'assuraient qu'elle allait bien. Ils frottèrent, caressèrent et tapotèrent. Elle sentit la chaleur de leur peau sur la sienne.

— On est avec toi, dit Talisa.

— Je... je... dit Fran, toujours secouée par les sanglots. Je ne peux pas. La. Laisser. Partir.

— Respire, Francesca, dit Caleb. Expire. Allez, respire avec moi. Il l'aida à se redresser. Il inspirait par le nez et expirait par la bouche. Elle l'imita. Inspire... expire... Les autres firent de même. Ils inspirèrent et expirèrent. Inspirèrent et expirèrent. Ils respiraient ensemble.

— Laisse-toi aller, chuchota Caleb.

Fran regarda ces visages. Ils la regardaient tous, des jeunes blondes aux deux gars, en passant par Talisa, qui l'encouragea d'un signe de tête, comme une sage-femme. Elle ne connaissait aucune de ces personnes et pourtant elle se sentait en sécurité. Elle se sentait vue. Elle se retourna et fit face à la ferme. Elle en vit la simplicité, le charme. Puis elle se tourna vers les champs, la ville, les fourmis. Adrian ne lui avait jamais dit de se laisser aller. Il ne lui avait jamais dit de lâcher prise. Cela l'effrayait-il de voir sa douleur ? Elle avait gardé tout cela soigneusement rangé dans un espace à l'intérieur d'elle. Ils avaient redécoré la chambre d'enfant avec un coup de peinture et c'était tout.

Elle s'effondra, vaincue, et les autres s'assirent autour d'elle. Chacun d'eux posa une main sur elle. Elle ferma les yeux et pensa à Chloé, imaginant la fille qu'elle aurait été. Fran ne l'avait jamais avoué à personne, mais elle aimait les enfants en vêtements traditionnels. Elle aimait les petites filles avec des nattes et des chaussures de cuir élégantes. Des collants et des jolies robes. Pas les leggings et les t-shirts que la plupart des enfants portaient maintenant.

Chloé aurait été intelligente, bien sûr. Intéressée par les livres, peut-être. Bonne en anglais. Moyenne en maths. Une empathique, toujours gentille, mais pas du genre à se laisser faire. Soignée, mais pas maniaque. Joueuse de violon. Belle, mais pas ouvertement, possédant une grâce subtile. Oui, c'était le fantasme de la fille que Fran voulait être et qu'elle n'avait jamais été.

Elle lâcha prise.

Elle reconnut que tout ça était inutile maintenant. Aucune de ces choses n'était Chloé. Sa fille n'avait jamais eu l'occasion de se forger une personnalité propre. Fran se torturait en la créant pour elle. En imposant un futur à un fantôme. Il était temps d'arrêter d'inventer la vie qu'elle considérait comme arrachée par la cruauté. Au lieu de ça, elle s'accrocha aux souvenirs des heures de souffrance à l'hôpital, au sang, à la sensation de Chloé au sein et à quel point c'était bizarre, mais réconfortant. L'image de ses bulles de salive. L'odeur de sa tête. Les rides potelées de sa peau. Les petits bouts de peau secs au-dessus de ses sourcils. Les bruits de gargouillis. Les pleurs pendant les premiers changements de couches. La chaleur de son corps lorsqu'elle l'allongeait sur sa poitrine.

Avant que Fran ne s'en rende compte, elle était allongée sur le sol, la tête posée sur l'herbe piquante. Elle souriait au ciel. Elle avait lâché prise.

Chapitre Soixante-Et-Onze

Fran retrouva Caleb pour le déjeuner. C'était le lendemain du cours des *Enfants de James* et il lui dit qu'il aimerait bien avoir une discussion de suivi pour voir comment elle se sentait. Le cours avait été particulièrement intense pour Fran. Il avait senti qu'elle s'était débarrassée d'un poids important et il voulait s'assurer qu'elle allait bien. Une transition aussi importante pouvait être difficile pour certains.

Elle accepta de le retrouver dans le même restaurant mexicain qu'elle avait trouvé près du poste de police, parce que c'était le seul endroit dont elle se souvenait. De plus, si elle avait de mauvaises impressions ou des inquiétudes à propos de la secte, elle pourrait aller directement au commissariat et aller voir l'inspecteur Woodson.

Elle marcha jusqu'au centre-ville. C'était une journée légèrement plus fraîche, avec une brise légère provenant des montagnes. Elle avait mis des barrettes pour attacher ses cheveux et portait un cardigan et une jupe. Cela lui avait fait mal de dépenser de l'argent pour le service de blanchisserie hors de prix de l'hôtel, mais elle n'avait pas eu envie de traîner sa valise jusqu'à une laverie. Elle lissa nerveusement sa jupe en entrant dans le restaurant. La même serveuse à visage d'elfe lui fit un demi-sourire avant de jeter un coup d'œil anxieux à Caleb. Fran n'avait pas pensé à la réaction des autres personnes face à un membre d'une secte. Bien sûr, la serveuse s'était sentie mal à l'aise avec Caleb assis tout seul dans son restaurant. Fran adressa un sourire coupable à la fille avant de s'asseoir à côté de Caleb.

Il lui serra la main pour la saluer.

— ça fait plaisir de te voir, Francesca. J'ai pensé à toi toute la nuit dernière.

Sortis de leur contexte, ces mots semblaient presque romantiques. Elle rougit.

Son embarras dut se voir, car Caleb poursuivit en disant :

« À propos de ton bien-être, je veux dire. La journée d'hier a dû être une... étrange expérience. »

— C'est une façon de la décrire. Fran se retrouva à sourire maladroitement lorsque la serveuse vint prendre sa commande. Elle demanda une limonade, puis ils eurent une discussion rapide sur les plats à commander. Fran prit un burrito aux légumes, Caleb commanda une salade aux trois haricots.

— Ça va aussi te paraître bizarre, mais écoute-moi, dit Caleb. Quand j'ai vu ta réaction hier, mon cœur a explosé de joie.

Fran leva les sourcils.

« Non pas parce que je voulais que tu traverses la douleur, mais parce que je voulais que tu la libères. Ne sens-tu pas que ton âme est sur la voie de la guérison ? »

— Si, dit-elle. Je suppose que oui.

— Exactement. Il parlait plus vite et faisait des tas de gestes, avec excitation. C'est pourquoi tu es parfaite pour la famille. J'ai hâte que tu rencontres tout le monde.

— Tu veux dire que j'ai été acceptée ?

— Oui, madame, vous l'avez été ! J'ai parlé de toi au Père James à la fin de la journée. Il veut te rencontrer au ranch. Il fait rarement ça.

— Ne dois-je pas suivre d'autres cours ?

Caleb secoua la tête.

— Je ne pense pas que tu en aies besoin. En plus, tu peux tous les suivre gratuitement si tu te joins à nous.

— Ça veut dire vivre au ranch ?

— Oui, en effet, dit-il. Ce qui est un grand pas, je sais. Nous ne voulons pas que tu te précipites. Prends ton temps. Mais Francesca, je dois dire que je sais que tu vas adorer cet endroit. Tout est paisible. Imagine la libération que tu as ressentie hier, et puis imagine que tu libères chaque partie toxique de ta vie. C'est exactement ce qui se passe au ranch. Tu laisses derrière toi les attentes placées en toi par la société, la séduction de la richesse matérielle, la cupidité et les excès de ceux qui t'entourent.

— Et les amis et la famille ? demanda-t-elle. J'ai un mari.

— Tu pourras toujours rester en contact avec eux. Peut-être qu'avec le temps, ton mari pourrait aussi venir au ranch. Tous les conjoints ne le veulent pas. Cela peut être difficile pour eux. C'est pourquoi nous te recommandons de prendre ton temps. Pas de pression. Nous voulons juste que tu te sentes aimée par nous, car nous pensons que tu serais un ajout parfait à notre famille. C'est tout.

Fran baissa la tête un instant en réfléchissant à ses paroles, en pensant à Adrian, à Mary et à Esther. Les plats arrivèrent avant qu'elle ne puisse répondre. Au milieu de son burrito, Fran demanda si elle pouvait rencontrer le Père James aujourd'hui. Caleb dut sortir pour passer un coup de fil, mais il revint en souriant.

— Le Père dit qu'il serait ravi de te rencontrer. Nous pouvons aller au ranch directement après le déjeuner.

— C'est du rapide, répondit Fran.

Caleb sirota son café.

— Tu as de la chance. Le Père James a été très occupé ces derniers temps.

Vulnérable

Nous avons eu un visiteur spécial qui est resté avec nous ces dernières semaines.

Fran leva les yeux vers lui, son intérêt piqué.

— Ah bon ? Quel genre de visiteur ?

— Quelqu'un qui faisait partie de la famille, mais qui l'avait quittée il y a longtemps. Il est revenu parmi nous.

— Et vous l'avez accueilli à nouveau ? C'est très indulgent.

Caleb sourit.

— Le pardon fait partie de l'alimentation et du soin de l'âme.

Ils continuèrent à manger et Caleb parla davantage de l'importance de l'amour de soi. Plus d'une fois, elle vit la serveuse la regarder, les yeux plissés par la suspicion. Cela la mettait si mal à l'aise qu'elle laissa un généreux pourboire lorsqu'ils payèrent. Caleb le remarqua, mais ne dit rien.

En sortant du restaurant, Fran réalisa qu'elle avait un appel manqué de l'inspecteur. Elle leva les yeux en direction du commissariat de police. Il serait peut-être disponible pour un entretien à ce moment précis ? Mais elle décida de ne pas y aller. Au lieu de cela, elle monta dans le camion de Caleb. Peut-être qu'elle pourrait trouver un moment de calme pour rappeler plus tard. Ou, d'un autre côté, peut-être n'avait-elle pas besoin de l'aide de Woodson après tout. Bientôt, elle ferait partie de la famille des *Enfants de James*, et elle pourrait alors faire sortir Mary et Esther de l'intérieur.

Chapitre Soixante-Douze

Esther n'avait pas prêté beaucoup d'attention au visiteur ces dernières semaines. Elle était trop occupée par le travail au ranch et par la tâche que le Père James lui avait demandé de faire au moment du jugement dernier. Elle avait remarqué ce visiteur dans les parages, cependant, jamais très loin de Père. Parfois, Esther les voyait en pleine conversation près du potager ou dans le verger. Elle sentait ses yeux sur elle, ceux du visiteur, mais elle l'ignorait, et lui aussi l'ignorait.

Depuis qu'elle avait trouvé le deuxième œuf dans le coin de Missy, Esther pensait au Jugement dernier. Le Père faisait des sermons au ranch pendant qu'ils travaillaient, sa voix grinçante et fluette sortant du système de sonorisation. Les adultes cueillaient des cantaloups et montaient à cheval dans les champs, tandis qu'Esther et les autres enfants étaient au potager, l'écoutant pendant qu'ils arrosaient et taillaient les plantes.

— Le jour du Jugement dernier arrive, mes beaux, beaux enfants. Il y a des milliards de personnes qui ne se sont pas préparées, qui ne le verront pas venir et qui n'auront pas la clairvoyance nécessaire pour survivre. Mais nous survivrons. Croyez-moi, nous le ferons. Dieu m'a parlé. Il m'a dit que nous avions nourri nos âmes. Nous avons nourri notre bien-être intérieur. Nous sommes ceux qu'il a choisis pour s'élever. Nous allons nous élever. Ce sera glorieux, et nous participerons à l'ascension.

Retenez mes mots, mes enfants, le jour J est presque arrivé. Il y aura des lumières dans le ciel. Brillantes de mille feux. Personne ne verra les étincelles, sauf vous. Personne n'a jamais vu les étincelles sauf vous, ma famille élue. Nos esprits sont pleins d'amour, et maintenant notre but extérieur est le salut. Nous allons atteindre le salut. Nous le vivrons. Le temps est venu de marcher avec moi dans le feu. Pour renaître.

— J'aimerais bien qu'il arrête de parler maintenant, dit Grace. Elle se posa sur l'herbe près de la laitue et ajusta son chapeau de soleil. Je n'aime pas ça.

Stinky était tout près. Il s'assit aussi.

— Il me fait peur.
Delilah hocha la tête.
Esther jeta sa binette par terre avec dégoût.
— Comment oses-tu ? C'est ton père.
— Non, c'est pas vrai ! Stinky la regarda fixement.
— Si, c'est vrai !
— Non ! Mon papa...

Grace ouvrit les bras en grand comme pour les séparer avant une bagarre.

— Arrêtez ça ! Arrêtez de vous disputer. Je déteste vous entendre vous disputer tout le temps.

Esther croisa les bras et se renfrogna, le nez vers ses chaussures. Le jour du Jugement dernier, ils verraient tous à quel point ils avaient tort. Elle leur montrerait.

Quelques minutes plus tard, le système de sonorisation s'éteignit et Esther sentit un relâchement au niveau de sa poitrine. Elle s'était dit qu'elle se concentrerait sur les paroles de son père, mais elle savait maintenant qu'elles l'avaient oppressée.

— C'est un mauvais homme, dit Stinky. Les bons pères ne font pas de mal aux enfants. Ils ne les font pas dormir dans des abris anti-tempête avec des araignées et des lézards.

Esther aurait voulu se boucher les oreilles avec du coton, mais elle préféra mettre ses mains dessus. Stinky essaya de les lui écarter.

— Il est mauvais, dit-il encore. Il va nous faire du mal.

Après l'avoir bousculé, Esther se leva et s'éloigna vers une autre partie du jardin, aussi loin des autres qu'elle le pouvait. Elle s'attendait à ce que Grace vienne avec elle, mais elle ne vint pas, elle resta avec les autres enfants. Esther était seule. Elle traça le contour d'une feuille avec son petit doigt. À voix haute, mais doucement, elle dit : « Il y avait deux œufs. Dieu m'a dit ce que je devais faire. Père est bon. Je dois faire ce que Père m'a dit de faire. Je dois le faire. » Elle resta assise là pendant un long moment, et elle pouvait à peine respirer. Pendant un moment, elle ferma les yeux et pensa au feu, aux étincelles et à sa renaissance. Elle se demanda si ça ferait mal. Le feu semblait douloureux, mais Père ne leur ferait pas de mal, n'est-ce pas ?

Si, réalisa-t-elle. Il leur ferait mal, mais c'était bien, parce que la douleur menait toujours à quelque chose de mieux. Comme quand Père avait frappé Stinky parce qu'il essayait de s'enfuir. Stinky avait arrêté de s'enfuir et les choses s'étaient améliorées. Ou la nuit dans les montagnes quand elle avait eu froid et peur des coyotes. Cela lui avait appris à être forte. Ça lui avait appris à aimer et à apprécier ses frères et sœurs. Et peut-être qu'il avait fait du mal à Mary, mais si Père ne l'avait pas épousée, elle n'existerait pas.

Esther entendit des bruits de pas dans l'herbe. Elle leva le menton et vit le Père Adam, le visiteur, qui la regardait.

— Comment vas-tu aujourd'hui ? lui demanda-t-il. Il se pencha légèrement pour ne pas la dominer de sa stature. Est-ce que tu vas bien ? Tu as l'air bouleversée.

Esther essuya ses larmes, gênée.

Vulnérable

— Je vais bien. Elle s'empressa d'ajouter : Père.
Il gloussa.
— Tu n'as pas besoin de m'appeler comme ça. Il s'appuya sur ses talons et regarda les rangées de plants de tomates. J'aimerais ne pas être le père de quoi que ce soit. J'aimerais ne pas avoir créé cette... cette monstruosité.

Mais elle ne savait pas ce que signifiait monstruosité, ni pourquoi cela s'appliquerait à un potager.

— Mais je vais arrêter ça, dit-il. Tout doit s'arrêter.

Encore une fois, Esther ne comprenait pas pourquoi quelqu'un voudrait arrêter de faire un jardin potager. Elle n'aimait pas le Père Adam. Elle se leva et s'éloigna.

Chapitre Soixante-Treize

Quand le camion s'approcha du ranch, le cœur de Fran fit un bond. Et si la première personne qu'elle voyait était Elijah ? Lorsque son esprit passait en revue les pires scénarios, voir Elijah semblait toujours être en tête de liste, à part être assassinée par la secte dans la première heure. Elle ne faisait pas confiance à Elijah et elle le soupçonnait toujours d'être un connard qui voulait tout contrôler. Peut-être qu'il avait même forcé Mary à rejoindre la secte, bien qu'elle ne puisse pas tirer de conclusions hâtives.

Ils sortirent du véhicule et passèrent devant un groupe de quatre jeunes membres. C'étaient de jolies filles d'une vingtaine d'années, vêtues de robes longues, les cheveux relevés en chignon, des tabliers sur leurs vêtements et les manches retroussées. Elles bavardaient, souriaient et portaient des cruches de lait.

— Nous trayons nos chèvres ici, dit Caleb en faisant un signe de tête en direction des filles. C'est du lait frais. Délicieux. Rappelle-moi de te donner du fromage quand tu partiras.

Fran sourit et décida qu'il valait mieux ne pas mentionner le fait qu'elle séjournait dans un hôtel. Elle était soulagée qu'il ait parlé de son départ, car elle s'était demandé s'ils allaient la convaincre de rester, ou l'y obliger. Mais ça en valait la peine, n'est-ce pas ? Trouver Mary, terminer la mission qu'elle s'était donnée. C'est pour ça qu'elle était là, non ? En tant qu'étrangère, journaliste, et... et quoi ? Sauveuse ?

Elle salua les jeunes femmes d'un signe de tête et se dit furtivement que ces gens avaient l'air heureux. Elle n'avait vu aucune personne malheureuse jusqu'à présent. Caleb prêchait l'amour et le bien-être. Elle en avait fait l'expérience pendant son module d'une journée. Rien ne lui avait fait ressentir cela auparavant, pas pendant les cinq longues années de deuil. Ni la thérapie, ni le jardinage, ni la course à pied. Cela lui donna un frisson dans le dos et fit se contracter ses entrailles. De quoi avait-elle le plus peur ? De rencontrer ce chef de secte charismatique ? Ou de se sentir attirée par cette vie simple ?

À l'intérieur de la ferme, Fran remarqua qu'il y avait beaucoup de bois. De l'escalier et du plancher en pin verni aux cadres en acajou. Au bout d'un petit couloir, les murs étaient couverts de photos souriantes d'hommes et de femmes portant toutes la même robe traditionnelle. Au centre de chaque photo se trouvait un homme plus âgé, presque toujours vêtu de blanc, avec une paire de grosses lunettes de soleil noires. Sur une photo, il faisait des gestes comme s'il était en train de faire un sermon, sur une autre, il avait les bras écartés comme s'il attendait une étreinte. Elle s'arrêta pour mieux le voir. C'était donc lui le Père James : un homme en costume blanc et lunettes de soleil. Elle le reconnut comme l'homme sur le cheval dans la brochure.

Caleb s'arrêta devant une porte et frappa contre le bois. Ce n'était pas vraiment l'installation impressionnante que Fran avait imaginée. Elle l'avait imaginé dans une grande pièce, probablement assis au milieu d'un plancher rempli de coussins, des peintures psychédéliques le long des murs. Peut-être quelques jeunes femmes légèrement vêtues à ses pieds. La porte s'ouvrit brusquement et un grand homme d'une quarantaine d'années, à la poitrine large, apparut.

— Salut, Isaiah, comment ça va ? dit Caleb.

— Bien, frère.

— C'est la nouvelle recrue du Père. Il nous attend.

— Bien sûr, dit Isaiah. Je serai dehors. Il jeta un coup d'œil à sa montre. Le Père Adam devrait venir cet après-midi aussi, alors ne tardez pas trop.

Ce nom piqua l'intérêt de Fran. Le Père Adam. Caleb n'avait pas mentionné un second Père. Le mot semblait significatif. Dans ce culte, le « Père » avait une position de pouvoir. Adam pourrait-il être le membre qui avait emmené un groupe de la secte au Colorado ? Elle pourrait peut-être essayer de lui parler aussi, pour son article.

Isaiah quitta le bureau et Fran y entra. Le Père James attendait derrière un grand bureau en acajou, du genre de ceux qu'elle s'attendrait à voir dans une bibliothèque à l'ancienne. Il était plus âgé que ne le suggéraient les photographies dans le hall, mais peut-être n'avait-il pas bien vieilli. Ses vêtements étaient trop grands, indiquant une perte de poids récente, et elle était presque certaine qu'il portait une perruque. Il était assis, penché en avant, les doigts repliés sous le menton, les lunettes de soleil toujours sur le nez. C'était certainement étrange qu'il les porte à l'intérieur, mais peut-être avait-il une sorte de problème de vue.

Caleb lui expliqua qui elle était et pourquoi elle était ici, puis il la laissa seule avec James et ses lunettes de soleil, lui adressant un sourire encourageant en sortant. Elle se mordilla nerveusement l'intérieur de la joue, désormais davantage consciente des murs du bureau et de la porte fermée.

— Francesca Stevens, dit-il lentement. Elle avait utilisé le nom de jeune fille de sa mère au cas où ils vérifieraient ses antécédents et remarqueraient son ancienne carrière dans le journalisme. Prends un siège, mon enfant.

C'était étrange d'être appelée « mon enfant », mais elle fit ce qu'il lui demandait.

« On a beaucoup de sang jeune par ici, dit-il. Enfin, une vraie femme ! » Il sourit et fit un geste vers elle comme un grand-père vers sa petite fille. Sa voix était douce et posée. Relaxante. Elle remarqua les bagues en or sur ses

Vulnérable

doigts et la Rolex en or autour de son poignet. Tant pis pour l'abandon du consumérisme, pensa-t-elle.

« Parle-moi de toi. »

Fran se passa la langue sur les dents avant de parler. Elle se surprit à fixer le bureau et pas lui. Peut-être que les lunettes de soleil la déconcentraient.

— Eh bien, je suis originaire d'Angleterre, comme vous pouvez probablement l'entendre. Je suis mariée. Mon mari n'a pas encore déménagé en Arizona... Elle hésita, prise par surprise par une montée d'émotion. Sa gorge était serrée, mais elle continua. C'est un professeur à la retraite. J'ai pris une retraite anticipée, moi aussi. Nous vivons... je veux dire vivions dans un petit village...

— Non, dit-il. Parle-moi de toi. De quoi as-tu peur ? Il posa ses mains l'une contre l'autre sur le bureau. La lourde montre fit un bruit sourd en heurtant le bois.

— Je ne sais pas de quoi j'ai peur. Fran s'agita sur son siège. Il faisait une chaleur insupportable dans la petite pièce. Il y avait une petite fenêtre à la droite de James. Elle était fermée. Ses yeux erraient autour d'elle tandis qu'elle s'efforçait de trouver une réponse. Elle remarqua un stylo plume posé sur un cahier, une pile de documents à côté. Les dirigeants de la secte avaient-ils un classeur pour le courrier entrant ?

— Si, tu le sais. Il enleva ses lunettes de soleil pour révéler des yeux bleus étonnants. Des iris bleu pâle cerclés de cobalt profond. Ses pupilles étaient minuscules, comme deux piqûres d'épingle dans une étendue de glace.

Fran ne pouvait pas le regarder. Elle fixa ses mains.

— J'ai peur de ne pas être aimée. Je ne serai jamais une mère et je ne connaîtrai jamais l'amour d'un enfant. Mon mari m'aime, je le sais, mais ce n'est pas pareil. Elle plissa les lèvres, ne voulant pas en dire plus, craignant que si elle le faisait, elle n'arrête jamais de parler, ou qu'elle pleure devant cet homme.

Le Père hocha la tête d'un air pensif.

— Si c'est d'une famille que tu as besoin, tu es au bon endroit pour cela. Nous ne croyons pas aux liens du sang ici ; nous croyons que nous avons tous la capacité de choisir notre famille. Crois-tu la même chose ?

— Je pense que cela dépend, répondit-elle. Je connais des familles qui adoptent leurs enfants et les aiment aussi férocement que n'importe quel parent. Elle marqua une pause et laissa échapper une longue inspiration, réfléchissant à ce qu'elle allait dire. Je n'ai jamais eu confiance en ma capacité à le faire. Quand mon bébé est mort, ma vie a implosé. Tout ce qui n'était pas un enfant de ma chair ressemblait trop à un cadeau de Noël de substitution. Elle s'essuya le nez avec le dos de sa main, surprise de le trouver humide. Mais Dieu avait d'autres intentions et m'a retiré la possibilité d'avoir des enfants. Elle jeta un coup d'œil au mur au-dessus de sa tête, toujours incapable de le regarder dans les yeux. Il y avait des photos de lui avec des groupes de personnes. Toujours souriant.

— Tu es en colère contre Dieu.

— Bien sûr que je suis en colère, le coupa-t-elle. J'avais continué à croire, à prier et il m'a punie.

— C'était une punition ou une façon de te pousser là où tu devais être ?

Fran laissa échapper un rire triste.

— Vous voulez dire ici ? C'est futé. Elle se surprit soudain à le regarder dans les yeux. Elle n'y voyait aucune expression, simplement de la neutralité, comme s'il récitait l'annuaire téléphonique, sans parler de foi.

— Pourquoi pas ici ? Ou ailleurs. Ou l'endroit d'après. Toi seule le sauras.

Cela la fit se détendre un peu. Elle s'attendait à une avalanche de raisons pour lesquelles elle devrait rester au ranch.

— Vous n'avez pas d'enfants ici ? dit Fran. Elle fit un geste vers les photos sur le mur. Je ne vois aucune photo d'eux.

Le Père James ne tourna pas la tête pour les regarder lui-même, il continua à la fixer droit dans les yeux.

— Cela te pose-t-il un problème ?

— Oui, dit-elle. Je ne suis pas sûre que je pourrais vivre le reste de mes jours sans entendre des enfants qui rient ou sans les regarder jouer.

— C'est la seule chose qui t'empêche de rejoindre la famille ?

Fran marqua une pause pendant ce qu'elle espérait être un temps normal pour réfléchir à ses paroles.

— Oui, ça le serait.

Le Père James se gratta le dos de la main et la regarda en plissant les yeux.

— Intéressant.

— Vous voulez dire qu'il y a des enfants ici ? demanda-t-elle.

— Non, répondit-il. Et il est peut-être temps que tu partes.

— Attendez, dit Fran. Je suis désolée. Je n'aurais pas dû vous demander. Elle essaya de lui sourire. Elle sentait les coins de sa bouche s'agiter sous l'effet de la nervosité. Elle avait eu une opportunité d'en savoir plus, mais elle l'avait laissé passer.

— Il y a des couples qui se forment et reçoivent des dons de Dieu. C'est juste que nous n'avons pas tendance à les prendre en photo, dit-il.

Fran ouvrit la bouche. Il était en train de lui dire. Il était en train de l'admettre. Elle se ressaisit et poursuivit la conversation.

— Pourquoi ça ? demanda-t-elle. Les gens de l'extérieur s'en mêlent-ils ? Êtes-vous inquiet des conséquences ?

Ses yeux se remplirent de colère.

— Les autorités... les merveilleux annonciateurs de tout ce qui est bon, reconnus dans le monde entier – les services de police américains – ne sont pas aimables avec nous. Ils n'ont pas d'amour pour nous. Ils arrachent les enfants des bras de leurs mères et les emmènent dans des familles d'accueil. Une fois piégés dans ces familles, les enfants ne ressentent aucun amour, seulement de la haine et de la douleur. Je ne peux pas, en mon âme et conscience, permettre que cela continue. Par conséquent, la version pour ces piliers de la communauté qui craignent Dieu, c'est que nous n'avons pas d'enfants dans notre ranch.

Fran réalisa alors qu'elle avait appuyé sur les bons boutons. Le Père

Vulnérable

James était exactement le genre de narcissique qui aimait que ses opinions soient partagées par une personne extérieure.

— Ça doit être terrible de subir ce genre de préjugés.

— Effectivement. Mais Dieu est bon, et nous l'avons de notre côté. Il sourit largement, deux rangées de dents parfaites et blanches – presque certainement des facettes – se révélèrent entre ses lèvres pleines. Je vois une grande alliée en toi, Francesca. Je vois quelqu'un prêt à entrer dans cette famille. Mais j'ai une dernière chose à te demander. Du moins, Caleb te le demandera à ta sortie. S'il te plaît, ne relate aucune partie de cette conversation en dehors de ce ranch. Est-ce que c'est compris ?

— Oui, dit Fran.

— Tu es une bonne personne. Je t'aime déjà beaucoup. Je pense que tu t'adapteras très bien ici. Tu as déjà lu le Livre de James ?

Fran secoua la tête.

— J'ai le livre électronique.

Le père ricana.

— Ce n'est pas ça qu'il te faut. Tu as besoin d'un vrai livre. Attends. Il ouvrit un tiroir du bureau et en sortit un livre de poche assez mince. Il le fit glisser sur le bureau. Tiens. Prends-le, mon enfant.

Fran prit le livre et le posa sur ses genoux.

— Tu rentres chez toi, tu lis ce livre, et tu reviens.

Fran sentit qu'on la congédiait. Elle se leva, ne sachant pas si elle devait s'incliner ou marcher à reculons comme si elle avait rencontré un membre d'une famille royale.

« Caleb aura quelque chose à te faire signer en sortant. Ne t'inquiète de rien. Il fit un signe de la main. Tout ce que ça dit, c'est que notre conversation privée restera privée. Ce que devraient être toutes les conversations, n'est-ce pas ? »

Fran lissa la couverture brillante du livre avec son pouce alors qu'elle se dirigeait vers la porte.

— Oui, bien sûr.

— Bien. Alors ce ne sera pas un problème. J'ai hâte de te revoir, mon enfant. Ce lieu a beaucoup à t'offrir. Garde ton cœur ouvert.

Elle quitta la pièce, les jambes tremblantes. Le garde du corps, Isaiah, lui jeta un regard désintéressé, mais Caleb se précipita vers elle avec un sourire en coin. Il l'accompagna dans le couloir lambrissé jusqu'à un salon, où il la fit asseoir et lui tendit un verre d'eau. Avant même qu'elle n'en ait pris une gorgée, il lui fourra un contrat de non-divulgation sous le nez.

— Le Père James t'a expliqué, n'est-ce pas ?

— Oui. Elle était en sueur. Elle le signa avec son faux nom. N'importe quoi pour sortir de cet endroit. Serait-il toujours juridiquement contraignant si elle utilisait le nom de jeune fille de sa mère ? La présence d'un avocat était-elle nécessaire ? Peut-être que Caleb, aussi improbable que cela puisse paraître, était avocat ?

— Comment ça s'est passé ? demanda-t-il.

Elle s'efforça de sourire et de se détendre.

— Bien, je pense. Mais je ferais mieux d'y aller maintenant. Elle jeta un coup d'œil à sa montre, comme si on l'attendait quelque part.

— Bien sûr. Je te ramène chez toi.

En sortant, elle fouilla la cour des yeux. Elle aurait bien aimé voir Mary, nerveuse, parmi les gens qui s'agitaient. Ou la petite Esther solennelle dans ses chaussures vernies. Quelque chose pour lui prouver qu'elle faisait ce qu'il fallait.

— C'est difficile à dire quand on rencontre Père pour la première fois. Caleb ouvrit le camion. J'ai ressenti la même chose. Oh, il t'a donné un livre. Super.

Fran se sentait étourdie quand elle monta dans la cabine du camion. Elle feuilleta le livre sans le regarder. Son cœur battait toujours à tout rompre. Le flip-flip-flip des pages lui apportait au moins une sorte de brise. Sur la couverture intérieure, elle remarqua un autre nom à côté du Père James. Père Adam. Peut-être aurait-elle l'occasion de le rencontrer bientôt.

Caleb bavarda sans cesse sur le chemin du retour vers le centre de Tucson, alors Fran fit semblant de lire le livre.

— Waouh ! Tu es enthousiaste. Je suis impressionné.

Il la déposa devant le restaurant et la serra dans ses bras. Fran s'écarta, trop en sueur pour avoir envie d'un contact physique. Un instant plus tard, Caleb était de retour dans son camion et s'en allait.

Elle resta là, et respira profondément. Il y avait une partie de la conversation qui lui trottait dans la tête. Elle ne pouvait s'empêcher d'y penser, ainsi qu'aux yeux pénétrants du Père James. Oui, il était charismatique, elle s'y attendait. Et même s'il était manifestement enclin à divaguer, il avait été intéressant de parler avec lui. Mais il y avait une partie de la conversation qui l'avait glacée jusqu'à l'os.

Elle jeta un coup d'œil au poste de police. Puis elle s'y dirigea.

Chapitre Soixante-Quatorze

Missy était morte. Elle était couchée sur le côté dans le poulailler, les yeux vitreux comme des billes troubles. Esther s'accroupit et fixa la vieille poule. Elle avait dû faire fuir Miss Betsy qui essayait de picorer les yeux de Missy.

Qu'est-ce que cela signifiait maintenant ? Que signifiait son signe ? Dieu lui avait envoyé ce deuxième œuf, mais maintenant il avait tué Missy et elle ne comprenait pas. Les deux étaient-ils liés ? Elle aurait bien aimé aller demander au Père James, mais cela aurait été admettre qu'elle doutait de lui. Et s'il se mettait en colère contre elle ? Il avait été très précis sur le fait de ne pas le laisser tomber et c'était la dernière chose qu'elle voulait faire.

Esther prit Missy par les pattes et la porta hors du poulailler. Elle ne voulait pas que les autres poules la picorent. Elle choisit un endroit dans le verger, à l'ombre d'un pacanier, trouva une pelle assez petite pour qu'elle puisse la porter et commença à creuser une tombe. Le sol était ferme, mais pas aussi dur que la terre cuite dans les champs.

Cela lui prit un certain temps. Chaque fois qu'elle pensait avoir assez creusé, elle se rendait compte qu'elle devait aller plus bas. Esther avait vu Elijah enterrer un cheval mort une fois, et il avait dit que si on ne creusait pas assez profond, un coyote le déterrerait et le mangerait. Eh bien, Esther ne voulait pas que des coyotes mangent Missy. Elle devait à Missy de s'assurer que cela n'arrive pas. Après tout, Missy avait travaillé avec Dieu pour délivrer le message, même si elle n'était pas sûre de ce qu'il signifiait désormais.

Après avoir enterré Missy et rempli sa tombe de terre, Esther retourna à la ferme pour raconter aux autres ce qui s'était passé. L'après-midi était bien avancée et son estomac gargouillait. Elle avait de la boue et de la terre partout sur sa salopette et aussi sur son visage. Elle ne se sentait pas seulement sale à cause de la terre, elle se sentait sale après avoir touché un animal mort, même un animal qu'elle avait aimé.

Elle suivit le chemin habituel qui l'éloignait de la cour et de tout regard indiscret. Les *Enfants de James* ne couraient pas partout où ils voulaient, ils avaient des chemins spéciaux à prendre pour que les visiteurs ne remarquent pas leur présence. Et ils ne travaillaient justement pas dans la cour ou dans les toilettes extérieures lorsque les cours se déroulaient ou que le Père James avait un entretien avec un étranger à la famille. Elle descendit les marches à l'arrière de la maison et entra par la porte de la cave. Elle pouvait laver la saleté de ses mains dans les toilettes du rez-de-chaussée. Effacer la sensation des pattes de poulet froides de Missy sur sa paume.

Elle était fatiguée. Pas seulement à cause du travail physique, mais aussi parce qu'elle était fatiguée de penser, de s'inquiéter et de se demander ce qui allait se passer ensuite. Elle n'arrêtait pas de penser au Père Adam et aux mots étranges qu'il lui avait dits au sujet de mettre un terme aux choses. C'est plus tard, dans le bunker des enfants, qu'elle avait réalisé qu'il ne parlait pas seulement du potager, mais de toute la famille, ou peut-être du Jugement dernier, elle n'en était pas sûre. Mais depuis, elle avait décidé de tout raconter au Père James, si elle arrivait à le trouver. Il était toujours occupé, et Esther n'aimait pas ses gardes du corps. Elle ne voulait pas leur parler.

Elle se sécha les mains et le visage, puis sortit des toilettes et brossa la boue de ses chaussures à l'aide d'une petite brosse métallique qu'ils rangeaient près de la porte. Elle monta les marches de la cuisine et trouva Mary en train de hacher des oignons et de l'ail.

C'était peut-être à cause des oignons, ou plus probablement parce que Mary pleurait à nouveau, mais des larmes coulaient le long de ses joues, de ses yeux bordés de rouge jusqu'à son menton boutonneux.

— Salut, mon bébé, dit-elle. Pourquoi tes vêtements sont sales ?

— J'ai dû enterrer Missy, répondit Esther.

Mary posa le couteau et ouvrit grand les bras.

— Tu veux un câlin ? Je sais que c'était ta poule préférée.

Esther resta là un long moment, fixant ces bras ouverts, se demandant quoi faire. Au moins, Mary était cohérente aujourd'hui. Au moins, elle semblait consciente de ce qui l'entourait. Esther décida qu'elle avait envie d'un câlin et se blottit dans les bras de sa mère, se penchant contre elle comme elle ne l'avait pas fait depuis des semaines. Mary la serra très fort dans ses bras. Elle sentait l'oignon et l'eau salée.

— On peut partir, s'il te plaît, Esther ? chuchota Mary. Tu viendras avec moi si je nous fais sortir d'ici ?

Esther s'écarta brusquement.

— Non.

Les yeux de Mary étaient trop grands. De près, Esther vit que des esquisses de veines rouges traversaient le blanc de ses globes oculaires, et que des traces de larmes marquaient sa peau jusqu'à sa clavicule.

— Nous ne pouvons pas rester ici, chérie. Je ne peux pas rester ici. Tu n'as aucune idée de ce qu'il m'a fait. Tu ne le sais pas... Tu ne devrais pas. Aucun enfant ne devrait savoir ce qu'il fait. Et je ne sais pas qui sera la prochaine, mais il y aura quelqu'un. Il parle de Grace d'une manière que je n'aime pas, Esther. S'il te plaît, ma puce, tu dois ouvrir les yeux. Tu dois comprendre qui il est. Elle renifla. Je suis droguée maintenant, je sais que je suis dépendante. Je ne sais pas ce qu'il me donne, mais je sais que j'en ai

Vulnérable

besoin. Elle serra le petit corps d'Esther avec ses bras maigres et frêles. Peut-être que je ne suis pas assez forte pour nous faire sortir. Je ne sais pas où nous irions de toute façon. Nous n'avons plus d'argent maintenant. Je n'ai pas eu de nouvelles de Noah depuis des mois. Elijah ne veut plus m'aider. C'est... c'est sans espoir, n'est-ce pas ?

— Je dois y aller maintenant. Esther s'écarta, effrayée. C'est pour cette raison qu'elle évitait Mary, à cause de ses divagations et de ses larmes. La voir lui donnait des crampes nocturnes.

— Il va nous tuer, poursuivit Mary. Il nous tuera au Jugement dernier. Il continue de parler comme si c'était pour bientôt, comme s'il avait déjà un plan. Il va commencer. Lui. Pas Dieu. Lui-même. Il veut juste qu'on meure tous.

Esther se précipita dans le couloir, soulagée de voir que sa mère ne la suivait pas. Esther ne voulait plus entendre ses divagations, ces mots qui lui donnaient la chair de poule. Mais une fois sortie de la cuisine, elle heurta directement Isaiah et rebondit contre son ventre proéminent. Il croisa les bras et la regarda fixement.

— Dégage, souris.

— Je... je dois parler à Père, dit-elle en tordant le cou pour regarder son visage.

L'homme barbu s'appuya contre le mur. Il mâchait quelque chose. Peut-être du tabac à chiquer. Elle n'était pas assez proche pour le sentir.

— Très bien. Il vient d'avoir de la visite et je pense qu'il a dix minutes à te consacrer.

L'anxiété d'Esther se calma légèrement. Elle se retourna en direction du bureau de son père, mais alors qu'elle avait fait quelques pas, elle remarqua du mouvement dans la cour. La porte du salon était ouverte, et elle pouvait voir au-delà de la fenêtre qui donnait sur la cour. Il était normal de voir des gens se promener dans le ranch, mais là, c'était différent. C'était une étrangère à la famille. Esther reconnut la taille, la silhouette de la personne qui traversait la cour. C'était Mme Cole, la femme avec laquelle sa mère s'était liée d'amitié en Angleterre. *Fran !* Qu'est-ce qu'elle faisait là ? Elle s'arrêta net, et vit Fran traverser la cour de manière décontractée au côté de Caleb. Esther savait qu'il s'occupait des nouvelles recrues, est-ce que ça voulait dire que Fran allait entrer dans la secte ?

— Tu viens ou quoi ?

Esther détacha les yeux de la fenêtre et regarda Isaiah. Elle hocha la tête et suivit le colosse en direction du bureau du Père James.

Chapitre Soixante-Quinze

L'inspecteur Woodson ne la fit pas attendre. En fait, il la conduisit presque immédiatement dans une salle de réunion.

— Je sais que vous êtes passée une deuxième fois. Désolé d'avoir mis si longtemps à vous appeler. J'ai dû donner la priorité à l'affaire du garçon disparu.

— Ah oui. Jayden. J'ai vu les affiches. A-t-il été retrouvé ?

Woodson soupira en prenant un siège en face d'elle.

— De petits détails jusqu'à présent. En fait, c'est pourquoi je voulais vous parler. L'inspecteur Garcia a mentionné que vous posiez des questions sur les *Enfants de James*. Elle s'est souvenue que vous aviez dit que votre amie et sa fille faisaient partie de la secte. Pendant l'enquête sur la disparition de Jayden, les *Enfants de James* sont apparus dans quelques déclarations. Quelqu'un a vu un membre de la secte traîner près de l'endroit où vivait le garçon. Ça pourrait être sans importance. Ces sectaires ont l'habitude de rôder dans différents quartiers pour demander des dons. Mais la même chose est apparue dans une autre affaire d'enfant disparu il y a quelques années, Lucy Caruso. Cela m'a inquiété, et étant donné l'âge de la fille de votre amie, j'ai pensé que nous devrions avoir une autre conversation.

— Je pense que vous avez raison, dit Fran. Je suis allée au ranch. J'ai eu une conversation en tête à tête avec le Père James, et – elle fouilla dans son sac et en sortit son téléphone – je l'ai enregistrée.

Woodson se pencha sur la table, les yeux fixés sur le téléphone.

— Vous avez fait quoi ? Il leva les yeux pour les planter dans les siens. Comment avez-vous eu accès au ranch ?

— Un de leurs recruteurs m'a donné un prospectus dans la rue. Je les ai contactés et j'ai pris rendez-vous pour une consultation. Puis j'ai suivi le cours d'une journée. Après cela, j'ai déjeuné avec l'un des recruteurs de la secte et il m'a persuadée que j'étais une candidate parfaite pour la famille. Il m'a dit que le Père James voulait me rencontrer. Ils pensent que j'ai mordu à l'hameçon. Je suppose que je fais une bonne imitation de femme brisée. Elle laissa échapper un petit rire, mais c'était un rire nerveux.

Woodson haussa les sourcils.

— Vous voulez prendre mon travail maintenant, Mme Cole ? Mais un sourire se dessina sur ses lèvres. Je n'approuve pas cette histoire de détective amateur que vous nous faites ici, mais dites-moi tout ce dont vous pouvez vous souvenir. Il ouvrit son carnet et fit sortir la bille du stylo. Ça pourrait être important. Surtout en ce qui concerne Jayden et Lucy.

— Eh bien, dit-elle, pour commencer, je n'ai vu aucun enfant ou quoi que ce soit en rapport avec un enfant, comme des vêtements ou des jouets. Dans la ferme, il n'y a aucune photo d'enfant. Mais James m'a dit qu'il y avait des enfants à la ferme après que je l'ai pressé sur le sujet. La conversation est peut-être un peu étouffée. Le téléphone était dans mon sac. Elle déverrouilla l'écran et fit défiler les icônes jusqu'à la bonne application. Puis elle appuya sur lecture et monta le volume au maximum.

Woodson pencha la tête et écouta. Elle ne fit pas d'avance rapide, mais elle grimaça quand elle s'entendit confesser ses peurs. Lorsque le Père James commença à parler des enfants, Woodson approcha son oreille encore plus près du téléphone.

— Qu'est-ce que vous avez signé ? demanda-t-il une fois que c'était fini.

— Un contrat de non-divulgation. Mais je l'ai signé en utilisant le nom de jeune fille de ma mère. J'espère que ce n'est pas juridiquement contraignant.

Il soupira.

— C'est un délit, Mme Cole. Mais il pinça ensuite les lèvres et ajouta : sans voir le contrat que vous avez signé, ou sans parler à un avocat, je ne peux pas savoir avec certitude si ce que vous avez signé est juridiquement contraignant ou non. Mais vous devriez probablement effacer cet enregistrement et nous oublierons que nous avons eu cette conversation. Il était certainement utile d'écouter ce que vous avez ici, mais ce James ne mentionne rien de criminel. Cependant, bien qu'il ne s'incrimine pas sur ce point, cela me dit qu'il a menti sur la présence d'enfants dans le ranch. Nous avons fouillé cet endroit de fond en comble suite à la disparition de Lucy Caruso et nous n'avons pas trouvé la moindre trace d'enfant. Pas de jouets, pas de vêtements, pas de nourriture pour enfants. Il y avait une femme enceinte qui vivait là, mais c'est tout. S'il y a des enfants dans la secte, il les a volontairement cachés lors de nos visites.

Woodson demanda à Fran de revenir au début de l'enregistrement afin qu'il puisse écouter la partie où James parlait des forces de l'ordre qui prenaient les enfants en charge pour les mettre dans des familles d'accueil.

« Je ne sais pas de quoi il parle ici, dit-il. Pour autant que je sache, aucun enfant n'a jamais été retiré de la secte parce que, pour les autorités, aucun enfant n'y vivait. Il a essayé de vous avoir de son côté dès le début, ça se voit. »

— Vous voulez que j'y retourne pour en savoir plus ?

— Non, dit-il sèchement. Nous ne savons pas à quel point cette secte pourrait être dangereuse, et je ne veux pas me faire du souci pour vous, Mme Cole. Ses yeux brillaient. Avec le témoignage affirmant que des

Vulnérable

membres de la secte traînaient autour de la maison de Jayden, je vais demander un autre mandat de perquisition pour le ranch. Le travail est en cours, maintenant. Il n'y a pas besoin que vous vous mettiez en danger.

— Vous pensez qu'ils sont si dangereux ?

— Je ne sais pas quoi penser, admit-il. Il y a une chance qu'ils aient volontairement caché des enfants sur leur propriété. Les gens bien n'ont pas tendance à faire ça. Ajoutez à cela deux enfants disparus et ça me paraît plutôt suspect.

Elle était bien d'accord avec lui, ce qui la rendit toute pâle.

— Et pour Mary et Esther ?

— Si nous trouvons des enfants disparus sur les lieux, alors quelqu'un sera arrêté, et il y a des chances que ce soit James lui-même. Ou Roger, ou quel que soit son vrai nom. Si le leader est arrêté, j'imagine que la secte est finie. Ce sont les *Enfants de James*, après tout. Et si la secte est foutue, vos amies seront en sécurité. Cependant, je me méfie d'une chose.

— Esther, dit Fran. Vous ne croyez pas qu'elle soit la fille de Mary.

— C'est ce que vous pensez ?

Mais Fran n'était pas sûre. Elle s'en alla le cœur lourd. Mary aurait-elle pu kidnapper Esther ? Elle avait le même âge que la fille disparue, Lucy, mais Fran ne savait pas à quoi elle ressemblait. Et l'une d'entre elles serait-elle en sécurité si le Père James était arrêté ? Peut-être que ce Père Adam interviendrait, ou l'un des sbires. Elle avait entendu parler de sectes qui continuaient longtemps après l'incarcération ou même la mort du leader. Les personnes endoctrinées ne se laissaient pas faire facilement. Cependant, malgré ses craintes, elle avait accepté auprès de Woodson de rester en dehors de l'enquête. Il avait semblé satisfait d'accepter sa promesse et en avait fait une de son côté : l'appeler s'il découvrait que Mary et Esther vivaient au ranch. Elle prit un taxi pour retourner à l'hôtel, le Livre de James toujours dans son sac. Une sensation de lourdeur s'installa dans ses entrailles, lui disant que ce n'était pas fini.

Chapitre Soixante-Seize

Esther ne put voir le Père James cet après-midi-là, car le Père Adam était déjà dans le bureau. Apparemment, il était plus important qu'Adam parle au Père James. Elle ne voulait rien dire à Adam, car elle ne lui faisait pas confiance. Au lieu de cela, Esther sortit et s'occupa du reste de ses corvées. Elle aida Paul à démêler un grillage endommagé par une chèvre et à nourrir les poulets. Elle n'avait pas mangé depuis le petit-déjeuner, mais elle n'en avait pas envie. Elle appréciait cette nouvelle sensation qui lui tordait les entrailles. La faim lui ôtait toutes ses mauvaises pensées car, lorsqu'elle avait faim, elle ne pensait qu'à la nourriture et à la douleur dans son ventre. Elle cessa de s'inquiéter du Père James, de Dieu, de Missy, de Mary, du Père Adam et de Fran.

Avant le dîner, elle alla prendre une douche dans l'abri anti-tempête, pour enfin enlever les dernières saletés. Grace était là et elles jouèrent sous l'eau ensemble comme elles le faisaient la plupart du temps, s'éclaboussant et se jetant le savon. Elle se sentit étourdie et eut besoin de s'asseoir un moment. Heureusement, aucun des autres enfants ne sembla remarquer qu'elle ne se sentait pas bien. Elle se sécha et s'habilla. Elle tressa les cheveux de Grace et de Delilah, puis Grace fit de même avec les siens. Elle aida Paul à mettre une cravate. Ils s'habillaient toujours élégamment pour le dîner. Personne n'aida Stinky. Il s'assit d'un air renfrogné sur son matelas. Il ne voulait pas aller manger au début, jusqu'à ce que Paul l'y oblige.

Même si elle avait joué avec Grace, Esther était toujours un peu ennuyée par leur dispute. Mais elle s'assit quand même à côté d'elle dans la salle de sermon. Le cœur d'Esther fit un bond quand elle vit Mary, mais le Père James garda sa mère à ses côtés. Esther dut détourner le regard de son apparence décharnée et de ses yeux vitreux. Quelque chose la tiraillait, une part d'elle-même qu'elle essayait d'enfermer au plus profond de son cœur.

Dans son assiette, il y avait des épinards à la crème, des pignons de pin, du fromage de chèvre et des tomates. Caleb coupa du pain au levain et étala du beurre dessus. C'était un bon repas et Esther en aimait tous les ingrédients, mais elle finit par donner la moitié de sa nourriture à Paul et au petit David. Grace mangea tout, mais n'eut pas besoin de se resservir.

— Qu'est-ce qu'il y a ? demanda-t-elle à Esther. Tu ne te sens pas bien ?
— J'ai mal au ventre, dit Esther.
— Tu as mangé quelque chose de mauvais au petit-déjeuner ?
— Non, ça fait longtemps que j'ai mal.
— Tu devrais aller voir Ruth.
— Non, ça va.

Esther avala un autre morceau de pain pour essayer de faire taire Grace. Elle pouvait voir l'expression inquiète de son amie du coin de l'œil.

Un tintement interrompit le dîner alors qu'Isaiah tapait une cuillère contre un verre. Un silence progressif s'installa dans la salle. Les visages souriants se tournèrent vers leur patriarche, le Père James.

Le Père se mit debout avec l'aide de sa canne, se balançant de manière instable d'un côté à l'autre. Mais quand Isaiah et Zachary se précipitèrent vers lui, il rejeta leur aide. Le reste de la famille se leva aussi.

— Il est temps d'accueillir un nouveau membre dans notre famille. Beaucoup d'entre vous ont déjà vu le Père Adam dans le ranch. Maintenant, je veux vous le présenter. Ceux d'entre vous qui ont rejoint la famille au tout début de notre voyage connaissent très bien le Père Adam. Le Père James tourna les yeux vers les membres les plus âgés. Ils n'étaient plus très nombreux et avaient tendance à rester entre eux plutôt que de se mêler aux nouveaux venus. Ils levèrent leurs verres comme s'ils se portaient un toast à eux-mêmes. « À l'époque, pendant ces journées spéciales, le Père Adam et moi avons écouté Dieu et nous avons entendu ce qu'il disait. Nous savions qu'il voulait que nous construisions une communauté sainte. Il leva les sourcils et baissa la voix. Et c'est ce que nous avons fait. Brique par brique. Depuis les fondations jusqu'en haut. Nous avons écouté Dieu quand il nous a dit quel genre de paradis il souhaitait. Et puis nous avons trouvé les bonnes personnes pour rejoindre notre Éden. Et maintenant, nous sommes ici, toutes ces années plus tard, ensemble comme un seul homme. Adam, mon frère, je suis reconnaissant pour ton retour. Nous ferons face au Jugement dernier ensemble. » Le père leva son verre et la famille poussa des alléluias. Tous levèrent leur verre de cidre.

Esther sentit une bouffée de chaleur remonter le long de son cou, s'étendant comme une éruption sur sa chair. Elle inspira par le nez alors que la chaleur insupportable la consumait vigoureusement, mais elle ne put pas respirer. C'était comme si l'air avait été retiré de ses poumons. Une seule pensée résonnait dans son esprit, aussi brûlante et tranchante qu'un fer rouge : elle était en train de mourir. Elle ne pourrait plus jamais respirer complètement. Les pulsations dans ses oreilles lui donnaient l'impression qu'elles étaient remplies de liquide ou qu'elle était sous l'eau. Devant ses yeux, des pointillés blancs lui cachaient partiellement la bouche de Grace qui s'ouvrait et se fermait comme si elle lui criait des mots, mais Esther n'entendait pas une seule syllabe. Ses jambes étaient comme de la gelée. Elle trébucha en arrière. Elle fut vaguement consciente de heurter le sol quand la

Vulnérable

douleur se répandit sur ses hanches et son dos. Quand tout le monde se précipita vers elle, elle ne vit qu'un aperçu de leurs torses avant que tout ne devienne noir.

Chapitre Soixante-Dix-Sept

Esther se réveilla au son de la voix de Ruth qui lui parlait. La femme avait une voix rauque désagréable qui sonnait toujours comme un châtiment. Au début, elle sembla lointaine, puis proche. Trop proche. Esther grimaça. Sa tête était encore lourde et ses tempes battaient. Il lui était difficile de se concentrer. Elle entendit Ruth parler de dormir, de manger et de la chaleur sèche de l'été. Esther fit glisser ses mains sur la surface autour d'elle et réalisa qu'elle était couchée sur des draps doux, sur un matelas ferme, mais confortable, et non sur les matelas fins et crasseux sur lesquels ils dormaient dans l'abri anti-tempête. Elle resta allongée à regarder la femme essorer un chiffon avant de le plonger dans un bol de glace. Ruth était l'un des membres les plus âgés de la famille, un peu plus jeune que Père, mais pas de beaucoup. Elle avait des cheveux gris coupés court, un bourrelet de graisse autour de la taille et de gros seins qui se balançaient librement sous sa robe.

— Comment tu te sens ? Ruth pressa le tissu froid sur le front d'Esther.

— ça va, dit Esther. Ça fait du bien. La fraîcheur se propagea en elle, apaisant les restes de la chaleur soudaine qui l'avait consumée dans la salle de sermon. Le souvenir d'avoir perdu connaissance lui revint, tout comme la peur. Elle n'avait jamais rien ressenti de tel auparavant. Pas même pendant la nuit où elle avait dormi dehors avec les coyotes.

— De quoi tu te souviens ?

— Je ne pouvais plus respirer. Je me suis sentie faible.

— Quoi d'autre ?

— J'avais peur.

Ruth pinça les lèvres pendant un instant, puis hocha la tête.

— Bon. Je crois savoir ce qui s'est passé. Tu es plutôt jeune pour avoir fait une crise de panique, cependant. As-tu mangé tous tes repas aujourd'hui ? Je ne t'ai pas vue au déjeuner.

— Je n'y suis pas allée, admit Esther.

— Donc, tu n'as pas mangé correctement. Ça pourrait être la raison. Elle appuya sur le chiffon et de l'eau coula sur les tempes d'Esther. Tu as vraiment la peau sur les os. Elle retira sa main du tissu et se redressa. Je t'ai installée dans une chambre d'amis et j'ai dit au Père James que tu devais rester ici ce soir. Tu as besoin de repos. Tu seras relevée de tes fonctions demain, tu comprends ?

— Oui, ma sœur, dit Esther.

— Bien. Angel t'apportera le souper et un chocolat chaud dans quelques heures. Je te suggère de dormir un peu et de rester au lit jusque-là. Tu seras en pleine forme demain matin.

— Merci, ma sœur, dit Esther.

— Dieu veut que nous soyons en bonne forme pour le Jugement dernier, Esther. Tu dois t'en souvenir.

— Oui, ma sœur.

Ruth sortit et ferma la porte, laissant Esther toute seule. Elle étendit ses doigts sur les draps doux. Ils étaient blancs, mais ils étaient luxueux. Au-dessus d'elle, il y avait une applique à motifs et un petit abat-jour en forme de rose. Le lit était en pin massif et le rebord de la fenêtre aussi. Elle remarqua une commode et une porte qu'elle supposa s'ouvrir sur un placard.

La pièce était chaude, avec beaucoup de lumière du soleil pour éclairer les coins les plus sombres. C'était une belle pièce et c'était la première fois qu'Esther s'y trouvait. Elle enleva le tissu humide et se roula sur le côté, décidant de suivre le conseil de Ruth concernant le sommeil. Pourquoi gaspiller un lit aussi confortable ? Mais alors qu'elle sombrait dans le sommeil, elle entendit des voix fortes venant de l'extérieur de la pièce.

Esther passa les jambes par-dessus le lit et se leva lentement. Elle marcha à petits pas sur le parquet et écouta à la porte. Lorsqu'elle entendit le Père James parler, elle comprit qu'elle se trouvait dans la pièce située au-dessus de son bureau. Esther se mit à genoux et colla son oreille à une fente entre deux planches. Elle pouvait entendre le Père James et quelqu'un d'autre. Une voix profonde et résonnante avec un accent prononcé. Le Père Adam.

— Tu crois à tes propres conneries maintenant, Roger. Je pense que tu as vraiment perdu la tête. Et ce qui est pire, c'est que ces gens-là dehors gobent chaque mot. Ce n'est en aucune façon ce que nous avons mis en place et j'en ai marre d'essayer de jouer la comédie avec cette idiotie.

— Tu me dis que je suis fou, mais c'est toi qui ne te souviens pas de mon nom. Il n'y a pas de Roger ici, Adam.

— Si, il y en a un. Il y en a toujours eu un. Je sais qui tu es, et je sais d'où tu viens. J'étais là avec toi, depuis le début. *Les Enfants de James. Corps et âme.* C'est moi qui ai inventé tout ce charabia sur le bien-être intérieur et les objectifs extérieurs. Je l'ai fait il y a trois décennies. Des inepties engendrées par un stupide ivrogne et un manuel de philosophie. Tu l'as transformé en toutes ces absurdités religieuses et tu dis aux gens que tu peux parler à Dieu, Rog', c'est... c'est... dangereux.

— Dieu me parle, Adam.

— NON, IL NE TE PARLE PAS ! C'est un mensonge. Tu vas commettre un meurtre collectif pour un mensonge ? On a créé cette secte pour s'envoyer en l'air avec de jolies filles et gagner de l'argent ! Esther entendit des

Vulnérable

bruits de pas tandis qu'Adam traversait la pièce. Le bout de ses doigts commença à transpirer alors qu'elle restait là, à quatre pattes, à écouter. « C'est allé trop loin. Tu es allé trop loin. Les choses que tu as faites... J'ai essayé de ne rien dire, vraiment, mais je ne peux plus tenir ma langue. Tu as épousé des enfants, Roger. Tu es un pédophile ! »

— Elles avaient plus de douze ans, dit le Père. Comme dans la Bible, et dans toutes les civilisations antiques et médiévales...

— Écoute-toi te justifier. Adam avait à moitié l'air de sangloter. Il faut que ça s'arrête. Tu dois fermer le ranch, partir et trouver ta paix ailleurs, sans entraîner tous ces innocents avec toi. Tu ne peux pas continuer à faire ça. Pas à ces enfants. Allez, quoi. Le Père James restait silencieux. « Allez, s'il te plaît. Sois d'accord avec moi, Roger. Allez ! » Toujours le silence. « S'il te plaît, arrête ça. C'est la seule raison pour laquelle je suis revenu. Je ne veux pas rejoindre la famille, je veux la briser. »

Esther retint son souffle. Pendant les silences, elle était sûre qu'ils pourraient entendre son souffle rauque à travers la fente.

— Je pense que c'est mieux que tu partes, dit le Père James.

— Du ranch ?

Une autre pause.

— Non, dit James. Tu peux rester dans la maison, mais tu dois quitter mon bureau.

— Est-ce que j'aurai le droit de quitter le ranch si je le veux ?

— Bien sûr. Après le Jugement dernier. Ne t'inquiète pas, ça ne sera plus long.

Esther se releva et retourna dans le lit. Elle enfouit sa tête sous la couette et pressa les mains sur ses oreilles. Elle ne voulait pas en entendre davantage.

Chapitre Soixante-Dix-Huit

Finalement, Fran tapota la photo d'Adrian dans l'application d'appel vidéo. Son visage s'afficha sur l'écran et son cœur douloureux se pinça. D'un côté elle avait envie de sa présence, de la chaleur de ses bras et du réconfort de sa voix, de l'autre elle lui en voulait. Chaque fois qu'elle pensait à leur relation, ou à Chloé, son esprit dérivait vers la prairie dans les montagnes de Catalina. Les autres autour d'elle, en train de respirer avec elle, de la toucher, de partager sa douleur. Fran et Adrian avaient perdu un enfant ensemble et pourtant ils avaient fait leur deuil séparément. C'était un phénomène dont elle n'avait pas pris conscience jusqu'à ce jour. Peut-être avait-elle été aveugle, ou peut-être l'avait-elle délibérément ignoré.

Elle laissa échapper un souffle tremblant, attendant qu'il réponde. Il ne répondit pas. Avec une certaine déception, elle coupa l'appel et s'assit sur le lit. Il était tard et elle était fatiguée. Elle plia les genoux, posa la tête sur l'oreiller et s'endormit rapidement, pensant, en fermant les yeux, qu'il ne saurait jamais qu'elle l'avait appelé dans l'espoir qu'il la dissuade de faire ce qu'elle avait prévu.

Le lendemain matin, Fran se leva de bonne heure et s'habilla. Elle commanda un petit-déjeuner dans sa chambre, puis travailla sur son article, décrivant l'attrait de la secte, le charisme inquiétant du leader, le sens de la communauté qui cachait les dessous les plus sombres. En milieu de matinée, elle reçut un autre e-mail de Caleb.

Bonjour Francesca,

Nous serions ravis de te revoir au ranch. Le Père James a été très impressionné par toi et a pensé que tu convenais parfaitement. Je le pense aussi.

As-tu eu le temps de lire le Livre de James ? J'aimerais beaucoup te revoir et répondre aux questions que tu pourrais avoir.

Par ailleurs, si tu le veux bien, j'ai joint un autre questionnaire. Celui-ci concerne davantage les données sociologiques, ce genre de choses. C'est purement pour nos statistiques.

À bientôt,

Caleb

Fran ouvrit le document et le lut en diagonale. Elle laissa presque échapper un rire. Si une quelconque tentation subsistait, les œillères lui tombaient vraiment des yeux, maintenant. Le questionnaire sur les données sociologiques était une tentative évidente de savoir combien d'argent elle avait. Les questions portaient sur sa carrière, ses revenus, sa prudence en matière d'épargne, la taille de sa maison, le nombre de voitures qu'elle possédait, ce genre de choses. Ils voulaient savoir si elle pouvait contribuer financièrement à la secte.

— Père veut une nouvelle bague en or, dit Fran à voix haute.

Elle prit une gaufre, croqua dedans et termina par une gorgée de jus d'orange. Au moins, cela confirmait l'arnaque. Une fois que Fran eut fermé son ordinateur portable et posé l'assiette vide du petit-déjeuner sur la table basse de sa chambre, elle se sentit fatiguée. Oui, le fait qu'ils en veuillent à son argent de façon flagrante l'avait amusée pendant un moment, mais ensuite elle pensa au côté insidieux derrière le visage souriant de la secte. Les enfants qui avaient disparu, l'aversion évidente pour les autorités, l'homme avec ses lunettes de soleil.

Son lien avec Caleb brouillait les pistes. Elle avait du mal à le considérer comme autre chose qu'un gentil garçon qui s'était perdu. Mais était-il innocent ? Est-ce que tous les fidèles étaient innocents ? Si des enfants avaient été cachés, blessés ou pire, et que les membres de la secte étaient au courant, alors peut-être méritaient-ils tous d'être punis. Peut-être même Mary. Elle s'allongea sur le lit et croisa les chevilles. Fran pensa à son éducation : les chorales de l'église, le catéchisme, les crèches vivantes. Elle avait eu une expérience de la religion digne de l'Anglaise moyenne et avait conservé des opinions modérées toute sa vie. Cela faisait-il d'elle une personne qualifiée pour analyser les actions d'une personne endoctrinée dans une secte ?

Pour la première fois depuis longtemps, elle pensa à appeler sa mère. Mais elle n'avait parlé à aucun de ses parents de sa venue en Arizona et il lui semblait trop difficile d'essayer d'expliquer pourquoi elle était si déterminée à sauver Mary et Esther.

Elle regarda son téléphone et trouva un nouveau message d'Adrian. *Je suis désolé d'avoir manqué ton appel hier. Comment vas-tu ? Tu veux qu'on discute ?* Fran répondit. *Non, c'est bon, c'était juste pour te souhaiter bonne nuit. Tout va bien au village ?* Un instant plus tard, il répondit. *Les gens parlent.* Elle attendit, en regardant le message « Adrian écrit »... flotter sur l'écran. *Emily pense que tu m'as quitté. Certaines personnes disent que tu es lesbienne !* Fran lui envoya un émoji rieur. *Mon Dieu, ils croient vraiment que je suis intéressante !* Adrian lui envoya un émoji d'une femme qui danse, mais elle n'était pas sûre de ce qu'il voulait dire. *Je vais à la bibliothèque maintenant, Franny. Tu me manques.* Fran laissa échapper un soupir et répondit : *Tu me manques aussi.*

Vulnérable

Après s'être servi une tasse de café à la machine de l'hôtel, elle ouvrit son ordinateur portable et prépara une réponse à Caleb.

Salut Caleb,

Merci beaucoup de m'avoir envoyé ça. Je te le renvoie dès que possible, mais je dois vérifier certaines réponses auprès de mon mari. En attendant, je me demandais si je pouvais visiter à nouveau le ranch ? J'ai tellement aimé cet endroit. Peut-être pourrais-tu me montrer toutes les installations ? Ce serait formidable de discuter du Livre de James. Je l'ai presque terminé.

Bien à toi,

Fran

Chapitre Soixante-Dix-Neuf

Grace saisit les mains d'Esther et l'aida à se relever.

— On peut rester debout tard ce soir. Le Père James a dit qu'on allait avoir une Observance ! Ses joues étaient toutes roses d'excitation. Elle poussa un cri de joie, lâcha les mains d'Esther et courut vers Delilah et Paul pour leur annoncer la nouvelle.

Esther s'agenouilla à nouveau et ramassa son plantoir. Ses mains tremblaient. Une Observance signifiait une célébration. Cela signifiait que la consommation d'alcool était autorisée (pour les adultes) et que la danse était encouragée (pour tout le monde). Les enfants pouvaient rester debout aussi tard qu'ils le voulaient. Ils faisaient généralement un feu et Elijah jouait du violon. Ils ne le faisaient pas souvent, peut-être deux ou trois fois par an, et rarement dans la chaleur de l'été comme maintenant. C'était un moment étrange pour une Observance, mais qui signifiait une chose : il y avait quelqu'un de nouveau qui venait à la ferme. Le Père James ne se donnait ce genre de mal que lorsqu'il y avait une potentielle recrue qu'il voulait faire adhérer. Mais c'était bien, n'est-ce pas ? Si le Père James était obsédé par le recrutement de nouveaux membres de la famille, cela signifiait certainement que le Jugement dernier n'allait pas se produire de sitôt, peu importe ce qu'il avait dit dans sa colère quelques jours auparavant.

Elle creusa le sol dur, le retournant sans but précis. Il n'y avait rien de nouveau à planter et elle avait déjà enlevé toutes les mauvaises herbes qu'elle pouvait trouver. Elle entendit Grace rire avec les autres enfants et creusa la terre encore plus fort. Elle leur en voulait, maintenant. Aucun d'entre eux n'avait jamais eu mal au ventre comme elle ou ne s'était évanoui dans la salle de sermon comme elle l'avait fait. Elle était celle qui portait toute la tension. Elle était celle que Père James avait choisie pour sa tâche spéciale au Jugement dernier. Et maintenant Esther en savait plus qu'elle ne devait en savoir. Elle savait que le Père Adam et le Père James se disputaient.

Le lendemain de la dispute, Esther avait été surprise de voir le Père

Adam toujours présent au ranch. Pourquoi n'avait-il pas été mis à la porte ? Peut-être parce qu'ils étaient frères. Mary avait dit que cette famille se disputait, mais s'aimait quand même. Cela devait être pour ça. Le Père James était trop gentil pour jeter Adam hors de la famille. C'était ça la raison, ça ne pouvait être que ça.

Mais Esther décida de ne pas dire à Père qui était Fran, ni les étranges divagations de Mary dans la cuisine. Elle décida également de ne pas parler de Fran à Mary. Les choses devenaient trop compliquées et elle ne voulait pas se retrouver au milieu de tout ça. De plus, Mary était tellement à côté de la plaque que lui en parler ne servirait probablement à rien.

Esther avait du mal à parler. Elle n'avait pas eu de contact avec qui que ce soit de toute la journée. Même lorsque Grace lui parlait, elle acquiesçait simplement sans vraiment écouter.

Pendant le reste de la journée, elle continua à faire ses corvées, se mettant à distance des autres enfants. Elle les regardait se rassembler en groupes, chuchoter derrière leurs doigts tout en lui jetant des regards de pitié. Grace et Delilah berçaient une Judith capricieuse d'avant en arrière dans un landau, et la regardaient fixement en riant. Esther avait l'impression de dépérir. Elle n'arrivait pas à l'exprimer avec des mots, mais elle savait qu'elle se sentait desséchée et creuse. Pourtant, elle continuait à travailler, à ramasser les œufs, à couper les oignons dans la cuisine, à laver les draps.

Elle se doucha seule cette fois, puis s'habilla dans un coin de l'abri en écoutant les rires des autres enfants. Stinky riait aussi avec eux et ils l'appelaient John, pour changer. En essayant de se tresser les cheveux, Esther réalisa qu'elle avait remplacé Stinky en tant qu'étrangère au groupe. Elle était devenue celle dont les autres enfants se moquaient. La haine fit remonter la bile dans son estomac. Elle allait leur montrer. Le jour du Jugement dernier, elle leur montrerait. Esther attacha ses cheveux et sortit de l'abri anti-tempête, gravissant les marches jusqu'au ranch. Elle était à une courte distance du reste des dépendances, dont l'entrée était masquée par une parcelle de buissons de créosote et de mesquite. Elle vit un lézard dévaler les marches et se pencha pour l'attraper. Une fois, une tarentule s'était aventurée dans le bunker. Esther s'était réveillée pour la voir marcher lentement sur le sac de couchage de Grace. Son cœur avait battu la chamade, mais elle savait qu'elles étaient inoffensives. Elle l'avait mise doucement dans un bol, en faisant attention à ne pas réveiller Grace, et l'avait emmenée dehors. Maintenant elle regrettait de ne pas avoir laissé l'araignée grimper sur elle.

À l'extérieur de l'abri, le soleil était bas, mais il ne se coucherait pas avant quelques heures. On entendait les cigales chanter dans les touffes d'herbe. Ses chaussures furent presque immédiatement recouvertes de poussière, bien qu'elle les ait nettoyées avant de sortir. Esther entendit encore d'autres rires au-dessus du chant des cigales. Elle contourna les écuries pour se diriger vers la salle de sermon. Une acclamation retentit et elle réalisa qu'ils avaient déjà allumé le feu de camp. D'habitude, lors d'une Observance, elle aurait couru directement vers le groupe pour regarder les flammes danser, mais quelque chose en cette occasion ne lui convenait pas. Elle se tint à l'écart, ralentissant son pas, tendant la main pour laisser les

Vulnérable

moustiques s'y poser. Tout autour d'elle, les autres se rassemblaient en discutant, riant et souriant. Ils ne faisaient pas attention à elle – il était rare que les adultes fassent attention aux enfants dans le ranch. Ce n'était que pendant les sermons du Père James qu'ils montraient de l'amour pour les enfants. Esther se demanda pourquoi elle n'avait pas remarqué cela plus tôt.

En un mouvement soudain, les autres enfants, tous les enfants, se précipitèrent sur elle et la projetèrent dans la poussière. Elle atterrit lourdement sur ses mains, s'écorchant un genou et se cognant le nez contre le sol dur. Presque immédiatement, elle eut envie de pleurer. Elle voulait sangloter et appeler sa mère, mais Mary ne ferait qu'empirer les choses et personne ne se soucierait d'elle si elle pleurait. Alors qu'elle se relevait, Grace se retourna et la regarda, les yeux pleins de culpabilité, ou peut-être de pitié, Esther ne comprenait pas vraiment ce qu'elle y voyait, mais elle savait qu'elle détestait ça. Puis Grace fit demi-tour et partit en courant avec les autres, tout excitée.

Son genou était douloureux, mais ne saignait pas, alors elle brossa ses habits et continua vers le champ où il y avait le feu de joie. De longues formes blanches vacillaient devant le feu, presque aussi brillantes que les flammes. Esther voyait bien que le feu avait été allumé récemment, parce que les flammes étaient encore basses. Elle vit la famille se disperser dans le champ, et un petit groupe se rassembla près d'Elijah qui jouait du violon. Elle regarda son archet se balancer d'avant en arrière, frénétique, vertigineux. Le Père James se tenait près de ses gardes du corps, balançant les hanches au rythme de la musique. À cause du feu et de la soirée déjà chaude, la plupart des membres du groupe portaient des tuniques et des jupes en lin léger, les manches retroussées. Elle vit sa mère assise sur une chaise près du feu et sa vue la fit tressaillir de dégoût. Sa peau était éclairée en jaune par le feu et des volutes de fumée montaient autour d'elle, mais même avec cette touche de couleur, elle ressemblait à un fantôme. Esther s'éloigna en titubant et s'appuya contre un arbre.

De là, elle observa les autres pendant un court instant. Delilah et Grace dansaient main dans la main, leurs tresses virevoltaient alors qu'elles tournaient comme des petites folles autour des flammes. Elijah tapait du pied et levait les genoux en rythme. Son séjour en Angleterre semblait s'être passé il y a un million d'années. Et dire que Mary l'obligeait à l'appeler papa. Il lui avait à peine dit un mot depuis qu'il avait épousé Hannah.

Angel se tenait à côté de son mari, Aaron, serrant Judith contre sa poitrine. Sa peau sombre était illuminée par une lueur ambrée. Ruth était assise sur une chaise et buvait une bière à même la canette, souriant aux autres anciens aux cheveux gris. Isaiah se tenait derrière le Père James, les bras croisés. Esther remarqua le pistolet sur sa hanche, et elle le fixa pendant un moment. Elle regarda Zachary et les nouveaux gardes du corps qu'elle ne connaissait pas. Ils portaient tous des armes. Ce n'était pas inhabituel, mais ça l'effrayait quand même.

Puis ses yeux dérivèrent vers un mouvement venant de la cour. Elle y vit Caleb avec une étrangère. Ils étaient toujours faciles à repérer de loin, leurs vêtements étant beaucoup plus clairs et plus près du corps. La femme avait de légers coups de soleil, elle était mince, les cheveux courts et elle marchait bien droite. Elle sut tout de suite que c'était Fran. Elle se pressa contre l'arbre en pensant au parc au milieu de cet horrible village, les cheveux de Fran tirés en arrière par un bandeau, sa main tendue. Elle y avait résisté à l'époque, mais peut-être la prendrait-elle maintenant.

La panique monta de son abdomen à sa poitrine et à sa gorge. Elle ne pouvait plus respirer. Elle s'accrocha à l'arbre, la solidité du bois la maintenant debout. Pendant une seconde, elle voulut appeler à l'aide. Elle voulait partir. Ses yeux parcoururent le paysage en direction des sommets sombres des montagnes. Pouvait-elle s'enfuir ? Non, elle ne survivrait pas là-bas. Elle se perdrait et serait mordue par un serpent ou mangée par un coyote. Mais rester ici l'effrayait aussi. L'instinct d'Esther lui disait que l'arrivée de Fran au ranch était dangereuse pour de nombreuses raisons. De la sueur perlait sur son front. Finalement, avant que Fran ne s'approche suffisamment pour la voir, elle se détourna du feu et commença à courir vers l'abri anti-tempête. Au moins, elle pouvait se cacher jusqu'à ce que tout soit fini. Mais alors qu'elle s'élançait vers l'angle de la grange à chevaux, elle percuta le Père Adam.

Il lui saisit les épaules et s'accroupit à sa hauteur.

— Bonté divine. Est-ce que tu vas bien ? Esther ne répondit pas. Il posa le dos de sa main sur son front. Laisse-moi t'emmener auprès de ta mère.

— Non !

Adam se leva de toute sa hauteur et essaya de prendre sa main. Elle la lui retira.

— Allez, Esther. Tu ne peux pas te comporter comme ça.

— Je n'irai pas avec toi. Elle fit un pas en arrière.

Le Père Adam laissa échapper un petit rire nerveux.

— Pourquoi ne me fais-tu pas confiance, ma chérie ?

Elle enroula ses bras autour de son torse.

— Parce que je t'ai entendu dans les bois avec ma mère. Je t'ai entendu avant de tomber.

Il réagit à peine à ses paroles. Il mit simplement ses mains dans ses poches et tourna la tête vers le feu.

— Ah, je vois.

Esther eut alors une idée. Elle prit quelques inspirations pour se calmer et essuya la sueur sur son front.

— D'accord, je vais t'accompagner. Je vais aller m'asseoir avec ma mère.

— Très bien, dit Adam, et ils s'en retournèrent vers le feu de camp.

Chapitre Quatre-Vingt

La veille, Fran avait reçu une réponse de Caleb lui parlant d'un événement qui se déroulait sous le nom de l'Observance. Selon Caleb, il s'agissait d'une célébration de l'été et d'une occasion de se débarrasser de tous les ennemis du bien-être intérieur, comme les démons intérieurs ou les « égouts », accumulés au fil de l'année. La façon dont il l'avait décrit ressemblait à la réunion des festivals Burning Man et Wicker Man. L'idée d'un feu de camp en pleine chaleur de l'Arizona semblait insensée, mais Caleb la rassura en lui disant qu'ils gardaient des lances à eau à portée de main si le feu devenait incontrôlable et que rien de grave n'était jamais arrivé depuis des années qu'ils le faisaient. « *Nous attendons que les conditions soient idéales*, avait-il dit dans son e-mail. *Lorsque les chances d'une tempête de poussière sont faibles, et que la pluie est prévue plus tard dans la semaine. Nous le faisons le soir quand il fait plus frais et nous nous assurons qu'il n'y a pas trop de vent pour répandre les braises.* »

Il lui semblait étrange que Caleb n'ait pas mentionné le rite de l'Observance avant. Il n'en avait parlé qu'après qu'elle ait demandé à revoir le ranch. Elle se demandait si cet événement était organisé juste pour elle. Est-ce que c'était insensé ? Oh, et puis était-ce important après tout ? Elle accepta d'y aller. Bien sûr. C'était une autre occasion pour elle de retrouver Mary et Esther. C'était sûr, les deux filles seraient là à une fête communautaire comme celle-ci. Elle se sentait un peu coupable d'avoir menti à l'inspecteur Woodson, et elle reconnaissait qu'elle était probablement trop investie pour voir tous les autres choix qui s'offraient à elle, mais elle s'en fichait. Elle voulait y aller. C'était l'occasion de faire deux choses : potentiellement retrouver Mary et assister à un rituel de secte. Combien de personnes extérieures avaient eu ce genre de chance ?

Elle tua le temps à Tucson en cherchant des bricoles dans les boutiques de souvenirs. Elle acheta à Adrian un nouveau tablier avec le contour des montagnes Catalina sur le devant. Pour les enfants de leurs amis, elle acheta des cactus en peluche et des friandises aux noix de pécan dans une boîte colorée. Elle s'acheta une part de tarte aux noix de pécan et la mangea plus tard à l'hôtel, juste avant d'aller se coucher. Le sucre rendit ses rêves surréalistes. Le Père James était assis derrière son bureau comme lors de leur rencontre. Il enlevait ses lunettes de soleil comme il l'avait fait le jour où elle l'avait rencontré, mais cette fois-ci, des lasers jaillissaient de ses iris, aveuglants et rouges. Ses mains s'étaient levées pour protéger son visage, mais les lasers avaient déchiré sa chair.

Elle se réveilla essoufflée et en sueur, les nerfs à vif. C'était le jour de l'Observance et elle devait se ressaisir. Elle passa la matinée à écrire au bar de l'hôtel et mangea une salade César pour le déjeuner. Ensuite, elle remonta dans sa chambre pour se changer. Sa respiration était rapide alors qu'elle enfilait une robe de coton ample et rangeait des sous-vêtements propres et une brosse à dents dans un sac. Caleb lui avait dit qu'elle pouvait passer la nuit dans une chambre d'amis. Elle était sur le point de passer une nuit entière dans une secte. Elle avait du mal à y croire.

En sortant de l'hôtel, Adrian l'appela. Fran regarda le téléphone dans sa main pendant un long moment, mais elle finit par ne pas répondre.

Dans le taxi, elle se mordillait la lèvre inférieure. L'excitation nerveuse s'était transformée en griffes acérées déchirant ses entrailles. Quelque chose lui disait de ne pas y aller. Son instinct, peut-être. La bonne vieille intuition féminine. Adrian aurait levé les yeux au ciel. Elle regrettait en partie de ne pas avoir répondu à son appel. Et si quelque chose lui arrivait et qu'elle n'avait pas l'occasion de lui dire au revoir ? Fran fixa son téléphone pendant une minute, puis elle déverrouilla l'écran et fit défiler ses contacts. Elle appuya sur la bonne icône. Trois sonneries retentirent dans ses oreilles avant qu'il ne décroche.

— Woodson.

— Inspecteur, dit-elle.

— Mme Cole. Il semblait quelque peu surpris, mais surtout sur ses gardes. Elle pouvait pratiquement entendre les pensées qui tournaient dans son esprit. « Qu'est-ce que je peux faire pour vous ? »

— Je vais là-bas, dit-elle. Je sais que j'avais dit que je ne le ferais pas, mais j'ai été invitée à une sorte de rituel.

Il expira brusquement par le nez.

« Ça ne m'a pas l'air bon du tout, poursuivit-elle. Vous avez déjà votre mandat ? »

— Oui.

— Peut-être que vous devriez venir. Ou peut-être que je pourrais vous envoyer un message si les choses tournent mal.

— Je vais essayer d'avoir une équipe en stand-by. Si je peux. Vous ne pouvez pas faire un raid sur un ranch tentaculaire sans planification. Sa voix était calme, mais agacée. Mais envoyez-moi ce SMS si vous voyez des enfants, de la drogue ou des armes. Et puis sortez. Je m'occuperai du reste.

— Je le ferai, je vous promets.

— Eh bien, vous avez déjà promis d'autres choses, Mme Cole. Et regardez où ça nous a menés.

Ses poils se hérissèrent à cause de la réprimande, mais elle l'avait méritée, elle le savait.

Vulnérable

Le chauffeur de taxi la déposa à la grille du bas, mais c'était parfait, car Caleb l'attendait déjà.

— C'est une belle robe que tu as là, Francesca.

Elle en lissa le bas, les doigts tremblants.

Ils marchèrent vers la lueur orangée du feu. La famille formait des silhouettes qui se balançaient et pirouettaient autour des flammes comme des lutins sur une chanson folklorique. Ce spectacle lui semblait d'un autre âge. Primitif. Une civilisation ancienne ou nouvelle, c'était impossible à dire. Elle voulait s'approcher pour pouvoir les observer, mais avant qu'ils ne soient à portée du feu crépitant, Caleb l'arrêta.

— Pour que tu puisses te joindre à nous, je dois prendre ton téléphone portable.

— Oh, dit-elle. Je ne l'ai pas pris.

— Je peux jeter un coup d'œil dans ton sac ?

Fran ouvrit son sac et fouilla à l'intérieur, trouva le téléphone et fit comme si elle était surprise.

— Oh, si, je l'avais pris en fait. Vraiment désolée. Ma mémoire est comme une passoire ces jours-ci. C'est la ménopause !

Elle détourna le regard en lui passant le téléphone, ne sachant pas s'il avait vu clair dans son jeu ou non. Il aurait fallu qu'il soit idiot pour qu'il ne l'ait pas fait.

Ils continuèrent d'avancer vers le feu, où Fran put finalement voir de plus près la famille qui pratiquait le rituel de l'Observance. Ils étaient habillés de leurs vêtements traditionnels habituels, bien que plus amples pour la chaude nuit d'été. Les jeunes femmes portaient leurs cheveux défaits qui flottaient autour de leur tête alors qu'elles dansaient. Insouciantes et détendues, elles se tenaient par la main et tournaient en rond, riant et souriant au ciel qui s'assombrissait. C'était un spectacle magnifique, indéniablement charmant, mais Fran sentait encore l'anxiété peser sur son corps. Elle se força à se tenir droite. Elle ne voulait pas que Caleb voie sa peur.

Au centre de tout cela, le Père James attirait l'attention. Elle le vit se déhancher sur la musique, remuant des hanches avec beaucoup trop de fluidité pour un homme qu'elle considérait comme répugnant. Malgré les mouvements regrettables de ses hanches, ses pieds étaient plantés comme s'ils étaient enracinés dans la terre. Il gardait le dos droit avec l'aide d'une canne. Elle remarqua son teint cireux qui lui fit penser à une maladie. Elle faillit faire demi-tour et s'enfuir mais, au lieu de cela, elle s'autorisa finalement à examiner les visages de ceux qui l'entouraient. Des gardes du corps aux larges poitrines aux jolies jeunes filles en passant par le groupe de personnes d'âge moyen qui bavardaient assises en hochant la tête. Elle aperçut une femme d'une maigreur affligeante sur une chaise près du feu et le dégoût lui revint en pleine face. Cette pauvre créature était vêtue d'une jupe ample et d'une tunique d'au moins deux tailles trop grandes pour elle. Ses coudes dépassaient des manches et elle était penchée sur sa chaise. Des cheveux sans vie tombaient sur son visage en de grosses torsades grasses. Cette femme était soit très frêle et âgée, soit malade. Ses cheveux noirs indiquaient qu'elle était malade, pas âgée.

— Viens, dit Caleb, en la conduisant près de la foule. Le Père James va bientôt parler.

Alors qu'ils contournaient la foule, Fran remarqua les armes pour la première fois. Des pistolets portés dans leurs étuis, en bandoulière sur les hanches des grands sbires qui se tenaient près de leur chef. Elle chercha dans l'expression de Caleb le moindre signe que quelque chose n'allait pas. Il ne faisait aucun cas des hommes. Et maintenant elle n'avait plus de téléphone pour envoyer un message à Woodson. Elle respira difficilement. Ce mauvais pressentiment n'avait servi à rien. Fran essaya de se dire qu'elle était ici en tant que journaliste et en tant que femme qui espérait sauver son amie. Pour ces deux raisons, elle devait être courageuse.

Caleb la conduisit vers un banc en bois disposé près du feu. Quelques-uns des autres membres lui firent signe de la main, un sourire amical sur le visage. Ils prirent place de manière ordonnée. La musique s'arrêta, et pour la première fois, Fran vit que le violoniste était Elijah. Elle baissa les yeux vers le sol, espérant qu'en baissant la tête et en se penchant en avant, il ne la remarquerait pas. Quand elle osa lever les yeux, Elijah s'était fondu dans la foule. Elle vit également Talisa, vêtue comme le reste de la secte, tenant un bébé d'environ six mois. Talisa était donc bien déjà membre pendant le cours. Fran s'était méfiée, mais en prendre conscience était quand même douloureux.

Alors que le Père James commençait à parler, un des gardes du corps aida la frêle jeune femme à quitter son siège et l'accompagna jusqu'aux bancs. Elle leva légèrement la tête et, malgré les cheveux devant son visage, Fran vit qu'elle avait l'air droguée. C'était le deuxième aspect de l'Observance qui l'effrayait. Pas seulement les armes à feu, mais aussi la drogue. Elle jeta un coup d'œil à son sac. Son téléphone lui manquait cruellement.

La pauvre créature s'installa sur le banc et se tourna dans sa direction. Leurs regards se croisèrent et l'instant s'étira. Fran remarqua ses pupilles dilatées. Elles froncèrent les sourcils en même temps. Fran poussa un petit cri et plaqua sa main sur sa bouche.

— ça va ? chuchota Caleb.

Le Père James continuait à parler, ce qui lui donna l'occasion de ne pas s'expliquer. Elle fit un signe de tête. Caleb s'en contenta. Il n'avait aucune idée de la force avec laquelle son cœur cognait contre ses côtes. Il ne voyait pas qu'elle retenait ses larmes. Le Père James entonna un sermon profond et significatif, mais tout ce qu'elle pouvait faire, c'était de penser à la jeune femme douce et nerveuse qui avait été réduite à l'état de squelette. Qu'avaient-ils fait d'elle ? Les magnifiques cheveux bruns qui avaient rendu Fran si envieuse pendaient maintenant en tresses grasses et ternes. Elle se mordit la lèvre pour retenir ses larmes. Pourrait-elle faire sortir Mary d'ici ce soir ? Où était Esther ? Ses yeux observaient les gardes du corps avec inquiétude. Derrière le Père James, le feu de joie semblait se dilater et se contracter comme s'il respirait.

Elle ne pouvait pas se concentrer sur ce qu'il disait. C'était une sorte de sermon sur l'été et le salut. Elle l'entendit vaguement mentionner les mots « jugement dernier » de temps en temps. La sueur perlait sur son front et roulait sur son nez tandis que les braises crépitaient et s'envolaient dans le

Vulnérable

ciel. Fran frotta ses paumes contre sa robe et osa un autre regard vers la pauvre Mary. Si elle pouvait l'éloigner du groupe, peut-être pourraient-elles marcher jusqu'à la route et faire signe à une voiture ? Mary semblait si frêle, comme un oiseau brisé. Elle détourna le regard et commença à chercher Esther dans la foule. Elle faillit être à nouveau surprise lorsqu'elle vit une petite fille sur le banc de devant. Mais ce n'était pas Esther. Elle avait un visage beaucoup plus rond et une peau olivâtre. De chaque côté d'elle, il y avait deux garçons, dont l'un lui rappelait quelque chose.

Fran réalisa alors que le garçon à la droite de la fille était l'enfant disparu qui était sur les affiches à Tucson. Elle tourna la tête vers le Père James. Comment pouvait-il être si négligent ? Pensait-il que l'accord de confidentialité qu'elle avait signé le protégerait ? Elle était de plus en plus dégoûtée par lui alors qu'il n'arrêtait pas de parler de la parole de Dieu. Elle fut presque assez distraite pour ne pas continuer à chercher Esther. Mais pas tout à fait.

Un enfant et un homme s'approchaient du groupe, venant de la ferme. L'enfant avait les cheveux tirés loin de son visage. Elle marchait le dos droit et la tête haute. Elle tenait la main d'un homme. Il était grand, avait des cheveux gris et la cinquantaine. Il était vêtu du même vêtement traditionnel que le reste du groupe. Cette fois, elle cessa de respirer. L'homme s'arrêta. La fille à côté de lui fit un pas de plus, puis s'immobilisa. L'enfant la regardait fixement. L'homme la regardait aussi. C'était Esther, bien sûr. Elle connaissait cette expression précoce, cette légère suffisance, cette assurance, ces cheveux blond paille. Et à côté d'elle. Eh bien, à côté d'elle, lui tenant la main comme un protecteur, se trouvait Adrian.

Chapitre Quatre-Vingt-Un

Fran se leva d'un bond. Elle serra les poings, le corps rigide, prête à fuir ou à se battre. Elle fixa son mari qui avançait à grands pas de l'autre côté du champ, avec ses bottes poussiéreuses. Les manches de sa chemise étaient retroussées comme s'il allait se fondre dans la masse et entamer une tâche. Elle vit un fauteuil à bascule usé dans un coin. Elle voulait parler, mais sa mâchoire semblait fermée. Le feu crépitait et sifflait comme les mots à demi formés logés dans sa gorge. Ses yeux brûlaient à cause de la chaleur et pourtant elle ne pouvait pas cligner des paupières. Le sermon du Père James s'arrêta au milieu d'une phrase et des chuchotements étouffés parcoururent le groupe. Fran sentait qu'ils la regardaient fixement.

— Connaissez-vous le Père Adam ? demanda James. Sa voix, profonde et bien distincte au-dessus du crépitement du feu, semblait plus amusée que furieuse.

Elle sentit un mouvement à sa droite. Un garde du corps, Isaiah pensait-elle, fit quelques pas dans sa direction, la main au-dessus de l'étui de son arme. Le Père leva la main et l'homme arrêta dans son mouvement. Avec son corps et son esprit en ébullition, elle n'eut même pas le temps de réagir à l'approche du garde du corps.

Ce fut finalement Adrian qui s'approcha. Adrian, l'homme qui lui avait envoyé de fausses photos de leur patio, lui racontant tous les potins de Leacroft comme s'ils se passaient en ce moment même. Et bien sûr, elle ne réalisait que maintenant qu'il avait parfois oublié le décalage horaire, lui disant qu'il allait à la bibliothèque alors qu'elle était fermée. Elle pensa aux mensonges, à la manipulation et à l'arrogance, et envisagea ce qu'elle pourrait lui reprocher. *Le Père Adam.* Son corps tremblait. Deux feux faisaient rage dans ce champ d'Arizona.

— Franny, je peux t'expliquer, dit-il en s'avançant vers elle.

- Fran ! Mary essaya de se lever, mais un grand homme l'en empêcha.

Elle fit un pas en arrière, manquant de trébucher sur le banc derrière elle.
— Francesca ? Caleb tendit une main pour la stabiliser, mais Fran le repoussa d'un coup sec.

Elle avait l'impression que son esprit avait explosé. Elle les regarda tour à tour. À quel problème devrait-elle s'attaquer en premier ? Mary et Esther, les filles qu'elle recherchait ? Le garçon disparu assis dans le groupe, habillé comme un membre de la secte, ses parents le pleurant quelque part à Tucson ? Ou son mari, qui avait formé une secte des années auparavant, mais qui n'en avait jamais parlé en près de dix ans de mariage ?

Adrian leva les mains.

— On peut parler ?

Ces mains avaient manqué à Fran. Elle les avait désirées la nuit quand elle se sentait seule. Et maintenant, il les levait devant elle et elle avait envie de les couper. Comme elle put, elle se faufila entre les bancs et traversa le champ en titubant sur ses jambes engourdies. Adrian essaya de poser une main sur son épaule pour l'éloigner du groupe, mais elle ne le laissa pas faire. Elle regarda d'abord Esther. La petite fille releva le visage, aussi impassible que lors de leur première rencontre.

— Veux-tu rester avec ta mère jusqu'à ce que j'aie parlé au *Père Adam* ? Le nom avait un goût de sciure dans sa bouche.

— Va voir Mary et attends là, dit Adrian. Même le son de sa voix la choqua. Il avait le contrôle. Un chef. Il y avait même un soupçon d'accent américain, comme s'il s'était tellement bien acclimaté qu'il avait commencé à parler comme les gens autour de lui.

Fran regarda Esther faire ce qu'on lui disait avant de se tourner vers Adrian. Elle s'éloigna du feu avec lui pendant trois ou quatre minutes, côte à côte comme s'ils se promenaient ensemble dans Leacroft. C'était quelque chose qu'elle avait fait des centaines de fois, et pourtant cela lui était plus étranger maintenant que les étranges traditions de la secte qui se déroulaient autour d'elle.

Il s'arrêta le premier. Il parla le premier.

« Fran, écoute... commença-t-il.

Mais non, elle n'en voulait pas. Pas un autre sermon. Pas cette fois.

— Espèce d'enfoiré, cracha-t-elle. Espèce de lâche. Tu es méprisable. Espèce... de salopard. C'est toi qui as créé cette secte, n'est-ce pas ? Je savais que tu avais étudié à Harvard, mais tu as omis de mentionner que tu avais ensuite lancé une secte avec ton copain ! Tu as même amené un groupe au Colorado. N'est-ce pas ? Tout ça, c'est ton œuvre ! Ces gens ici ont tous subi un lavage de cerveau à cause de toi. Ses putains de Rolex et de bagues en or et ses stupides lunettes de soleil. Tout ça, acheté avec l'argent qu'il soutire aux gens vulnérables. Tu l'as fait toi aussi ? C'est pour ça que tu es riche ? Il restait silencieux. Elle secoua la tête. Quoi ? Tu vas essayer de justifier tout ça ? Tu vas me dire que tu as changé ? Qu'est-ce que tu vas me dire, putain ? Il y a un enfant kidnappé là ! Combien d'autres, Adrian ? Combien ? Qu'est-ce qu'il en fait ? Où les cache-t-il ? Tu es comme lui ? Tu kidnappes des enfants, toi aussi ? Je ne peux pas te regarder, je ne peux pas. Tu es mon mari et je ne peux pas te regarder !

Il prit sa tête dans ses mains et s'appuya contre un poteau de clôture.

Vulnérable

Elle l'écouta sangloter et bafouiller, des respirations irrégulières s'échappant de lui comme un moteur en panne. C'était un son qu'elle n'avait pas entendu depuis la mort de Chloé. Cela la déchira. C'était son mari et elle l'avait réconforté de nombreuses fois et maintenant il sanglotait et sa première intention était de le calmer. Mais non. Il devait ressentir de la douleur. Comme la douleur que son organisation avait infligée à toutes les personnes dupées ou enlevées pour que le Père James puisse porter des bagues en or et assouvir ses fantasmes.

Il essuya ses larmes et se redressa.

— Tu as raison. Je ne peux rien dire parce que tu as raison et qu'il n'y a aucune excuse pour ce que j'ai fait. Elle le regarda expulser les mots avec difficulté. On était jeunes, Roger et moi, et on est tombés dedans. On a débité une philosophie absurde parce qu'on était des trous du cul arrogants. Avant même de s'en rendre compte, on avait constitué un petit groupe de disciples suspendus à chacune de nos paroles. À partir de là, ça a... dégénéré. Il y avait cette vieille cabane délabrée vers la frontière du Colorado. On avait abandonné Harvard après la première année et on voyageait. On n'avait rien. Aucune ambition, aucun désir d'étudier. Pour une raison quelconque, on est restés au Nebraska plus longtemps que n'importe où ailleurs et pendant qu'on y était, d'autres marginaux sont venus vivre avec nous. Ils gravitaient autour de nous, je ne sais pas pourquoi. Lentement, on a transformé cette cabane en petite maison. Quand ils ont commencé à nous donner leurs salaires, c'est là que les choses ont commencé à devenir sérieuses. Les choses ont commencé à être... organisées.

Fran ricana.

— Ta secte à peine organisée a sa propre page Wikipédia, Adrian !

Il se frotta l'arête du nez.

— Je sais.

— Donc, vous avez acheté un ranch ici et commencé à kidnapper des enfants.

Il secoua la tête.

— On est venus un temps et James s'est installé ici. Je te jure que je ne lui ai pas rendu visite depuis des décennies. Je te jure que je ne savais rien des enfants kidnappés. C'est pour ça que je suis ici. J'ai besoin de remettre les choses en ordre. Il se redressa. Je dois l'arrêter.

— Donne-moi ton téléphone. J'appelle la police, dit Fran.

Mais Adrian secoua la tête.

— Je ne suis pas sûr que ce soit une bonne idée. Tu ne comprends pas à quel point la situation est tendue en ce moment.

Ses yeux rencontrèrent les siens et soutinrent son regard. Pendant un instant, Fran fut ramenée au jour de leur mariage, à l'échange des vœux et des alliances. Au baiser qu'ils avaient échangé, aux années heureuses qui avaient suivi. Elle avait considéré leur mariage comme harmonieux jusqu'à la mort de Chloé. Et même après, si elle était honnête avec elle-même, ils avaient trouvé le confort et l'amour et, oui, le bonheur. Mais maintenant, chaque souvenir était gâché. Elle suffoqua sous la douleur émanant de sa poitrine. Elle réalisait que c'était fini, que leur mariage ne s'en remettrait jamais.

« S'il te plaît », dit Adrian.

Elle ne savait pas s'il parlait du fait qu'elle appelle la police, ou de leur relation.

Fran attrapa sa ceinture et fouilla dans la poche du pantalon d'Adrian pour prendre le téléphone. Elle était sa femme. Elle savait dans quelle poche il mettait toujours son téléphone. Elle le fit si vite qu'il n'eut pas le temps de réagir, puis elle s'éloigna à grands pas. Il n'y avait aucune chance qu'elle se souvienne du numéro du détective par cœur, donc tout ce qu'elle pouvait faire était de composer le 911. Mais alors qu'elle plaquait le téléphone à son oreille, Adrian le lui arracha des mains. Le geste brusque la prit au dépourvu, le téléphone cogna contre sa tempe avant qu'il ne tombe de ses mains. Elle se tourna vers lui, la bouche ouverte.

« Je suis désolé. Mais c'est pour ton bien. Tu n'as aucune idée de ce qui se passe ici. Appelle la police, et James commencera le jugement dernier en avance. Il s'y est préparé ces dernières semaines et tout ce dont il a besoin, c'est d'un catalyseur. Je pense que c'est pour ça qu'il t'a invitée ici ce soir. Je pense qu'il sait que tu as mis le nez dans les affaires de la secte. Il fait suivre les gens, tu sais. Il sait que c'est toi le déclencheur. Il veut que ça commence. »

— Le jugement dernier ? Fran se frotta l'oreille qui lui faisait mal. Son visage était rouge de colère et il lui était difficile de se concentrer sur ce qu'Adrian disait.

— James croit qu'il y aura un moment où Dieu mettra fin au monde, mais choisira ceux qu'il veut sauver. Il dit qu'il sait quand la fin du monde arrivera et que seuls ses enfants survivront. En réalité, il espère une bagarre avec la police. Tout comme Jonestown, tout comme Waco. Il va tuer tous ces gens, Fran. Écoute, on est sur le fil du rasoir et je suis désolé, mais j'ai dû jeter ce téléphone. N'importe quoi pourrait le faire partir au quart de tour...

Son estomac se retourna. Elle tourna la tête vers le groupe assis sur les bancs qui regardait le Père James pontifier devant le feu de joie.

« Il est en train de mourir, dit Adrian. Il a un cancer. C'est pour ça qu'il ne se soucie plus de rien. Il veut les emmener tous avec lui parce qu'il ne veut pas mourir tout seul. Si la police arrive, ses hommes vont tirer les premiers. Adrian leva le bras et désigna les costauds gardes du corps. Tu comprends ? »

Elle en compta quatre, peut-être cinq. Elle hocha la tête pour montrer qu'elle comprenait, et Adrian baissa le bras. Juste à ce moment-là, Fran entendit le bruit des voitures.

Chapitre Quatre-Vingt-Deux

Esther envisagea de suivre Fran et le Père Adam pour écouter leur conversation, mais elle se rendit compte qu'elle ne se sentait pas assez concernée pour y aller. Au moins maintenant, elle avait réussi à éloigner Fran du groupe. Il n'y avait aucune chance qu'elle rejoigne la famille maintenant. Peut-être que Fran et Adam partiraient, et qu'elle pourrait redevenir la fille du Père James dans un monde qui avait du sens pour elle. Un monde avec des règles, des limites et de l'ordre.

Elle fit ce qu'Adam lui avait dit de faire et s'assit près de Mary. Sa mère ne semblait pas avoir remarqué ce qui s'était passé. De la salive s'écoulait du coin de sa bouche. Esther prit un mouchoir dans sa poche pour l'essuyer. Elle avait généralement des mouchoirs en papier au cas où l'un des jeunes enfants aurait besoin de se moucher. Lorsque Mary sourit, Esther sentit une montée de larmes menaçant de se répandre et un picotement dans son nez. Elle se détourna brusquement, se forçant à se concentrer sur le sermon du Père James.

— Le jugement dernier ne peut pas être stoppé. Il est destiné aux pécheurs. Il est pour ceux qui ont ignoré les avertissements, qui ont tourné le dos à Dieu. Il est pour ceux qui ont vécu égoïstement. Mais mes enfants, vous n'êtes pas ces gens-là. Vous êtes ceux qu'il a choisis, et vous serez libres de vivre dans son jardin pour l'éternité. Il y eut quelques marmonnements et manifestations d'accord. Esther hocha la tête en même temps qu'eux. J'attends un signe, mes enfants. Quand je recevrai ce signe, je vous montrerai le chemin. M'écouterez-vous quand le signe me parviendra ?

— Oui, dirent-ils en chœur.

— Oui, dit Esther.

— Il est presque arrivé. Vous devez m'écouter, les enfants. Le Père James souriait maintenant, la tête levée vers le ciel. Il leva les mains au-dessus de sa tête. Le signe viendra des personnes extérieures à la famille. Ce sont elles qui veulent nous faire du mal. Elles sont presque là. Les bras de Père commencèrent à trembler. Son corps eut des spasmes et se contorsionna. Un des gardes du corps s'avança, mais le Père le repoussa. Il parlait en langues maintenant, son corps s'agitait et vacillait comme les flammes derrière lui. Esther aurait voulu détourner le regard de cette vision, mais elle ne pouvait pas. Le feu lui brûlait les yeux. Elle en sentait la chaleur sur sa peau. Le vent avait-il changé ?

Quand Esther entendit les voitures descendre le chemin de terre, elle se tourna vers elles, surprise. Avec toute la famille dans le champ, qui cela pouvait-il être ? Elle sentit comme un picotement se répandre sur son cuir chevelu. Un ciel indigo s'installa autour d'eux et le vent gonfla. Les flammes ondulaient d'avant en arrière, comme des roseaux pliés par un coup de vent. Les voitures s'arrêtèrent et plusieurs hommes en sortirent.

La police.

Elle vit le père cesser ses spasmes et se tourner vers eux. Il ne semblait pas aussi surpris que le reste du groupe. En fait, il hochait la tête comme s'il savait qu'ils arrivaient. Esther se demanda si Dieu lui avait dit qu'ils arriveraient ce soir-là. Ou peut-être que Fran les avait emmenés avec elle. Cela semblait être quelque chose qu'elle pourrait avoir fait.

Le Père fit à nouveau face au groupe et pressa ses mains l'une contre l'autre pour prier.

— Qu'il en soit ainsi. Dieu a choisi son moment. Le Jugement dernier commence ce soir.

Un murmure se répandit parmi la famille. Quelqu'un dit près d'Esther :

— Comment sont-ils entrés ? Et elle vit quelqu'un d'autre hausser les épaules.

Esther chercha Isaiah des yeux, puis chacun des autres sbires. Les policiers étaient entrés parce que personne ne surveillait la porte. Soudain, Mary prit la main d'Esther et la serra fort.

— Êtes-vous attentifs, mes enfants ? Le Père James sourit. Il était calme et semblait en paix. Même si Esther savait qu'elle devait ressentir la même paix, elle ne pouvait pas contenir la panique qui envahissait son corps.

Angel, Judith toujours dans ses bras, se leva.

— Père, est-ce le signe ? C'est maintenant ? Que faisons-nous ?

Le rythme cardiaque d'Esther s'accéléra tandis qu'elle regardait les policiers – conduits par un homme petit et trapu à la peau sombre – marcher tranquillement dans les champs. Le Père James leur jeta un regard dédaigneux avant de reprendre la parole.

— Oui, c'est le signe, dit-il. Isaiah, tu sais ce que tu dois faire.

Isaiah s'écarta du feu, vraisemblablement pour rassembler les autres gardes du corps.

— Nous allons aller à la maison, dit Père. Nous allons nous préparer pour l'Éden.

Parmi les murmures, les bancs grincèrent et craquèrent lorsque les gens les escaladèrent pour s'éloigner du feu. Les bottes claquaient sur le sol poussiéreux. Lorsque la foule commença à se disperser, Esther chercha Grace parmi les corps en mouvement, mais un homme se tenait devant elle, l'empêchant de voir. Elle se leva et essaya de contourner son torse et, au même moment, elle vit Zachary saisir son arme. Au loin, les policiers se figèrent.

Vulnérable

Ils empoignèrent également leurs armes. Elle sursauta, se fraya un chemin vers l'avant et se posta devant le Père.

Ses yeux se fixèrent sur les siens et il dit :

— C'est l'heure, Esther. Tu sais ce que tu dois faire.

Dès le premier coup de feu, le chaos régna. Esther se jeta à terre et rampa lentement à travers un enchevêtrement de bancs et de chaises, d'herbes piquantes et de pieds en action. Les coups de feu ressemblaient à des feux d'artifice qui éclataient au-dessus de sa tête, des détonations traversaient son corps comme de l'électricité. Quelqu'un lui donna un coup de pied dans les côtes en se dépêchant de partir. Un homme adulte trébucha sur elle et lui hurla dans les oreilles. Par moments, elle se mettait en boule, et d'autres fois, elle sentait le poids des chaussures piétiner ses doigts. Elle pensait qu'elle allait pleurer jusqu'à ce qu'une main puissante surgisse et l'attrape par l'épaule.

Elijah.

— ça va ? demanda-t-il.

— Je dois aller à l'abri anti-tempête, dit-elle.

— Alors, cours !

Alors qu'il partait dans la direction opposée avec son violon, elle essaya de se ressaisir. Elle était trop choquée pour courir, comme Elijah lui avait demandé de le faire. À travers les cris et les coups de feu, les braises flottantes et les flammes vacillantes, elle vit Grace se blottir sous un banc, la tête enfoncée dans ses genoux, les bras enroulés autour de son corps. Esther se fraya un chemin à travers un barrage de personnes paniquées, se baissa et attrapa la main de Grace. Lorsque la petite fille releva la tête, la terreur était présente dans ses yeux, mais elle fit place à de la reconnaissance. Alors que Grace se glissait hors de sous le banc, Paul apparut à ses côtés, sa tunique blanche couverte de poussière.

— Assurez-vous que les autres enfants arrivent jusqu'à l'abri, dit Esther, se forçant à être assez courageuse pour regarder le chaos et comprendre ce qui se passait.

Elle vit que les policiers s'abritaient derrière leurs véhicules. Elle vit Isaiah accroupi derrière une pile de bottes de foin et de tables à tréteaux qui avaient été retournées sur le côté. Elle vit que beaucoup d'autres personnes couraient vers la ferme. Elle tira la main de Grace et commença à courir dans la direction opposée, mais avant qu'ils ne soient loin du champ et du feu, dans sa vision périphérique, elle remarqua Zachary qui jetait de l'essence sur l'herbe sèche autour du feu de joie. Elle pensa alors à Mary. Devrait-elle être avec sa mère ? Non, elle ne le pensait pas. Elle devait faire ce que le Père James lui avait demandé de faire.

Paul et les autres les rejoignirent en sprintant vers la cour. Ils étaient au milieu d'un groupe d'une demi-douzaine de personnes, dont Angel, Aaron et le bébé. Angel semblait rester près des enfants pour qu'ils ne soient pas seuls.

Une fois près de l'écurie, Esther et Grace se dirigèrent vers l'abri anti-tempête. Mais sur leur chemin, quelqu'un fit tomber Stinky. Esther s'arrêta et l'aida à se relever tandis que Grace prenait David, le plus jeune, par la main et l'aidait à traverser la cour.

Esther avait envie d'être loin des mains qui la poussaient, des pieds des adultes qui l'écrasaient, des cris, du chaos et des coups de feu. Elle n'avait pas compris à quoi ressemblerait le Jugement dernier, mais elle n'avait jamais imaginé cela. Pourquoi Dieu l'avait-il rendu si effrayant ? Pourquoi Dieu voulait-il qu'elle ait peur ?

— Je n'aime pas ça, dit Grace alors qu'Esther ouvrait la porte grinçante de l'abri anti-tempête. Je veux être avec les adultes.

— On ne peut pas, dit Esther. Nous devons être seuls. C'est ce que le Père James a dit. Elle laissa la porte ouverte alors que Paul et les autres se précipitaient à l'intérieur. Ne vous inquiétez pas, il m'a dit quoi faire.

Grace pleurait.

— Qu'est-ce qu'il a dit ? Qu'est-ce qu'on est censés faire ?

— Tout ce que nous devons faire est de boire quelque chose, répondit Esther. On le boit et on s'endort et quand on se réveille, le Jugement dernier est terminé et on peut jouer dans le jardin de Dieu. Nous serons sauvés.

Lorsque Grace franchit le seuil de la porte, Esther s'arrêta un instant et vit Zachary s'écrouler au loin. Il n'y avait plus beaucoup de gens dehors, la plupart étaient proches de la ferme ou l'avaient rejointe. Elle ne voyait pas le Père James ni Mary. Le feu s'était propagé jusqu'à l'arbre à éléphants. Elle était presque sûre que Zachary avait été abattu. Elle ferma la porte pour étouffer le bruit des coups de feu et la fumée qui se propageait déjà vers eux.

Chapitre Quatre-Vingt-Trois

Après le premier coup de feu, Adrian essaya de plaquer Fran au sol, mais elle le repoussa. Elle ne quittait pas des yeux Mary et Esther. Elle trébucha et ôta la main d'Adrian de son épaule. Elle vit le leader de la secte crier quelque chose à la foule, mais elle comprit à peine ce qu'il disait. Tout ce qu'elle savait, c'était que tout le monde s'était mis à courir pour sauver sa peau. Alors qu'elle se précipitait vers le feu, les autres couraient dans la direction opposée, l'encerclant jusqu'à ce qu'elle perde de vue les deux filles.

Fran se fraya un chemin entre les bras et les jambes qui s'agitaient et les torses musclés, étendant ses bras et ses coudes pour faire de la place. La poussée et l'attraction de la foule la faisaient osciller et tituber, les corps chauds se jetaient sur elle. Finalement, elle vit Mary, penchée près du feu, la bouche ouverte dans un cri qu'elle pouvait à peine entendre par-dessus les hurlements des autres.

— Esther ! Je ne la trouve pas. Mary leva ses mains tremblantes vers son visage. Son corps aussi tremblait.

— C'est bon, dit Fran. Je vais t'aider.

Elle entoura d'un bras la jeune femme maigre et l'éloigna du feu.

— Fran, haleta Mary. Elle était là, juste là, et maintenant elle n'y est plus. Je ne sais pas où elle est allée. Je... j'ai échappé aux hommes de James. Les gens courent partout. Je ne sais pas quoi faire.

— Nous la retrouverons, dit Fran, mais en scrutant la zone à la recherche des enfants, elle n'en vit aucun.

Adrian prit le coude libre de Mary et Fran ne l'en empêcha pas. Elle le détestait, mais elle avait aussi besoin de son aide. Ils tournèrent le dos aux pompiers et aux voitures de police et se dirigèrent vers la cour. Elle entendit un souffle derrière elle. Fran regarda par-dessus son épaule. Ce qu'elle vit la paralysa presque, mais elle n'avait pas de temps à perdre. Quelqu'un avait versé de l'essence sur le feu. Adrian avait raison, un meurtre collectif allait se produire ici, ce soir, et elle serait parmi les victimes si elle ne réfléchissait pas soigneusement à chacun de ses mouvements.

Ils se précipitèrent vers les écuries où elle avait vu le Père James boitiller, guidé par un homme plus jeune. Caleb. Caleb lâcha James pour ouvrir les portes de la grange. Il disparut à l'intérieur, sans doute pour faire sortir les chevaux.

— Je sais où sont les enfants, dit Mary, attirant à nouveau l'attention de Fran. Elle s'arrêta et désigna de gros buissons secs à l'écart des toilettes extérieures. Fran ne vit rien.

— Ils se sont enfuis, Mary ? Je ne les vois pas.

— Elle veut te montrer l'abri anti-tempête, dit Adrian. Les enfants dorment sous terre.

Même dans le contexte de ce qu'elle avait vu et entendu depuis son arrivée au ranch, Fran eut un goût amer dans la bouche. Ces gens faisaient dormir leurs enfants sous terre pendant l'été en Arizona. Elle pinça les lèvres et se concentra sur ce qui allait suivre : trouver Esther, sauver les enfants. La main osseuse de Mary s'agrippa à la sienne alors qu'elles se précipitaient vers le groupe de buissons. Elles devaient retrouver les enfants. Il le fallait.

Un cheval paniqué passa devant elles, ses sabots d'ébène soulevant la poussière. Ses naseaux dilatés et ses yeux écarquillés auraient horrifié Fran dans n'importe quelle autre circonstance, mais elles avaient trop de soucis à se faire à cet instant. Elle le vit galoper vers une longue ligne de flammes basses qui crépitaient dans l'herbe avant de se cabrer et de fouler la terre compacte.

Soudain, une voix retentit dans les haut-parleurs.

— C'est le Jugement dernier. Vous êtes mes enfants élus. Il est temps de prendre le médicament que vous trouverez dans la ferme. Tous les adultes doivent venir à la ferme. Les enfants vont à l'abri anti-tempête.

Fran regarda l'étendue de flammes se déployer sur le sol sec. Poison et feu, pensa-t-elle. C'était comme ça qu'il allait les tuer. Un nuage de fumée menaçant s'abattit sur eux. Elle toussa, se couvrit la bouche et cligna des yeux en voyant les cendres s'envoler. Au milieu de l'agitation, ils restaient immobiles, tous les trois désemparés. Le chemin vers l'abri était en feu. Les buissons étaient en feu. Ils devaient éteindre les flammes s'ils voulaient atteindre les enfants.

— Reste avec Mary, cria-t-elle à Adrian, les yeux fixés sur les écuries.

Mais il attrapa son poignet.

— Où vas-tu ?

— Je vais chercher de l'eau aux abreuvoirs.

Fran le vit regarder vers les écuries et le foin empilé qui commençait à y prendre feu.

— Je vais y aller.

— Non, je peux...

— J'y vais, insista-t-il. Reste avec Mary à l'écart du feu. Il désigna un grand cactus. Reste derrière ça. Je ne serai pas long.

Chapitre Quatre-Vingt-Quatre

Esther fit un rapide décompte. Ils étaient tous là. Grace, Paul, Stinky, Delilah et David. Judith devait être avec Angel à la ferme. Elle se dirigea vers la petite salle de bains, sortit une clé de sa poche, s'agenouilla et prit une boîte métallique derrière les toilettes. Elle s'assit, les jambes croisées sur le sol avec la boîte devant elle. Elle était là depuis quelques instants quand elle sentit que quelqu'un se tenait derrière elle.

— Tu en as une aussi ?

Esther se retourna pour voir Paul derrière elle, tenant une clé identique à la sienne. Elle se leva et s'approcha de lui pour l'examiner.

— Le Père James me l'a donnée, dit Paul. Il m'a dit qu'on devait l'utiliser pendant le Jugement dernier. Je dois ouvrir la boîte maintenant.

— Non, dit Esther, c'est à moi que Père a demandé d'ouvrir la boîte.

— OK, ouvre-la alors. Paul haussa les épaules.

Esther jeta un coup d'œil à la boîte sur le sol. Elle savait que Père voulait qu'elle utilise ce qu'elle contenait. Mais elle savait aussi que Père avait épousé Mary alors qu'elle était trop jeune, et que le Père Adam ne pensait pas que Dieu parlait à travers le Père James. Et si Adam avait raison ? Il était difficile de savoir alors qu'il semblait que tous les adultes qu'elle connaissait lui mentaient ou lui cachaient des choses. Même Mary avait menti sur la personne qu'elle avait retrouvée cette nuit-là dans les bois.

Et Missy était morte. Qu'est-ce que cela signifiait ?

— Je vais le faire. Paul se baissa et ramassa la boîte.

Elle le suivit hors de la salle de bain et dans la pièce où ils dormaient. Il faisait encore plus chaud que d'habitude. Le ventilateur était allumé, mais il ne faisait pas grand-chose contre le feu dehors. Paul posa la boîte sur le sol et s'assit sur son matelas. Son cœur fit un bond lorsqu'il mit la clé dans la serrure.

— Qu'est-ce que c'est ? demanda Grace.

Stinky éloigna la main de Paul de la boîte, faisant tomber la clé de la serrure dans la manœuvre.

— Quoi qu'il y ait là-dedans, ce n'est pas bon.

Paul repoussa le garçon et chercha la clé. Elle était tombée quelque part sous un des matelas. Il tendit la main à Esther.

— Passe-moi ta clé, s'il te plaît.

— Qu'est-ce qui se passe ? insista Grace.

— Le Père James m'a donné une mission, dit Esther, ignorant Paul. Il a dit que je devais ouvrir cette boîte et préparer une boisson spéciale pour nous tous.

Grace acquiesça, ayant déjà entendu cela.

« Et puis on va s'endormir et se réveiller dans le jardin de Dieu. »

Stinky attrapa la boîte et la serra entre ses mains.

— Tu ne sais pas ce que ça veut dire « s'endormir » ? Ça veut dire mourir !

— Non, ça ne veut pas dire ça, dit Paul. Ça veut dire renaître.

— C'est grave si on meurt ? demanda Delilah. On peut aller vers Dieu et nos âmes seront sauvées.

Esther regardait tous les enfants à tour de rôle. Ses pensées étaient confuses. Un souvenir lui revint, le plus ancien en fait, où elle se tenait sur la scène de la salle de sermon. Mary et le Père James étaient à côté d'elle et la famille l'acclamait. Le Père avait les bras tendus en l'air. Il parlait de Dieu, et Esther ne savait pas qui était Dieu, mais elle savait, au ton de sa voix, que Dieu était puissant. Elle considérait que son père était Dieu. Il pouvait la regarder à travers les étoiles. Il était puissant, vrai et il avait toujours raison parce que ce qu'il disait était juste. Ce qu'il disait était vrai.

Ses yeux tombèrent sur la boîte métallique que Stinky tenait serrée contre sa poitrine. Elle avait peur, pas seulement pour elle, mais pour eux aussi. Elle se sentait mal à l'idée d'ouvrir cette boîte et d'en sortir la boisson spéciale. Ses crampes et ses terribles maux d'estomac étaient de retour. Elle avait l'impression de se dédoubler à cause de la douleur.

Tout ce que le Père James lui demandait de faire la faisait se sentir mal. Pourquoi n'avait-elle pas remarqué cela avant ? Quand elle était petite, il lui avait dit qu'elle ne pourrait plus dormir dans les quartiers des adultes avec Mary. Esther avait été si triste la première semaine qu'elle avait pleuré tous les soirs. Il l'avait punie en la faisant dormir dans les écuries. Le lendemain, elle avait souffert de diarrhée et de vomissements.

Quand il lui avait demandé de s'assurer que tous les enfants prennent ce médicament, elle avait souffert de maux de ventre presque toutes les nuits. Elle avait appuyé ses pouces sur ses cuisses pour essayer d'arrêter les mauvaises pensées dans sa tête. Elle s'était fait des bleus. Depuis son retour en Arizona, elle s'était sentie mal tous les jours. Elle s'était même évanouie.

— Non ! dit soudain Esther. Elle se rapprocha de Stinky et empêcha Paul d'accéder à la boîte. Stink… John a raison. Ça veut dire mourir. Je ne pense pas qu'on devrait mourir.

— Mais Père a dit… commença Grace.

— Il a tort. On devrait poser cette boîte et ensuite… et ensuite on doit sortir à cause de l'incendie. Il faut qu'on s'enfuie aussi vite que possible.

— Tu es en train de tout gâcher ! cria Paul. Père m'a demandé de faire ça et tu gâches tout !

Vulnérable

Elle le vit à travers ses yeux d'enfants, mais elle vit la dévotion et l'obsession telle qu'elle était. Elle vit les manipulations du Père James et réalisa qu'il les avait tous trompés. Toutes les réponses qu'elle cherchait étaient écrites sur le visage de Paul. La façon dont il serrait les dents, dont ses yeux étaient exorbités, la tension dans sa mâchoire et la rougeur sur ses joues. Il était obsédé par le bonheur de Père, ils l'étaient tous, et ce n'était pas parce que Père les aimait, c'était parce qu'ils avaient peur de lui.

— Esther a raison, dit John. Elle eut honte de l'avoir appelé Stinky. « Il faut qu'on s'enfuie. Tout de suite. » Il fit un geste vers la fumée qui s'infiltrait par les fissures autour de la porte de l'abri.

Grace laissa échapper un soupir.

— Qu'est-ce qu'on doit faire ? L'ouvrir ou la laisser fermée ? dit Esther. Elle aurait bien voulu qu'un adulte soit là, maintenant. Elle ne savait pas quoi faire ensuite.

— On prend la boisson et on s'endort, dit Paul.

Certains enfants se mirent à pleurer. Esther se grattait les bras anxieusement, en regardant alternativement la boîte métallique et la porte.

— Je pense qu'on devrait ouvrir la porte et sortir, finit-elle par dire. On devrait juste s'enfuir du ranch. Aussi vite qu'on le peut.

— Dans les montagnes ? dit John. Non. On ira voir la police quand ils auront arrêté de tirer.

— Non, dit Grace. Les policiers sont des porcs.

— Ils pourraient nous tirer dessus aussi, dit Esther, en pensant à Zachary. On pourrait courir jusqu'à la route et attendre qu'il y ait une voiture.

David se mit à tousser, et Esther décida qu'il n'y avait plus assez de temps pour rester assis à discuter de ce qu'il fallait faire ensuite. Elle se dirigea vers la porte du bunker. Au milieu des marches, elle entendit un cri. Elle se dépêcha de redescendre et vit John allongé sur son matelas, un filet de sang coulant de son nez. Les mains tremblantes de Paul étaient déjà en train de déverrouiller la boîte.

— Si on ne prend pas le médicament, on n'aura pas le salut éternel, dit-il. C'est notre objectif ultime. On doit prendre le médicament.

La boîte s'ouvrit.

Chapitre Quatre-Vingt-Cinq

Fran déchira un morceau de la robe de lin de Mary et enroula le tissu autour du visage de la jeune femme. Elle fit de même pour elle-même. Les cendres pleuvaient du ciel, les particules étaient blanches comme neige, en contraste avec les nuages de fumée teintés de rose qui les entouraient. Au loin, elle entendit le hurlement d'un véhicule de secours et pria pour que les pompiers soient arrivés. Mary s'accrochait à elle, les mains moites autour de sa taille. Elle voulait dire quelque chose de réconfortant, mais elle ne savait pas quoi. Un moment plus tard, Mary abaissa son bandeau de fortune et regarda Fran au fond des yeux.

— Esther est à moi. Je lui ai donné naissance quand j'avais treize ans. Elle est à moi. Elijah n'est pas son père, c'est... c'est James. Elle fit un geste vers le feu et au-delà, où se trouvaient vraisemblablement encore les policiers. Quoi qu'il arrive, aide-moi à leur faire savoir. Je ne veux pas qu'on me l'enlève.

Doucement, Fran replaça le bandeau sur le visage de Mary et hocha la tête.

— Je le ferai, ma chérie, ne t'inquiète pas.

Mary prit les mains de Fran dans les siennes et les serra fort. Fran comprit alors qu'elle ferait tout ce qui était en son pouvoir pour aider Mary et Esther à rester ensemble. Si elles survivaient.

Adrian, pris de toux et plié en deux, titubait à travers la fumée, tenant un seau dans chaque main. Il jeta l'eau sur les flammes, étouffant le feu, mais ne l'éteignant pas. Une lueur orange couvait dans le sous-bois. Fran réalisa avec horreur que c'était maintenant un feu de forêt. La végétation sèche avait pris feu, et deux seaux d'eau n'allaient pas arrêter sa propagation.

Fran déchira une autre bande de la robe de Mary avant de lui dire de rester où elle était. Puis elle se précipita vers son mari qui toussait. Elle saisit son menton et le releva, puis enroula le tissu autour de sa tête.

— Viens, dit-elle. On va y aller ensemble.

Cette fois, il ne l'empêcha pas. Il lui passa le seau et ils se précipitèrent vers les dépendances désormais vides. Les flammes se propageaient et consumaient lentement la structure de l'extérieur vers l'intérieur. Elles léchaient les poutres, leur couleur abricot vive tranchait sous les restes carbonisés des meules de foin, et giflaient Fran à un niveau de chaleur qu'elle n'avait jamais connu de sa vie. Mais une fois à l'intérieur, son attention se porta sur l'abreuvoir.

— Il y a un autre seau là-bas, dit Adrian. Il partit en courant, les jambes arquées sur le sol brûlant, attrapa le seau et hurla en secouant sa main brûlée.

Fran plongea son seau dans l'eau, courut vers Adrian et en jeta un peu sur l'anse et la main d'Adrian. Puis ils se précipitèrent tous les deux vers l'abreuvoir, prenant toute l'eau qu'ils pouvaient porter. Elle décomposa mentalement leur mission en petites tâches. C'était tout ce qu'elle pouvait faire pour ne pas paniquer. Marcher jusqu'à l'abreuvoir. Remplir le seau. Éteindre les flammes. Sauver les enfants.

Tête baissée, ils sortirent doucement de la grange puis se mirent à courir. Les poumons de Fran lui brûlaient, la chaleur était tellement vive que sa peau la piquait. Elle garda la tête baissée, les yeux plissés contre les braises volantes. Une fois près du feu, Mary se précipita vers elle et lui prit le seau des mains. Fran se pencha pour essayer de reprendre son souffle tandis que Mary jetait l'eau sur les flammes. Avec l'aide d'Adrian ils parvinrent à dégager un chemin menant droit à l'abri, mais ils devaient agir vite. Le feu pouvait se reformer à tout moment.

Le corps de Fran était douloureux et ses poumons étaient comprimés, mais elle parvint à rattraper Mary qui s'élançait bravement dans l'interstice. L'herbe qui avait partiellement caché la porte avait été brûlée, et Mary tendit la main vers la poignée. Mais Fran lui saisit le poignet, sachant que le métal pouvait être brûlant. Elle détacha le bandeau de sa bouche et l'enroula autour de sa main. Elle sentit ses cheveux commencer à brûler tandis que des cendres chaudes se déposaient comme des flocons de neige sur sa tête et ses épaules. Fran tourna la poignée métallique et ouvrit la porte de l'abri. Avant qu'elle ne puisse lui conseiller la prudence, Mary avait plongé à l'intérieur. Fran la suivit, la panique s'emparant de sa poitrine dans le couloir enfumé.

Elle luttait pour suivre Mary alors qu'elles s'enfonçaient dans un silence plus inquiétant que le rugissement du feu à l'extérieur. Quand Mary appela Esther, Fran essaya de ne pas se demander pourquoi les enfants ne se précipitaient pas vers eux. Pourquoi les enfants ne criaient-ils pas ?

Ils avaient dû retourner à la ferme, pensa Fran. Ce devait être la raison. Ils avaient suivi le Père James jusqu'au bâtiment principal et ils étaient en sécurité à l'intérieur. Non, pas en sécurité. Nul endroit n'était sûr. Mary fut la première à faire le tour du bunker. Quand Fran l'entendit haleter, elle se força à la suivre, l'instinct de courir dans la direction opposée étant presque trop fort.

Il y avait des matelas éparpillés dans la pièce, couvrant presque chaque centimètre carré du sol en béton. Ces matelas étaient recouverts de draps de lit et de sacs de couchage emmêlés. Beaucoup de draps étaient mouillés, et il

Vulnérable

y avait des tasses vides partout sur le sol. Un garçon se tenait au centre de ce désordre, les poings serrés. Sa poitrine se soulevait et s'affaissait comme s'il était extrêmement stressé. Au milieu des autres, Fran le reconnut comme étant le garçon disparu sur les affiches. Jayden.

Mary se précipita vers eux et s'agrippa à une fille aux mains et au visage sales et aux cheveux couleur paille. Elle avait des marques de griffures sur les joues. Elle se tenait à côté du garçon. Esther. Dieu merci, c'était Esther. C'était une petite bénédiction, parce que les autres enfants étaient couchés, immobiles. Certains sur le côté comme s'ils dormaient, d'autres sur le ventre, les jambes et les bras étalés. Quand Fran vit de la mousse blanche s'accumuler au coin de la bouche d'un petit garçon, elle détourna vivement la tête. Elle entendit des bruits de pas derrière elle. La voix d'Adrian était rauque et l'appelait. Elle se retourna et le vit entrer dans la pièce en titubant. Sans réfléchir, elle alla presser son visage contre sa poitrine pour étouffer ses larmes. Puis elle s'écarta aussi vite, se souvenant de tout.

Esther se dégagea des bras de Mary, les traces de ses larmes étant visibles au milieu de la terre et des cendres sur ses joues.

— On a essayé de les arrêter. Paul a frappé John et m'a poussée. Est-ce qu'ils vont se réveiller dans le jardin de Dieu ? Hein ? Est-ce qu'ils le feront ?

C'est Adrian qui répondit. D'une voix basse, il dit simplement :
— Oui.

Fran prit la main de Jayden, alias John. Mary poussa doucement Esther par les épaules. Ils commencèrent une lente et silencieuse ascension vers le monde brûlant d'en haut.

Chapitre Quatre-Vingt-Six

Adrian ouvrit la porte de l'abri et les fit sortir en premier. Fran avança, les jambes tremblantes. Elle était tout engourdie. Elle s'attendait à retrouver l'âpreté du feu, mais ce fut un sous-bois humide et noirci qui l'accueillit. À travers l'épaisse fumée, elle vit un homme en combinaison de protection contre les incendies s'approcher en trottinant. Il les aida à s'écarter des buissons fumants vers une parcelle de terre qui n'avait pas encore cédé au feu. Elle lui cria à travers son bandeau qu'il y avait encore des enfants sur des matelas et il s'engagea dans le bunker souterrain avec un groupe de collègues. Avec Mary, Esther, Jayden et Adrian, elle titubait, épuisée, transpirant et se sentant mal, à cause de la fumée. Ils passèrent devant l'un des hommes de main du Père James, à terre dans une mare de sang.

Un officier en uniforme, le visage masqué par la fumée, les aida à s'éloigner du ranch en feu. Fran sentait que ses poumons étaient encombrés et douloureux alors qu'ils se dirigeaient vers les voitures de police à travers les champs. À chaque pas, elle serrait Jayden contre elle, s'assurant qu'elle ne le perdait pas dans sa précipitation à s'éloigner du feu. Il suivait son rythme. Et puis, enfin, loin de la source du feu, elle put respirer l'air frais. Elle abaissa le foulard et aspira de grandes bouffées avides. Elle se sentait mal à l'aise d'en profiter autant. Mais le moment était merveilleux, malgré tout ce qui se passait autour d'eux.

L'inspecteur Woodson s'approcha, les lèvres pincées en un rictus sinistre. Elle comprit tout ce qu'il pensait de sa présence au ranch. Son attention se dirigea rapidement vers le petit garçon qui lui tenait la main. Il s'accroupit à son niveau.

— Nous t'avons cherché, Jayden.

— C'est vrai ? dit-il.

— Oui. Tu as beaucoup manqué à ton papa et à ta maman. Woodson sourit au garçon et lui tapota l'épaule avant de se redresser.

— Il y a un bébé, lâcha Fran. Je m'inquiète pour lui et pour les enfants dans l'abri anti-tempête. Le bébé est dans la ferme. Envoyez quelqu'un, s'il vous plaît. Avant qu'il ne soit trop tard.

Il posa une main sur son épaule.

— Je sais pour le bébé, un de mes officiers a vu la mère entrer dans la maison. Nous faisons tout ce que nous pouvons, Mme Cole. Il jeta un coup d'œil à Mary et Esther. Vous les avez retrouvées.

— Oui, je les ai retrouvées. Elle retint ses larmes, de soulagement, de tristesse, de chagrin pour ces enfants.

Puis les yeux de l'inspecteur se posèrent sur Adrian.

— Qui c'est ?

Fran remarqua l'expression piteuse de son mari. Il attendait son aide, elle le voyait bien, mais elle choisit de l'ignorer.

— C'est le Père Adam. Il a créé la secte il y a de nombreuses années avec Roger Devon. Le Père Adam est aussi mon mari, un menteur qui n'a pas mentionné une seule fois en dix ans une quelconque secte dans nos conversations. Il s'appelle Adrian Cole.

Woodson haussa un sourcil en retirant les menottes de sa ceinture et en les déclipsant. Il fit se tourner Adrian pour lui lire ses droits avant de fixer les menottes à ses poignets. La vue de l'arrestation de son mari lui arracha presque le peu d'air qui lui restait dans les poumons, mais elle essaya de ne pas le plaindre. Il ne le méritait pas.

Et elle n'eut pas beaucoup de temps pour le faire de toute façon. Un groupe d'ambulanciers se précipita sur eux pour les conduire – y compris Adrian, maintenant accompagné d'un officier – vers une file d'ambulances garées à une trentaine de mètres. Jayden resta près d'elle pendant que Mary et Esther étaient emmenées dans une autre ambulance. Elle aurait voulu protester, demander de monter avec les filles, mais elle eut un étourdissement, probablement dû au choc. On lui fit respirer de l'oxygène, elle but de l'eau fraîche, mais des sueurs froides envahirent sa poitrine et son dos. Son pouls s'accéléra et sa vision se brouilla sur les bords. Ce qui se passa ensuite sembla exister en dehors de son corps, comme si cela arrivait à une autre personne. Du gentil ambulancier qui l'aidait à respirer jusqu'à la fermeture des portes de l'ambulance, en passant par le trajet vers l'hôpital. Elle s'étendit sur une civière et s'endormit.

Chapitre Quatre-Vingt-Sept

La première chose que Fran remarqua à son réveil fut l'absence d'Esther. Mary, assise sur une chaise à côté de son lit d'hôpital, était seule. Fran pensa alors qu'elle n'avait pas tenu la seule promesse qu'elle avait faite – s'assurer qu'Esther reste avec Mary. Elle essaya de s'asseoir, mais ses muscles faibles protestèrent, et Mary posa une main douce sur son épaule pour l'empêcher de bouger.

— Le médecin a dit que tu avais besoin de repos. Tu veux boire quelque chose ? Mary lui désigna une carafe d'eau.

Fran hocha la tête. Sa gorge était trop sèche pour qu'elle puisse parler. Lorsque Mary lui tendit un gobelet en plastique, elle se pencha en avant et prit quelques petites gorgées avant de se recoucher dans les oreillers.

— Où est Esther ? demanda-t-elle. L'effort la fit tousser.

— Ne t'inquiète pas, elle est dans un box au bout du couloir. Elle dort.

Lorsqu'elle pensa à Esther couchée dans son lit, la vision obsédante de l'abri anti-tempête lui revint à l'esprit. Elle ne pouvait s'empêcher d'imaginer ces petits corps sans vie étalés sur des matelas sales, ou la puanteur de la fumée âcre qui étouffait l'air.

— Les enfants ? Le bébé ?

Mary se mordit la lèvre.

— Les enfants de l'abri sont ici. Ils sont tous encore en vie et on leur a donné du charbon actif pour éliminer le poison. Nous n'en saurons pas plus avant un moment. Ses mains tremblaient sur ses genoux. Fran entendit la tristesse dans sa voix, elle savait que ce n'était pas bon signe. Je ne sais pas combien d'adultes vivaient dans la communauté et on a laissé faire ça. Deux douzaines peut-être. On a laissé tomber ces enfants. Je les ai laissés tomber.

Fran tendit la main et Mary la saisit.

— Tu as été enfant là-bas, n'est-ce pas ?

— Oui. J'ai grandi là-bas et j'ai dormi dans ce bunker jusqu'à ce que le Père James – elle déglutit – fasse de moi sa femme. J'avais vu ton mari à l'époque. Il ne vivait plus avec la famille, je ne crois pas, mais il passait souvent. Le Père James était comme un vrai père pour moi, même si je savais que nous n'étions pas apparentés. Quand nous nous sommes mariés, c'était... traumatisant.

Fran retint ses larmes, refusant de reconstituer l'histoire de Mary.

— Tes parents étaient au ranch ?

Elle haussa les épaules.

— J'avais ma mère. Mais comme les enfants sont retirés de la zone des adultes et mis à l'écart dans l'abri anti-tempêtes une fois qu'ils ont quatre ans, ma mère et moi n'avons jamais été proches.

Elle se tut. Fran connaissait la suite. Mary avait donné naissance à Esther alors qu'elle n'avait que treize ans. Mary avait maintenant vingt ans, assez jeune pour être sa fille.

— Qu'est-il arrivé à James et... Fran hésita — aux autres membres ? Elle pensait au bébé. Elle était effrayée, épuisée et elle se sentait mal, mais elle avait besoin de savoir.

Mary prit une grande inspiration. Instinctivement, Fran lui prit la main, espérant leur donner à toutes deux la force de continuer, d'affronter ce que Mary s'apprêtait à dire.

— Pendant que tu dormais, les pompiers ont réussi à repousser les flammes et à faire entrer les secours dans la ferme. Mais il était trop tard. Sa lèvre supérieure se mit à trembler. Fran lui pressa la main. Ils étaient tous morts. Tous. Certains avaient été abattus. Certains sont peut-être morts d'avoir inhalé de la fumée. Je suppose que la plupart ont pris le poison, parce qu'il y en avait des tasses partout. Le bébé...

Fran ferma les yeux et son visage devint blanc. Elle se souvint de la main de Talisa sur son épaule dans la prairie, alors qu'elle évacuait son chagrin. Elle pensa à elle avec son bébé dans ses bras, près du feu, le sourire sur son visage, le sourire sur le visage du bébé. Elle pensa à la peau bleue de Chloé dans son berceau et à ses orteils qui dépassaient de la couverture. C'était presque trop dur à supporter. Trop tragique, trop injuste, le mal incarné. Elle se mit à sangloter douloureusement et Mary se jeta soudain sur le lit. Les deux femmes restèrent là, enlacées, se lamentant chacune sur la perte inutile d'une vie.

— Je suis désolée, dit finalement Fran. Elle repensa à son déjeuner avec Caleb, à l'éclat de la jeunesse qui scintillait dans ses yeux. C'étaient tes amis.

Mary s'installa sur une chaise et secoua la tête.

— Je suis désolée pour la petite Judith, mais pas pour les autres. Surtout pas pour lui. Elle essuya ses larmes et Fran vit son expression changer. Elle était passée de la tristesse à la colère en une fraction de seconde. Sa voix se durcit. Je veux juste le voir avant de passer à autre chose. Je veux voir son corps. Je veux savoir qu'il ne reviendra plus jamais me faire du mal.

— Bien sûr. Fran prit une autre gorgée de son verre d'eau et inspira profondément pour se ressaisir. Comment te sens-tu ? Physiquement ?

Le coin de la bouche de Mary se releva légèrement.

— Je me sens comme morte, mais la fumée n'a pas fait trop de dégâts. Le pire, ce sont les symptômes de manque. James m'administrait un cocktail d'analgésiques et de tranquillisants.

— Je suis vraiment désolée.

Vulnérable

Elle haussa les épaules, comme si ça n'avait pas d'importance.

Quand les médecins vinrent l'examiner, Mary s'en alla. Fran subit une série de tests avant que le détective Woodson ne vienne la voir dans la soirée.

— Toc toc ! Woodson se tenait maladroitement dans l'embrasure de la porte, vêtu du même costume crasseux. Il se tenait comme un homme qui porte le poids du monde sur ses épaules, voûté, les mains enfoncées profondément dans ses poches. Vous avez un moment pour une visite ? Le regard vide, le choc et l'épuisement évident sur son visage firent que sa tentative d'un moment de légèreté tomba à plat.

Fran haussa les épaules.

— C'est professionnel ou personnel ?

— Un peu des deux ?

— D'accord, mais vous devez d'abord me payer un verre. Fran fit un geste vers l'eau. Elle se sentait beaucoup plus forte, mais elle pensait quand même qu'il pouvait se rendre utile pendant qu'il prenait sa déposition.

Woodson lui versa l'eau et prit le siège que Mary avait utilisé plus tôt dans la journée.

— Comment vous sentez-vous ?

— Un peu d'essoufflement, mais les médecins disent que ça va passer.

— Bien. Vous avez sauvé ces enfants, vous savez.

Fran se mordit la lèvre inférieure.

— Pas encore. On verra d'abord s'ils s'en sortent.

— J'ai parlé aux médecins et ils sont optimistes.

Un poids quitta enfin sa poitrine. Elle inspira à fond et se mit à tousser.

— Comment êtes-vous arrivés si vite au ranch ?

— Quelqu'un a appelé les pompiers à propos du feu dans les montagnes. Les gens ne devraient vraiment pas allumer de feux de joie en été. Quand j'ai su que c'était le ranch, j'ai réuni une équipe et je me suis dit que c'était maintenant ou jamais.

— Il l'avait planifié, dit Fran. Il savait pourquoi je mettais mon nez là-dedans. Il savait probablement que j'étais allée voir la police. M'inviter était une autre façon de déclencher cette folie.

— Je pense que vous avez peut-être raison, dit Woodson.

Fran soupira.

— Très bien, finissons-en avec ça. Que voulez-vous savoir ?

— Autant que vous pouvez m'en dire. Il se pencha en avant. Si vous vous sentez prête pour l'interview.

Elle lui raconta une version abrégée des événements, commençant par l'arrivée des Whitaker à Leacroft et se terminant par l'incendie.

— J'ai beaucoup de choses écrites, moi aussi. Mais c'était avant que j'aie la moindre idée qu'Adrian y était mêlé. Elle soupira. Cela doit être la raison pour laquelle Mary est venue à Leacroft. Elle voulait lui parler. Elle ne m'a pas encore dit pourquoi. Que va-t-il arriver à Adrian ?

— Nous sommes encore en train de rassembler les faits sur ce point, dit Woodson. Pour l'instant, il semble que Roger Devon soit le principal auteur du crime. Il y a beaucoup à faire au ranch et une grande partie a été endommagée dans l'incendie. D'après le témoignage d'un témoin oculaire, il semble que votre mari essayait de dissuader James de commettre le meurtre-suicide collectif. Rien ne suggère que votre mari ait été un membre à part entière de la secte pendant de nombreuses années.

En d'autres termes, la police ne pouvait pas prouver qu'il avait commis des crimes, mais elle était sûre qu'ils feraient de leur mieux pour trouver quelque chose.

— A-t-il été inculpé ?

— Pas encore, dit Woodson. Il est soigné dans le service. Il est en plus mauvais état que vous.

Bien que cela ait piqué son intérêt, elle ne chercha pas à en savoir plus sur la santé d'Adrian. Elle s'en souciait, mais elle refusait de se l'avouer ou de le laisser paraître.

— Et le garçon kidnappé ? Jayden ? A-t-il été rendu à sa famille ?

— Oui. Ils sont fous de joie.

— Les autres enfants avaient été enlevés aussi ?

— Certains ont été identifiés comme des enfants disparus il y a quelques années. On a trouvé Lucy Caruso. Une petite fille que les membres de la secte appelaient Grace. D'autres sont peut-être nés au ranch. Il y a beaucoup de choses à traiter. Ça va prendre du temps.

— Vous savez depuis combien de temps la secte enlève des enfants ? demanda Fran.

Woodson secoua la tête.

— Ça pourrait être depuis des décennies.

— Avant de venir ici, je suis allé trouver un ancien membre. Un homme appelé Noah Martinez, si c'est son vrai nom. Je ne connaissais pas la secte à l'époque, mais je savais qu'il avait vécu avec les Whitaker. Il s'était suicidé avant que j'aie l'occasion de lui parler. Elle chassa de son esprit le souvenir des chaussettes déchirées. Je ne sais pas s'il avait été un enfant enlevé par la secte. Je me souviens qu'il a laissé une étrange lettre de suicide. Peut-être qu'il ne pouvait pas se réadapter au monde réel.

— Ça arrive, déclara Woodson. Je suppose que les gens vivent selon les paramètres établis par ceux qui les contrôlent. Que ce soit un parent, un gardien de prison, la société ou un putain de leader de secte narcissique. Laisser tout cela derrière eux sera probablement la chose la plus difficile qu'ils n'aient jamais à faire.

Woodson ferma son cahier, lui versa un autre verre d'eau et la laissa se reposer un peu plus. Elle ferma les yeux, mais elle ne réussit pas à dormir.

Chapitre Quatre-Vingt-Huit

Fran suivit les panneaux le long des murs de l'hôpital. Chaque coin qu'elle prenait menait à un autre couloir blanc avec des portes battantes de couleur bleue. C'était une semaine plus tard, et les feux de forêt brûlaient toujours dans les montagnes de Catalina. La qualité de l'air était mauvaise. De nombreuses maisons avaient été évacuées. Les aéroports avaient été fermés. Elle ne n'aurait pas pu retourner en Angleterre même si elle l'avait voulu, ce qui était bien, car elle avait des choses à régler.

Les enfants allaient s'en sortir. Le poison ayant été assimilé par leur petit corps, ils se réveillaient avec des maux d'estomac et des faiblesses, mais les médecins avaient bon espoir que les dommages durables seraient minimes. Cela lui tordait encore les tripes de penser à ce qu'ils avaient traversé, mais elle n'avait jamais été aussi soulagée de sa vie. Et pourtant, la vue de leurs corps inconscients la tourmentait encore la nuit. L'expérience en avait ajouté à ses cauchemars. Elle rêvait de Chloé, de Noah Martinez pendu par la ceinture, des enfants de la secte dans l'abri anti-tempête et d'Adrian aux côtés du Père James, qui souriait devant les corps sans vie de sa famille. L'un de ces corps était le plus petit de tous.

Le détective Woodson avait interrogé tous les enfants un par un et l'avait informée qu'il était certain qu'Adrian n'avait pas été impliqué dans la secte depuis de nombreuses années. Il n'y avait rien qui le reliait aux enlèvements des cinq ou six dernières années, mais il faudrait de nombreux mois pour trier tous les crimes possibles remontant à plus loin. Pour l'instant, Adrian n'est pas en état d'arrestation, ce qui signifiait qu'elle pouvait lui rendre visite.

Fran était sortie de l'hôpital, mais Adrian était toujours en difficulté. Quand elle trouva finalement sa chambre, elle se tint au pied de son lit, les bras croisés. Il semblait plus mince. Il portait un masque à oxygène. Ses yeux étaient enfoncés dans leurs orbites, entourés de cercles noir violet, jaunis sur les bords. Il semblait plus âgé.

— Franny. Il dut retirer le masque de son visage pour parler. Sa voix était rauque.

Malgré tout, elle posa une main réconfortante sur son bras. Oui, elle était encore en colère, et elle le serait jusqu'à la fin de ses jours, mais il avait été son mari et son ami pendant presque une décennie et elle ne pouvait pas rester là, à le voir souffrir, et ne pas ressentir sa douleur.

« Tu es venue me voir. »

Fran prit une chaise.

— Ne te fais pas d'idées. Je suis là pour avoir des réponses.

— Oui, soupira-t-il. Oui, tu les mérites. C'est le moins que je puisse faire.

Même si Fran était impatiente de trouver les réponses à ses questions, maintenant qu'elle était ici, elle ne savait pas par où commencer. Elle décida de commencer par la plus grande, la plus effrayante des questions. Elle fit passer sa langue sur ses dents, prenant un moment pour se calmer.

— Mary est-elle ta fille ? Elle ne l'a pas dit, mais je ne vois pas d'autre raison pour laquelle elle aurait fait tout ce chemin jusqu'à Leacroft. Emily t'a vu avoir une conversation animée avec elle au village. Je pense que tu m'as peut-être menti à ce sujet.

Adrian ferma les yeux et s'appuya sur l'oreiller. Elle vit sa respiration laborieuse et les mouvements de sa poitrine. Il était toujours en blouse d'hôpital, car elle ne lui avait pas apporté de pyjama. Aurait-elle dû ? Elle était toujours sa femme pour le moment, supposait-elle.

— Je ne sais pas. Eve, une femme que je connaissais au ranch, a donné naissance à Mary il y a environ vingt ans. On s'était vus quelques fois et j'avais eu une brève relation avec elle. Mais il y avait beaucoup de... liberté dans la communauté. Je ne l'ai jamais su avec certitude. La dispute à laquelle tu fais référence à Leacroft était à propos de ça, oui. Mary est venue me voir au village et m'a dit que sa mère avait toujours dit que j'étais son père biologique. Je lui ai dit que je n'avais jamais couché avec sa mère.

— Tu lui as menti. Fran serra le cadre blanc et métallique du lit. Tu lui as menti pendant que tu me faisais croire que les Whitaker n'étaient rien pour toi. Fran pensa au dîner où Adrian et Elijah avaient fait des blagues et discuté du temps en Arizona. Adrian était assis là, faisant semblant d'être captivé par les histoires de tempêtes de poussière et d'étés chauds, comme s'il ne les avait jamais vécus auparavant. Comment avait-il pu être aussi cool et posé ? Si Fran avait vécu ce genre de mensonge, elle aurait implosé sous la pression. Mais pour Adrian, c'était aussi naturel que de respirer. « Ils sont venus chez nous et tu n'as rien dit. Comment as-tu pu faire ça ? Comment peux-tu mentir en face de quelqu'un ? »

— Elijah ne m'a jamais connu au ranch, dit Adrian. C'était un membre assez récent de la famille, je pense. Je ne sais pas si Mary lui avait dit ou pas. J'ai juste fait avec. J'ai une façon de compartimenter les choses dans mon esprit. Je suppose que je me suis convaincu d'une tout autre réalité qui avait plus de sens, et j'ai juste pensé... Eh bien, je pensais que je faisais ce qu'il fallait. Je pensais que tu finirais par laisser tomber, et qu'on pourrait reprendre le cours de notre vie.

— Mais je n'ai pas laissé tomber, dit Fran. Ce qui montre à quel point tu me connais peu.

Vulnérable

Ses mots restèrent suspendus entre eux pendant plusieurs secondes. Cette pièce, avec ses lumières clignotantes et son sol blanc, lui rappelait la morgue où elle avait dit au revoir à Chloé une dernière fois. Adrian n'avait jamais compris Fran. Il n'était pas parti en Arizona avec elle. Et il n'avait pas vu ce que Mary et Esther représentaient pour elle.

— Je suis désolé. J'ai quitté la secte dès que Roger a commencé à agir bizarrement. Et je n'avais aucune intention d'y retourner. Je le jure. C'est quelque chose que je n'avais jamais prévu.

— Tu veux dire que tu pensais t'en tirer à bon compte. Elle laissa échapper un rire sarcastique. Tu pensais juste avoir arnaqué et baisé des filles et les avoir toutes laissées tomber pour que tu puisses commencer une vie meilleure. Pendant ce temps, ta propre fille a dû convaincre un homme qui avait deux fois son âge de l'emmener à l'autre bout du monde pour échapper à son agresseur. Ses doigts se resserrèrent autour du cadre du lit, la colère pulsant en elle, aussi vivante qu'un parasite se frayant un chemin dans son corps. Elle l'absorba. Elle la laissa s'infiltrer dans son sang. Elle allait vivre avec.

Au cours de la semaine précédente, Mary avait raconté à Fran comment elle était arrivée en Angleterre. Comme Elijah avait un faible pour elle, elle l'avait convaincu de partir et de prendre un nouveau départ quelque part. Mary avait retrouvé l'une des rares personnes qui avaient réussi à quitter les *Enfants de James*, Noah Martinez, et les avait convaincus de partir tous les quatre en Angleterre. Elle avait volé de l'argent dans le coffre de James et avait acheté les billets d'avion avec. Elle avait dû choisir Derby à cause de sa proximité avec Adrian, sachant qu'il avait été maître de conférences à l'université de Derby pendant quelques années et qu'elle avait pu le retrouver sur internet. Elle n'avait pas explicitement dit à Fran qu'elle avait volontairement retrouvé Adrian, mais celle-ci était convaincue que c'était le cas.

Noah leur avait procuré de faux passeports et avait réussi à les faire entrer au Royaume-Uni. Ils étaient très démunis, mais avaient réussi à trouver un petit appartement. Mary et Elijah avaient rapidement déménagé pour Leacroft, probablement après avoir retrouvé la trace d'Adrian là-bas.

— Qu'est-il arrivé à Eve ? demanda Fran.

— Mary m'a dit qu'elle était morte d'un cancer plusieurs mois auparavant, dit Adrian. C'est peut-être pour cela qu'elle est venue me trouver. Ça et le déclin de la santé physique et mentale du Père James.

— As-tu été témoin d'un enlèvement ? demanda Fran.

— Non. Je jure que non.

— As-tu vu les enfants qui vivaient dans un abri anti-tempête lorsque tu as visité le ranch ?

Adrian resta silencieux pendant un moment. Ses yeux ne pouvaient pas rencontrer les siens.

— C'est pour ça que j'ai arrêté d'y aller.

— Ta fille était l'un de ces enfants, dit Fran.

— Je ne savais pas que c'était ma fille.

C'était tout ce qu'elle avait besoin d'entendre. Ces quelques mots disaient tout sur son caractère. Elle se leva et la chaise tomba en arrière.

— Est-ce que tu m'as suivie dans tout l'Arizona ? Tu t'es arrangé pour qu'on ne se croise pas ? Ou bien as-tu simplement pensé que j'étais trop stupide pour apprendre l'existence de la secte ?

— C'était un risque de venir ici. Je le savais. J'ai failli venir avec toi, mais j'avais peur que quelqu'un de la secte me reconnaisse si on nous voyait ensemble. Alors, je t'ai laissée y aller seule.

— Tu m'as *laissée* y aller. Fran laissa échapper un ricanement.

Adrian haussa les épaules.

— Je me suis dit qu'il valait mieux que je vienne jusqu'ici. Pour garder un œil sur les choses. J'ai pris un vol le lendemain de ton départ. James, cependant, m'a caché ton intérêt pour la famille. Je ne sais pas quand, mais je suppose qu'il a compris que tu étais ma femme. Je n'ai pas... La voix d'Adrian se brisa. Je ne m'attendais pas à ce que tu me caches des choses. Je pensais que tu me dirais ce que tu faisais. Tu le fais d'habitude.

— Je te l'ai caché parce que tu étais devenu tellement dans le contrôle.

C'était une prise de conscience récente. Une prise de conscience durement gagnée. Adrian était doué pour cacher sa nature autoritaire derrière ce qui semblait être une véritable préoccupation. Il était le mari parfait en apparence. Il cuisinait, il faisait le ménage, il prenait soin d'eux. C'était peut-être pour ça qu'elle ne l'avait pas vu pendant si longtemps.

— Y a-t-il un intérêt à ce que je te supplie ? demanda Adrian.

Elle vit les larmes couler sur ces ombres violettes sous ses yeux, mais elles ne l'émurent pas.

« Alors, laisse-moi te dire une chose. Mon amour a toujours été réel, Franny. Tu as fait de moi un homme meilleur. Sa lèvre inférieure se mit à trembler. Il remonta le masque et le posa sur sa bouche et son nez.

Fran s'écarta, convaincue qu'il ne comprenait toujours pas. Elle savait qu'il l'aimait, mais elle ne pourrait plus jamais l'aimer désormais.

Épilogue

Fran prit son café du matin et s'assit sur le patio à l'extérieur de sa véranda. Elle étira ses jambes et s'adossa contre sa chaise, profitant du soleil de printemps. Son jardin avançait bien. Des jonquilles sortaient des plates-bandes. Esther les aimait bien. Mary faisait pousser des rosiers le long de la clôture. Elle était la fille d'Adrian, il n'y avait aucun doute là-dessus maintenant. Elle le voyait dans ses yeux et la ligne de sa mâchoire. Avant sa mort, Eve lui avait donné des photos d'elle bébé. Miraculeusement, elles avaient échappé à l'incendie. Quand elles arrivèrent en Angleterre, Fran les compara aux photos en noir et blanc d'Adrian bébé. La ressemblance était claire. Adrian continuait à leur refuser un test ADN pour confirmer ce qu'ils savaient tous. Cela n'avait plus d'importance.

Elle était divorcée maintenant. Elle avait pris exactement la moitié de leurs biens. Adrian n'avait pas vendu la maison, mais il lui avait racheté sa part. C'était suffisant pour qu'elles s'installent en Cornouailles dans une belle, mais modeste propriété avec trois chambres. Une chambre pour chacune d'elles. Fran disait à tout le monde que Mary était sa fille, et Esther sa petite-fille. C'était bon d'être loin de Leacroft, de l'intolérance toxique du village et des ragots d'Emily. Elle ne s'était pas réinscrite à une chorale.

Leur maison surplombait la mer Celtique qui s'agitait contre les falaises. Le soir, elles faisaient cuire des saucisses au barbecue, se préparaient des hot-dogs au ketchup et emmenaient Cassie, le cocker, se promener sur les falaises. Esther ne courait toujours pas devant, mais elle mangeait des glaces et se blottissait contre Cassie lorsqu'elles étaient assises sur des couvertures de pique-nique au bord de la mer. Fran s'inquiétait pour elle, mais la thérapie hebdomadaire post-traumatique l'aidait. Elles allaient d'ailleurs toutes voir un psy, même Fran. Elle n'avait pas été immunisée contre l'attrait de la secte, la promesse de la famille et de la paix. Elle pensait souvent à Caleb, dont elle savait maintenant avec certitude qu'il était parmi les défunts de la ferme. Elle avait même envisagé d'assister à ses funérailles, mais ils avaient décidé de partir en Angleterre avant qu'elles n'aient lieu.

Mary avait obtenu ce qu'elle voulait : voir le corps du Père James. Il n'y avait pas grand-chose à voir en fin de compte. Mais le coroner lui avait assuré qu'ils étaient sûrs que c'était bien lui. Elle était encore en train de s'adapter à sa vie loin de la communauté, surtout à la liberté de vivre sans règles. Fran faisait tout ce qu'elle pouvait pour la jeune femme qui aurait pu être sa fille. Même si elle craignait parfois que ce ne soit pas suffisant, elle surprenait Mary et Esther en train de jouer avec Cassie ou de coudre une robe et son cœur s'emballait. Mary avait même vendu en ligne certains de ses vêtements. Fran était convaincue qu'elle avait un bel avenir devant elle.

Malgré leur bonheur, un nuage sombre planait sur chaque journée ensoleillée et heureuse. L'affaire en Arizona. Pendant des mois, l'enquête fut menée minutieusement, grâce à toutes les preuves trouvées au ranch. Des corps dans la ferme aux documents dans le bureau du Père James, en passant par la pièce souterraine où les enfants dormaient la nuit. Grâce à de longs entretiens avec Mary, Esther, les enfants et Adrian, ils purent reconstituer le dossier. Fran remit ses notes à l'enquête. Elle n'avait pas encore décidé ce qu'elle allait en faire. La tragédie de tout cela était trop lourde à porter. Peut-être qu'un jour elle pourrait écrire à ce sujet, mais pas encore.

L'inspecteur Woodson lui avait dit qu'Adrian avait été interrogé sur son implication dans la mise en place de la ferme. Il avait été révélé que les enfants travaillaient beaucoup au ranch et qu'ils nettoyaient les sols et les vêtements pendant que le Père James emmenait ses femmes préférées dans les montagnes pour coucher avec. Elle ne voulait pas penser aux choses terribles auxquelles Esther avait été exposée. Parfois, elle regardait la petite fille et se demandait ce qu'elle avait dans la tête. La nuit, elle se réveillait dans le noir avec les images du bunker gravées dans son cerveau. Elle ne les oublierait jamais. Quoi qu'il arrive.

Esther était maintenant officiellement une Whitaker, mais elle ne se sentait pas plus anglaise pour autant. Mary lui avait dit que Whitaker serait leur nom de famille parce qu'elles avaient besoin d'en avoir un et qu'elles s'y habitueraient. Mary lui avait dit qu'elles n'avaient jamais été enregistrées à la naissance et qu'elles devaient remplir beaucoup de papiers pour obtenir un vrai passeport cette fois. Mais depuis, Fran les avait emmenées en Angleterre. Esther devait commencer l'école à la rentrée. Mary avait un emploi dans un café sur la plage près de leur maison. Elle portait un tablier à froufrous et souriait aux clients. Quand elle ne travaillait pas, elle cultivait ses roses ou faisait des vêtements pour les vendre.

Esther comprenait maintenant pourquoi Mary lui avait menti à l'hôpital après qu'elle soit tombée dans les bois. Mary avait avoué en larmes qu'elle avait paniqué parce qu'elle ne voulait pas qu'Esther sache qu'Adrian, le Père Adam, était son grand-père. Esther l'avait compris, mais elle n'aimait toujours pas ça. Elle n'aimait pas du tout les adultes. D'après Fran, Mary et son thérapeute, le Père James mentait et faisait du mal à toute la famille. Alors, cela voulait-il dire que tous les adultes mentaient ? Cela voulait-il dire qu'elle devrait mentir quand elle serait grande ? Il y avait une partie de l'histoire qu'elle n'avait racontée à personne, et c'était une sorte de mensonge, n'est-ce pas ?

Il y avait un aspect de sa nouvelle vie qu'elle appréciait. Cassie était un gentil chien. Elle aimait la sortir pour une promenade au cours des soirées fraîches. De plus, le climat était plus agréable ici, elle devait l'admettre. Mais Esther faisait de mauvais rêves maintenant. Le mal au ventre était parti, mais elle se réveillait la nuit en se rappelant ce que Paul avait fait à l'abri. Et ce qu'elle lui avait fait...

Elle se rappelait qu'elle avait essayé de prendre la boîte à Paul et qu'il l'avait frappée. Elle avait eu peur et s'était réfugiée dans un coin, enroulant ses bras autour de ses genoux. Stinky était resté allongé sans bouger pendant un moment, du sang s'écoulant de son nez. Paul avait ouvert la boîte et en avait sorti plusieurs sachets de poudre. Il s'était dirigé vers le bassin, avait rempli une cruche d'eau, avait ouvert les sachets et les avait versés dedans.

— Est-ce qu'on doit boire ? avait demandé Grace. J'ai peur maintenant.

Paul avait réparti la boisson entre toutes les tasses. Il l'avait fait si vite qu'il en avait renversé une partie.

— On doit tout boire ou ça ne marchera pas.

Esther était restée figée sur place. Elle n'était plus aussi effrayée, mais elle se sentait tétanisée. Ses ongles s'enfonçaient dans la peau de ses genoux.

Paul avait fait circuler les tasses, en commençant par David, puis Grace. Il avait pris la dernière pour lui. Esther avait ouvert la bouche, mais elle n'avait fait que grimacer. Paul s'était tourné vers elle comme s'il se souvenait qu'elle était là.

— Je ne te forcerai pas à le boire. Mais il en reste un peu.

Esther avait secoué la tête.

David avait bu son verre le premier. Grace pleurait. Certains d'entre eux avaient commencé à tousser. Paul avait poussé la main de Deliha jusqu'à ce qu'elle boive tout. Esther s'était lentement levée. Elle avait regardé les enfants s'affaler sur les matelas, leurs corps mous comme des poupées abandonnées. Elle avait failli leur faire ça elle-même. Elle les avait regardés avec horreur se tordre et s'étouffer. Stinky avait commencé à remuer.

Quand il avait ouvert les yeux, il s'était assis et avait crié.

— Que quelqu'un fasse quelque chose !

— C'est trop tard, avait dit Esther. Ils ont pris le poison.

Puis son regard s'était porté sur Paul. Il pleurait aussi, maintenant.

— Père a dit que ça ne ferait pas mal. Il ouvrait et fermait la bouche comme un poisson.

Esther avait réalisé qu'il n'allait pas prendre le poison lui-même et une rage pure l'avait envahie. Elle l'avait attrapé par sa chemise et l'avait forcé à se coucher sur le matelas. Stinky lui avait sauté dessus immédiatement, le plaquant au sol. Esther avait attrapé la cruche d'eau, où il restait encore du liquide. Paul avait secoué la tête et fermé la bouche, mais elle avait saisi son nez et l'avait maintenu jusqu'à ce qu'elle le force à ouvrir les lèvres et à respirer. Puis elle lui avait versé le liquide dans la bouche. Paul avait toussé et craché, mais elle avait continué à verser jusqu'à ce qu'elle l'entende l'engloutir. Glouglou, glouglou, glouglou, glouglou. Parfois, elle entendait ce bruit comme s'il venait de la porte de sa chambre. Elle ne supportait pas que Fran ouvre une bouteille de vin et se serve un verre. Mais elle ne le confia à personne. Ni à Mary, ni à Fran, ni à la femme qu'elle voyait une fois par semaine pour parler de ce qui s'était passé au ranch. Non, elle ne dirait jamais à personne ce qu'elle avait fait, et elle espérait ne plus jamais revoir Stinky – ou Jayden, comme elle avait appris qu'il s'appelait.

La nuit, elle pensait encore à ces moments, à elle versant le poison dans la bouche de Paul en sachant que ça le tuerait. Ça ne l'avait pas fait, mais elle pensait que ça aurait pu. Elle se demandait ce qu'elle était capable de faire d'autre maintenant. Elle avait tellement de colère en elle. De la colère qui mijotait, attendait, et se développait comme le feu de camp que le Père James avait allumé cette nuit-là.

Notes

Chapitre Sept

1. Vaste château avec jardins du XVIIe Siècle situé dans le Derbyshire

Chapitre Onze

1. En français dans le texte

Chapitre Vingt-Neuf

1. Le pirate Long John Silver est un personnage de fiction du roman de Robert Louis Stevenson L'Île au trésor.

Chapitre Trente-Quatre

1. L'Internet Movie Database, abrégé en IMDb, est une base de données en ligne sur le cinéma mondial, sur la télévision, et plus secondairement les jeux vidéo.

Chapitre Quarante-Neuf

1. Supermarché discount

Chapitre Soixante-Cinq

1. Puant

Chapitre Soixante-Six

1. Le **siège de Waco** s'est déroulé en 1993 à la résidence du groupe religieux des *Davidiens* à Elk, près de Wao au Texas. Le siège provoqua la mort de 86 personnes : 4 agents du gouvernement et 82 morts parmi les Davidiens, dont 25 enfants et le leader du groupe, David Koresh.

À propos de l'auteur

Sarah A. Denzil est l'autrice de quinze thrillers psychologiques vendus à un million d'exemplaires. *Passé sous silence*, demi-finaliste des Goodreads Choice Awards en 2017, est l'un de ses best-sellers. Ses livres ont été publiés dans différentes langues et ont figuré dans le classement des meilleures ventes du Wall Street Journal.

Sarah vit dans le Yorkshire avec son mari et son chat, profitant de la campagne pittoresque et du temps assez imprévisible. Elle aime écrire des livres sombres, des fictions psychologiques pleines de rebondissements.

Pour être informé(e) des prochaines traductions de mes livres, inscrivez-vous à ma newsletter.